KB242252

여백의 예술

여백의 예술

이우환 지음
김춘미 옮김

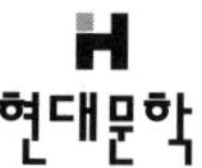

현대문학

余白の芸術

ⓒ 李禹煥

표현의 성립을 물으며
―《여백의 예술》한국어판 서문에 부쳐

최근에는 제작을 하다가 문득 손을 멈추고 곰곰이 생각에 잠기곤 한다. 나로서는 심사숙고하는 가운데의 일이지만, 캔버스나 어떤 곳에 붓으로 점 하나 둘 찍는 일이나, 전시장이나 어떤 곳에 철판과 돌 한두 개 갖다놓는 일이 과연 '예술'이 파산한 시대의 표현으로서 얼마만한 새로움과 필연성을 갖는가. 또 소위 '인간'이 퇴장한 오늘날 조금이나마 무슨 말로 누구에게 글을 쓴다는 것일까.

2001년 9월 11일, 뉴욕사태가 벌어진 다음 더더욱 정신이 차려지지 않는다. 이미 오래전에 아도르노T. Adorno는 아우슈비츠 이후 어떻게 시가 쓰이겠는가, 고 반문했다. 세상은 이성의 장치가 파괴되어 동물화로 치달아 아수라장인데, 표현이나 말이 가능한가라는 얘기이다.

그 사태는 이미 내 안에서도 훨씬 이전부터 일어나서 뉴욕에
서 외화外化하여 확인된 느낌이다. 미술이니 일상이니 자연이니
문명이니 미국이니 이슬람이니 하는 것들의 이미지, 그것을 겨
냥해야 할 '나'가 서로 부딪치고 무너지는 광경에 있어, 모든
것이 무어라 형용키 어려운 물자체物自体, Dingansich로 나뒹굴기
시작한 것이다. 이것은 종래의 여러 전제나 배경의 요소들이 망
그러져, 세계나 사물이 보기도 말하기도 바꿔놓기도 힘든 지점
에 와 있다는 것을 가리킨다.

물론 제도로서의 문화란 카테고리는 존재하고 기능하고 있는
것처럼 보인다. 그러나 그것도 벌써 썩고 금이 가서 사상적으로
는 설득력이 없는 것임은 누구나 알고 있지만, 기득권이나 배짱
같은 것이기도 하기에 현실인 양 그저 그 보수성에 따르는 시늉
을 할 뿐 아닌가. 습속이니 정서니 전통이니 하는 것들이 그 좋
은 예이다.

언제까지나 순수 주체의 안쪽으로 닫혀 있기를 원하는 이들
은 그것이 지켜야 할 보물로 비치고 그 합리화를 위해 말을 물
쓰듯 할 수도 있다. 하지만 사실은 그것들의 태반이 근대가 만
들어낸 환상의 산물이며 캐보면 믿을 만한 것이 될는지 의문이
많은 것들이다. 더욱이나 그것을 지켜온 보이지 않는 묵은 벽은
부수기도 전에 이미 내려앉은 상황이 아닌가.

오늘날 지성인들은 가능한 한 종래의 전제나 배경의 잔재를
청산하려 애쓰며 황무지에 서서 입을 열려고 한다. 그래서 답으
로 엮어진 기성의 공동체 언어가 아니라 어떠한 타자에게도 공

유될 수 있는 물음이나 표현을 모색하게 된다. 이것은 장차 새로운 틀이 형성되면 모르나 아직은 그런 지평이 보이지 않아 출발점은 근대의 폐허의 자각에서 찾을 수밖에 없다는 소리이다.

산업이 발달되고 점차 도시화하는 나라일수록 어쩔 수 없이 공동체의 벽은 일단 일그러지기 마련이다. 그리고 안과 바깥 바람이 뒤섞여서, 이질성과 위화감으로 말문이 막히는 광경이 벌어진다. 경계선이 무너지면 '나'의 순수성 '우리'의 동일성이 흐트러지고 모든 것이 서로 침투되고 분열한다. 그래서 그들은 잡것이 배어든 자기 이질성이 짙은 모임으로 많은 가변성을 띤 불순한 존재가 될 수밖에 없다. 결국 존재의 불순성이란 원래 남과의 연관의 두드러진 자각이기에, 닫혀 있지 못할 상태에 놓여 변수투성이의 관계자를 살 수밖에 없는 것이다.

나는 한국을 떠나 벌써 사십오여 년을 떠돌이 생활로 보냈다. 기업인들이 잡탕으로 조립한 물건을 이고, 자기 이름하에 국경과 인종을 넘어 경쟁하듯이, 내가 하는 표현의 시도 역시 많은 남과 만나고 싸워가는 과정에서 면역이 되고 그래서 조금은 보편성이나 생명력이 생긴지도 모르겠다. 그러나 이것은 또 한편 불순분자의 증표는 아닐는지.

어디서든 트인 지성인이나 첨단에 선 자부심들은 한 사람의 일 그 자체가 새로우면 인정하고 상대자로 겨루지만, 순수끼리나 공동환상에 젖어 있는 모임에서는, 그것이 거북스럽고 차이성이 위험스러워진다.

한국에서 커서 일본에서 서려고 하니 일본 쪽은 나더러 한국적이라며 침입자 취급을 하려 들고 시간이 흐르니 한국에서는 일본 바람을 탄 도망자로 몰려는 소리도 들렸다. 그래서 더 멀리 설 곳을 찾아 유럽 각지를 삼십여 년 헤맸더니, 그쪽에서는 또 동양적이니 이방인이니 하며 칭찬으로 점잖게 제외시키려 들지 않는가. 하지만 그래도 낯선 곳을 쫓아다녀야 하고 생소한 작가와 만나고 함께 전람회를 거듭하는 가운데 열린 자기를 기르는 수밖에 따로 살 곳이 있어 보이지 않는다.

나는 공자처럼 실현하고 싶은 이상이 있어서가 아니라 경계를 넘나들면서 그것을 찾으려 했다. 그러나 어이없게도 점차 넘나드는 것 자체가 나의 삶이요 표현이요 존재방식이 된 셈이다. 나 자신을 남과의 관계에서 상대화하고 하나의 물음이 안팎으로 통하는 문이고자 애쓸 수밖에 없었다. 그래서 나의 입버릇은 만남을 찾아서였던 것이다.

내가 시도하는 시점은 표현의 기원을 묻는 일이다. 순수주체에 의한 경영권을 한정하고 외계와 남들의 존재를 인정함으로써 어색한 사이들이 만나 서로 주고받아 들이는 새로운 열린 사귐새를 꾀해보고 싶다. 따라서 제국주의와 표리일체인 자폐적인 독립주의 신화에서도 깨어나야 하겠다. 이제 표현은 근대적인 자기실현 같은, 주변과 절단된 오브제주의를 지양해야 한다. 이미 캔버스가 내가 경영하는 식민지가 아니듯이 사람도 자연도 붓도 물감도 나의 이미지나 재료나 도구나 노예가 아니라 사이좋은 친구인 한편 미지수의 남이다.

실현해야 할 '나'가 있지도 않거니와 따라야 할 '남'이 있는 것도 아니다. 그래서 뒤섞고 다시 가다듬은 자기와 절제된 행위, 단순한 사물과 장소를 가능한 최소 조건으로 직접 만나게 해본다. 표현이란 어차피 설정일진대, 기성의 캔버스에도 벽에도 부탁하여, 그리는 것과 그리지 않는 것이 수련된 신체의 행위를 통해 부딪치면 어떤 그림의 울림이 나오나. 산업사회의 규정된 철판, 자연계의 비규정의 돌멩이 같은 것을 꾸어와서 현실 공간과 뉴트럴하게 연관지으면 이런 조각에서 무엇이 보이나.

이러한 짓 자체가 많은 의문과 회의를 동반하지만, 근대 비판의 맥락에서 나를 절제하고 한정하고 바깥의 일부를 수용하기 위해 극한의 방식을 취해보는 것이다. 물론 외계를 표현의 장에 그대로 받아들이면 표현은 일상성의 지평에 침몰하고 만다. 그래서 우선 이쪽과 저쪽이 만나고 매개할 수 있는 중간항을 설치하게 된다. 중간항에 있어 나와 타자와의 상호 한정이 함축과 암시를 자아내어 지각과 상상의 날개를 펴게 해야 한다.

21세기, 무엇을 만들기 이전에 폐허에 서 있다는 느낌이 중요할 것 같다. 새로운 표현이 어떻게 성립될 것인지 불안과 초조를 안고 반성의 마당에서 세계와 만나고 싶다. 나의 친구인 건축가 안도 다다오〔安藤忠雄〕의 말이 떠오른다. "뉴욕의 그 폐허에는 높은 빌딩을 세울 것이 아니라 많은 사람들이 만나고 생각할 수 있게 넓은 잔디의 돔Dome을 제의한다."

2002년 2월 파리에서

이우환

차 례

예술의 영역

사물과 말에 대해

화집畵集의 단장斷章

여백의 예술

여백의 예술

예술은 시이며 비평이고 그리고 초월적인 것이다.

그러기 위해서는 두 가지 길이 있다. 첫 번째는 자기의 내면적인 이미지를 현실화하는 길이다. 두 번째는 자기의 내면적인 생각과 외부 현실을 짜엮는 길이다. 세 번째는 일상의 현실을 그대로 재생산하는 길이지만 거기에는 암시도 비약도 없기 때문에 나는 그것을 예술로 여기지 않는다.

내가 선택한 것은 두 번째의, 내부와 외부가 만나는 길이다. 거기에서는 내가 만드는 부분을 한정하고 만들지 않은 부분을 받아들임으로써 서로 침투하기도 하고 거절도 하는 다이내믹한 관계를 만들어내는 것이 중요하다. 이 관계작용에 의해 시적이며 비평적이며 그리고 초월적인 공간이 열리기를 바란다.

나는 이것을 여백의 예술이라 부른다.

그런데 나는 여러 화가의 화면 속에 보이는, 그저 빈 공간을 여백이라고는 느끼지 않는다. 거기에는 무언가 리얼리티가 결여되어 있기 때문이다. 예컨대 큰 북을 치면 소리가 주위 공간에 울려 퍼지게 된다. 큰 북을 포함한 이 바이브레이션의 공간을 여백이라 하고 싶다.

이 원리와 같이, 고도의 테크닉에 의한 부분적인 붓의 터치로 하얀 캔버스의 공간이 바이브레이션을 일으킬 때 사람들은 거기에서 리얼리티가 있는 회화성을 보게 되리라. 그리고 나아가

프레임이 없는 타블로는 벽하고도 관계를 맺게 되면, 회화성의 여운이 주위 공간에 퍼질 터이다.

이러한 경향은 조각에서 한층 더 선명하다. 예를 들어 자연석과 뉴트럴한 철판을 어울려서 공간에 강한 악센트를 주면, 작품 자체라기보다는 언저리의 공기도 밀도를 지니게 되고 그 장소가 열린 세계로서 선명하게 보이게 될 것이다.

그러니까 그린 부분과 그리지 않은 부분, 만든 것과 만들어지지 않은 것, 내부와 외부가 자극적인 관계로 서로 작용하고 울려 퍼질 때, 그 공간에서 시나 비평이나 초월성을 느낄 수 있게 되는 셈이다.

예술작품에 있어서의 여백이란, 자기와 타자와의 만남에 의해 열리는 앙양된 공간을 말한다.

무한에 대해

나는 무한감이 감도는 작품을 좋아한다. 그려진 것과 그려지지 않은 공간이 뒤얽히며 여백의 힘이 넘쳐 흐르는 당·송唐·宋 시대의 산수화, 극히 조금 남겨진 화면의 파편과 그 주위를 메운 드넓은 회반죽 사이의 겨룸을 보이고 있는 고대 로마의 벽화 등, 거기에는 작가를 훨씬 넘쳐난 커다란 그 무언가가 있다. 오랜 세월 비바람과 함께한 산속의 자연석에 새겨진 마애불, 언저리의 공간과 서로 침식하는 손발이 파손되거나 없어진 벨베데레의 동체 조각 등, 나는 그처럼 외계와의 관계에 의해 성립하는 작품에서 끝없는 무한의 호흡을 느낀다.

어떤 비평가는 폰타나Lucio Fontana를 얘기하기 위해 모네를 꺼낸 적이 있는데, 그것이야말로 바로 무한을 시사하는 것이었다. 모네나 폰타나의 작품은 강렬한 자의식에서 출발한 것이기는 하지만 헤아리기 어려운 외계의 인지認知나 그 도입의 드라마에 차 있다. 모네는 채색을 통해 시시각각 변화하는 시간의 무한성에 대해, 폰타나는 예리한 찢음을 통해 공간의 무한성에 대해, 각각 감동적인 세계를 제시하고 있다. 둘 다 외계의 존재와 그와의 관련을 멋지게 시각화시켜준 것이다.

작품이란 얘기할 수는 있지만 언어 그 자체는 아니다. 작품이 외계와 관련을 맺는 것인 한 언어와 어긋나고 소원한 것일 수밖에 없다. 근대 언어론에 따르면, 언어란 다잡아보자면 자아의 표출된 대명사이며 그 재현이다. 나는 때로는 자아—언어로부터 출발하지만 늘 그 전방의 확정적이지 않은 미지의 세계와 사귀고 싶다. 자아로 세계를 언어화하거나 소유하는 것이 아니라 세계와 관계하여 지각하고 싶은 까닭이다.

그러므로 내 작품은 내 작품이면서 동시에 나만에 의거하는 것이 아니다. 작품은 나하고는 비동일非同一한 것이다. 외계가 작품 깊숙이 들어와 있기 때문이다. 나의 예술관을 한마디로 압축하면 무한에 대한 호기심의 발로이며 그 탐구이다. 무한이란 자기에서 출발하여 자기 이외의 것과 관련을 맺을 때 나타나는 것을 가리킨다. 자기를 자기 자신으로 정립하고 표상화하는 것이 아니라 타와의 관련 속에서 자기 존재를 확인하고 그 관계가 성립하는 장場에서 세계를 느끼고 깨쳤으면 하는 바이다.

1970년대 나는 〈점으로부터〉와 〈선으로부터〉의 회화시리즈에서 무한을 반복개념으로 그 한없는 차이로서 나타내려고 했다. 거기에서는 타와의 관련보다 반복과 어긋남에 비중이 놓여 있었다. 그러나 1980년대에 들어서서 어긋남이 커짐에 따라 화면에 여백이 생기게 되었다. 회화가 성립하는 영역으로서의 장場에 주목하여 점과 선 등의 조응照應관계에 의해 무한감을 이끌어내게 된 것이다. 조각에서는 처음에는 유리나 돌 등 이질적인 것을 부딪치게 함으로써 내 의사와는 다른 힘의 작용을 교배시켜 타자와의 만남을 촉구했다. 거기에서는 행위성과 사건성이 두드러졌었다. 그리고 서서히 공업용 재료인 뉴트럴한 철판과 애매한 요소투성이인 자연석을 대응시켜 완만하게 임장臨場적으로 짝짓게 함으로써, 작품을 만남의 상태로 제시했다. 그렇게 하여 대응의 관계성이 두드러지고 외계와의 호응성이 강해졌다고 할 수 있다.

나의 그림은 모티프에서, 또 때로는 반복의 방법에서, 예컨대 다니엘 뷰렌이나 니에레 트로니의 그것과 닮았다. 조각은 모티프와 소재에서 리처드 세라Richard Serra나 리처드 롱Richard Long과 비슷하다. 그러나 나와 그들하고는 결정적으로 다른 점이 있다. 그들의 작품에서는 그림의 도안이나 디테일, 철판, 돌 등이 추상화되고 일반화되어 작가의 로고스를 대변하는 것으로 기능하고 있다. 여기서는 화면이나 소재는 결코 생소하거나 개별성을 인정할 수 있거나 타성적인 어긋남을 보이는 일이 없다. 작품은 화면과 소재가 그 밖의 것을 받아들이거나 공간과 밀접하게 관계하거나 외계의 공기를 받아들이는 것으로 성립되어 있지 않다. 오히려 그들의 자아가 지니는 '무한' 개념이 작품을 뒤덮고 있다고 해야 할 것이다.

내 작품은 오로지 내면과 외계와의 관계를 위해 개별화되고 고유화되어 철저하게 어중간하고 애매하다. 이런 특징이 보는 사람에게 위화감을 주어 신경을 거스르는 일도 있는 모양이다. 회화는 그래도 캔버스라는 규격의 장을 사용하는 탓인지 손을 대지 않은 부분이나 여백이 있어도 비교적 이해하기 쉬운 것 같다. 그러나 불명료한 자연석을 그대로 사용하는 조각은 종종 자아중심주의자를 난처하게 만든다고 한다. 최근 들어 사상계에 타자론이 확대되고는 있다 해도, 여전히 자아 밖의 존재에 대해, 특히 인간 이외의 외계는 인정하기 어려운 것이 되어 있다. 어느 날 불란서의 젊은 비평가가 나에게 말했다. "당신 조각에서는 돌들이 당신이 하는 얘기를 듣지 않고 멋대로 지껄이기 때문에 보는 사람에게 당혹감을 줍니다." 내가 들여놓은 돌은 내 말을 드러내기 위한 대용품이 아니라, 제한을 받으면서도 외계와 연락하고 있는 미확정적인 것이다. 나는 어떻게 하면 무규정의 생소한 미지들과 관련을 맺을 수 있을까, 그것을 위해 표현을 시도하고 있는 짓이다.

서구사회에서는 다양한 인간관계에서 타자를 서로 인정하는 장면을 많이 볼 수 있다. 그에 비해 동아시아에서는 동식물이나 돌, 흙 등 자연물과의 연관에서 타자성의 영역을 중시하는 경향이 있다. 내 작품이 직접 인간의 자의식을 들고나오기보다 무기적無機的이고 불확정한 것과의 사귐을 중개삼으려는 것은 내가 자란 환경과 무관하지 않을 성싶다.

인간을 포함하는 커다란 외계와의 연관 속에서 자기를 보려는 것이 나의 역사의식이며 세계관이다. 세계는 나를 넘어서서 존재하며 불투명하다. 내가 선택한 방향은 이 불투명한 세계를 눈앞에 대할 때 내가 끊임없이 혼탁해지고 여과되면서 타자로서 다시 태어난다는 데에 있다. 이는 제작이란 하나의 초월이며 비약임을 나타낸다. 그러니까 작품은 자기와 타자가 상호 매개를 하는 비약의 장이어야만 한다. 작품이 외계와 내면의 자극적인 만남의 장이었으면 한다. 모더니즘에서 보이는 것처럼 자아의 재현화인 닫힌 완결체를 만들어내는 것이 아니라 자기와 타와의 관계성에 의해 열린 장소를 어레인지먼트하는 짓이 나의 일이다.

여기에서는 표현이 자기의 표현화·표상화로 특수화되기보다는 타와의 관계에 의해 중성화되고 비대상적인 장소로 성립한다. 최근의 나의 회화는 최소한의 터치나 스트로크의 호응관계를 맺게 하여 주위의 무규정한 영역에 작용시켜 무한감을 이끌어내려는 장이 되고 있다. 조각에서도 또한 사물과 사물의 관계의 중시에서 점차 사물과 주위 공간의 관계가 문제시되어 바야흐로 표현과 외계와의 연락에 관심이 옮겨졌다. 회화에서는 여백과 벽면이 상호 매개되고, 조각에서는 전시장의 사물과 외계의 사물이 서로 대응하게 되었다.

작품이란 필경 현실 그 자체도 아니며, 관념의 덩어리도 아니다. 내 작품이 현실에 타협하지 않고 그렇다고 해서 관념 쪽에 치우치지 않으며 그 양쪽에 걸림으로 보이는 것은 중간항적인 성격에 의함이라 할 수 있다.

내 작품은 단순하며 동시에 복잡하다. 작품의 소재 선택이라든가 구성, 제작행위를 최소한의 것으로 그치게 한다는 의미에서는 엄격하게 자기를 한정시키고 있으며, 무규정한 소재를 그대로 쓰거나 주위 공간을 받아들인다는 의미에서는 복합적이며 까다롭다. 곧 자신을 최소한으로 한정시킴으로써 최대한으로 세계와 관계를 맺는 일이다.

이러한 나의 미니멀리즘은, 작품이 생생하게 돋보이기보다 공간이 생생하게 살아주기를 바라는 바의 방법이다. 작품은 기호화된 텍스트가 아니다. 에너지를 축적한 모순을 품고 가변성을 지닌 생명체이길 바란다. 일필—筆의 스트로크, 하나의 돌, 한 장의 철판의 상태는, 그것들이 타와 대응에 있어 힘에 넘치며 살아 있는 바로 그것이지 않으면 안 된다. 행위 못지않게 쓰는 소재의 힘이 중요하며 나아가 소재끼리 혹은 주위 공간끼리 조응하는 관계항으로 기능하는 것이어야 한다. 이러한 것은 짜엮는 논리의 철저화와 함께 운동선수가 기술을 연마하듯이 엄격한 훈련이 수반됨으로써 비로소 가능해진다. 조응력을 불러일으키는 것은 나이지만, 작품이 무한성을 띠게 되는 것은 여백으로서의 공간의 힘에 의한다. 이렇게 하여 작품은 현실과 관념을 호흡하면서 동시에 그것들에게 영향을 주게 되는 것이다.

내 작품은 타인에게 있어서와 같이 나에게 있어서도 늘 미지성을 내포하는 반투명한 것이기를 바란다.

중간자 中間者

나는 고독하다. 어디에도 마음놓고 쉴 수 있는 곳이 없다.

나는 결코 외톨이가 아니다. 다양한 관계가 너무 많아서 오히려 이도 저도 아닌 엉거주춤한 상태에 있는 것이다.

한국에서 태어나 이십 년간 거기에서 자라고, 그 뒤에는 일본에서 사십여 년간을 살고 있다. 또 그간의 삼십여 년을 유럽을 중심으로, 세계를 뛰어다니면서 지내왔다.

그 탓인지 나에 대해, 한국에서는 일본 색깔에 젖었다고 하고, 일본 쪽에서는 역시 한국 냄새가 짙다고 하고, 또 유럽에 가면 저 녀석은 역시 동양인이라고 내치고 싶어한다. 마치 탁구공처럼 되받아쳐져야 할 중간자로 몰아세워, 어느 쪽에서도 내부 사람으로는 인정하려 들지 않는다.

늘 쓰라린 지점에 서 있다. 곧 어디에서나 내쳐지고 위험분자처럼 여겨지고 있다. 한쪽에서는 도망자로, 다른 쪽에서는 침입자로 공동체 밖에 세워져 있다. 그런데 의아하게 보여지고 있다는 것은 이쪽도 필사적으로 상대방을 보고 있다는 얘기가 된다. 일체一體가 되지 못하고, 어긋나 있는 몫만큼 상대방이 잘 보인다.

거리의 역학이 오늘날의 나를 만든 것이다.

살아가는 데 있어 소외성의 거리는 아픔이며, 또한 힘이다. 보거나 보이고 있다는 것은 무척 쓰리다. 그러나 이 거북한, 장소 아닌 장소야말로 살아 있는 세계일지도 모른다고 생각한다.

나는 한군데 가만히 있지 못하고, 마음먹고 움직이고 있지 않으면 안 된다. 이 짓을 되풀이하고 있는 동안에, 사물을 공동체 밖으로 끌어내어, 끝없는 차이성으로 보는 버릇이 붙었다. 끊임없이 외부성에 바래고, 이타성異他性으로 살아가는 나날은 격렬하고도 슬프다.

동일성과 차이성

표현은 표를 찌르는 것일수록 가슴에 와 닿으며 자유로움을 느끼게 한다. 그러나 이것은 테크닉이나 개념을 말하는 것이 아니라 프로세스나 훈련(행위)의 축적을 쌓는 문제이며 타와 관련의 엄격함에 의한다. 나는 머릿속에 완성되어 있는 이데idee의 재현을 지향한 적이 없다. 어떤 것을 만들까는 미리 정해져 있다 해도 제작현장에서는 여러 외부성이 작용해서 아무래도 어긋나게 되기 쉽다. 현장의 감각이란 관계성의 생물이라고나 해야 할 것인지도 모른다.

데카르트는 생각한다는 것 자체가 자기 동일성을 추구하는 성질을 지닌다고 지적했다. 사고思考는 끊임없이 동일성의 확립과 재생산의 욕구로 치닫는다. 이를 확대하면 독아론獨我論으로도 공동체론으로도 좀더 나아가면 제국주의론이 되기도 할 것이다. 그러나 동일성의 순화나 지속에 대한 환상은 인간이기를 불가능하게 만든다. 동일성의 패러독스는 실은 타와의 긴장관계와 한없는 차이성에 의해 성립되고 유지된다는 얘기이다. 역으로 말해 타자성과 차이성이 없으면 동일성은 무화無化되어버린다.

어렸을 때 나는 쌀을 씻으면서 콧노래를 부르는 어머니에게 물었었다. "그렇게 언제나 똑같은 일만 되풀이하면서 뭐가 신나요?" 어머니는 웃으면서 말씀하셨다. "하는 일은 같다 하지 않을 수 없으나 쌀을 씻는 느낌은 똑같지 않단다. 물이 차가워서 마음이 긴장될 때도 있고, 새의 지저귀는 소리에 흥이 날 때도 있지. 쌀과 물과 손의 호흡이 꼭 맞는 때도 있고, 할아버지의 화내신 얼굴 때문에 뒤죽박죽이 되기도 하지. 어쨌든 간에 나는 이 쌀 씻는 일의 반복 가운데서 살아가지 않으면 안 되거든.”
나이를 먹어가면서 나는 이때의 어머님 말씀을 얼마나 되풀이 되풀이 되새겼는지 모른다. 동일성과 차이성을 둘러싼 원체험이라고도 할 수 있는 이 일은 지금도 내 마음속에 생생하게 살아 있다.

나는 나 자신에게 수갑과 족쇄를 채워놓고 제작 방법과 모티프를 가능한 한 한정시킨다. 그리고 소재와 이데를 단순화시켜 그것을 신체행위로 반복하는 동안에 비동일적인 것이 나타나게 된다. 내적인 것과 외부성과의 다양한 만남과 반복행위에 의해 제작이 진전되어 궁극적으로 나도 작품도 양의적인 것으로 태어나기를 바라는 셈이다.

돌이켜보면 타블로나 조각, 드로잉을 제작하기 전에 자기와 타인, 기계와 소재 등의 연관이나 그 반복과 어긋남으로 이루어지는 판화를 먼저 제작하는 일이 많다. 똑같은 일이면서도 외부성과의 만남의 개입에 의해 부풀어 오르면서, 좀더 잘, 좀더 좋은 것이기를 바라 한없이 고양심이 부추겨지기 때문이다. 부단히 동일성과 차이성의 양면적인 제작현장에 서려고 한다. 현장이란 나와 타와의 교섭의 장면이며, 그것은 산다고 하는 모순율의 장소에 서 있는 일이기도 하다.

표현과 신체

나는 머리로 생각하지만 또한 손으로 그리고, 발로 걸으면서 무언가를 찾는다. 이것은 신체를 단련시키고 의식을 닦으면서 양쪽을 맞세워 제작에 임한다는 뜻이다. 이러한 제작 자세와 방법은 지금에서야 촌스럽다. 좀더 부연하자면 가난하고 귀찮고 때로는 답답하다. 그렇기는 하지만 예술 표현에 있어서 자기 신체를 경유하는 제작 이외에 달리 좋은 방도가 있으리라고 생각되지 않는다.

오늘날은 산업사회이며 뇌腦 중심의 발상이 기본이므로, 통상적으로는 신체를 배제하고 공장이나 기계나 남에게 맡겨서 작품을 만드는 쪽이 시대에 걸맞는다. 거기에서는 우선 자기 신체를 경유함은 불명료한 짓이며 무엇에 의거하든지 간에 플래닝과 동일한 것이 되는 일이 중요하다. 다른 산업상품과 마찬가지로 작품도 감정이나 우연성을 배제하고 오토메이션 시스템처럼 완벽하게 제작하는 일이 소중하게 된다. 그리고 컨셉, 정교함, 복잡함, 균질성, 혹은 스케일, 소재의 존재감, 물량 등을 강조하는 일. 생각이나 소재의 프로그램화, 데이터화를 탄탄하게 하여 그것을 오토메틱하게 확대, 증식시키면서, 정확하게 재현하지 않으면 안 된다. 이런 표현방법은 두뇌 중심 사고의 특징이 어떤 것인가를 잘 얘기해준다고 할 수 있다.

그런데 나는 그렇게 해서 완성된 작품이 종종 별 맛이 없다고 생각한다. 아니, 때에 따라서는 끔찍하게조차 여겨진다.

아이디어가 그대로 작품이 되었다는 느낌이다. 이른바, 작품을 통해서 아이디어를 확인할 수만 있으면, 일은 다 된 셈이다. 그 뒤로 여러 가지 형태나 색, 테크닉, 또는 스케일 등에서 겁먹을 수도 있겠으나 여기서는 신체로 느끼거나 눈으로 보는 것을 너무 원해서는 안 된다. 그것은 철저하게 관리된 세계이며 투명한 언어와 같은 것이기 때문이다. 이질적인 것이나 타자, 또는 외부를 부정하고 데이터화, 준별화, 재료화된 것만으로 구성된, 바로 이성과 세계를 동일한 것으로 꾸며낸 작품. 이런 것에 감탄하는 자가 있다면 울트라 독재자의 솜씨 좋은 정치적 지배술이라고나 해야 할 것인지.

여기서는 보는 짓이 발견하거나 의문시하는 일이 아니라 동의를 표명하는 눈이 된다. 폐쇄적인 공동체적 발상이 보편성이라는 이름하에 살아남아 있다. 보는 짓이, 확인 작업, 요컨대 요해하는 것, 감시한다는 것 외의 의미를 지니지 않는다. 데이터의 전일적인 재현을 모토로 삼기 때문에 어긋남도 불투명함도 없고, 모든 것이 명료하다.

내가 재미없다고 느끼는 것은 바로 이 명료함 때문이다. 너무 명료하기 때문에 숨이 막히고 끔찍해진다. 이 명료함은 두뇌 중심적 사고에 의해 외부와의 걸림을 끊고, 신체를 업신여기고 이들을 소외시키는 데서 비롯된다.

그런데 신체란, 일찍이 메를로 퐁티Merleau Ponty가 갈파했듯이 자명한 일이지만, 나한테만 귀속되어 있는 것이 아닌 외계와도 이어져 있는 양의적兩義的인 것이다. 인간은 신체적 존재임으로 하여 세계내적존재일 수가 있다. 그런 뜻에서 엄밀하게는 내 손, 내 눈이라는 말씨는 잘못된 것이며, 편의상의 언어에 지나지 않는다는 사실을 명심해야 할 일이다.

신체는 외부와 내부를 매개하며, 인간을 보다 넓게 열린 것에 눈뜨게 해준다. 의식과 신체는 상호 협동하는 일은 있어도 동일한 것은 아니다. 오히려 의식보다 훨씬 큰 세계와 걸려 있는 것이 신체이다. 신체는 외계의 일부이기도 하다.

그러므로 신체의 존재성이나 그 역할을 살림으로써 인간은 외계를 알고 초월을 체험할 수 있게 된다. 내가 신체에 구애하는 이유도 이 점에 있다.

나는 신체와 의식을 고도로 맺어 그 양의성을 고양시키기 위해, 늘 유념하여 행위의 훈련을 쌓는다. 그렇게 하면 제작할 때, 신체적 행위를 되풀이하는 동안에 아이디어의 변용 변질을 자아내어 작품의 깊이와 넓이가 더하게 된다. 내 힘은 10밖에 없어도 외부와 걸리는 신체의 작용에 의해 20 또는 30의 힘으로 부풀 수 있다. 내가 내 이상의 작품을 만들 수가 있다면, 그것은 신체의 존재성에 의해서이다. 외부성이 끌어들여지는 몫만큼 투명감이 흐려지면서 미지성이 나타남과 동시에 작품은 함축성을 지니고 암시적인 것이 되어간다.

물론 신체와 의식은 때로는 겨루기도 하고 협력하기도 하기에 그렇기 때문에 만드는 데 어긋남이 나타나게 된다. 작품이 타자성을 띠게 되는 것은 신체에 의한 외부성의 침투에 의함이

다. 신체를 활용하는 데 있어서 보다 중요한 것은 제작이 외부
와의 만남의 장이라는 점이다. 경험이란 외부와의 맞닿음이며,
거기에서 무한감을 맛보게 된다. 제작이란 참으로 사는 일이며
신체적 행위를 통해 무한에 닿는 일이다.

회화의 명운

　나는 인간의 힘을 자만하는 듯한 불멸의 작품을 그리려고 생각하지 않는다. 회화의 명운에 관심이 있기 때문이다. 내 그림은 아마도 만년이 지나기도 전에 화면은 사라져 없어지고, 캔버스도 너덜너덜 해져버릴 것이다. 인간은 필사적으로 세계를 만들어 세우려고 하고, 자연은 어디까지나 그것을 대지로 되돌리려고 한다. 있게 하려는 힘과 없애려는 힘의 치열한 맞섬은 아름다운 겨룸이다. 그래서 나는 완벽하고 견고하며 잘난 체 버티는 작품을 좋아하지 않는다. 게임의 양면을 볼 수 있는, 위태위태한 밸런스를 지니는 그림, 바로 그런 것이 그리고 싶다.

시각의 운동

　네모난 캔버스 오른쪽 한곳에 하나의 점(터치)을 찍어본다. 그러면 왼쪽 어딘가에 그에 대응하는 점을 찍고 싶어진다. 또 중앙에서 조금 비껴서 하나의 점을 찍어본다. 그러면 그것이 캔버스의 중심인 것같이 비친다.

　이것은 내 눈의 버릇으로 그렇게 되는 것인가, 아니면 생각의 짜냄에 의한 것인가. 혹은 원래 두 눈의 시점은 끊임없이 중심으로 모여드는 것이며, 오른쪽과 왼쪽으로 나눠지면 대응하게 되어 있는 것일까? (내 경험과 생각으로는 이 현상의 무한한 바리에이션이 거의 모든 그림의 또 하나의 구성요소를 이루고 있는 것처럼 여겨지기도 한다.)

　점이 중앙인 경우는 하나의 시점에 수렴됨과 동시에, 캔버스의 중심성으로 작용하고, 점이 오른쪽이나 왼쪽, 어느 한쪽인 경우에는 시점이 그 반대쪽에 맞서줄 것을 요구하여 캔버스의 밸런스를 잡으려 한다. 그렇다면 숫제 캔버스의 바로 중앙 중심에 하나의 점을 찍거나, 중앙 중심에서 좌우 양쪽에 딱 들어맞는 신메트리로 두 개의 점을 찍으면 어떨까? 그런데 그렇게 되면 어느 것도 안정되어 있는 것 같으나 거의 움직임이 느껴지지 않고 어긋남을 되돌리려고 하는 눈의 운동은 정지되어버린다. 좀더 부연하자면 눈의 감각뿐 아니라 사고思考까지도 작동을 멈추는 것처럼 여겨지기조차 한다.

이러한 것은 위치에만 관련되는 것이 아니라 사소한 색의 차이, 터치의 강약, 붓의 종류, 제작의 가락, 기타 여러 가지 사연에 얽히는 눈의 착시현상이라고 할 수 있다.

게슈탈트 심리학은 이 어긋남의 다이내미즘 연구가 아닐까? 표현이 너무 완벽해도, 밸런스 그 자체여도 안 되고, 그렇다고 아예 불완전하거나 아주 흐트러져 있어도 곤란한 것이다. 완벽성이나 밸런스를 불러일으키는 절묘한 어긋남에 비밀이 있다. 그 사소한 어긋남을 찾아맞추려고 화가는 정녕 미친 듯이 언제나 비슷한 짓이나 그럴싸한 곳을 쫓아 헤매고 있다.

무엇이 완벽이며 무엇이 밸런스인지 쉽게 말할 수는 없지만, 동일성과 차이성을 둘러싼 시각의 운동은 무한하다.

사막

나는 사막에 몇 개인가 귀떨어진 돌기둥이 서 있는 광경을 좋아한다. 사라지게 하려는 힘과 계속 서 있으려고 하는 힘의 맞섬이 보이기 때문이다. 이 겨룸 속에 시간의 모습이 있다. 사막이 크낙한 보이는 장소가 되는 것은 이런 흔적, 파편에 의해서이다.

잠깐 멈춰 서서

　수선스럽고 바쁜 이여, 잠깐 멈춰 서서 파아란 하늘이라도 우러러보게나. 그리고 입을 다문 채 눈을 감고 한번 심호흡이라도 하지 않을 텐가? 그것만으로도 자네는 구원되고 세계는 되살아나리라.

　마쓰오 바쇼〔松尾芭蕉〕의 시 중에 〈오래된 연못, 개구리 뛰어드는 물소리〉라는 것이 있다. 한순간의 사소한 터트려짐에서 시인은 커다란 우주의 울림을 감득하고 있다.
　내 일 또한 일상의 무감각한 세계에 자극적인 터트림을 짜내려는 데 있다. 그것이 시적인 번뜩임을 불러일으키는 장면이기를 바란다.
　단지 바쇼의 시와 다른 점은 작품이 언어에 의지하지 않고 불투명한 사물이나 가변적 공간에 걸리는 메타포이기 때문에 간접적인 이미지보다는 직접적인 만남이 중시되는 점이라 하겠다.
　어쨌든 나의 조촐한 '터트림'은 수다가 아닌, 반대로 여백에 눈길을 주고 침묵에 귀기울이는 것이었으면 하는 것이다.

관계항 stone, gum measuring, space

    공간이나 물체는 과연 보이는 대로의 것일까. 어떤 계기나 형식이나 관계의 변화에 따라 경험과 인식이 변하는 일은 없을까.

    예컨대 무겁고 불투명한 돌을 외계에서 빌려오고 가볍고 명료한 고무자를 메커닉하게 만든다. 이것을 특정한 장면으로 관계지음으로써 인간의 시각에 어떠한 현상이 일어나는가를 캐보고자 한다.

    돌의 중력이나 위치, 다른 돌과의 거리감, 고무자의 신축성과 애매성 등에 착안하여 이들의 상태성을 강조하는 관계항을 짜낸다. 이렇게 해서 열리는 팽팽한 공간은 일상성을 깨뜨리고 신선한 지각을 불러일으켜줌을 보게 된다.

    나의 관심은 이미지나 물체의 존재성보다 만남의 관계에서 오는 현상학적인 지각의 세계에 있다.

돌의 발견

1917년 마르셀 뒤샹Marcel Duchamp은 레디메이드의 변기를 〈샘〉
이라는 이름으로 전람회에 출품했다. 산업사회를 상징하듯, 오
토메이션에 의한 복제품을 일정한 수순을 밟아 작품화한 것이
다. 조각을 자기 표상으로서, 개성적인 제작에 의해 자족적으로
만들었던 일을 되새기면 정말이지 혁명적인 짓거리라고 할 수
있다.

그러나 그것이 사회화된 상像이라고는 하지만, 그 재현적인
대상화라는 점에서는 작가가 만든 물건과 근본적으로 다를 바
없다. 기계에 의지하든 복제이든, 익명이든 품명을 바꾸든, 장
소를 옮기든, 의미를 어긋나게 하든, 이미 인식되고 요해了解된
상像으로 실체화된 물건인 이상, 동일성 환상의 강압을 면할 수
는 없다. 그의 저 〈큰 유리〉의 의도하지 않았던 금도 예외는 아
니다. 거기에서는 자의성이나 우연성조차도 상像의 내부 사정
으로 내포화되어, 표상의 일부로 거두어들여져 있기 때문이다.

근대의 이념은 실로 타와의 걸림을 끊고, 표상의 궤도를 타고
이미 요해된 것을 자립적으로 만들어내는 데에 있다. 그래서 일
상공간은 상에 의한 물건이나 정보로 넘치고 풍요로워졌다. 그
러나 낯선 자와 외계가 차별화되거나 배제되어 동일성의 관리
하에 모든 것은 명증성과 투명한 니힐리즘의 공기에 뒤덮이게
되었다.

나의 시도는 이 전체주의적인 상像의 공간에 금을 가게 하고, 미지성과 만나게 하는 데 있다. 산업사회의 앞날에는 좋든 싫든 간에 기술의 고도화와 함께, 생산을 한정하고 만들지 않은 것이나 낯선 이들과도 가치를 인정할 것이 요청될 것이다. 예술에 있어서도 상의 대상화에서 만남의 세계로 표현의 방향을 바꾸지 않으면 안 될 터이다.

이런 쪽으로는 이미 요셉 보이스Joseph Beuys가 에너지와 생명을 모티프로, 동식물이나 유기물·무기물을 어울리게 하거나 그것들을 충격적으로 맞물리게 하고 있다. 예술을 외계와의 교류 가운데서 재포착하려고 한 선구성에는 경의를 표한다. 그렇지만 그의 작업은 외부성을 끌어넣으면서도 소름이 끼치는 표현주의의 올가미에서 해방된 것은 아니었다. 존재론적인 연금술에서 좀더 관계론적인 방법으로 입장을 비껴서게 해야 할 것이 아닌가.

예컨대 나는 1968년 가을, 신주쿠(新宿)에 있는 어떤 화랑 입구에서 땅바닥에 깔려 있는 거대한 유리에 커다란 돌을 떨어뜨려 놓았다. 유리에는 몇 개인가 균열이 생겼다. 오늘날의 도시적인 사건을 재현적이 아닌 방법으로 구태여 행해봤던 것이다. 물건과 공간, 의지와 우연, 행위와 신체가 서로 맞서고 서로 끌어당겨, 보는 자와의 대응 속에서 선명한 장소가 마련된 셈이다.

내가 표현의 차원에 끌어들일 중요물로 발견하고 고른 것은 만들어진 것이 아닌 것, 불투명한 것, 외계적인 것으로서의 자연석이었다. 그것은 순수무구하기 때문이 아니라 한정되지 않은 강한 외부성을 시사하는 것으로 여겨졌기 때문이다. 바꿔 말하면, 동일성에서 빗겨진 외계와 연결된 타자로서 돌이 택해졌다.

변기의 인용 대 자연석의 차용. 그러나 나한테 문제가 되었던 것은 돌이든 유리이든 그 외부성은 물론이거니와, 대상물로서가 아니라 하나의 상황 속에서 타와 관련을 꾀하는 짓거리이었다. 고정된 '물物'이 아니라 가변적인 '일〔事〕'로 환치하는 일인 것이다. 자연물이나 공업용재를 그다지 손을 가하지 않고 공간과 보는 자와도 관련짓게 하는 짓거리로 직접성이 강한 대화를 시도해본 것이라 할 수 있다.

이처럼 만드는 것의 어중간함은 온갖 엘리먼트가 맞서거나 융합하여 최대로 사는〔生〕 것이기 때문에, 완결적으로 만드는 것 이상으로 엄격한 컨셉과 수련, 그리고 테크닉을 필요로 한다. 작품이 안과 밖으로 열려 보는 자에게 불확정한 미지에의 암시와 비약을 가져다주는 것이기 위해서는 고도의 살아 있는 구조성을 획득하지 않으면 안 된다. 그렇게 되어야 작품이, 동일성이나 언어를 넘어 여백과 침묵을 끌어안고 반성과 숭고로 우리를 이끄는 것이 된다.

나의 일인 즉 스스로의 근대성을 포함하여, 그것과 투쟁하고 비판하는 것에서부터 시작된다. 그리고 조각이나 회화의 성립과 기원을 묻는 일이다. 만든 것과 만들어지지 않은 것을, 신체를 중계시켜 관계짓게 하는 짓이다. 작품이 내부와 외부를 매개하고 환기시키는 것이기를 바라기 때문이다.

돌을 찾아서

　나변에 뒹굴고 있는 자연석은 대체로 아주 오래된 것이다. 사람 머리 크기만 한 것조차도 오만 년에서 십만 년이 지난 것이 흔한 모양이다. 이처럼 자연석은 정신이 아득해질 만큼 긴 시간의 덩어리이면서 동시에 신경질이 날 정도로 규정하기 어려운 공간적인 존재이기도 하다.

　각각의 지역에는 각각의 돌이 있다. 일견 어느 돌이나 모두 같아 보이지만, 자세히 보면 그렇지 않다. 지구환경의 차이라든가 지질의 오래되고 새로움에 따라 돌은 갖가지 변화를 보인다. 돌의 성분이 똑같은 경우라도 높은 산, 들판의 강변, 해변 등 장소에 따라 전혀 다른 양태를 나타내는 것이다.

　나는 오랜 세월 자연석을 차용한 조각을 만들어왔지만, 전시하는 지역이나 공간에 따라 작품은 달라 보인다. 주변의 경치를 끌어들이는 정원의 전통이 있는 동아시아와, 모든 것을 건축자재의 일부로 간주하는 유럽과는 자연을 보는 눈에 커다란 거리가 있다. 그리고 시골 공간과 산업도시 공간하고도 돌을 둘러싼 감각이 너무나 다르다. 똑같은 플래닝, 똑같은 사이즈, 똑같은 패턴이라 해도 전시장의 성격에 따라 이미지나 느낌이 비슷한 것 같으면서 전혀 다른 것이 된다.

　게다가 더 문제인 것은, 돌의 지역성이라고나 해야 할 것들이다. 이것을 이해하는 것은 그 지역에 사는 인간을 헤아리는 어려움에 필적한다고 할 수 있다. 돌은 돌이지만 그 이미지, 질량감, 형태, 색이 친숙하게 느껴지지 않고 내가 아는 언어에는 들어맞지 않는 불투명한 것들로서 거기 존재하는 경우가 많다. 우선은 마주하는 것 자체가 어렵다.

1971년 벵센느공원에서 파리비엔날레가 개최되었을 때 나는 처음으로 유럽에 갔고, 주로 돌을 사용한 몇 개의 작품을 출품한 일이 있다. 유리, 캔버스, 고무 등과 자연석을 짜맞추는 작업이었는데, 마땅한 돌을 찾는 데 무척 고생을 했다. 오픈 전날 저녁 무렵까지 친구 부인 차로 몇백 킬로미터나 돌아다녀보았지만, 마음에 드는 돌을 찾지 못하고 어찌할 줄을 모른 채 전시장으로 돌아왔다.

허탈감을 억누르면서 슬슬 공원을 걷고 있을 때, 한순간 내 눈을 의심했다. 바로 이것이야말로 찾고 있던 돌다운 것이 여러 개 작은 연못 주위에 산재하고 있는 것이 아니겠는가. 동참한 일본 친구들과 남의 눈을 피해서 손수레로 돌을 필요한 만큼 전시장으로 운반해, 빠듯하게 작품 세팅을 마쳤다.

그런데 다음 날 아침 회장에 도착하자 비엔날레의 사무국 직원과 순경 두 사람이 나를 기다리고 있었다. 훔친 돌을 원자리에 갖다 놓으라는 것이었다. 사실은 그 돌은 공원에 있는 일본정원의 일부로 일본에서 운반해온 것이란다. 나는 사정을 설명하고 전람회가 끝나면 꼭 돌려놓을 테니까 당분간 봐달라고 부탁하였고, 최종적으로 오케이를 받았다.

수년 뒤 독일의 어떤 화랑에서 개인전을 하게 되어 다시 한번 돌 때문에 뜻밖의 경험을 했다. 화랑 주인의 차로 동서남북, 들이랑 숲이랑 강가를 며칠이고 돌아다녔다. 이건 어때요? 저건 어떨까? 라고 화랑 주인이나 때로는 그 지방의 아저씨들까지 가세하여 이것저것 돌을 찾아다녔지만, 그 어느 것도 내 눈에는 '이거다' 할 것으로는 보이지 않았다. 어떤 것은 시멘트를 뭉쳐 놓은 것 같고, 어떤 것은 사람 두개골을 크게 해놓은 것 같고, 어떤 것은 어딘지 모르게 표현주의의 오브제를 연상시켰다.

내가 구하는 돌은 일본이나 한국에서는 아무 데나 뒹굴고 있는 그저 둥그스름한 무표정한 것들이다. 색은 이상할 정도만 아니라면 까맣든 불그스름하든 허옇든 상관없지만, 단단하고 중량감이 있고, 성격이 없는 둥그스럼한 모양새이면 그만이다.

오랜 세월에 걸쳐 비바람에 깎이고 흙이랑 물에 시달려 특정한 이미지를 불러일으키지 않는, 말하자면 추상성이 높은 돌이 좋다. 공간이나 다른 것과 짜맞출 때 보는 사람과의 관계가 가능한 한 뉴트럴할 필요가 있기 때문이다. 일본이나 한국에서는 아무 데서라도 눈에 띄는 것이 다른 지역에서는 왜 전혀 찾아볼 수 없는 것인지 정말 이상했다.

그래도 어떻게든 돌을 찾아내지 않으면 전람회를 열 수가 없다. 매일매일 마을이랑 숲이랑 강변이랑 들판이랑 산기슭을 돌아다니며 일주일이 지났다. 독일 풍경도 눈에 익고 마을 사람들의 말도 어느 정도 귀에 들어오게 되고, 백포도주가 곁들여지는 식사가 점점 맛있게 느껴지기 시작했다.

그러던 어느 날, 강변에서 그럴싸한 돌이 여기저기 뒹굴고 있는 것을 발견했다. 이건 쓸 만하겠는데. 조금 투박하고 상당히 시커멓기는 하지만 보기에도 독일 돌답지 않은가. 크고 작은 것 열 개 정도를 골라 운반하는 사람에게 갖다 달라고 부탁했다. 독일 화랑 공간의 억셈에 꼭 어울리는 돌로 느껴졌고 좋은 세팅을 할 수 있어서 기뻤다. 한숨 돌리고 있을 때 화랑 주인이 지나가는 말처럼 중얼거렸다. 이 돌은 처음에 안내했던 것이었는데 그때는 전혀 쳐다도 보지 않았었어요. 나는 흠칫했다. 처음에 돌로 보이지 않았던 것이 독일 공기에 익숙해짐에 따라 그럴듯한 것으로 보이기 시작했다는 얘기다.

아마 어느 정도는 피곤이라든가 체념하는 마음도 일조했던 것이겠지만, 그것만은 아닐 것이다. 타향에서의 시간과 공간의 신선한 경험으로 겨우 자기 밖으로 조금 나갈 수 있게 되었고 거기 존재하는 것이 그 자체로 눈에 비치게 된 것이리라. 이것은 하나의 경이라고 할 수 있었다. 프랑스나 독일에서 필사적으로 일본 돌을 찾는 일이 끝내 이런 결과를 가져다준 것은 시사하는 바가 크다.

돌이켜보면 삼십여 년간, 나는 한없이 돌을 찾아 돌아다녔다. 프랑스나 독일의 숲, 네덜란드나 벨기에의 들판, 알프스 산록, 토스카나의 구릉지대, 템스 강변, 뉴욕의 거대한 빌딩 공사 현장 등 하도 많은 지역의 돌을 보았고 만졌다.

모두 각각의 모습이 있고, 색이 있고, 이미지가 있고, 그리고 언어가 있고 역사가 있다. 그러나 그들이 똑같이 돌이라고 불리는 것 자체가 하나의 신비이며, 얼마나 넓고 깊고 풍요로운 것인가를 새삼 깨닫게 된다.

플래닝과 현장

　　이미 거기에 있는 물건이나 공간, 시간을 어떻게 처리할 것인가는 현대 조각에서 가장 큰 문제 중 하나라고 할 수 있다. 그것을 무시하는 자세, 관여시키는 자세, 변용시키는 자세 등이 있을 수 있으나, 나는 가능한 한 그것들을 살리는 방향으로 관여시키고 싶어하는 편이다.

　　언젠가 화랑에서의 세팅임에도 불구하고 외부성과 부딪히게 되어 크게 당혹한 적이 있다. 그때도 철공장에서 철판을 사오고 강변과 조경회사에서 돌을 차용하여 화랑에 운반해왔다. 그리고 미리 준비해둔 플래닝 스케치를 보면서 인부들과 힘을 합쳐 각각의 위치에 돌과 철판을 짜놓기 시작했다. 벽에 철판을 기대 세우고 그 앞에 돌을 놓기도 하고, 중앙 부근의 넓은 공간에는 제일 큰 철판을 깔고 거대한 돌로 철판 일부와 마루를 교배시키는 등. 처음에는 영문을 모르던 인부들도 서서히 내 플래닝을 이해하기에 이르고 당초 플래닝하고는 약간의 어긋남이 생겼다고는 해도 작품 세팅은 순조롭게 진행되어갔다.

　　그런데 작품 하나가 잘 되지 않는다.

　　화랑에는 다섯 개의 하얀 페인트로 칠한 철기둥이 있는데, 그 중 하나가 돌과 철판의 짜맞춤에 방해가 된다. 설마 이렇게 기둥이 마음에 걸리리라고는 예상도 못했었다. 기둥을 피해서 어떻게든 해보려고 돌과 철판의 위치를 이렇게 저렇게 비켜나게 해보았지만 아무래도 해결이 되지 않는다. 그동안 점심식사 시간이 있었고 오후가 되어 다시 시도해보았지만 여전히 잘 들어맞지 않는다. 인부들을 쉬게 하고 화랑 주인이 가져온 커피를 마시면서 생각에 잠겼다.

얼마 지나고 나서 어쨌든 또 한번 해보자, 라고 모두에게 말을 걸었을 때 한 인부가 말했다. 이 기둥을 피하는 것은 불가능해요. 그 말을 듣고 나는 순간 짚이는 바가 있었다. 그렇다면 하고, 기둥을 사이에 끼고 돌과 철판을 놓아본다. 음, 공간이 편해진 느낌이 들지 않는가. 인부들은 내 얼굴을 보면서 미소를 띠었다. 그러고 나서 얼마 있다가 나는 숫제 이렇게 하면 어때? 하며 돌을 기둥에 기대놓고 거기에서 철판을 조금 더 저쪽으로 떼어보았다.

바로 이거야! 한 인부가 "트래비앙!"하고 소리쳤다. 갑자기 주위가 밝아지고 생동하기 시작했다. 옆으로 퍼지는 것과 높이로 뻗는 것, 그리고 거기에 존재하는 것이 다이내믹한 관계항을 이루면서 움직이기 시작한다. 공기나 에너지의 팽팽한 흐름에 산뜻한 여운이 떠돈다. 방해물이었던 기둥이 작품에 없어서는 안 되는 중요한 요소가 된 것이다. 그뿐 아니라, 다른 네 기둥까지도 공간의 필연적인 뼈대로 되살아났다.

이런 일은 플래닝에는 없었던 일이었고, 예상도 하지 못했던 발견이라고 할 수 있다. 시행착오를 거듭하는 동안에 찾아진 세계이다. 세팅이 나를 산 자로 만들고, 발견이 플래닝을 뛰어넘는다.

조각의 세팅은 플래닝에 따른다고는 하지만, 거드는 사람이
나 돌, 철판, 특히 거기에 있는 공간하고의 살아 있는 관계를 꾀
하는 작업이다. 그리고 한치도 빼거나 더할 수 없는 현장성의
자각에서 어느 순간, 시적인 장소가 열릴 때 조각가는 더할 나
위 없는 행복의 떨림을 맛보게 된다.

제작의 프로세스

보통은 플래닝에 의해 제작을 진행시킨다. 그러나 거꾸로 사물에서 혹은 장소에서 인스피레이션을 얻어 제작을 시작하는 일도 가끔 있다. 어느 쪽이나 출발점인 것이며 그것이 그대로 작품이 되는 수는 없다.

플래닝에서 시작해도 실제적으로 점차 어긋나게 되고 즉흥적으로 시작해도 조금씩 플래닝이 보이게 되는 법이다. 프로세스는 메커니즘이 아니라 살아 있는 생성 감각이며, 따라서 다양한 만남이어야만, 그것이 작품을 숙성시킨다.

어느 쪽이라 하더라도 중요한 것은 제작이 의식과 외부성과의 교섭 가운데서 진행되고, 그리고 미지성을 품은 작품이 되어간다는 점이다.

여러 작가들

빠다샹젱[八大山人]의 〈목련도〉에 부쳐

빠다샹젱의 〈목련도〉를 가만히 바라보고 있으면, 등심을 찡하게 달려가는 전율을 느끼게 된다. 혼이 뒤흔들어진다. 화면 바닥으로부터 헤아릴 수 없는 전파가 보는 자에게 잇따라 밀려온다. 보고 있다기보다 어느 틈엔지 저쪽이 쏘아보고 있다. 외면하는 것도 눈을 내리까는 것도 허용되지 않는다. 이 기백에 찬 눈초리에 홀리고 있는 사이에 말할 수 없이 깊은 비애에 가까운 투명감이 온몸 가득 퍼져나간다. 일상의 진흙 밭에서 뭔가 숭고하고 아득한 세계로 떠올려지는 것 같다.

이것은, 십오 년 전이었던가 화집에서 자주 보았던 것을 구미 여행에서 돌아와 우연히 실물과 대면할 기회를 얻었던 때의 감상이다. 진한 유화물감으로 덕지덕지 뒤덮은 그림에 둘러싸여 잔뜩 질려서 돌아왔을 때였던 만큼 다소 지나치게 감격했는지도 모른다. 지금도 가끔 화집을 펼쳐 이 그림을 들여다보고는, 한없는 매력을 느끼는 데에는 변함이 없다.

〈목련도〉는 빠다샹젱이 69세(1694)때 그린 《안만첩安晩帖》(31.8×28cm) 가운데 하나이다. 두 장의 산수화를 제외하고는 화첩은 꽃이나 새, 물고기나 돌 등 거의 신변에 있는 소재들을 한결같이 간단한 붓놀림으로 단숨에 그린 것인데, 그중에서도 이 그림은 샹젱의 특징이 유감없이 발휘되어 있는 것이라고 할 수 있다.

그림의 구도를 보면, 왼쪽 아랫단에 한들한들 막 피어난 꽃 한 송이, 그리고 오른쪽 윗단에 지금이라도 터질 듯한 꽃봉오리, 그들을 잇는 것처럼 오른쪽 아래에서 한 줄기 가지가 왼쪽 꽃을 향해 비스듬히 치닫다 도중에서 한숨 돌리고 위로 뻗어, 한순간 끊기지만 가장자리 바로 앞에서 구부러져 오른 위쪽 봉오리에 연결되어 있다. 그 외는 상하 두 송이 꽃 아래 각각 어린 곁잎과 그들을 중앙의 가지로 연결시키는 작은 가지가 그려져 있을 뿐, 오른쪽 하단에 있는 빠다샹젱의 사인과 주인朱印을 합쳐도 화면은 극히 단순하면서 청초망양淸楚汪洋, 고절적막孤絶寂寞하다. 모든 것이 한 자루의 붓만으로 그려져 있고 세 번 정도 농도가 다른 묵이 가해져 있을 뿐이다. 참으로 여백의 그림이다. 그런데도 화면은 스케일이 있으며 텅 비어 있으면서도 무언가가 차 있고 생명감으로 약동하고 있다. 동양화의 용어를 쓰자면 화면에 기운氣韻이 생동하고 신기神氣가 돈다. 확고하고 절묘한 컴포지션이 한층 더 그 느낌을 두드러지게 하고 있다.

서양화의 개념에서 말한다면, 이 그림은 밑그림풍 같은 단지 드로잉에 지나지 않는다. 평붓으로 덕지덕지 뒤칠하면서 거기에 세계의 화상繪像을 만들어가는 것이 본령인 견지에서는 그렇게 볼 수밖에 없을 것이다.

그런데 동양화, 특히 문인화에서는 〈목련도〉에 보이듯, 선이 모든 것을 결정하는 경우가 많다. 화선지는 그리기 전에 이미 하나의 세계이며, 화가는 약간의 표시로 거기에 어떤 세계가 있는가를 선명하게 불러일으킬 뿐이다. 대개 점, 아니면 점의 연장인 선을 써서. 화면을 휘어잡게 되는 것이 거의 선이고 보면, 그 자체가 생생하게 살아 있는 존재이어야만 한다. 이 선이라는 생명체의 바탕 여하에 응해서 세계는 그 모습을 나타낸다. 선에 숨결을 불어넣기, 살아 있는 선을 그을 수 없으면, 참다운 그림을 그리는 것은 불가능하다. 지우는 일도 고치는 일도 없이, 일순의 행위를 전일한 것으로서 사는 것, 그 궁극적인 정화 끝에 한 선을 그으려 한다. 이러한 예술을 가능케 하기 위해서는 끝없는 자기 극기와 엄격한 수련이 필요한 것임은 말할 필요도 없다.

손재간 있는 디자이너에게 그리게 하면 진품에 가깝게 〈목련도〉 같은 것이야 금방 해낼 수 있을 것이다. 그러나 아무리 기를 써도, 샹젱의 호흡이랑 약동하는 생명, 그리고 그 기백에 찬 고고한 정신성을 거기에 불어넣는 것은 무리일 터이다. 디자이너가 그려낸 것은 피가 통하지 않는 시체, 아니 '디자인' 이라고 하는 모조품에 지나지 않는다. 뒤집어 말하면 거기에는 화가의 삶이 결락되어 있기에 그림은 처음부터 탄생하지도 않은 것이다. 굉장한 삶, 풍만한 인간의 표현만이 사람의 영혼을 뒤흔들 수 있다는 말이다.

몇천 년에 이르는 중국회화사 가운데서도 빠다샹젱만큼 높은 뜻, 생기 넘치는 화경을 보인 화가는 드물다. 붓과 묵을 그만큼 아낀 화가도 귀하다. 묵 아끼기를 금처럼 한다, 는 이성李成의 말 이상으로 샹젱은 자기의 피 한 방울보다 더 소중하게 붓과 먹을 썼던 것이 아니었을까? 그가 그린 온갖 산수화, 온갖 화조화의 화면의 특징이 그렇듯 이 그림 또한, 화면이 될 수 있는 극한적인 요소만으로 줄여서 그 한에서 모든 힘을 쏟아 붓고 있다. 그 때문에 극단적으로 집중력과 응집력이 요구되며 일필일획에 화가의 모든 것이 응축된다. 단순히 그리기 위해 붓이나 묵을 아끼는 것이 아니라, 화면을 보다 본질적이고 드높은 것으로 만들기 위해 응축으로 향하는 힘이 바로 필연적으로 단순화를 초래하고 있다. 일필, 일획이 정신이라는 피가 스며 있듯이 선명하며, 화면에 팽팽한 공기가 떠도는 것은 바로 그 때문이다. 그렇기는 하지만 하얀 화지에서 그림을 읽는 안력眼力, 급소를 꿰뚫어보고 극히 적은 행위로 그것을 휘어잡는 필력의 대단함은 어디에서 오는 것일까? 샹젱이 도달한 화경을 생각할 때, 그 생애가 너무나도 처절하고 고독한 투쟁의 나날이었음을 상기하지 않을 수 없다.

빠다샹젱. 섣불리 명조의 왕손으로 태어난 탓에 맛보지 않으면 안 되었던 쓰디쓴 고생은 상상을 초월하는 것이었던 것 같다. 청조淸朝에 쫓겨 굶주림과 광증에 시달리면서 세계를 배우고, 마음을 갈고 닦아 살아남은 사람. 사회에서 내쫓기고 사람들이 거부하면 할수록, 샹젱은 유랑의 길을 확대하고, 작화作畵에서 전인미답의 흔들림없는 초절超絶한 우주를 추구해나갔다. 그러나 세계로의 여행을 심화시키면 시킬수록 스스로의 실존의 불확실함, 허망함은 이중삼중으로 작품을 말할 수 없이 고절孤絶한 차원으로 이끌어간다. 어디에도 자신의 현재성을 인정할 수 없는 부재감에 떨면서 아득히 먼 부동의 것을 쫓고, 그것을 끊임없이 응시하는 화가의 정신. 이 갈가리 찢길 것 같은 소외감과 모순율이야말로, 그렇기 때문에 오히려 비정하리만큼 격렬하게 그림이라는 불가사의한 우주에 구원을 찾아 달리게 했는지도 모른다. 그림이란, 실로 피안과 현실을 잇는 큰 다리이다.

샹젱이야말로 미술사상 화면의 특이한 존재성에 눈뜬 최초의 화가가 아니었을까.

〈생트 빅투아르〉그림

세잔의 〈생트 빅투아르〉 그림은 동경에서건 뉴욕에서건 볼 수 있다.

멀리 우뚝 솟은 산을 푸른색, 오렌지색, 보라색 등 여러 색을 사용해서 그린 틀림없는 그림이다. 결코 적확的確하다고도 경질硬質이라고도 할 수 없는 더듬거리는 붓의 터치로 이루어진 유화물감의 집적集積이긴 하나, 이 그림은 보는 사람의 심금을 울린다. 그리고 감수성이 강한 사람은 근처의 산을 보아도 이 그림을 떠올리고는 거기에서 무언가 확고한 것, 무한한 세계를 연상하게 된다. 하물며, 엑상 프로방스에서 생트 빅투아르의 실물을 보게 되면, 한층 더 현실감이 강해지면서, 그립기도 하고 두렵기도 하고 숭고하기조차 한, 뭐라 이를 수 없는 공간에 서 있는 기분이 된다.

보기만 해도 기분이 좋아지는 그림이 있는가 하면 봄으로써 지식과 인식이 깊어지는 그림도 있다. 그런 것도 나쁘지는 않다. 그러나 나에게는, 그림의 조응성照應性에 관심이 큰 탓인지 외부와 내부를 환기시켜주고 상기하게 하는 힘을 품은 작품이 근사하다.

그림은 현실에 눈뜨게 하지만 그 뒤는 세잔이 말했듯 자연에서 배우지 않으면 안 된다. 눈앞에 있는 작은 돌 하나조차도 끊임없이 표현을 초월한다. 그래서 완결된 작품보다는 대화를 불

러일으키는 그림일 때, 그것을 계기로 보다 크게 바깥세계에 맞
설 수 있게 되는 것이리라.

　한 장의 그림을 봄으로써 현실이 다르게 보인다는 것은 얼마
나 시적詩的인 일인가. 그림을 보기 전과 본 뒤하고는 주변의 대
상이나 공간이 다른 것으로 비치게 된다. 한 장의 그림을 봄으
로써 감각이 눈을 뜨고, 현실이 좀더 생기 넘치는 세계로 살아
난다. 일상을 신선하게 느끼게 하고, 그것을 보이게 만들어주는
예술의 힘을 아는 사람은 행복하다.

세잔의 수채화

세잔Paul Cézanne의 수채화는 순수하고 신선하다. 특히 풍경화는 동양의 간결한 산수화를 연상시키며 시원하게 눈을 씻어준다.

붓에 엷은 초록, 혹은 약간 어두운 청, 아니면 연보라색 등을 묻혀 하얀 종이 여기저기에 세세하게 고루 배려하듯 터치를 배치하고 있다. 터치는 대상물을 정확하게 잡기 위해서 또는 그림의 이미지를 잘 나타내기 위해서라기보다는 어디까지나 화면의 구도를 가늠하는 요소이며 공간의 암시이고, 동시에 그림의 근육인 것이다.

화면의 아랫부분은 종으로 횡으로 색의 흔적이 고르지 않게 배치되어 있고, 상부 양측으로 올라갈수록 그것들이 하나의 방향으로 경사를 이루고 있는 수채화 〈생트 빅투아르〉(1902 ~ 1904, 31 ×47.5cm). 붓자국 하나하나는 존재감도 약하고 미덥지 못하지만, 빈 공간의 이쪽과 저쪽, 이것과 저것, 좌측과 우측이 서로 호응하거나 또는 거부하면서 조응적인 대위법으로 불협화음의 교향곡을 연주하고 있다.

그려져 있지 않은 공백과 그려진 붓의 흔적과의 관계에 의해 생기와 무한감이 넘쳐난다. 이 상호관계에 의한 여백 현상이 우주적인 것을 불러일으키고, 그래서 순수하고 신선한 느낌을 받게 되는 것이리라. 이것은 근대적인 자기 완결의 공간과는 달

리, 외부성의 인정과 수용이 큰 세계를 열어준다는 언표言表이
기도 하다.

　세잔의 그림의 한없는 매력을 한마디로 말한다면, 그 미완의
공간성과 사물에 끝까지 다가가지 못하는 터치의 답답함에 있
다. 표현은 현실을 암시하기는 하지만, 아무리 애를 써도 결코
거기 존재하는 사물 그 자체에는 도달하지 못한다. 끊임없이 표
현에서 벗어나 그림을 넘어서는 현실—자연의 무서움을 알기
에, 바로 그렇기 때문에 현실과 상상을 맞물리게 하는 표현의
관계성이 보다 큰 예감을 불러일으켜준다고 할 수 있다.

　나는 그려져 있지 않은 것과 그려진 것 사이의 새로운 관계의
모색이야말로 현대 회화의 중요한 과제라고 생각한다. 그런 뜻
에서 세잔의 수채화는 회화의 기원을 묻는 일인 것이다.

마티스Henri Matisse 잡감 雜感

　나는 최근에야 겨우 화가라는 것에 일종의 쾌감을 느낀다. 다 빈치가 자기를 학자니 뭐니 하지 말고 화가라고 불러달라고 했던 의미를 조금씩 이해할 수 있을 것 같다. 화가이기, 그림이기는 하나의 단념일지도 모른다. 그것을 명료한 형태로 제시해준 이가 마티스라고 할 수 있다. 마티스는 아마도 미술사상 화가를 제 몫을 하는 하나의 존재로 만든 최초의 사람이 아니었을까?

　마티스의 그림 특히 〈댄스〉〈실내〉 등의, 중기에서 만년의 종이 오리기 그림에 이르는 많은 작품들은 보면 볼수록 그들이 무언가의 지시물이 아니고 그림이라는 것 외에 아무것도 말하지 않는다. 한 장의 작은 캔버스 위에 이뤄진 일이 자연이나 세계라는 단어와 대등할 만큼 독자적인 존재 이유를 지니고 있다는 것을 이해하게 된다. 그림이란 다른 장르로는 설명되지 않는, 바로 화면이라는 표현을 통해서만 나타나는 신천지이다.

　거창하고 의미심장해 보이는 피카소의 〈게르니카〉에 비해, 마티스의 〈댄스〉는 그 얼마나 얼빠지고 어처구니없을 정도로 무의미하며 싱거운가. 그러나 이것이야말로 육중한 의미의 부담감이 초래하는 시각의 음울에서 그림을 풀어주고, 상쾌하게 열린 창처럼 화면의 가능성을 시사해주는 중요한 사항이라고 할 수 있을 것이다. 종래의 거의 모든 그림이 신학이나 문학, 사회학의 설명도說明圖 아니면 대용품이었거나 자연이나 인간의 아름다움(?)을 가르치는 삽화적인 부수물, 종속적·이차적二次的인 것이었다는 사실을 상기할 때, 마티스의 출현은 화가에게 가히 하나의 혁명에 해당한다고 할 수 있다.

모든 테마나 외계를 그리기에는, 이미 시대가 화가와 그것들 사이에 너무 큰 틈을 만들어버렸다.

세잔까지는 아직 자연과의 대화라 할까, 그린다는 짓거리에 있어 어딘가 세계와의 합일을 꿈꾸는 듯한 행복이 있었다.

그러나 자연과 인간의 밀월蜜月 시대는 지나고, 모든 것은 식어버렸다. 이제는 자연과의 대화가 캔버스 위에 나타나는 것이 아니라, 세계가 캔버스와 화가 사이에서 만들어져야 하는 것이 되었다. 세잔에게 있어서는 〈생트 빅투아르〉나 〈책상 위의 사과〉를 예로 들 것도 없이 아직 자연에 대한 경앙심이라든가 대상에 다가가려는 기백이 그림을 그리게 한 점이 있다. 거기에 비해 마티스가 다양한 모티프를 앞에 두고 그린다 해도 그들은 형성되어야 할 화면을 위한 구성 요소에 지나지 않는다. 색도 형태도, 먼 것도 가까운 것도, 풍경도 인물도, 벽 무늬도 의자도…… 화면 속에 끌어들여진 것은 무엇이든 거기에 그려진 무늬인 것에 지나지 않으며, 외계의 사물이나 상황의 표명이 아니다. 자연과의 대화나 세계의 의미 추구 대신에 화면의 질서가 우선되고, 인간의 구상력이 전면화된 것이다. 그 때문에 종종 너무 인공적으로 앞뒤를 뜯어 맞춘 구성이 마음에 걸리는 것도 부정할 수 없다.

이미 세잔 때부터 그림은 풍경화와 정물화로 분리되기 시작하고 있었지만, 어떤 의미에서는 마티스에 이르러 풍경화가 소멸되고 모두 다 정물화로 수렴되었다고 할 수 있다. 이러한 점은 부동의 외계를 포착하는 풍경화에 비해 정물화가 보다 자유로운 구성력에 의해 성립되는 그림이라는 성격과 무관하지 않다. 그렇기는 하지만 대상물의 강조나 어프로치에 관심이 없던 마티스가 정물화에서 얻어낸 것은 기껏해야 배열이나 콘트라스트 등의 인용引用의 역학 정도였던 것이 아니었을까.

결국 캔버스는 삼차원적인 '평면'이고, 색은 액체 상태인 물질이며, 사물의 형태 또한 캔버스 상의 약속 사항에 지나지 않는다. 이것은 하나의 자각이고 단념이며, 그리고 출발점이기도 하다. 어떠한 기교로도 캔버스 위에 한 개의 사과를 만들어낼 수는 절대로 없다. 사과를 사과 자체처럼 그릴 술책이 있겠는가. 그림이란, 자연답게가 아니라 그림답게 그릴 수밖에 없는 것이다. 역으로 말하면 그림은 그림에 지나지 않기 때문에 모든 것에 우선해서 그림이어야 한다. 그림을 위해 외계가 캔버스에 끌어들여지고, 그림을 위해 외계의 연구가 필요한 것이지, 그 반대는 아니다. 화면은 사물의 표현이라기보다는 화면 형성의 기호일 것이 더 중요하다. 화면상의 여러 사물의 존재감이나 그들의 처소가 애매한 것은 당연한 귀결이다. 서양 미술사에 보이는 문학적 테마주의는 물론이거니와 이제 대상물의 추구사追求史로서의 회화사 또한 이 시점에서 종말을 고한 거나 같다.

마티스는 사물의 성격을 포착하기 위해 데생한다고 말하지만, 사실은 그림의 성질이 그러한 선과 형태를 요구했다고 보아야 하는 것이 아닐까? 마티스의 선묘나 모양새의 훌륭함은 바로 붓이나 초크가 사물을 본떴기 때문이 아니라, 화면 만들기로 기능하고 있다는 점에 있을 것 같다. 종이 오리기 그림에 보이는 종이의 모양새, 자름질, 자른 맛 등도 본질적으로 선묘와 다를 바가 없다. 색채도 이와 같아서, 사물의 허다한 공간의 고유색으로써 채색된 것이 아니라 화면의 고유성으로써 채색이 풀이되어 있는 점이 주목된다. 흔히 마티스를 색채의 화가라고 부르지만 색채 그 자체에 관심을 나타냈다기보다는 그 또한 화면의 필연성, 풍요로움 등의 요소로 추구되었다고 해야 할 것이다.

위와 같은 사태로 인해 그림은 반투명한 순수화라고나 할 '애매한 창'이 되었다. 이런 것 저런 것, 화면에 온갖 것이 많다 싶을 정도로 불러들여져 있는데도 공허하다. 색은 제멋대로이고 형태도 애매모호, 선은 얼떨떨, 존재감은 없고 장소성은 불분명하고…… 게다가 어정쩡한 붓놀림 등, 눈길을 단단하게 받아주는 것이 거기에는 결여되어 있다. 요컨대 마티스의 그림은 희박한 것이다. 이른바, 거기에 있는 것은 그림이지 특정한 의미가 부착된 회화—세계 그 자체가 아니다. 마티스의 그림에서는 화면이 채워져 있어도 이렇다 할 회화는 없는 것이나 같다. 마티스는 그림을 되찾고 회화를 추방해버린 셈이다. 위대한 점은 자연스러움이나 사물의 리얼리티나 깊이나 온갖 삼차원 공간성을 무시하고 그리하여 화면에서 회화라는 의미의 다발을 추방하는데 마티스의 전생애가 바쳐졌다고 해도 좋으리라.

드디어 보는 사람의 눈길은 의미의 벽(회화)에서 해방되어 열린 창처럼 싱그러운 그림 앞에 자유로이 서게 되었다. 그러나 의미의 강요를 좋아하는 노예 근성 소지자들은 마티스의 그림 앞에서 정녕 보지 못하게 됨으로써, 얼마나 맥 빠진 시원찮은 그림이냐고 중얼거릴지도 모른다. 도스토예프스키나 니체에 곁들여서 말하자면 '만일 신이 존재하지 않는다면 모든 것은 자유'인 것이다. 마티스의 그림이, 아니 회화가 없는 그림이 어째서 그렇게 멋있을까. 그것이 자유인에게 가해진 숙제나 다름이 없다. 역으로 마티스 그림은 자유롭게 보는 일의 어려움을 가르치고 있다고도 할 수 있다.

몬드리안 Piet Mondrian

몬드리안의 회화의 궤적은, 바로 근대의 명운의 이야기와 같다.

초기 회화는 외계에 대한 소박한 관심의 표명이라고 할 수 있다. 풍경이나 인물을 애정에 찬 눈길로 바라보며, 별로 데포르메하지 않고 소박하게 그리고 있다. 그것이 점차 저 〈한그루의 사과나무를 둘러싼 시도〉에서 알 수 있듯이, 대상물을 그 구조적 법칙이나 질서를 캐내듯이 정리해가는 그림으로 바뀐다. 그리고 대상물과 마주하는 일에서 멀어져, 처음부터 자립된 구조로서의 냉랭한 화면이 나타난다. 소위 색채와 평면의 구성에 의한 회화의 성립이다.

그러나 만년이 되면 뉴욕 시리즈가 나타내듯이, 이 내면적인 닫힌 구성이 흔들린다. 그리고 다시 한번, 외계로서의 도시 풍경과 연동한 뉴트럴한 창살문양 회화(그것은 이미 자립된 구성이 아니다)를 시도하게 된다.

몬드리안의 후기까지의 작품이란 바로 그대로 근대화의 도정이 아니겠는가. 1 외계와의 소박한 관계로부터, 2 외계의 일부를 대상으로 포착하게 되고 3 다시 그 대상을 구성 개념과 중첩시키면서 정리해나가다가, 4 이번에는 구성 개념만의 전개도로 그림이 짜인다. 곧, 영역으로서의 외계는 이윽고 한정된 대상으로 도려잡게 되고, 그리고 내적인 구성 개념과 겹치는 단계를 거쳐 끝내는 대상성의 소멸과 맞바꾸듯이, 내면적인 구성 개념이 전면화한다는 얘기가 될 것 같다.

몬드리안은 이 자립한 회화로 주목받았지만, 그러나 누구보다도 일찍 그것이 출구 없는 자폐 공간이라는 것을 눈치챘다. 그리는 것, 보는 것이 개념을 인식하는 데 그쳐 외계와 사귀지 못하게 되었다는 것을 알게 된다. 외부성이 없는 회화란 투명한 인식 텍스트이긴 해도 미지의 것, 불투명한 세계와의 만남을 불가능하게 만든다. 외부성 없는 내면의 전면화 역사는 인간을 질식 상태로 내몰았다.

몬드리안은 어떤 점에서는 한 색으로 전면을 뒤덮은 이브 클라인Yves klein이나, 화면을 단순한 색면으로 분할한 바넷 뉴먼보다도 앞을 내다보고 있었다.

창살띠로 메운 무수한 색채가 점멸하는 광경은 개념성이나 자립성을 유지하면서도 자족적인 완결성에서 한 발짝 나와 밖을 향해 열린 느낌을 준다. 바둑판무늬의 매커닉하고 화려한 화면은 뉴욕이라는 개방적이며 미지적 도시의 모습과 실로 좋은 앙상블을 이루고 있다. 내가 처음 뉴욕에 갔을 때 머리에 떠오른 것이 몬드리안의 만년의 그림이었다. 그리고 거꾸로 내 친구인 시인은 적절하게도 몬드리안의 만년의 그림을 보고 있으면 뉴욕의 거리가 연상된다고 했다.

살아 있는 뉴욕과 몬드리안의 뉴트럴한 그림이, 직선적으로 이어지는 것은 물론 아니다. 작품의 양상이, 대응하고 서로 자극을 주면서 보다 다른 차원을 암시하거나 신선한 고양감을 불러 일으키는 것이 중요하다.

본다는 것은 보이는 것과의 만남이다. 개념이나 대상성을 넘어 미지의 영역과 서로 맞닿고 대화를 나누는 일이다. 몬드리안의 뉴욕 시리즈는 새로운 시대를 예고하는 그림일 뿐 아니라 화가가 본다는 일에 대해, 그리고 작품을 본다는 것이 무엇인지를 생각하게 하는, 예감에 찬 매체라고 여겨진다.

게르하르트 리히터 Gerhard Richter

게르하르트 리히터의 그림을 볼 때마다, 현대 회화의 곤란성과 마주하는 진지한 자세에 감동하게 된다.

그는 회화사를 간단히 부정하거나 해체하려고 하지 않는다. 또 내면의 재현이나 개념의 대상화로 문제를 은폐하려고 하지 않고, 언제나 정면으로 활로를 찾는다.

그의 제작은 거의 모든 화가가 외면한 지 오래인 외계와의 대화에서 행해지는 데에 큰 의의가 있다. 외계를 사진에 담고, 신체적 행위를 매개시켜 다시 그것을 그린다. 일방적이며 대상 규정적인 시각이 아니라, 카메라를 중개시켜, 좀더 넓은 세계를 반수동적으로 상호 교류적으로 다루려고 한 것이다. 육안의 폭(시점)을 넘어 외계를 비대상적 세계로서 받아들이고, 그린다는 신체적 행위를 통해 외부와 내부의 만남과 교섭을 나타내려는 시도는 야심적이며 획기적인 일이라고 할 수 있다.

대상물을 타와의 관계로부터 오려내어 이념화해온 근대적 시각이 해체되어가고 있다는 것은 누구나가 알고 있다. 리히터의 그림에서 대상의 흔들림, 번짐, 분해성, 그리고 색의 혼합성과 물질성, 행위의 중복성과 우연성 등이 나타내는 것은, 본다는 것과 그린다는 것의 비보착성非補着性, 곧 근대적인 시각의 성립 불가능성이다.

이제는 외계를 안이하게 그대로 그리는 일도, 이념의 대상물로 재구성, 재구축하는 일도 곤란해졌다. 황폐한 눈과 쇠퇴한 신체가 나타낼 수 있는 역사적 현지점은 회화의 파편성과 황폐성인 셈이다.

그러나 내부와 외부의 부딪침이 유도한 이 파편성과 황폐성은 대단히 암시적이며 동시에 건전하다고도 할 수 있다. 희미하기는 하나 거기에는 외계로의 통로가 열릴 숨결이 있고, 미지로의 비약의 예감이 있다.

다니엘 뷰렌Daniel Buren

다니엘 뷰렌은 스트라이프 작가로 알려져 있다. 주로 노란색으로 된 것이 많은데, 스트라이프 무늬들을 정해진 장소에 매달거나, 벽이나 특정한 대상물에 일정한 간격으로 붙이거나, 그것을 타블로처럼 패널로 만들어 여러 공간에 걸기도 한다.

크게 나누어 그의 작품에는 두 가지 경향이 있다. 하나는 패널이나 벽 전체 혹은 공간 전체를 스트라이프로 뒤덮어 온통 스트라이프의 세계로 만들어버리는 것이고, 또 하나는 공간의 어느 부분에 한정시켜 스트라이프 무늬를 설치하고 그럼으로써 주위 환경이 오히려 신선하게 환기되는 것이라 할 수 있다.

뷰렌은 둘 다 온갖 사물과 기성 개념을 중성화하는 해독제로 생각하고 있는지 모른다. 그러나 그렇게 보기는 어렵지 않을까. 첫 번째 것은 뷰렌의 이미지로 세계를 뒤덮어버리는 전체주의적인 것이다. 거기에는 자기의 증식과 확대가 있을 뿐, 외부성과 이질성은 부정당하고 배제와 지배의 논리가 퍼져 있다. 두 번째 것은 공간이나 대상물의 일부에 메커닉한 스트라이프가 있기에 그것과 외계가 자극을 주고 받으며 서로의 차이성에 의한 신선한 긴장감을 낳는다. 곧, 외부성의 활성화를 불러일으키는 비동일성 Nichtidentity의 세계가 열리는 터이다.

나는 뷰렌이 1987년에 뮨스터에 세운 스트라이프 문이나, 파리의 팔레 롸얄 마당의 스트라이프 설치가 주변과 대응하고 개방적이어서 좋다. 그러나 어떤 전시장 전체를 스트라이프 박테리아로 침식시키는 것처럼 만들거나, 더 나아가 전시장의 수위까지 스트라이프로 뒤덮어버리는 것 같은 작업은 결코 인정할 수 없다. 내면에 의한 세계로서 바꿔 칠하거나 닫힌 자율화로 이끄는 시도는 위험사상이라 아니할 수 없다.

뷰렌은 누구보다도 예술에 있어서 재료의 위압적인 존재감이나 위협적인 스케일, 그리고 자기중심적인 요란한 이미지의 반복과 재현의 위험성, 그 범죄성을 잘 알고 있는 작가로 나는 안다.

그의 작업이 동일성을 타파하고 차이성을 회복하는 방향으로 일관하기를 바라고 싶다.

주젯페 페노네 Giuseppe Penone

페노네의 조각은 대단히 환기력이 강하다.

나뭇가지의 절은 짧게 남겨두고 동체의 살 부분은 계속 벗겨 내어 뼈대를 드러내 보이는 것이 그의 조각이다. 그의 작품을 보는 사람은 산의 나무를 벗겨가면 저렇게 되는구나, 하고 이해하게 된다. 또는 근처에 있는 집의 기둥을 벗겨가면 저렇게 된다는 인식을 불러일으킬 때도 있다.

산의 나무는 눈에 익은 탓인지, 그 구조에까지 눈길이 미치는 경우가 별로 없다. 일반적으로 부근의 나무를 보고 그 조직이나 공간성, 개별성을 느끼기는 어렵다. 보통은 나무기둥을 보아도 기둥이라는 낱말에서 멀리 떨어진 것을 연상하는 일은 없다. 말하자면 기둥이라는 것 그것이 산에 서 있던 나무였다는 사실을 잊어버리게 한다. 기둥이라는 낱말에 수렴되어 있기 때문에 수목성이 소외되어 있는 셈이다.

마르크스K. Marx는《자본론》가운데서 페티시즘론을 전개하여 나무가 책상이라는 상품으로 둔갑함으로서 나무로부터 소외되는 경위를 기술하고 있다. 상품으로서의 책상성이 나무의 정체를 보이지 않게 한다는 이야기인데, 관점을 조금 비켜보면 상품이 되지 않은 나무인 채의 경우라도, 산이나 숲 또는 제도화(물신화)된 나무라는 낱말에 의해 나무의 정체가 보이지 않게 되어 있다고도 할 수 있다. 나무를 그 본성으로부터 본다는 것은 아마도 처음부터 무리일 것이다. 애시당초 본성이 무엇인가를 규정하는 것은 불가능에 가까운 일이기 때문이다.

그러고 보면 페노네가 시사하는 작품의 의미는 크다.

그의 조각은 어떤 의미에서는 산의 나무이기도 하고, 집의 기둥이기도 하며, 혹은 산의 나무도 아니고, 집의 기둥도 아니며 오히려 그들과의 관계를 맞부딪치게 하는 매개성이 강한 조각이라는 점이다. 기둥에 대해서는 나무를, 나무에 대해서는 기둥을 상기시키며 끊임없이 나무의 구조나 공간성, 시간성을 일깨우고 환기시킨다. 또, 혹은 그것은 나무를 상기시키면서도 한없이 나무로부터 멀어져 바로 조각 그 자체로서 볼 수도 있다.

그의 작품에는 또 하나 중요한 요소가 있다. 페노네가 나형裸形의 나무를 통해 말하고자 하는 좀더 중요한 점은, 그러한 여러 가지 모양새를 통해 계속 살아가는 생명감에 대해서이다. 그의 조각은 나무의 형태 저쪽 바닥으로 내려갈수록 생명의 흐름과 그 존재성을 암시하는 잔해, 흔적임을 가리킨다. 최근 그는 나무나 돌의 내부를 파내어 물을 흐르게 하여 그 순환성에도 관심을 보이고 있다

페노네의 나무는 관계의 나무이며, 생명의 나무이고 그리고 조각의 나무이다.

아니쉬 카프아Anish Kapoor

일반적으로 사물을 인용하여 인식의 테스트로 삼거나 물신성 fetish의 감각을 즐기거나 하는 조각이 많다. 혹은 물건과 공간을 연결지어 세계의 관계성에 관심을 보이는 조각도 있다.

그런데 아니쉬 카프아는 공간을 인용하기 위해 사물을 사용하며 조각을 만든다. 돌에 구멍을 뚫거나, 둥그런 용기 안쪽에 짙은 청색 도료를 뒤집어씌우기도 하고, 안이 빈 상자를 만들기도 하며, 표면이 휘어진 금속판을 만들고, 마룻바닥이랑 벽의 일부를 파서 거기에 빨려 들어갈 듯한 흑청색 도료를 칠해놓기도 한다. 사람들은 그의 작품과 접하게 되면 우선은 공간의 불가사의함을 깨닫게 된다. 아무것도 없는 공간이 휘어져 있거나 움푹 파여 있거나 불거져 나와 있는 것으로 보인다. 이는 고의로 공간을 일그러뜨리는 것과는 달리, 실제로 공간의 성질에 그런 점이 있다는 것을 감득하게 한다.

때로는 형광 도료의 분말 같은 것을 늘어놓기도 하고, 그런 짙푸른 도료를 바른 물건이 아무렇게나 거기 놓여 있기도 한다. 그래서 마치 먼 우주 어딘가, 다른 차원[異次元]에 있는 느낌에 사로잡히게 된다. 통상의 공간성, 물질성을 넘어 이 세상 것이라고는 생각되지 않는 미스터리한 체험을 하게 되는 셈이다. 이 또한 물건을 만들거나 그것과 공간의 관계에 의한 세계의 인식을 꾀함이 아니다. 본다는 행위에 있어서는 늘 지각이 보다 본질적이라고 할 수 있을 것이다. 현실이라고 믿고 있는 공간의 이차원성異次元性, 비물질성을 끌어내서 그것을 지각적으로 감득시키는 일이 중요하다. 공간의 다양성, 그 유연성은 인간에게 무한감을 일깨운다.

아니쉬 카프아의 방법은 철저하게 시각적이며 감성적이다. 그리고 그다지 시대성이나 제도성에 얽매이지 않고 보다 근원적이고 신체적인 공간 감각에 의거하고 있다. 그렇기 때문에 살아 있는 현실에서의 체험을 중시한다. 현장으로서, 거기에 있는 세계로서, 일상과 연결된 것으로서 공간의 타면성他面性이 인용되어 있다. 어떻든 간에 그의 조각은 단품單品 독립된 것이라도 내적으로 자립되어 있는, 닫힌 것이 아니다. 그 존재, 형태, 색채, 구조는 작가에 의해 한정되어져 있지만, 그것은 시각적인 매개일 뿐 아니라 바로 주변의 공간 공기가 왕래하면서 보다 고차원의 시·공간을 여는 것이라 하겠다.

조각은 공간의 놀이터이다. 인간의 이념의 실현을 시도했던 근대가 붕괴하기 시작한 오늘날, 아니쉬 카프아는 조각으로 시각에 새로운 구원을 가져다주고 있다.

스텔라Frank Stella 씨에게 — 과잉한 회화

F. 스텔라 씨, 당신의 그림(〈회화77 - 87〉, 1987년 10월 3 ~ 12 월 6일, 국립국제미술관) 앞에 서면 나는 욕망 과잉의 비극을 느낍니다. 이것저것 너무 많이 쑤셔 넣어서, 완전히 포식상태가 되어 작품은 질식해가고 있습니다. 섹시하지 않으면 예술이 아 니다, 라고 당신은 말합니다. 모든 것을 정복하려는 그 헝그리 정신은 섹시할지도 모릅니다. 그러나 이미 포화가 된 것에서 보 게 되는 것은 지탱하지 못할 만큼 비대한 육체와 진심이 아닌 유혹의 제스처뿐입니다.

지지체인 알루미늄 패널에 붓으로 질척질척 채색. 나아가 눈 알을 떠올리게 하는 원형이나 일루저니스틱한 원추형, 마티스 의 종이오림꼴 등을 본뜨거나 파서 뚫거나 한 알루미늄 패널 쪼 각들. 그런 것들이 중층적으로 짜맞어지고, 화면에서 비어져 나 와 있거나 앞쪽에 들뜨게 고정되어 있습니다. 또 그 위에 냉랭 하면서 기하학적이며, 정감적이고 폭발적인 채색 행위가 보입 니다. 그리하여 작품은 하나의 주도면밀한 비전의 구축물로 정 리되어, 평평한 벽에 걸립니다.

당신의 말대로 실제 작품의 인상은 종합적이고 구축적인 것 같습니다. 구상과 추상, 평면과 입체, 만들기와 그리기, 환영幻 影과 실물, 보는 것과 느끼는 것 등, 움직임을 뺀 서양 회화의 전 요소의 집대성과 그 다이내믹한 전개를 기도하고 있다는 것을 알 수 있습니다.

벽에 고정되어 정면에서 바라본다는, 그 점에만 종래의 회화 양태에 의거하고 있는 '작품'은 '역동적'이라는 당신의 말보다는, 지금이라도 미끄러져 떨어질 것 같은, 거기에 있어서는 안 될 너무 무거운 **아메리카**로 비추어짐을 어쩌나요. 이 번들거리는 조악하고 폭력적인 작품 근저에 흐르고 있는 것은 결코 회화의 문제가 아닙니다. 그대로 드러난 욕망의 강인한 벽걸이적 수행, 회화 수법을 도입한 터무니없는 자기 실현적인 표현욕의 허세에 지나지 않게 보입니다.

도대체가 요즘 하나의 비전에 모든 것을 통합·구축하는 사상이 가능할까요? 회화를 '역동적'인 전체성으로서 실현·전개할 방법이 있을 수 있을까요? 포스트·모던의 시대라고는 해도, 각각 컨텍스트가 다른 몇 개인가의 회화이즘(-ism)을 하나의 표현으로 연결지을 수 있다고 당신은 정말로 믿고 있는 겁니까? 나로서는 아무리 여러 종류의 사물과 이미지를 담는다 해도 전일한 회화가 성립되리라고는 생각되지 않습니다. 무엇이건 억지에는 한도가 있습니다. 때가 지나면 쇠약을 바라보며 자기를 한정하는 것이 사는 지혜라고 합니다.

온갖 것의 통일을 기도하거나 자기 이미지를 실천하기보다는 오히려 구축 관념을 해체하고 표현을 한정시켜 스스로 세계의 한 요소로 돌아가는 행위에 걸어야 하는 것이 아닙니까? 모든 것을 담으려고 하기보다는 최소한의 조건에 참으며 주변의 침투를 허용하고 적극적으로 미지를 품게 하는 쪽이 훨씬 더 큰 표현의 우주라고는 생각하지 않습니까?

　당신도 말하듯이 미술 역사상 그리기도, 추상도, 구상도 무엇 하나 아직 해결된 것은 없습니다. 가능성을 안고 있지 않은 일로는 자기를 실현하려는 짓거리일 뿐입니다. 기실 당신의 작품은 비전의 의도와는 반대로, 회화의 제요소가 맞물려 있다고 하기보다는 이미 분열 해체의 표정이 농후합니다. 그 점에 회화의 장래가 암시되어 있습니다. 예전에 미니멀 아트를 시도한 적이 있는 당신이기 때문에, 과잉된 회화 관념의 허식으로 치닫지 않고, 한 요소라도 소중히 하고, 자상한 회화 방향을 모색해보시는 게 어떨까요?

와카바야시 이사무[若林奮]의 길

와카바야시 이사무의 데생이나 조각, 문장은 늘 대단스레 큰 의미라는 병을 강요하는 것 같아서 나에게는 가까이 하기가 힘들고 으스스했다. 그러면서도 언제나 맘에 걸려 그 나름새를 또렷이 지켜보고 있었다.

거대한 철판의 일부를 검은 파리날개 이미지로 오려내, 무수한 경첩과 볼트로 짜맞춰서 지면을 봉하듯이 땅바닥을 덮어씌운 철의 조각(1969)이 있다. 또 종이에 펜이랑 연필, 수채 등으로 집요하게 그린, 닫혀져 있는 것 같은 고독감이라고나 할까, 천장에 켜지지 않는 전구가 매달리고, 출구가 보이지 않는 푸르스름히 어둡고 네모난 긴 터널의 이미지의 데생(1971)이 떠오른다. 이것에 관련되는 문장인지, '건물과 복도는 다른 것이며, 복도는 복도만으로, 나아가 복도는 복도의 안쪽만으로 존재하는 것이 아닐까 생각되었다.'(1969)라고 하는, 안으로 안으로 응고해가는 자폐적 공간과 부딪치게 되면, 나는 쫙 소름이 끼친다.

와카바야시는 의미나 이성의 사람인 것일까? 방법이나 추상의 사람으로는 보이지 않는다. 그의 작품이 외부성을 지니지 않는 고립된 것으로 비치는 것도, 그것이 내적인 확고한 사고력으로 하여, 단단한 솜씨로 꼼꼼하게 구축한 것이기 때문일 것이다. 병든 영혼에 떠는 저 에곤 시레나 요셉 보이스의 상처투성이인 대생과는 달리, 그는 철저한 허구성의 구축 가능성을 믿으며 고독하고 은밀한 세계를 전율할 만큼 착실하게 만들어내고 있는 것처럼 보인다. 눅눅하기 짝없는 자가제自家製 형무소를 만들어놓고 거기에 들어가 꿈꾸는 나르시스트, 라고나 할까.

그러나 그의 말을 비틀어서 빌리면, 시간은 더디고 공간은 바뀐다. 꿈은 깨어나게 되어 있다. 어긋나는 것인지 파괴되는 것인지. 나는 예전에 다카마쓰 지로〔高松次郎〕에서 보았던 또 하나의 변동(붕괴)을 와카바야시에게서 보게 되었다. 가루이자와〔軽井沢〕의 다카나와〔高輪〕미술관 정원 제작(1985)을 보고 나서 친근감이 솟구쳤음과 동시에 불안과 당혹감에 감싸이기도 하였다. 철판으로 만든 다리와 문도 그렇지만, 약간 세공을 가했다고는 해도, 요컨대 커다란 철판이 마당의 경사면 여기저기에 배치되어 있다. 자연이랄까 외계와 관련되는 듯한 형태로 작품이 성립되어 있는 것이다. 그의 이념─허구성이 깨지고 거기로부터 외부의 공기가 들어와 현실과 이미지가 교류하게 되었다. '식물은 식물임과 동시에 다양한 공간에 속한다.'(1990)인 셈이다.

그 뒤 나는 베니스비엔날레나 파르마콘전, 서울 예술의 전당에서의 개인전 등에서 철, 납, 동 등의 물량이 압도적으로 늘기도 하고, 무턱대고 스케일이 커지기도 하고, 전시 공간이 현실성을 강화하게 된 것을 목격함에 이르렀다. 작품의 세부에 식물 그림을 그려 넣기도 하고 의미라도 있는 것처럼 볼트나 기호를 박아 넣었지만, 외부를 받아들인 작품의 총체는, 그것들의 의미성을 훨씬 넘어서고 있다는 것을 간과할 수 없다.

이렇게 되면 나는 도리어 짜증이 난다. 나와 동류의 친구를 얻었다는 느낌보다는, 와카바야시만큼은 고집스럽게 자기 껍질을 닫고 그것을 끈질기게 밀어붙이면서 악착같이 견뎌주었으면 하고 생각한다. 어느 날 그의 오랜 친구인 비평가 사카이 다다야스(酒井忠康)는 한참 동안 그와 나의 차이에 대해 말한 뒤, "그렇지만 생선시장에서 생선을 크게 분류한다면 와카바야시 씨와 이(李)형은 궁극적으로 하나의 바께스 안이지."라고 한 데에는 놀랐다. 사카이의 인간됨의 크기를 느끼면서도 내심 이것이 무슨 얘기일까 자꾸 되새기게 한다.

그러나저러나, 역시 와카바야시는 그리 쉽게 외부 공기에 침범당해 산산조각이 날 연약한 사고의 소지자는 아니다. 최근의 그의 데생이나 조각(1994)은 허구의 구축도 아니고 외계와의 관계도 아닌, 그 어느 쪽의 요소도 한정시킨, 보다 개념적이고 반투명한 구조체가 되어가고 있다. 예를 들어, 큰 입방체 나무에 몇 개인가의 요소를 분석적으로 짜넣어 표면성이 강한 하나의 미니멀한 시각적 텍스트를 만들어내고 있다. 의미나 이미지가 논리학적 수법으로 되새겨지고, 외계나 공간이 표면성에 한정되어 안쪽과 바깥쪽의 접점으로서 조각이 이루어진 것이다.

와카바야시는 나와 다른 방법과 경로를 거쳐, 지금, 개념과 현실의 틈새를 응시하고 있다. 눈길은 분석적으로 되고, 데생이 체험하는 것에서 추상하는 작업으로 기우는 것처럼 보인다.

다카마쓰 지로[高松次郎]의 〈그림자〉 재고
—〈아이의 그림자[子供の影]〉(1969)를 중심으로

그림자는, 무엇인가의 그림자라는 점에서 현실의 방향을 가리키는 것이지만 그것이 지니는 이미지는 오히려 사라져버릴 것 같은 부정성否定性으로서 비현실 쪽을 향하고 있다. 그것은 그림자가 어둠의 파편이기 때문이다. 그렇기 때문에 그림자를 본다는 것은 어떤 의미에서는 이 세상 것이 아닌, 어둠의 세계와 접하는 일이 된다.

그런데 전면화된 어둠이란 보는 것이 불가능할뿐더러 현실미現實味를 잃는다. 빛과의 관계가 무화되어 있는 터이다. 빛과 어둠이 마주 서거나 겨루게 될 때, 거기에 보이는 존재가 성립한다. 이 상호성 때문에 어둠의 파편으로서의 그림자가 살고 빛 또한 부분적, 파편적일 때 광경이 나타난다. 이것은 빛과 그림자의 관계로 보이는 존재—대상물이 끊임없이 양의성을 띠고 있음을 의미한다.

그림자와 그림자그림의 관계도 아마 이 문맥 선상에서 생각할 수 있을 것 같다.

여기 복싱 포즈를 취한 작은 어린아이의 거대한 그림자그림이 있다. 무심코 그림 앞에 서면 뭔가 도깨비한테라도 빨려 들어가는 듯한, SF적인 불가사의한 차원을 체험하게 된다. 움직임이나 어긋남을 보이는 포즈치고는 아주 고즈넉하고 한적한 암시의 세계이다. 다카마쓰 지로가 '그림자'에 손대고 '부재론'을 내세운 지 몇 년 지난 1969년 무렵의 패널에 락카 도료로 이루어낸 작품이다.

어린아이를 엷은 회색빛으로 뒤덮고, 포즈가 겹치는 부분을 조금 짙게 칠한 것 외에는, 공백을 하얀색으로 메웠을 뿐인 단순한 화면에 지나지 않는다. 어린아이를 패널 앞에 세워놓고 라이트를 비추어 포즈를 본뜬, 빛과 그림자의 컨트라스트인 것이다. 다카마쓰는 때로는 사진의 윤곽을 트레이싱페이퍼로 확대시켜 판때기나 캔버스에 옮기기도 하고 직접 대상물을 지지체支持体에 대고 형태를 뜨기도 하는 등, 다양한 그림자 제작방법을 사용하고 있지만, 물론 그릴 때에는 그림자를 다소 수정하기도 하고 일부 재구성하기도 한다. 어쨌든 그림의 전제는 지지체 바로 앞에 그림자의 실체(대상물)가 존재한다는 사실이다.

그림자그림의 성격은 이와 같은 그의 제작 과정이 잘 도드라지게 하고 있다. 이 그림을 보는 사람은 누구나가 도리없이 그림 앞에서 움직이는 실체의 아이랑 그 그림 저편에 그림자의 관념을 떠올릴 것이다. 그림으로 인해 외부 현실 방향이나 내부 관념 방향 양쪽으로 상상력의 날개가 뻗어간다. 그림이, 현실과 관념의 중간항으로 기능하고 있다. 작품이 다이내믹하며 양의적兩義的인 환기작용을 불러일으키고 있는 것을 알게 된다.

그렇다고는 하나 이 화이트와 그레이의 명암에 의한 작품은, 역시 그림자그림이라는 점이 중요하다. 그리고 형언하기 어려울 만큼 매력적인 것은 바로 그림자의 이미지, 꺼져 사라질 것 같은 어둠의 파편성에 있다. 그림자그림을 지탱하고 있는 것이 존재를 지워 없애는 어둠성이라는 것. 그것은 확고하게 밝음 속에 현성現成하는 존재가 아니라 아련하게 공무空無로 향하는 흔적, 또는 침묵의 언어에 가깝다. 실체를 지니지 않는 표상에 의한 허상, 이라는 근대적 부재관이라기보다는 오히려 똑똑하지 않은 기억, 죽음의 이미지조차 떠도는 실존의 환상 같은 덧없음, 이라고나 할 수 있을지. 물론 이러한 인상은 작가의 의도를 넘은 상상에 지나지 않는다. 그렇긴 해도 그림자의 일반 개념 이상으로 다카마쓰의 부재관不在觀도 한몫하여 그림은 가차 없이 보는 자를 (초월적으로) 공허로 이끈다는 것은 부정할 수 없다.

그림자그림은 반투명하면서 어중간하게 만들어진 것이다. 존재하지 않는 것을 상상으로 만들어낸 것도, 존재하는 것을 그대로 베낀 것도 아니고, 말하자면 현실을 보면서 관념도 두루 생각하는 가운데 상호 매개적으로 작품이 형성되었다는 얘기이다. 그렇기 때문에 그림은 외부성을 지니면서 동시에 작가의 부재관의 중개에 의해 보편적인 화면에 이를 수가 있었다. 그림자그림이 구체적이며 고유한 대상에서 출발하면서도 그 모델로부터 떨어져 그림자의 무명성, 추상성, 일반성, 나아가 보는 자의 '그림자'와도 겹치는 까닭도 이와 무관하지 않다. 그리고 좀더 나아가 그의 그림자그림은 대상을 지시하면서 동시에 배반하며, 고정화됨으로써 현실의 부재를 뛰어넘어 온갖 존재의 부정성을 품은 것이 된다.

그전에 나는 다카마쓰의 그림자그림을 그의 '부재론'을 실마리삼아 산업사회의 시대적 허상론에 끌어당겨 비판적으로 논한 적이 있다. 그때는 이 작가의 말이나 작품을 근대성의 성격과 상황을 대변하는 것으로 잡았다. 그림에서 받는 리얼리티보다 그의 사고 형태를 중요시했던 것이다. 그러나 그림은 시대를 넘어 지금도 여전히 내 앞에 신선하다.

나는 이 충격에 찔려 움직여져서 많은 것을 배운 것 같다. 작품이 작가의 언어나 상황을 튕겨내고 좀더 다른 존재성을 드러낼 때, 진정한 생명체라고 할 수 있다. 그것은 작가의 대용품이 아니라 외부성이나 제작의 중간성을 매개로 이루어진, 산 타자성을 띤 것이라는 증거이다. 그런 의미에서 다카마쓰의 그림자 그림은 앞으로도 부정성의 무한한 암시력과 현실에의 끊임없는 반성력을 부추겨줄 것이 분명하다.

돌의 차용

울릿히 류크리엠Ulrich Rückriem은 거대한 채석장에서 장방형의 돌을 끊어와서는 다시 몇 등분인가로 잘라 맞추어 전람회장에 놓는다. 리처드 롱은 산에서 손쉬운 크기의 돌 조각을 잔뜩 모아와 화랑에 늘어놓는다. 나는 강가의 무수한 돌 가운데서 몇 개의 돌을 끌어내와서 미술관에서 철판과 짜맞춘다.

어느 것이나 돌을 사용하는 점에서는 공통되지만, 좀더 근본적인 부분에서 닮았다. 그것은 작품이 대자연으로부터의 차용이고 인용이라는 점이다. 그러니까 작품을 보게 되면 눈길의 파장이 곧장 눈앞에 있는 것에서 채석장으로, 산으로, 강가로 뻗고, 나아가 그 장소들을 넘어 무한으로 확대된다. 돌을 유닛unit화하거나, 뉴트럴하게 늘어놓거나, 철판과 어울려놓는 것은 거꾸로 그 무한성에의 암시인 것이다.

무릇 돌을 사용하는 일이란 시대를 넘어선 영위라고 할 수도 있으나 그 인용하는 법, 늘어놓는 법, 짜맞추는 법에 있어서 작가들은 당연히 현대적 수속을 밟는다. 그리고 작품의 꾀함은 돌을 돌답게 하거나 어떤 이미지를 나타내거나, 조각답게 하는 데 있지 않다. 돌을 통해, 돌을 뚫어 넘어서, 보는 이조차도 연이어 있는, 보다 열린 세계를 보이게 하는 데에 있다.

그렇기는 하지만 나와 두 작가의 작품이 다른 점도 크다. 류크리엠과 롱의 작품에서 돌은 특정 지역의 것이기는 해도, 어디까지나 돌 일반이며 그 개별성은 무시되어 있다. 오히려 일반개념으로 확정된 명증한 돌로 멈추어 있음이 중요하리라. 그런 의미에서는 돌이 극히 투명한 것으로 비친다. 따라서 돌을 늘어놓은 공간에 의해서 작품이 다른 것으로 보이는 일은 일어나지 않는다. 그에 비해 내가 사용하는 돌은 특정한 이미지나 형태를 필요로 하지는 않으나, 애매하고 규정하기 어려운 것, 바로 **그 돌**이라고 할 수 있다. 그 불투명하고 개별적인 존재성이 보는 자와의 대화를 더욱 직접적인 것이게 하고, 개념성, 추상성을 넘어 외계와의 연락을 한층 더 리얼한 것이 되게 한다. 돌은 철판과 짜맞추어지기도 하고, 공간과 관계함으로써 그 개별성을 훨씬 고유한 것, 정녕 거기 있는 것으로 높인 셈이 된다.

어쨌든 륙크리엠도 롱도 나도 돌의 의미나 존재 그 자체에 관심이 있는 것은 아니다. 하물며 자율적인 조각으로 돌을 작품 공간에 가두려는 발상과는 멀다. 눈앞에 있는 작품에 의해, 현실을 자극적이고 신선한 눈으로 볼 수 있게 하고, 연동하는 세계의 무한의 문을 열고 싶은 것이다.

거울을 써서

언젠가 나는 뷰렌이랑 피스토렛토Michelanfelo Pistoletto 등과 거울을 사용한 전람회에 참가한 적이 있다. 피스토렛토와 나는 외부와 걸림으로써 비로소 작품이 되는 거울, 다시 말하면 현실에 대해 반쯤 방비하는 듯한 구조를 지니는 거울 작품을 출품했다. 피스토렛토는 지정된 방, 벽 여기저기에 커다란 거울을 세워놓았을 뿐이다. 보는 위치에 따라 이쪽 거울에 반대편 거울이 비치기도 하거니와 사람이 지나가면 그것이 비치기도 한다. 안쪽과 바깥쪽, 시간과 공간 등 언제나 상호관계에 의해서 거울일 수 있고, 또 작품일 수 있다.

나는 거울 위에 큰 돌을 떨어뜨려서 금이 가게 한 것, 또는 벽에 세워놓은 거울 뒤에 돌을 숨겨두고, 그 바로 앞바닥에 뉘어놓은 거울 위에도 돌을 올려놓기도 했다. 나의 관념과 가지가지의 현실적 요소가 서로 얽히고 맞비추는 짓이다. 피스토렛토에 있어서나 나에 있어서나 닫혀진 자기 완결적인 공간을 만들려는 것이 아니며, 관심은 늘 외부와의 걸림에 의한, 보다 열린 세계로의 지각知覺으로 향해 있다. 따라서 거기에서는 작품이, 불확정한 현실, 한정되지 않는 무한을 끌어안는다. 외부가 존재하게 되는, 구속력이 약한 작품세계이다.

그런데 뷰렌은 말 그대로 끝내주는 닫힌 무한공간을 만들어냈다. 방 안의 입구 양 벽면과 좌우의 벽면 전체에 아주 규칙적으로 오렌지색 스트라이프를 꽉 차게 붙여놓았다. 그리고 정면의 안쪽 벽을 거울로 메우고 방 입구를 투명 유리로 차단해놓았다. 그렇게 함으로써 안쪽 거울에 스트라이프가 무한히 증식되어 비친다.

작가의 개념만이 전체를 이룬—다른 것이 일체 끼어들 여지가 없는, 무균실無菌室의 순수공간을 만들어낸 것이다. 여기는 실로 표상과 의지에 의한 완벽한 작품공간밖에 존재하지 않는다. 물론 그의 작품에도 거울을 사용하지 않거나 외계와 거울과 스트라이프를 겹치게 하거나 해서 그것이 제도화된 현실 상황을 중성화하는 멋진 차림새가 되어 있는 것도 있다. 그러나 때로는 자기의 관념으로 타他를 무화無化, 통일화, 무한화로 이끌어가는 조짐도 눈에 띈다. 영원히 타자와 엇갈리지 않는 진공, 어딘지 포르말린 냄새가 차 있는 절대공간, 순수한 자기 확대인 무한제국의 건설. 거기에서는 온전한 의미에서 보거나 읽는 일이 아니라, 차이성을 없앨 것, 칠해 덮을 것, 요해할 것만이 강요된다.

니에레 토로니Niele Toroni나 장 피엘 레이노Jean Pierre Raynaud 등의 일에서도 흔히 나타나는 특징이지만, 언뜻 보기에 객관성이나 보편성의 차림새를 과시하는 작업일수록 실은 자기의 확대나 증식이 두드러지는 수가 많다. 타자를 무시하고 현실의 시간 공간을 지배 또는 배제하려는 퓨리타닉한 내면주의적인 미학은 이제 해체되어야 한다.

미술 표현에 있어 내면과 외계와의 대화의 시도가 새로운 지평을 열 것이다.

백남준白南準―비디오를 넘어서

　백남준. 찌는 듯이 더운 한여름에도 두 겹 겹쳐 입은 쭈글쭈글한 셔츠에다 또 두꺼운 스웨터를 둘둘 감고, 바지 위에 또 한 장의 후줄그레한 바지. 거기에다 벨트를 두 개씩 매고 다니는, 그 기상천외한 모습이란 정말 구경거리다. 게다가 아무것도 보고 있지 않은 것 같은 게자한 눈초리, 무엇과 접해도 히죽히죽 웃기만 하는 입매. 망연히 종잡을 수 없는 얼굴지음은, 때로는 만나는 사람을 아연하게 만든다. 거지 아니면 열병환자로 오인하기 십상인 그 모습은, 오히려 그가 너무 때묻지 않고 감도가 높은 인간인 데에 기인한다. 으스스한 세계를 돌아다니는 동안에 자연히 몸에 배어버린 무어랄까, 본능적인 자기방어와 자의식 과잉의 표출이라고나 할까.

　백남준 하면, 대칭적으로 떠오르는 것이, 사계절 내내 어디에 가든 무엇을 하든 얼어붙은 표정을 허물지 않고, 모자와 조끼와 외투로 무장하고 다니는 그의 친구 요셉 보이스이다. 먼 장래, 20세기 최후를 장식할 위대한 기인전 필두에 이름이 연이어질 이 두 사람은 왜인지 페어pair인 경우가 많고, 현대판 한산습득寒山拾得이라 해도 좋을 것 같다.

　두 사람의 표현활동은, 사용하는 미디어나 방법론이야 다를지라도 하는 일 저지르는 짓마다 사회문화 모든 것에 걸쳐 늘 도발적이며 선구성에 차, 물의를 일으키지 않는 때가 없다. 보이스가 원체험에 근거한 표현파임에 비해, 백은 에트랑제인 나그네 짓거리파라고 할 수 있으며, 그러니만큼 일의 성격에도 상이한 점이 있다. 그럼에도 불구하고 두 사람은, 외견상으로나 일에 있어서나 어딘가 깊은 지점에서 페어인 것이다. 그렇게 생각하는 내 자신이 멜랑콜릭한 것인지는 모르겠으나, 이 둘을 페어로 생각할 때, 현대라고 하는 분열적인 시대상이 한층 더 선명하게 부각된다. 어쨌든 두 사람 다, 어떠한 의제擬制로부터도 자유로운 듯한 표표한 행동거지에는 어딘가 선승禪僧을 방불케하는 구석이 있다. 그런가 하면 하찮은 일상의 작은 일거리 하나에도 신경이 날카로워져서 천지이변이라도 예고하듯이 무언가 신화 냄새 풍기는 일을 줄곧 벌려대기도 한다.

한데, 보이스보다 다소 일찍 행동을 개시한 백은, 출발 당시부터가 아주 광기를 띠고 있었다. 피아노 공연 중, 객석의 존 케이지 목에 걸린 넥타이를 보자마자 달려들어 가위로 조각조각 잘라버리기도 하고, 바이올린을 중단中段자세로 들어올렸다가 땅바닥에 내리쳐 부숴버리곤 하는 해프닝. 머리카락에 먹을 묻혀 헝겊에 머리를 갖다대고 그려대는가 하면 어떤 때는 보이스에게 부탁해서 도끼로 피아노를 갈가리 패어버리는 것 같은 연주회를 연다. 정교한 기계의 이미지하고는 거리가 먼 조잡하기 짝이 없는, 도대체가 엉터리로 짜맞춘 묘한 로봇을 화려한 거리를 걷게 하는가 하면, 미녀 첼리스트인 샬로트 무아망 양의 그 눈부신 멋진 유방에 수상기를 매달아놓고는 첼로를 연주하게 한다.

이러한 짓거리를 이어오는 동안에, 그는 드디어 비디오 예술의 창시자, 거장으로 치켜올려져 있다. 창조주인 양하는 표현의 전문가, 송장처럼 엉겨 굳어버린 작품, 그런 것에 치명적인 충격을 가하고 해체작업을 진척시키는 가운데, 열린 표현의 새로운 지평으로서 그는 비디오를 발견했고 키워낸 것이다. 만인을 예술가로 추켜세워 좀더 자유롭게, 보다 싱싱하게, 항상 신선한 표현을 즐길 수 있는 미디어로서, 거기에 비디오가 있었다. 그런 의미에서 비디오는, 종래의 정적이고 로고스적인 화재畵材와는 달리, 이미 넘쳐 흘러서 돌아다니고 움직이는 파토스적인 화재이며, 마구 그려내는 화가 자신이라고도 할 수 있을 터이다. 게다가 그런 비디오를 가능케 하는 것은 늘 산다는 것의 놀이를 개발한다는 놀이정신이다. 요즘에는 당시唐詩를 브라운관에 빗댄 캔버스에 옮기기도 하고, 드로잉이나 판화, 트럼프 등을 만들기도 하는데, 그 어느 것도 유쾌한 놀이정신에 차 있지 않은 것이 없다. 그렇기는 하나, 그의 놀이에는 강렬한 독기가 떠돌고 있어서, 마음놓고 즐기기에는 너무 자극이 강할 때가 많다.

흔히 현대를 기술技術의 시대, 전자의 시대, 비디오의 시대라고들 한다. 그러나 백남준의 비디오는 전자기술이라든가 관념적인 영상, 기호의 증식을 무턱대고 찬미하는 것과는 비슷하나 다른 것이다. 온갖 커머셜이 맥락도 없이 혼재하며, 전장으로 날아간 폭격기가 다음 순간 원래 위치로 되돌아간다. 얼굴을 붉히고 더듬거리면서 필사적으로 얘기하려는 남자의, 언어를 멀리 뛰어넘은 몸짓과 입놀림. 원시인의 촌락인가 생각하면 오늘날의 뉴욕 시가가, 그리고 낙서, 만화, 누구의 무엇인지 알 수 없는 영상이 전후맥락 없이 뒤섞이고, 갖가지 색, 언어, 소리, 음이 반발과 조화를 이루며 심포니처럼 울려 퍼진다. 인용과 콜라주로 얽히고설키면서, 시간과 함께 숙성하여 거대한 강이 되어 흐른다. 관리되고 정리된 어떤 다큐멘터리나 통제하에 만들어진 영화보다도, 그의 비디오는 변화에 넘치며 너무 자유로워서 보는 이로 하여금 자신의 고독까지도 기쁨에 말려들게 만드는 희안한 작용을 한다. 비디오의 산 모습은, 보는 이를 욕망에 떨게 하는, 정말이지 에로틱하다. 그렇기 때문에 백의 비디오에 접하게 되면 나는 때때로 강렬한 엑스터시에 빠지게 된다. 그러고는 내가 개나 돼지 못지않은 죄 없는 어처구니없는 인간인 것이 오히려 만족스럽게 느껴진다.

　백남준은 동양인이고 한국인이다. 그 탓인지 그의 세계에는 서양의 거장들에게서 자주 보이는 신의 죽음이라느니, 자아의 붕괴니 그 광적인 몸부림으로부터의 무미건조한 사실 확인이나 말초신경적 자극의 표현의 쾌락하고는 차원을 달리하는 에스프리가 있다. 인간이나 문명은 커다란 하나의 현상자연이며, 원자폭탄이나 비디오의 발명이라고 해봤자, 대우주의 절묘한 유희에 지나지 않는다. 인류나 미래에 대해서도 그다지 비관적이지도 낙관적이지도 않으며 헤브라이의 예언자를 연상시키리 만큼 그는 세계를 여행하면서 여실히 장난스런 터트림에 몸을 내맡기고 있듯이 보인다.

　당연하겠지만, 그는 결코 비디오를 하나의 독립된 표현물로 대상화하거나, 영상만을 절대시하지 않는다. 비디오를 바라보게 놓인 불상, 온 방 가득히 놓인 정원수의 어두운 숲 여기저기에 켜놓은 비디오 · 텔레비전. 다양한 영상이 비춰지는 TV 앞에 금붕어가 놀고 있는 수족관을 놓아보기도 하고, 브라운관을 통째 빼버린 텅 빈 TV 틀 안에 촛불을 켜놓기도 하고……. 이러한 것은, 전자 시대를 구가하는 사람들의 비디오 지상주의로는 상상도 못할 일이다. 비디오는 광장공간과 자연환경을 조성시키는 촉매이며, 정물이나 조각과도 함께 놓이기도 하고, 그것 자체가 정물 아니면 조각, 타블로, 혹은 글자, 언어이기도 하다. 비디오는 단순히 수동적으로 받아들여야 하는 것으로 확정된 대상으로서의 결정체가 아니라, 모든 사람의 호흡과 행동을 같이하는 친구이면서 동시에 내 손이 컨트롤하는 데 따라 요염한 표정을 보이는 불가사의한 생물인 것이다.

백남준은 온전한 의미에서 비디오의 창시자인 동시에 비디오의 종말을 고한 자라고 할 수 있지 않을까? 비디오야말로 동서고금, 삼라만상을 자유자재로 비추어서 본다는 것, 느낀다는 것, 인식한다는 것, 나아가 학문한다는 것, 아니 산다는 것 전부를 총체적으로 포착하는 새로운 미디어임을 그는 밝혀내었다. 그런가 하면, 결코 비디오에 있어 기호의 데이터만 있으면 만사가 해결된다는 반인간적인 기능주의, 기술만능을 구가하는 것 같은 새로운 전자예술의 미디어라는 발상은 거기에는 없다. 오히려 그는 이미 이루어진 기존의 비디오에서 보이는 것과 같은, 관리제도 시대의 짜여진 삶의 무의미한 기호로의 환원, 기술에 대한 무모한 환상을 거부한다. 그리고 비디오를, 산 인간의 자기 반란을 불러일으키는 적극적인 짓거리의 장, 자신의 땀과 웃음 가운데 서로 손잡고 같이 장난치고, 나아가 자기의 고독과 명상을 심화시킬 수 있는, 생명 있는 상대로 새롭게 포착하려고 한다. 게다가 다양한 인용과 콜라주와 해프닝이 범람하는 그의 우주는, 특정한 작가의 이미지이기보다는 오히려 무명의 세계, 제각기 스스로 나름대로 향유할 수 있는 자유로운 천지임을 한없이 시사한다.

모름지기 그의 비디오는, 통제되고 의미가 부여된 영상을 자석磁石으로 비틀고 깨부수고 마음 내키는 대로 혼합시키는 데서 출발하고 있다. 비디오를 사용하여 비디오를 넘어서는 일. 여기에 그의 아이러니가 있다. 최첨단 기계와 기술을 전부 구사하면서 한편으로는 그들의 맥락을 전혀 모르는 야생의 원시인처럼 희희낙락 마음대로 주무르고 있는 것이다. 초인적인 기계나 기술의 미래형과는 달리, 자기가 어설프게 짜맞춘 로봇과 노닐고, 현기증날 것 같은 전파의 떨림이나 복작거리는 영상을 마음 내키는 대로 조작하면서 그것을 주위의 자연이나 광장에 던져놓고 논다. 그렇게 어긋저나간 맥락 가운데서, 살아 있다는 체험을 고양시키고, 물신화物神化된 일상의 생활공간에 생기를 불러일으키는 것 ─. 비디오로 하여금 인간의 사고나 감각이나 신체를 대체하게 하는 것이 아니라, 거꾸로 비디오와 함께 있음으로써 인간의 상상력과 감성, 표현력을 더 풍요롭게 하려는 것이다.

　백이 참으로 시대의 선구자이며, 새로운 표현자라고 일컬어지는 연유도 여기에 있다. 그의 세계는 단순한 다다dada적인 부정적 파괴주의나, 압화식壓花式의 표현으로 기호의 증식과 그 되짜기를 일삼는 구조언어론이나 그와 같은 수정주의를 넘어선 지평으로 열려 있다. 비디오를 살아 있는 동료로 포착하려고 할 때, 그것은 스스로 서구 형이상학하고는 다른 레벨에서, 때묻지 않고 감도가 높은 인간의 정신성이라고나 할, 산다는 것의 질을 다시 묻는 작업이 되지 않을 수 없는 셈이다.

　백의 작업은 무릇 인간의 삶을 침전과 정화淨化로 향하게 하고, 굳어버린 제도의 쇠사슬에서 세계를 해방시키는 일이라고 할 수 있다. 그렇기 때문에 그의 표현은 최근의 것일수록, 신선한 놀이 가운데 편안함이 넘치고 깊은 엑스터시를 불러일으킨다. 때로는 폭력적이기도 하고, 아나키한 느낌을 주기도 하지만, 조금도 심각하거나 명령적인 인상이 없는 것은, 그 밑바닥에 따뜻한 지혜의 작용과 끝없는 놀이 정신이 살아 있기 때문일 것이다.

　백남준을 만날 때마다, 나는 자신의 세속화된 모습이 부끄럽게 여겨진다. 장난스럽게 히죽히죽 웃으면서 의아한 듯이 그가 나를 쳐다보면 나는 어찌할 바를 모르게 된다. 깨우친 듯이 거지인 양하면서도 당당한 그에게는 더 이상 잃을 것이 아무것도 없어 보임에 비해, 가끔 신사복도 입고 주위에 신경을 쓰면서 사는 나는, 부자유스럽기 짝이 없고 아직껏 불필요하게 지니고 있는 것이 너무 많다. 백을 본떠 나도 언젠가는 깨우친 표현자가 되고 싶은지 어쩐지조차 모르겠다.

다니가와 간[谷川雁], 혹은 은폐의 몸짓

전람회를 위해 파리로 가던 도중에 서울에서 다니가와 간 씨가 세상을 떴다는 소식이 전해졌다. 수화기를 놓고 망연자실해 있자니 아득히 먼 구로히메산[黑姬山] 기슭의 광경이 눈에 떠오른다.

그것은 이미 십수 년 전의 초여름의 일이다. 미야자와 겐지[宮澤賢治]의 《도토리와 산고양이》의 그림책 작업을 맡게 되어, 나가노[長野]의 산속 깊이 칩거하고 있는 다니가와 씨를 만나러 갔다. 숲속을 산보하면서, "왜 이런 오지에 살고 계십니까?"라고 물었다. 그러자 거기에는 대답하지 않고, 아까부터 울고 있던 뻐꾸기를 향해 말했다. "똑바로 울지 못해? 뻐꾸기 주제에 한심하지 않나!" "역시 시인이시네요."라고 웃으면서 말하자, "나는 시인이 못돼. 살아남아 있는 패잔병에 지나지 않아요." 다니가와 씨는 한숨을 쉬면서 얼굴을 들고 뻐꾸기 소리를 좇았다.

다니가와 씨는 1960년대 말 이후 별로 시를 쓰지 않는 것 같다. 쓸 수 없었던 것인지, 쓰지 않으려고 결의한 것인지는 분명치 않지만, 1980년대부터는 다니가와 씨의 시라는 것을 거의 본 적이 없다. 1990년대에 들어서서도 대담을 하기도 하고, 에세이도 쓰면서, 왜 시는 쓰지 않았을까? 시란 그토록 타의 산문과는 다른, 특별한 것일까? 어쩌면 시란 궁극적으로 언어의 영역하고는 별개의 것이라는 얘기일까?

투쟁의 상대방은 보이지 않을수록 재미있다. 이것은 다니가와 씨의 말버릇이다. 보이지 않는 것하고의 투쟁은 불가능성에의 도전이다. 이때, 시란 불가능한 것에게 싸움을 걸 때, 깨나지 않으려 외우는 주문 같은 것일까? 그것은 의외로 혁명의 환상을 노래하는 것도, 인식의 언어도 아닌, 자세의 미학에 가깝다. 1970년대 이후 다니가와 씨는, 대중이나 혁명이 허망스럽게 느껴졌다기보다는 시라고 하는 것, 끝내는 주문의 공허함을 못 견뎌 산인散人이 된 것같이 느껴지기도 한다.

하나의 방법을 택했다. 투쟁현장인 변경에서 도쿄에 가지 말라고 소리 지르면서, 스스로 도쿄에 다가가는 것이었다. 만민이 아니라, 스스로의 말을 배반하는 가운데에서 구원을 바랐다. 만신창이가 될수록 이 미학은 완성되어가 끝내는 시가 필요없어진다. 시가 필요없게 되었을 때부터 가능성의 세계로서 일상을 받아들였다고 할 수 있다.

'십대의 모임'을 조직하여, 미야자와 겐지의 그림책을 계속 만들어낸다. 그 일에 무슨 의미가 있는지, 사실 나는 모른다. 다만 다니가와 씨는 아이들과 어떤 형태로든 관계를 갖고 싶어한 것 같다. 다니가와 씨는 말했다. "이제 어른은 재미없어요. 아이들의 미래가 어떤 것인지 알고 싶어져서, 그것이 유일한 흥미거리라고나 할까." 그렇다고 해서 아이들의 장래에 희망을 갖는다든가 꿈을 의탁하는 것과는 어딘가 달랐다.

나나 다른 화가에게 요구한 것은, 결코 아이들에게 아첨하는 듯한 도안이거나 알기 쉬운 해설적 화면이 아니라, 해명되지 않은 미지未知로서의 시각이었다. 확실하게 표현되어 있으면서 한없이 불투명해져가는 것. 눈앞에서 실현되어가면서 완결되지 않은 현실로서의 아이들. 그것은 현실로서는 실현의 세계이지만 어른은 절대로 다가가지 못하는 불가해한 세계이기도 하다. 그것은 바로 회화의 짜임새 그 자체이다. 회화는 실현될수록 베일에 덮이는 숙명을 지닌다. 미야자와 겐지의 이야기를 화가에게 주고 그것을 보이는 것으로 만드는 대신, 시각의 미지성으로서 개시開示(해체·구축)해달라는, 정말이지 심술궂은 요구가 거기에 읽혀진다.

다니가와 씨는 언제부터인지 시뿐 아니라 소위 언어에 대한 불신감이 깊어져 있었던 것 같다. 아이들의 몸짓에 호기심을 불태우고 미야자와 겐지라는 텍스트를 언어가 아니라 신체의 연기력으로 해독을 시도하고 있다. 역으로 말하면 그 텍스트가 언어를 넘어서 극히 시각적이며 동시에 신체적이라는 것을 들어맞추고 있는 셈이다.

신체의 표현은 우선은 시각적이고 암시적이지만 결코 언어가 되지는 않는다. 시로서의 언어는 불가능을 향해 비약하는 힘은 지니지만, 몸짓으로의 신체는 그 불가능해 보이는 것조차도 일상의 현상으로 바꾸어버린다. 어딘지 칸트Immanuel Kant의 물자체物自體를 둘러싼 이성과 실천의 드라마처럼 보이기도 한다. 다니가와 씨가 회화와 신체적 표현을 겹치게 하고 싶어한 것은, 그것이 언어의 명증성이나 환상성을 넘어, 미지가 그대로 현실로서 개시開示되는 성격에 착목했기 때문일지도 모른다.

다니가와 씨는 '숨는다' 라든가 '진다(흩어진다)' 라는 것에 각별한 의미를 부여하고 싶어하던 사람이었다. "이형, 당신도 숨어 있는 것을 잊으면 호된 꼴을 당할 거요. 저쪽에서 진 거야. 당신을 보고 있으면 왠지 나도 먼 옛날에 한반도에서 온 것처럼 느껴져요. 아마 백제에서 건너온 첩자일 겁니다. 천수백년을 명령이 떨어질 때까지 가만히 숨어서 기다리고 있었던 거지요. 그러나 아직도 아무런 지령도 오지 않아. 당신한테는 왔습니까?"

존재는 숨기를 좋아한다, 고 헤라클레이토스도 말했다. 다니가와 씨는 최대의 작업으로서 끝내 영원한 숨음을 빚어내기에 이르고 말았다.

후루이 요시키치[古井由吉] 혹은 1970년대의 예술

며칠 있으면 1980년이 되려는 세모의 어느 날, 후루이 씨로부터 여느 때처럼 꼼꼼하게 사인을 한 소설집《둥지[栖]》가 우송되어왔다. 그런데 이번에는 사인 외에도 "1970년대의 길잡이 이우환 형, 나도 또한 1970년대의 일원"이라는 말이 덧붙여져 있었다. 나는 조금 부끄러웠지만, 한참 있다가 새삼스럽게 문학이나 미술―예술에 있어서의 1970년대란 어떤 시대였던가 다시 생각해보았다. "본다는 짓을 해서는 안 된다. 그러면서도 끊임없이 보고 있지 않으면 안 된다."(《둥지》)라고 함은 교묘하게도 그대로 1970년대에 내가 놓여 있던 입장이 아니었던가.

1960년대 종반부터 미술밭에서는 어떻게 하면 근대 미술의 도도한 오브제 사고(영웅적인 창조주의)에서 해방되어, 거기 있는 일상의 장을 표현의 새로운 공간학으로 개시할 수 있을까, 가 한창 문제가 되었었다. 그래서 제작은, 액자 안의 그림이나 대좌 위의 조각과 같이 전제가 달린 특정한 대상조형으로는 치닫지 않았다. 생활 주변의 사물들이나 장의 삶의 차림새에 눈빛을 쏟을 것. 그리고 최소한도의 가공과 가능한 한 만들어지지 않은 상태 그대로, 극히 일부에 자극을 주거나 위치를 어긋나게 하는 정도 가지고 산뜻한 세계를 거기에 보이게 하고 싶다고 바랐다. 비록 그것이 그림이라 할지라도, 무엇을 그릴까보다는 화가나 캔버스, 하나하나의 물감, 붓 등의 요소가 누군가의 명령에 의해 뒤틀리지 않고, 각기 대등한 힘으로 직접 서로 울릴 수 있는가가 관심사였다고 할 수 있다.

물론 이러한 미술의 사정이 그대로 후루이 문학일 수는 없겠지만, 내 생각에 비추면서 작품을 읽어나가면, 한 시대가 한층 더 또렷하게 드러나는 것으로 느껴진다.

〈요코〔杳子〕〉, 〈남자들의 원좌〔男たちの円居〕〉, 〈쓰마가쿠시〔妻隱〕〉 등의 초기 단편부터 〈성聖〉〈둥지〉로 이어지는 작품들은 오늘날의 일상의 사람들이나 사물, 장場의 감성적인 맞닿음이나 그 역학이 자아내는 생기와 경이에 찬 언어에 의한 공간학이다. 〈요코〉에서 보여지고 있는 바위터와 여자의 어울림, 거리나 집에서 끊임없이 측정되는 여자와 남자의 생리, 기타의 사람들의 거리, 사물의 배열, 좌석의 위치 등등. 그러한 디테일의 일그러짐이나 어긋남으로부터 언어가 발해지고, 그 언어들의 어울림에 의해 저 탄력에 찬 감성적인 문체가 짜여지고 있다. 대화 가운데의 "모두 어떻게 이런 곳에서 살 수 있지, 라고 소리 지르고 싶어지지만, 모두 아무렇지도 않은 것 같아서, 어이없게 돼버려……."라는 얘기도 바로 빗겨남에서 나온 인식임을 알 수 있다. 사물을 보는 위치를 조금 바꾸기만 해도, 당연한 것일 터인 물건이 이상하게 광기를 띤 것처럼 보이기도 하고 모든 것이 어색하고 불확실하고 들쑥날쑥하게 비친다. 게다가 그런 상태가 확고한 것으로 시정되는 일 없이, 오히려 그 흔들림 자체가, 그 바이브레이션이 문학이라는 삶의 공간의 스테이터스가 되어 있는 것이다.

작품의 충실에 있어, 요오코나 사에[佐枝]들의 병(?)을 고쳐주겠다든가, 도시오[壽夫]와 레이코[礼子]에게 적절한 부부생활을 지향하게 한다든가, 그런 것은 아무래도 좋다. 작품에 건설적인 의지가 불가결해야 할 필요도, 비현실 세계로의 도피 감각이 요구되는 것도 아니기 때문에, 대大드라마의 비극도, 불가해한 이미지의 놀이도 일어나지 않는다. 그럼에도 불구하고, 등장인물이나 사물, 장의 삐걱이는 울림에 의해 생생하고 풍요로운 공간이 거기 개시된다는 것을 후루이 문학은 제시해주고 있다.

이런 소설인 경우, 작자의 처소에 흥미가 솟는다. 작가는 작품 전방에 서서 힘차게 끌고가는 것도 아니고, 현실을 좇아서 묘사해가면서 작품을 밀어 올리는 위치에 있는 것도 아니며, 작품과 작자가 일체가 되는 입장도 아니다. 오히려 작품 속의 주인공들과 동류의, 또 하나의 등장인물로 작품 가운데 (숨어) 있는 것같이 느껴진다. 그것이 가끔 얼굴을 나타내는 것은, 앞서 인용했던 '본다는 것은 운운'과 같은, 어느 작품에서나 도처에 보이는 아포리즘의 형태에 의하는 것처럼 여겨진다. 작자도 또한 여러 요소 중 하나가 되어 작품에 관여함으로써 작품을 작자 이상의, 보다 크고 자유로운 공간이 되게 할 수 있었던 것이 아니었을까?

그러나 이 자세가 반드시 지금까지 지속되고 있는 것은 아니다. 이미 〈찌르레기[椋鳥]〉(1978), 〈붉은 소[赤牛]〉(1979), 〈부모[親]〉(1980) 계열을 거쳐, 〈산조부山躁賦〉와 같은 최근작에 이르면, 등장하는 사물과 장의 균형이 깨지면서, 새로운 의지가 싹

트기 시작하고 있다. 초기에는 사물들의 부딪힘이나 그 상호관계가 언어를 싹트게 하는 듯한 구석이 있었다. 형용 부분이 많아도 그것은 사물을 낳게 하고 부각시키는 역할을 하고 있었다. "나는 불그죽죽한 하늘을 향해 고요하게 서 있는 이상한 원진 전체에, 한 나체의 여인을 떠올리던 중이었다."(《원진을 짜고 있는 여자들〔円陣を組む女たち〕》)과 같은 식으로, 언어는 사물의 출현의 언표였다. 그러나 〈산조부〉에서는 거의 독백 같은 문체로 쓰여 있어, 숨어 있던 주인공이 전면에 나서면서, 그는 이미 타자들과 차원을 달리하기 시작하고 있다. 직접적인 관계에서 재포착하는 입장으로의 이행이 거기에 보인다. 《저자 노트》(작품집, 제5권)에 쓰여 있는 대로 작가에 의한 '추상화된 상징성'이 작품의 표정이 되어가고 있는 셈이며, 저 관계성을 특징으로 했던 1970년대는 종말을 고한 듯하다.

작품 속에서 작자의 비중이 커짐에 따라, 이제는 사물의 맞부딪힘이나 텐션에서 오는 것이 아닌, 의식의 반조反照로서 사물에서 감도는 부분이 말이 되어간다. "언저리 일대에 눈부신 빛 속을, 돌이 썩어가는 냄새가, 불꽃처럼 흔들리면서 올라가는 느낌이었다."(《산조부》). 후루이 씨의 1980년대의 전개를 생각하면서 나의 1980년대는 어떤 것이 될까 아직도 어리둥절해 있다.

나카가미 겐지[中上健次] 씨

나카가미 겐지 씨가 죽었다.

나한테 미술 얘기를 하게 해줘, 라고 몇 번이고 말했었는데, 편집자도 평론가도 아닌 나는 그 말을 가볍게 흘려버렸던 것이 후회막심하다. 그는 처음에는 행위성이 강한 J. 폴록Jackson Pollock, 샘 프란시스, 최근에는 J. 슈나벨Julian Schnabel, A. 키퍼 Anselm Kiefer 같은 신체성에 뒷받침된 거대한 그림을 좋아했다. 그리고 요셉 보이스라든가 백남준처럼 에네르기시하고 생명감이 넘치는 인스톨레이션에도 높은 관심을 갖고 있었다.

그가 시각적이었는지 음악적이었는지를 말하기는 어렵다. 나는 그가 바그너를 얘기하는 것만큼 클래식을 좋아했다고도 클래식에 조예가 깊었다고도 생각되지 않는다. 음률이 몇 겹으로 뒤얽히고 겹겹이 쌓인 듯한 관념적이고 구축적인 바그너의 음악과, 그의 언뜻 보기에 난잡하고 표층적인 육필소설하고는 맞아떨어지기 어렵다. 억지로 그의 음악성을 표현하자면, 온몸으로 부르짖는 듯한 미야코 하루미[都はるみ]가 될 것이다. 오히려 그의 문학의 이룸새는 액션 페인팅처럼 평면상의 사건으로 짜내는 방법에 있었다고 생각된다. 샘 프란시스의 그림에서 에너지의 폭발과 난무하는 색채의 엑스터시를 보고 있었다. 그가 내 그림에 보인 관심 또한 평면의 비구축성, 그리고 그려진 유기적인 색면과 색면 사이, 요컨대 그려진 것이 아닌 여백의 무한감

에 대한 것이었다는 점은 시사하는 바 크다.

그런데 내가 한국의 현대 문학 작품이나 작가를 알게 된 것은 나카가미 씨의 소개에 의한다. 그 뒤로는 거꾸로 수많은 작품의 줄거리라든가 작가의 견해 등을 가끔 내가 그에게 설명하여 한국문학 이해에 약간은 도움이 되었을 것이다. 어쨌든 그가 미친 한국문학에의 영향과 역할을 잊을 수 없다. 김지하, 이청준, 한승원 기타 수많은 작가들에게 준 자극과 용기, 그리고 일본을 비롯해 구미문학 관계자에게 그가 한국문학의 소개와 선전에 힘쓴 열의에는 고개가 숙여진다. 윤흥길에 관해서는 그의 중편 〈장마〉를 전옥숙을 통해서 알게 되어 매료당해, 《에미[母]》라는 장편을 쓰게 하여, 일본과 외국에 번역을 권하고 다녔다. 그는 자기 소설은 고쳐 쓰지 않는 주제에, 전옥숙과 나를 통해 윤흥길에게 《에미》를 몇 번이고 고쳐 쓰게 하고, 자기 맘대로 게재지를 두 번이나 바꿨다. 덕분에 오늘날 윤흥길은 한국의 가르시아 마르케스와 같은 존재로 컸다.

물론 나카가미 씨 자신도 한국의 풍토나 작가들의 직설적이면서도 굴절된 '밝고도 어두운 이상한 판'에서 많은 것을 배웠음에 다름이 없다. 후년 그의 소설에 자주 등장하는 뱀의 소재감이나 무당의 이미지, 밑빠진 것처럼 솔직한 말투 등에서 한국 작가의 그것과 닮은 투가 나타나는 것은 결코 우연이 아닐 것이다.

지금으로부터 삼 개월 전, 구마노[熊野]대학에서 현대 미술에 대해 얘기해달라고 나카가미 씨가 부탁하여 나는 처음으로 신구[新宮]에 갔다. 그러고 표현할 길 없는 아름다운 자연과 암시

적이며 극적인 불 축제[火祭り], 기묘한 침묵을 느끼게 하는 혼구
[本宮]의 공기에 접하여, 나카가미 문학의 비밀 같은 것에 조금
은 닿은 것처럼 느꼈다. 원생原生에 가까운 삼림에 덮인 이상하
게 푸르고 큰 산줄기, 맥박치듯이 흐르는 구불구불한 비취색
강, 그리고 온화한 듯하기도 하고, 거친 듯하기도 한 판단하기
어려운 바다의 표정 등. 그 모든 것이 무척 선열하고, 두렵기도
하면서 반갑게 다가오는 정말 신기한 경치였다. 하여간 희안한
것은 표면은 한없이 밝은데 한 발짝 들여놓으면 정체를 알 수
없는 어둠이 어려 있는 것이다. 그곳의 공간은 투명과 불투명의
이중구조로 이루어져 있는 것 같았다.

나카가미 씨의 소설은 분명히 알기 쉽고 건강한 색깔을 띠고
있지만, 동시에 《골목[路地]의 얼룩》으로 상징되는 포착하기 어
려운 어두움도 지니고 있다. 그의 소설이 근거율을 외면하고 있
는 것처럼 보이는 것은 그 표면적인 투명성 때문이며, 거역하기
어려운 운명의 힘이 작용하고 있는 것처럼 보이는 것은 이면적
인 불투명성 때문이라고 할 수 있다. 대체로 금방 바닥이 드러
나고 마는 얄팍한 일본 현대 문학 가운데서 그의 작품이 두께를
느끼게 하는 것은 그 명암의 특이한 앙상블에 의하는 것이리라.

그의 문체는 단조롭지만 결코 매끄럽지 않다. 그리고 서술적
도 비유적도 설명적도 아닌, 대개는 대상을 대신하는 것 같은
직설법이지만, 때때로 겉 믿음이나 감정을 그대로 드러냄으로
써 굴절한다. 《홀딱 반할 사나이다움》이라든가 《상사상애相思相
愛의 오부[五分]와 오부의 남자와 여자》 같은 말투는 어떻게 읽

어도 칭찬할 게 못 된다. 그렇기는 하지만 문득 깨닫게 되는 것
은 구절과 구절 사이, 문장과 문장 사이가 몽땅 빠져버린 것 같
은 심연이 온갖 곳에 퍼져 있다는 점이다.

나는 그의 《이야기 서울》이라는 소설을 아라키 케이유〔荒木經
惟〕의 사진과 엮어서 하나의 작품으로 만드는 작업을 한 적이
있다. 그때 몇 군데를 더 써넣고 고치자고 꽤 권했지만, 단어를
바꾸기만 했을 뿐, 별로 내 말을 들어주지 않았다. 그 유명한
《가레키나다〔枯木灘〕》나 《천년의 유락》 등은 건너뛴 글의 메워
지지 않은 들쑥날쑥한 위태로운 장면의 직물織物로 생각된다.
그러나 바로 그 결락된 듯한 부분, 정리되어 있지 않은 불투명
한 요소야말로 의미나 요해를 넘어선 나카가미 문학의 본령임
에 틀림없다. 그의 소설의 매력과 대단함은 격렬하게 그려진
표면의 선명한 화면과 함께, 애매한 공기, 가퍼지고 쓰여지기
를 거부하는 듯한, 엄청난 공백을 품고 있는 데 유래한다고 할
수 있다.

한데, 나카가미 씨의 극진한 친구가 명달明達의 문인 가라타
니 고진〔柄谷行人〕임은 아이러니하면서 동시에 일본 문화에 있어
하나의 암시처럼 여겨진다. 아무리 지식으로 무장했다 해도, 천
성적으로 어쩔 수 없이 신체성 짙은 표현이 되어버리는 나카가
미 씨는 본능적으로나 전략적으로나 가라타니의 지성의 커버를
바란다. 그에 반해, 가라타니 또한 지식에 의한 투명성이 전면
화全面化되면 될수록, 명석한 만큼 불안한 것, 불투명한 요소로
서의 나카가미를 필요로 하지 않으면 안 된다. 정녕 '상사상애

相思相愛의 오부와 오부' 의 관계인 셈이다.

　가라타니는 일본의 깬 지식인으로서의 숙명을 짊어지고 있는 것일까? 또다시 구미의 첨단 이론에 비추어 일본의 현재를 되씹어보는 작업, 곧 제2의 메이지와 같은 계몽주의를 펼치고 있는 셈이지만 그럼에도 불구하고 그의 발뿌리가 흔들리지 않고 있다. 그가 떠밀리지 않고 언제나 중심고리에 걸려 있는 느낌이라면 다름아닌 나카가미 씨가 있기 때문이라고 나는 말하고 싶다. 투철한 두뇌의 소유자일수록 어쩔 수 없이 울적한 것이 소중하다.

　나카가미 씨가 시사하는 것은 문학이란 자기 완결화된 텍스트가 아니다. 공백이라는 외부를 끌어안은, 말짱히 씻어버릴 수 없는 생명체라는 것이다.

나카가미 겐지의 혼재성

어느 설날. 나카가미 겐지 씨가 이이다 다카시〔飯田貴司〕 씨(河出書房新社)와 함께, 우리집에 왔다. 가까이 사는 에토 준〔江藤淳〕씨네 집에 얼굴을 내밀고 나서 피곤해져서 쉬다 가려고 들른 것이란다. 며칠 전에는 우메하라 다케시〔梅原猛〕 씨, 그리고 요시모토 다카아키〔吉本隆明〕 씨를 방문했고, 며칠 뒤에는 가라타니 고진 씨를 만나야 한다, 고 했다. "뭔가 배려하러 다니나?" "나한테는 그 사람들이 모두 필요하고, 그리고 재밌거든." "정치—?" "아니, 나는 전후좌우를 횡단하고 있을 뿐이야, 탐험적으로."

그는 인간이든 사물이든, 정반대의 것이라도 그대로 짜맞추고, 위험시되고 있는 사람을 다른 위상으로 아무렇지도 않게 품어버린다. "이형의 조각의 자연석은 고상한 관념일지는 모르지만, 나한테는 우리 고향 신구의 강 주변의 돌과도 연관되어 있는 것으로 보여." 음악에 대해서도 클래식의 중층적인 바그너로부터 대중가요의 단조로운 미야코 하루미까지 온갖 것이 있을 수 있다는 듯이 정리 안 된 채, 즐겁게 받아들이고 있다. 하지만 내가 곤란했던 것은 천황 문제로 언쟁을 했을 때다. 그는 갑자기 다정한 어조가 되어, "그 자체로 본다면 천황도 인간으로 행세하지 못하는 불쌍한 존재라고 생각해. 정치를 연기하고 있는 서글픈 예인藝人 아냐."

나카가미 씨에게 걸리면, 독毒 또한 이 세상에 필요불가결한 것이 되어버린다. 일본 문화란, 몸에 해롭다는 사실을 알면서도 맛있다고 차돌박이를 먹는 데서 이뤄진 것, 이라고 한 적도 있다. 그에 대해, 프랑스에서도 맛있다고 일부러 간肝을 병적으로 살찌워서 먹지, 라고 자크 데리다Jacques Derrida가 되받았다. 그러자 나카가미 씨는 프아그라는 그 자체가 여과장치여서 독을 움켜쥐고 있는 것은 아니라고 반론했던 것이다.

이 얘기는 이미 유명하지만, 그 논의 당시 본인한테 파리에서도 들었고, 일본에서도 나하고 대담(월간 《NETS》 1987년 11·12월호)했을 때에도 피력되었다. 이 얘기의 이면에는 독으로서의 유태인 문제가 숨겨져 있었던 것 같다. 나카가미 씨의 비유는 대단히 시사에 차 있으며 재미있다. 허나, 지겨울 정도로 '일본의 배타성'에 부딪쳐온 나로서는 이 얘기가 일본의 발상이나 문화를 대변하는 것이라고는 생각되지 않는다. 그리고 다소 차이는 있지만, 차돌박이는 한국인도 중국인도 좋아하는 것이다.

어쨌든 간에 차돌박이라 해도, 살도 지방질도 고기 자체의 내적인 조직으로서 있는 것이지, 다른 요소를 내포하고 있는 것은 아니다. 또 차돌박이든 프아그라든 먹는 사람의 소화능력이라든가 취향에 관계되는 사항이라고 할 수 있다. 대상의 규정으로서는 한쪽이 미분화물이고 이것저것 뒤섞인 세계임에 비해 다른 한쪽은 변별시키거나 여과장치라는 얘기이다. 데리다는 프아그라론에서 뜻밖에도 자기 생각이 차별이나 정화淨化를 합리화시키는 것임을 노정한 것은 아닐까? 그에 반해 차돌박이 얘기는 일본인론으로서보다는 바로 나카가미 씨의 야성적인 생명의 혼재성 — 끌어안기 사상으로 부각된 것같이 생각된다.

나카가미 씨가 가장 싫어했던 것은, 인텔리 냄새가 나는 배제의 논리였다. 배제의 논리란 말하자면 근대주의란 것이며 엘리트가 이성 같은 것으로 자아라느니 보편성 따위를 내세우고 그것을 특권화시키는 사고방식을 지칭한다. 그에게는 고상한 지식보다는 산 체험이, 완결적인 구축성보다는 방치된 카오스가 성격에 맞았다. 누구보다도 독서를 좋아하고 지적 호기심이 왕성한 사람이었지만, 그러나 계급적이고 머리만 큰 인간과 그 주장은 별로 신용하지 않았다. 그것은 타를 인정하지 않는 자기확대적인 나르시스트의 지배욕, 교만으로 느껴졌기 때문일 터이다.

오에 겐자부로〔大江健三郎〕의 에세이나 소설을 가까운 비평가들이 칭찬하면 그 자리에서는 고개를 끄덕이면서도 밖에 나오면 퍽 짜증을 냈다. "그 따위는 그렇게 열린 세계도, 신용할 만한 것도 못 돼. 그의 소설은 방법론적으로는 그럴싸하지만, 언제나 구원이니 선악의 모티프로 꾸며져 있어서 인간을 계몽할 작정이라구. 오만한 엘리트의 위선이지. 내가 도스토예프스키를 싫어하는 이유도 그 점에 있어."

그래서 나는 심술궂게 말해봤다. "자네가 언제나 신경쓰는 가라타니나 아사다〔淺田彰〕도 같은 타입 아니야?" "그렇게 말할 수도 있지." "그들이 누구보다도 나카가미 문학을 옹호하는 것은 불가해한 일이 아닐까?" "내가 그렇듯이 그들도 나를 필요로 하고 있는 거잖아." "그들의 사상으로 봐서 나카가미 문학을 중심적 과제로 평가할 수 있을까? 또 어째서 나카가미는 그들을 끌어당기고 싶어하는 것이지?" "진짜 카오스에는 빛도 섞여 있잖아." "참 수수께끼야." 나카가미 씨는 평생을 남에 대해 배려하면서 살았던 사람이라고 생각되지만, 그의 소설은 반드시 그렇다고는 할 수 없다. 배려의 소설을 쓴 것은 그야말로 오에 씨 같은 타입이며, 거기에는 탐구성이나 건축성, 문제 제기성이 역겨운 '선善'처럼 어수선하게 들어 있다.

그러고 보면 나카가미 씨도 만년에는 현대 사상을 공부한 덕택인지, 혼재성−카오스성이 지나치게 자각적이 된 것같이 느껴지기도 한다. 특정한 장소에서 미지의 세계로의 '이동'이나 '전이'의 모티프를 그리려는 기도는, 오히려 자기 찾기라는 근대 소설로 되돌아간 것처럼 비치기도 한다.《일륜日輪의 날개》,《찬가》,《경멸》 등은 얘기가 하나의 꾸며내기로 시도되어 이상한 키치성으로 채색되고, 도쿄라는 거대한 공간에서 붕 떠버리고 있다.

나는 나카가미 문학의 본령을 생각해본다.《가레키나다〔枯木灘〕》,《천년의 유락》,《땅의 끝 지상至上의 시간》과 같은 작품에서는 얘기가 분신군分身群들의 흙탕싸움, 그 반복과 증식, 특정한 장소의 광경으로 그려져, 전개나 구축하고는 다른 짜임새로 펼쳐지면서 자족하고 있었다. 빛과 어둠이 착종혼재錯綜混在하고, 마치 일본화〔大和繪〕처럼 질퍽질퍽하면서 동시에 선명한, 넘

쳐 흐르는 엑스터시의 공간이 거기에는 있었다. 그것을 읽으면
굉장한 차돌박이를 먹고 있는 것 같은 느낌이 들곤 했다.

예술의 영역

회화에 있어서의 추상성의 문제

　회화에 있어서 추상성의 문제란 미술 표현의 기원에 상응된다. 본다는 일, 그린다는 일 자체가 이미 추상화를 수반하기 때문이다. 그렇다고는 하지만 오늘날 추상성의 문제는 일찍이 추상미술을 이론화한 보링거가 전제했듯이, 어디까지나 근대적 산물이며 그 규정성에 의해 해석되어야 하는 것이다.

　산업 자본주의의 발달과 그것을 추진한 부르주아들의 기치였던 자아 중심주의의 전면적·전체적 시각 표현의 진로가 추상미술이 되었다. 화가들은 신이나 자연, 역사와 같은 모든 외계의 수용과 해석과 모방에서 멀어졌다. 그리고 표현의 모티프를 자아에 의한 아이디어와 개념에 두고 거기에 준해서 세계를 재구성한다고 하는, 능동적으로 존재를 만들어내는 방향으로 치달았다. 이것이 근대주의이며 그 추상성의 기본적인 입장이다.

　물론 일부 큐비스트나 칸딘스키Wassily Kandinsky, 몬드리안 등의 산이나 나무 그림에서와 같이 자연을, 정리 또는 디포르메해가는 양상을 볼 수도 있다. 그러나 이것들도 오늘날의 이론으로는 간단하지 않고 아이디어와 개념이 오히려 대상보다 우선되어 거기에 맞춰 대상물을 정리, 디포르메, 재구성했다는 견해조차 나오고 있다. 어쨌든 간에 선택된 자아가 만들어낸 아이디어의 개념화와 그 오토메이션화에 따라 세계를 짜세우고 재생산하는 사회의 시각적 표현이 추상미술로서 퍼졌다는 점이 중요하다.

20세기 중반까지 맹위를 떨치던 식민지주의·제국주의처럼 거기에는 특정 개념의 확대와 증식이 가치가 되며 따라서 세계와 자아의 동일성이 진리였다. 이것이 발터 벤야민 Walter Benjamin 이 말하는 재현성의 비밀이며 복제기술 시대의 예술의 원리이다. 거기에는 아우라(유일성)적 본질이 존재하지 않는다. 동일성의 통념이 재생산되기 때문이다. 1960년대 리히텐슈타인의 만화 확대나 워홀의 증식된 모나리자 그림이 추상적으로 보이는 이유도 거기에 있다. 근래의 회화의 대부분이 구상적 양상을 띠는 것이라 해도, 그 밑바닥에 근대주의에 의한 추상성의 작용을 간파하지 않으면 안 된다.

개념의 확대와 증식을 좀더 확실하게 양식화할 방향성을 주장한 비평가가 그린버그이다. 그는 마르크스주의로부터 멀어지면서 칸트를 자기류로 도입하여 이야기성과 이데올로기를 배격하고 회화를 투명성, 명증성의 형식으로서, 다시 말해 순수한 평면 조건으로서 성립시키려고 했다. 바넷 뉴먼 Barnett Newman의 색면으로 분할된 화면이나 프랭크 스텔라의 동일 패턴의 반복처럼 우연성과 불투명성을 배제하고 철저하게 개념의 형식화를 전면화시켜야 한다는 것이다.

이러한 경향의 작품을 미니멀아트라 부른다. 도널드 주드 Donald Judd의 말을 빌리면, 그것외 아무것도 아닌, 극한적이면서 최저한의 바로 그것이 작품인 셈이다. 이리하여 포멀리스트가 된 예술가들은 자아 형식의 끝장까지 나아갔다.

그런데 여기에서 재미있는 패러독스 현상이 보이게 된다. 종래의 세계가 동일성의 환상에 뒤덮여져 있었듯이, 작품에 있어서도 의미와 지지체支持體가 일체가 되어 있었지만, 포멀리즘의 극치에서는 의미와 지지체가 분리하는 상태가 나타났다. 화가가 표명하는 의미는 공중에 뜨고 예전에 그것으로 뒤덮여 있던 것은 주드가 지적하듯이 물체도 개념도 아닌, 뭐라 명명하기 어려운 그 무언가로 거기 존재하게 된 셈이다. 지지체가 의미나 재료성에서 벗어났다.

명확한 존재이고 극한적 형태이면서 그러면서 아무것도 의미하지 못하는 무명성과 비개념성의 초라하고 뉴트럴한 벌거숭이 대상……. 밀란 쿤데라Milan Kundera의 소설 제목을 닮은 《존재의 견딜 수 없는 가벼움》으로, 거기 존재한다는 것. 그러고 보면 작품을 작품답게 만드는 요인은, 암묵중에 전람회의 제도성이나 일정한 장소성에 의거하고 있었음을 이해하게 된다. 라우센버그 Robert Rauschenberg의 아무것도 그려져 있지 않는 캔버스의 전시, 에드워드 켈리Edward Kelly의 단순한 채색 패널과 주변 공간 등, 그것들에게 시선이 갈 수 있는 것도 그 때문이라 할 수 있다.

아도르노의 말처럼 세계의 동일성 환상은 깨졌다. 조셉 코스스 Joseph Kosuth는 〈한 개와 세 개의 의자〉라는 작품에서, 사전에 있는 그 의미의 해석을 복사한 패널과 의자의 사진과 의자 실물을 함께 진열함으로써 그들의 차이성을 보여주고 있다. 또 다른 많은 작가들은 조각이나 회화로 굳혀져 있던 것을, 대좌에서 혹은 벽에서 끌어내려 풀어 헤치면서 화랑이나 미술관에 흩뿌리는 해체 작업—의미의 도금을 벗겨내는 인스톨레이션을 펼쳤던 것이다.

　　정치 상황에서도 예술에서와 마찬가지로 제국주의, 전체주의
는 해체되었다. 각국 각층이 뒤섞이면서 뭐라 하기 어려운 상태
가 되었으며, 새로운 존재 방식이 모색되고 있다. 세계는 종래
의 공동체 이념이나 동일성의 환상으로부터가 아니라, 각기 무
수한 타자와의 상호관계에 의해 성립하는 비동일성으로 논의되
기 시작했다. 닫힌 추상성의 세계는 붕괴되었다.

　　되돌아보면 근대 추상주의는, 내면의 표상화를 추구함으로써
현대 문명의 발달만큼 의식이 외화外化하는 장을 넓히고, 도시
적이고 세련된 조형 세계를 구축했다. 그러나 다른 측면에서 본
다면 미셸 푸코Michel Foucault가 파헤쳤듯이, 배제와 차별과 디포
르메의 폐쇄공간(감옥)을 만든 셈이 된다. 타블로의 실천이란,
화가가 지지체의 타자성이나 외부성을 무시하고 캔버스에 전체
주의의 실현을 위해 모든 것을 개념 구현의 재료로 사용하면서,
완결된 자기 왕국을 전개하는 일이었다. 문화인류학자 레비 스
트로스Claude Lévi-strauss가 추상미술이 싫다고 표명한 이면에는
이와 같은 외부성의 거부와 동일성의 전면화가 용납할 수 없는
미학으로 비춰졌기 때문이었음이 드러난다.

　　현대 미술에서 외부성의 회복은 절실하며 또 희망적인 이슈
이기도 하다. 그렇다고 해서 외부성의 회복이 단순히 구상화로
의 복귀라든가 추상성의 추방에서 얻어질 수 있다고 생각하면
큰 오해이다. 여기에 덧붙이고 싶은 것은 새로운 구상성의 발견
과 그 전개 가능성에 관해서는 추상성 못지않게 어렵고도 비현
실적인 수많은 문제를 끌어안고 있다는 점이다. 공동체와는 다

른 남들이 뒤섞여 살아갈 수밖에 없는 국제 도시와 고도로 발달된 하이테크놀로지의 지평이 오늘의 현실이다. 메커닉한 생활과 초고속 정보와 다양하고 분석적인 지식은, 비판과 반성의 여지가 있다곤 해도, 그 존재나 역할과 기능이 앞으로의 인간 생존을 규정하는 피할 수 없는 요소임을 부정할 도리가 없다. 오히려 그 근대적인 지혜의 축적을 어떻게 활용하고 보완할 것인가가 과제일 터이다.

지구가 좁아지고 복합성에 의해, 복잡하고 다양한 사회가 되면 될수록 인간의 표현 방법은 단순화에 상호적인 행위성과, 메커닉한 객관적인 기호성에 의해 추상화, 양식화, 코드화되어 간다. 이제는 이런 것이 일상적인 리얼리즘이라 할 수 있다. 추상 개념은 대상의 디포르메에서 떨어져나간 지 오래이며 칸딘스키가 제시한 자아원리적인 '점·선·면'으로부터도 멀어졌고, 이미 현실 바로 그것이며, 사고와 행동의 사회적 규범인 것이다. 추상의 도달점인 미니멀아트에 보이듯 물질도 관념도 아닌 것이 재료성을 넘어 극한적인 단위인 채, 작품의 구성원으로 일반성을 띠게 되었다.

현대 미술에 있어 근대적인 재료와 현대적인 요소는 동거하기 마련이다. 바야흐로 재료로서가 아니라 구성원으로서처럼, 같은 대상이라도 거기에 접하는 화가의 태도와 방법에 따라 전혀 다른 차원의 것이 될 수 있다. 포멀리즘이나 컨셉츄얼리즘에서 읽어낸 물질과 개념의 분리, 차이성에서 오는 공백, 최저한의 패턴, 익명적이며 뉴트럴한 구조 등은 자기 한정과 외부 환기를 위한 활성적 요소로 되살아났다.

피에트 몬드리안의 도시와 화면과의 조응, 모리스 루이스Morris Louis의 색채와 공백, 마르탄 발레Martin Barré의 색면과 필드, 안토니오 타피에스Antonio Tapiês의 기호와 물질, 루치오 폰타나의 행위와 공간, 사이 톰블리Cy Twombly의 낙서와 공백, 게르하르트 리히터의 외부와 내부와의 대화에 의한 흔들림과 어긋남, 다니엘 뷰렌의 뉴트럴한 패턴의 설치와 외계와의 접합, 에노쿠라 코오지〔榎倉康二〕의 지지체와 침투, 윤형근尹亨根의 설정과 방치, 그리고 내 그림에서의 그린 것과 그리지 않은 것과의 상호작용에 의한 여백 등은, 표현의 한계와 외계와의 연계를 시도하는 새로운 추상화로 받아들일 수 있다. 거기에서는 표현과 비표현의 동거, 혹은 외부성의 수용과 대응이 중요한 이슈가 된다. 그렇기 때문에 화면이 미니멀아트와는 달리 간결하면서도 비확정적이고, 관계항으로서의 미지성이 숨쉬고 있는 곳으로 여겨진다. 화면이 종적인 자립성보다는 횡적인 연대성과 규정되지 않는 무규정성을 내포하느니만큼 이에 의한 초월성 논의도 가능해진다.

이러한 화가들의 모티프나 작업은 다양하지만, 대개는 신체성을 매개로 하여 한정된 요소로 바깥 세계와의 조응관계를 일깨우고자 하는 데에 그 특징이 있다. 캔버스에 터치하지 않는 부분을 도입한다든가 최소한의 기호로 자기를 절제한다든가, 외계를 상기시키는 물질이나 형태를 끌어들인다든가, 대상의 어긋남이나 분해로 비대상적인 지평을 연다든가, 내외의 통풍을 좋게 하는 뉴트럴한 구조를 제시한다든가. 화가에 따라 그 방법과 실천은 다르지만 자기 한정과 열려진 관계체로서 회화를 성립시키려는 자세에서 큰 공통성을 지적할 수 있다.

여기서 알게 되는 것은 위와 같은 요소들이 외계와 직결되는 직접성보다, 매개항으로서의 추상성의 암시 세계라는 점이다. 외계와의 관련이 중요하다고는 해도 표현의 레벨이 바깥과 그대로 이어지는 것은 아니다. 내면과 외면이 만나는 장소로서의 회화에는 보다 추상화된 것이나 암시적인 형태에 의한 매개와 비약이 요청된다. 작품의 구성원은 회화의 비연속의 연속으로서의 매개와 비약을 떠맡는, 좀더 오늘날의 조건을 충족시키는 것이지 않으면 안 된다. 일상성에서 어긋난 외계와 연락하는 중간의 장으로서, 그 타자성에 의해 반성과 사랑과 숭고함이 보증되기를 바라는 고도의 지성을 요하는 작업이다.

오늘날 외계를 그대로 캔버스로 옮길 수 있다고 생각하는 바보는 없다. 외계란 이미 알고 있는 데이터로서의 대상물이 아니며 불확정한 세계의 미지성을 가리키기 때문이다. 컴퓨터에 의한 표현 가능성이 주목받고 있다고는 해도 현재로는 데이터와 바꿔짜기와 이미지의 재현을 넘을 방도는 보이지 않고, 그에 의한 행위를 외계와 관계시키는 방법을 찾기란 어렵다.

이제부터의 회화는 외계와의 관련과 대응에 있어, 스스로의 타자성과 미지성을 환기시킬 수 있는 것이어야 한다. 그리하여 의식과 신체를 매개로 하여, 이쪽과 저쪽에 중개항 one cushion을 두고 맺어주는 건전한 창조력의 날개를 뻗는 것이어야 한다.

시각에 대해

근대주의에서의 시각이란 동일성을 확인하기 위한 눈길이다. 다시 말해 자기 의지로 대상물을 차정借定해두고 그것을 본다는 의미이다.

르네상스 이후의 원근법 발달에서 알 수 있듯이 의지적인 시각주의는 객관성과 과학성을 표방하는 뇌 중심 사상에서 유래된 것이다. 그것을 합리적으로 도식화한 사람이 데카르트이며 그에게 있어서 본다는 것은 에고에 의한 시각의 규정력을 가리켰다.

그런데 실은 넓은 세계 앞에서 극히 한정된 눈은 역원근법적으로 열려 있다. 자기 눈앞의 것보다 더 먼 것을 더욱 넓게 여기며, 그렇게 본다는 것은 누구나 알고 있고 경험하는 바이다. 물론 구체적인 대상세계에서는 가까운 것이 크게 보이고 저 멀리 있는 것은 작게 보인다 함이 과학적인 것은 분명한 일이지만, 눈의 한정성에 유래된 느낌(생각)이 그 반대라는 것 또한 부정할 수 없다. 최근에는 고대사회의 회화나 중세의 이콘, 또는 동양의 산수화 등의 분석으로, 역원근법의 사고 방식이 재조명되고 있다는 점도 주목할 만하다. 근대의 원근법이라는 것이 인류문화사 속에서는 특이한 시대의 산물이라고 하는 사람조차 있다.

오늘날, 시각이라고 할 때 어디에 초점을 두느냐에 따라 정반대의 말이 되어버린다. 근대의 원근법적 시각이란, 이쪽에서 저쪽을 일방적으로 잡아매는 것을 뜻한다. 대상물 자체나 세계가 중요한 게 아니라 보는 주체의 의식과 지식에 의한 규정력이 결정적이라는 얘기다. 여기서는 본다는 것은 설정된 소재와 데이터로 짜맞춘 텍스트와 마주하는 태도이다.

이에 비해 역원근법에서는 반대로 저쪽에서 이쪽을 보고 있는 꼴이기에 세계 쪽이 압도적으로 크게 다루어진다. 그렇기 때문에 보는 자의 대상물에 대한 한정력은 애매하고 약해질 수밖에 없다. 이와 같은 시각은, 수동성이 강하며 우연성이나 비규정적인 요소의 작용이 두드러지기 쉬울 터이다.

여기에서 나는, 수동성과 능동성을 겸비한 신체적인 시각을 중시하고 싶다. 인간은 의식적인 존재임과 동시에 신체적인 존재이기도 하다는 점을 재확인한다면, 어쨌든 본다는 일이 일방적이어서는 안 될 일이다. 신체는 내게 소속되어 있음과 동시에 외계하고도 이어져 있는 양의적인 매개항이다. 그러니까 신체를 통해 본다는 것은, 보면서 동시에 보여지는 것이며 보여짐과 동시에 보는 것이 된다. 대상물이나 세계는 나의 이성의 반영이 아니며 그것은 외계성을 지니는 미지적인 것이라고 하는 입장이 된다. 보는 것은 데이터화된 텍스트를 읽는 일이 아니며 타자와의 만남에 의한 상호작용이 될 것이다.

미술이란 시각과 불가분한 영역이다.

그런데 신체적인 시각의 경시와 무시에 근거하는 근대 자아 중심의 시각주의는, 필연적으로 작품의 동일성과 개념화를 초래한다. 그리고 끝내는 작품은 세계와의 관계적 존재성을 부정당하게 되어 언어학이나 철학의 설명체로 타락하고 아이디어나 개념의 확인 이외는 그 어떤 시각의 힘도 불러일으키지 않는 것이 되어버린다. 따라서 거기에서는 작품이 감성적이거나 애매하고 불투명하면 그것은 경멸의 대상이 될 수밖에 없다.

이제 작품이 이성과 세계의 동일성을 나타내는 대상이던 시대는 지나갔다. 외부성을 부정하는, 배제와 차별하에 자기 내면의 재현화로 세계를 뒤덮는 제국주의적 시각은 해체되지 않으면 안 된다. 나와 외계가 상호관계에 의해 **세계한다**는 입장에서 말한다면 작품 또한 차이성과 비동일성의 일종의 관계항인 것이다.

모네가 말했던 외계가 존재한다는 의미를, 관계의 개념으로 받아들인다면 닫혀진 자아주의에서 나와 대화가 가능한 열린 세계에 설 수 있다. 지식이나 의지 못지않게, 감각과 체험이 중요하다. 그것은 결코 내면성만의 발로가 아니며, 신체를 통한 외부와의 접촉 가운데에서 일어나는 만남의 일부이기 때문이다.

작품에서 지적인 개념성과 함께 감성에 의한 지각을 불러일으킬 수 있다는 것은, 거기에 미지적인 외부성이 침투되어 있다 함이며, 그렇기 때문에 보는 자와의 대화가 성립되는 바이다. 본다는 행위는 신체를 매개로 하여 대상과의 상호관계의 장으로서의 일을 터뜨린다. 작품이, 만남이 가능한 타자성을 띠고, 본다는 것이 양의성을 회복할 때 예술의 새로운 지평은 열릴 것이리라.

외계와 함께

외계가 존재하는가, 라는 물음은 그리스 시대 이래로 이어지고 있는 문제이다. 그 연장선상에서 자연의 무질서론, 야만론도 생겨났다. 감성이나 이성이 무의미한 소재들을 재구성함으로써 겨우 외계가 그럴싸하게 보이게 된다는 이론이 큰 흐름을 이루어왔다. 모든 외계는 이미 역사화, 제도화된 세계이다, 라는 시점도 같은 문맥에서 나온 것이다.

미학적 측면에서는, 헤겔Georg Wilhelm Hegel은 자연을 이념적인 대상물로 끌어올리려고 시도했으며, 칸트는 자연을 감성적인 반응을 불러일으키는 대상물로 받아들이려고 했다. 특히 칸트는 높은 산이나 큰 파도에서 숭고함을 느끼는 것은 거기 마주선 인간의 감성의 반응력과 이성의 구성력에 의하는 것이라고 생각했다. 비규정적인 '물자체' 개념에 보이듯, 어느 정도 외계를 인정하면서, 그러나 그 자체로는 형성되어 있지 않는 것, 소재에 머물러 있는 것, 무가치한 것으로 다루는 태도이다.

그런데 근래에 와서, 하이데거Martin Heidegger의 '세계내존재 In der weltsein'나 메를로 퐁티의 '양의성의 세계monde de L'ambiguité'와 같은 개념에서도 짐작되듯이, 문맥에 큰 변화가 일어나고 있다. 작곡가이기도 했던 아도르노가 제작 현장에서 경험하고 생각했던 것은 이성의 한계성이며, 외계의 타자성이었다. 작품은 백 퍼센트 능동적 vorstellung(표상적)도 아니고, 백 퍼센트 수동

적(직관적)도 아니다. 자연이나 외계를 그대로 받아들이거나,
또는 이성에 의해 동일성으로서 규정하여 관리하려는 것은, 그
어느 쪽도 무모한 폭력이며 인간의 자살행위에 가깝다.

칸트가 말하는 자연의 불투명성, 무규정성이야말로 오히려
인간의 동일화 사고를 깨거나 어긋나게 해주는 변증법적인 부
정성 negative이 아닐까? 외계하고의 끊임없는 교류에서 우연이
나 애매한 요소가 작용하게 되어 비동일성의 작품이 성립된다
라는 말이다.

여기에서 한발짝 더 나아가, 시점을 인간과 자연 양쪽에 두면
어떻게 될까. 생산 개념의 우위성과 합리화보다 관계 개념의 우
위성과 상호성이 두드러져감에 다름없다. 사고와 이성의 구성
력에 앞서 직접적으로 반응하는 감각과 직관의 경험이 가르쳐
주는 것은 인간이 의식 존재임과 동시에 외계와 연결된 신체적
존재라는 점이리라. 이 신체는 외계와 이어져 있는 것이기에 표
상작용表象作用을 일으키는 이성에 앞선다.

높은 산이나 큰 파도는 이성에 의한 미적 구성 요소이기에 앞
서, 직접적으로 신체에 침투해오는 외부성이며, 그 규정성을 넘
어선 힘이, 동양적으로 말한다면 심금을 울리는 것이다. 이성에
의한 구성이나 해석에 앞서 신체의 반향작용에 의해 감동한다
함이다. 이것은 결코 미美나 숭고함이 대상물 자체에 내재되어
있다거나 인간의 내면적인 상상력의 산물이 아니며, 외계와의
만남에 의한 카테고리이며 현상학적인 관계항의 일임을 가리키
고 있다.

  이와 같은 입장은 인간의 자부심이나 문화의 차원을 끌어내
리는 태도로 비치기 쉽다. 그러나 이념으로 외계를 덮어버리려
는 기도는 이제는 결코 열린 지혜라고 할 수 없다. 만남이 무한
을 열고, 대화가 작품을 낳는다. 제작에 있어서 일방적인 이성
의 발로가 아닌, 외계와의 상호 교류작용이 비약성과 초월성을
보장한다.

화가의 맡은 바

　최근 자주 듣게 되는 얘기지만, 이제 화가는 확고한 존재 이유를 상실하고, 지금부터는 아이디어 맨이나 디자이너로 살아가는 길밖에는 남겨져 있지 않다, 라고들 한다.

　정말 그럴까? 그런 말을 듣게 되는 것도 결코 까닭이 없는 것은 아니나 복잡한 오늘날의 사상 상황이 문제를 점점 더 까다로운 지점으로 이끌어가고 있는 것 같기도 하다. 화가뿐 아니라 모든 표현자의 손에서 종래 소중하게 여기던 무언가가 분명히 빠져나가고 있다. 테마의 상실이라느니, 컨셉과 마티리얼의 분리라느니, 의미하는 것과 의미되는 것 사이의 관계의 붕괴라느니, 그런 일의 배경에 있는 그 무언가가―. 그리고 그 무언가를 표현자의 손에서 빼앗아가면서, 표현자를 다른 차원으로 불러들이려고 하는 사자使者는 아마도 근대 기술이라는 컨텍스트 바로 그것인 것처럼 생각된다.

　최근 십수 년간, 과학기술의 발달에는 눈부신 바가 있었고, 그중에서도 일렉트로닉스―영상기술이나, 컴퓨터, 로봇 등 표현 매체에 관계되는 부문은 굉장한 진보를 보이고 있다. 화가보다도 훨씬 재빠르고 능률적이며, 정확하면서 동시에 선명한 화면을 만들어내거나 실물을 갈아 뺀 복제품이 그러한 기술에 의해 자꾸 개발되고 있다. 일찍이 전사재생轉寫再生을 가능케 한 TV의 등장과 함께 화가의 일은 끝났다고 말해졌으며, 많은 화가가 그리기를 포기하거나, 비디오 작가로서 활로를 찾으려고 전업한 사람도 적지 않았다.

그 뒤, 영상카메라로서는 대상적인 피사체가 전제조건이 된다는 한계가 밝혀짐에 따라 비대상적인 세계, 예컨대 추상적인 그림은 만들 수 없다 하여 화가들은 스스로의 새로운 존재 이유를 주장했다. 그러나 눈 깜짝할 사이에 또다시 새로운 일렉트로닉스와 컴퓨터 그래픽의 놀랄 만한 전개에 의해 영상으로서나 타블로로서나 화가의 손을 거치지 않고도 꽤 많은 추상적인 그림을 만들 수가 있게 되었다. 아직 불충분하긴 하지만 일렉트로닉스나 컴퓨터, 로봇의 진보는 그것들에 의해 조만간 생각대로의 완벽한 그림을 만들 수 있게 됨을 예지하고 남음이 있다. 이미 근대 기술에 의해 그려졌거나 복제된 그림이 일상환경을 메워채우고 있다. 어떤 색, 어떤 형태, 어떤 도안이든 데이터만 확실하게 갖추면 화가의 부정확한 솜씨에 의존한 것보다 훨씬 신속 정확하게, 그것도 똑같은 것의 대량 생산을 원하는 만큼 할 수 있는 시대가 도래하는 것은 이제 시간 문제이다.

그림을 고안하거나 기계를 컨트롤하는 것이 화가의 역할이 된다면 그것은 바로 아이디어맨이나 디자이너의 일종이라고 부르지 않을 수 없다. 하물며 아이디어가 스스로 생각한 것이 아니라 기성의 정보기호를 인용하여 짜바꾸는 수법에 걸리는 것이고 보면, 더더군다나 적극적으로 화가라고 부를 이유가 부족해진다.

한데, 이상과 같은 경우 화가 및 회화란 과연 무엇을 가리키고 있는 것일까? 여러 가지로 생각할 수 있겠지만, 그중에서도 화가는 그려야 할 대상이나 이념을 명확하게 포착하여 그 컨셉을 어떤 형태로든 캔버스이건 마티리얼에 확실하게 전사 실현하는 자라는 것. 그리고 회화란 화가에 의해 확인된 컨셉이 스트레이트로 명료한 그림새로 제시된 표면이다, 라는 점이 무엇보다도 크게 떠오른다. 여기에서는 표현하기 전부터 회화가 완성되어 있어서 다른 요소가 작용할 여지가 없다는 것을 알게 된다. 말을 바꾸면 표현해야 할 컨셉이 먼저 완성되어 있지 않으면 회화는 성립되지 않는다. 미술에 한하지 않고, 근대의 표현의 존재방식에서 볼 수 있는 것은 바로 자아의 전제하에 행해지는 일방적인 이념의 수행임은 재언할 여지가 없다.

근대 과학, 그중에서도 기술의 발달은 '이념의 실현'을 지향하는 수행수단에 있어서의 프로세스적인 사항이다. 실현을 위한 지시 수행이라는 컨텍스트 없이 기술이 혼자 발달하는 일이란 있을 수 없다. 근대 기술이 결코 비인간적인 영위가 아니라고 주장하면서 역으로 인간적이거나 이념적인 것을 부정하고 싶어하는 사람도 있는 것 같으나, 이는 분명히 자가당착이라 하겠다. 기술의 발달로 가능해진 것은 동일물의 증식과 재생이며 그 결과 일품 제작의 아우러성이 극복되고 모든 표현이 인용, 복제, 허상으로 규정되기에 이른 것 같다. 그러나 실제로는 신의 죽음이건 탈구축이건 없으며 한층 더 아우러의 양산과 욕망의 확장을 위해 정보기호를 범람시키는 실체주의의 심화와 그것을 합리화시키기 위한 은폐작업이 진행되고 있는 것은 아닐까? 자신의 생사 체험조차 곤란해진 것도 바로 정보기호의 바다에 깊숙이 모습을 은폐한 실체의 컨트롤에 기인하는 사항으로 느껴지는 것이다. 근대주의의 이름으로 부정해야 할 것은 인간의 실체적인 체험이나 사고가 아니라 오히려 '이념의 실현'이라는 컨텍스트이어야 하는 것은 아닌가.

화가에게 맡기든 기계에 맡기든 그릴 컨셉을 미리 정해놓고 그것을 캔버스에 확실하게 옮길 때, 컨텍스트 자체에는 하등 변화가 없다. 서양의 근대 화가들의 시도란 구상, 추상을 불문하고, 아니, 무의식의 자동기술인가 하는 것까지도, 한결같이 일방통행적인 재현적 표현이었다는 점에서는 같다. 먼저 머릿속 어딘가에 그릴 것이 있고, 그것을 무언가의 수단 방법으로 캔버스에 베끼는 기술이 화가의 제작이었던 셈이다.

그런데 화가가 실제로 캔버스를 마주하고 있을 때 일어나는 현상이란, 자신을 조금만 뒤돌아보아도, 좀더 다의성에 찬 것임을 금방 알아차리게 될 터이다. 그릴 컨셉이 아무리 명료하다 해도 막상 제작하기 시작하면 그때그때의 신체적 컨디션, 붓의 크기, 화구의 부드러움, 캔버스의 탄력 여하에 따라 회화가 생각도 못했던 것으로 전개되는 경우가 많다. 여러 가지 요소들끼리의 대응 여하에 따라 당초 예정했던 컨셉이 크게 어긋나기 시작하여 화가 자신도 잘 알 수 없는 회화가 되어가는 일조차도 있다. 물론 이런 일은 물리적인 사실로서는 컴퓨터를 사용해도 얼마든지 일어날 수 있는 일이다.

그러나 거기에는 세계 자신의 표현행위로써 체인体認할 수 있는 산 화가의 영위가 결여되어 있다. 다만, 영상이나 컴퓨터라 하더라도 그것이 세계의 사건을 꾸려내는 화가의 영위에 걸리는 것일 경우, 표현의 신천지가 열리지 않는다고는 할 수 없다. 오늘날 일부의 뛰어난 비디오화가가 보여주고 있는 것은, 결코 일렉트로닉스를 컨셉의 실현수단으로 간주한 것이 아니다. 전파나 브라운관, 음이나 손, 행위의 모든 것을 살아 있는 요소끼리의 대응관계로 짜맞춤으로써, 그리는 화가에 있어서나 마찬가지로 거기 나타나는 것은 작가의 의도를 넘어선 세계와 작가와의 상관적인 산모습이다. 거기에서는 근대 기술을 역으로 이용하는 화가의 영위조차 느낄 수 있다.

회화란 결코 '실현된 이념' 따위가 아니다. 그것은 필연적임과 동시에 자의적인 사항의 대응관계에 말미암은 것이다. 설혹 예정된 테마나 컨셉이 있었다 해도, 제작에 있어서 여러 가지 요소들의 대응관계로 인해 어쩔 수 없이 변질되는, 살아 있는 세계의 사건이지 화가의 이미지가 일방적으로 수행되는 장이기는 어렵다. 특히 온갖 일들과 사물 가운데서 자기를 응시하려는 오늘날의 화가에게 있어서는 더더욱, 캔버스나 붓, 색, 손, 기타 이런저런 요소의 호응 내지는 반발에 의해 제작은 일종의 공동성을 띠며 진척된다. 판에 박힌 문장을 쓸 때처럼 종이 위에 펜이나 타이프로 문자를 표하거나 워드프로세서로 생각을 문장화하는 행위와는 어딘가가 다르다. 회화를 구성하는 하나하나의 요소는 모두 화가의 존재와 마찬가지로 살아 있으며 화가의 생각이 열린 정도에 따라 그들도 자기를 열어 그 높이나 넓이를 드러낸다.

언어의 만반의 의미에서, 거기에는 전제가 되는 것 따위란 있을 수 없다. 만일 전제로 간주할 수 있는 것이 있다면 그것은 표현을 부추기게끔 호소하거나 도발하는 장치와 같은 화가의 존재이리라. 곧, 화가란 독재자도 아니며 업무집행인도 아니고 회화라는 장면이 짜여지는 세계 가운데서 여러 사물이나 일을 부르거나, 그 반응에 반응하여 스스로를 표명하는 깨우친 참여자라고나 할 수 있을까. 게다가 화가는 물리적이나 생물적인 대응에 만족 못하고 늘 좀더 높고, 좀더 살아 있는 일거리를 재촉하게 되어, 그러한 변증법적 관계성 속에서 한없는 '세계적 표현'과 '자기 연마'를 하지 않고는 못 배긴다.

회화의 제작은 어딘지 바둑 두는 것과 비슷하다. 하얀 캔버스 어느 지점에 한 점을 찍는다고 하자. 그러면 그것만으로도 물론 훌륭한 그림이 되는 경우가 있지만 (캔버스만으로도 충분히 회화일 수도 있다.) 그 점에 대응하여 어딘가 다른 곳에 새로운 점이나 무언가가 요청된다. 또다시 다른 곳에서 다른 반발이 일어난다. 이와 같은 장소적인 긴장관계가 화면을 구성하며 한 붓, 한 획은 모두 세계의 사건이면서 동시에 화가의 삶의 짓거리 그 자체가 된다. 그러나 한 붓, 한 획은 어떤 이미지나 컨셉을 표명하거나 대행하기 위한 칠겹치기나 되풀이되어 그려진 기호표시적인 가상仮象이 아니며, 하나하나 자기 자신의 성질과 언어를 지니는 생명에 찬 점이며 색인 것이다. 화가와 맞부딪치면서 그들은 바야흐로 자신을 표명하며, 산 점이 되기도 하고 죽은 선이 되기도 한다. 그런 것들이 서로 빼도 박도 못하는 관계로 잡아당기고 반발하면서 모두 산 시스템으로 작동한다. 그리하여 화면은 동양화의 말을 빌리자면, 기운氣韻이 생동하는 회화가 되어간다.

그린다는 것은 '이념의 실현'이 아님은 물론, 다식판으로 찍어낸 것 같은 무기적인 기호의 표시도, 복제나 인용에 의한 생명이 없는 것의 재편성의 합리화도 아니다. 근대주의와는 다른 의미에서 화가의 영위는 바꿀 수 없는 산 모습이며, 그리고 드높은 삶에 대한 끝없는 탐구이다. 화가는 그린다는 짓거리로 세계와 만나고, 불꽃이 튀는 대화와 사건을 체인体認한다. 순간 순간은 전부 일회성이며 어떠한 사물의 모사나 인용도 여기에서는 둘이라고는 없는 그 자신이 된다. 화가는 자기의 이미지나 완성된 컨셉을 재현하는 것이 아니라 세계를 살고, 그리고, 세계를 죽는다.

물론 그렇다고는 해도 화가는 많은 곤란한 문제를 짊어지고 있다. 실체주의가 꾸며낸 무감각한 기호인간이 어떻게 하면 사물에 산 대응(제작행위)을 할 수 있을까? 화가는 그리는 행위를 통해 얼마나 세계의 공시성을 깨닫고 스스로를 드높일 수 있을까? 화가는 타블로와 영상의 동일성과 차이성을 둘러싸고 어떤 일로 스스로를 해방할 수 있을까? 그리고 그려진 회화가 보는 사람과 어떤 열린 관계를 맺을 수 있을까? ……어쨌거나 화가이고자 한다는 것은 무엇보다도 세계와의 살아 있는 관계를 일종의 시적 순간을 체험하고 싶다는, 새로운 리얼리티에의 의지의 표함임은 부정할 수 없다. 그런 뜻에서 앞으로의 표현이 어떤 것일가를 둘러싸고 화가는 좋든 싫든 날카롭고 시사에 찬 사항을 제시하지 않을 수 없게 되리라고 생각한다.

희안하게도 근대 기술의 발달에 의해서 화가는 거꾸로 '이념의 실현'이란 속박에서 해방되어가고 있다. 화가는 겨우 스스로 세계를 느끼고 세계와 직접 대응하는 장에 서게 되었다. 화가라는 산 표현자가 되기 위해서는, 세계를 발견하는 새로운 눈과 스스로의 손을 가질 수 있게, 기술의 저 그리스적인 의미로서 몸을 걸고 수련을 쌓지 않으면 안 될 것이다. 따라서 화가이고자 한다는 또 하나의 의미는, 자기를 응시하는 짓거리로서 그린다는 일의 연마성練磨性에 있으리라.

로봇과 화가

최근에는 그림을 그리는 로봇이 인기를 모으고 있다. 구체적인 대상물을 정확히 그려내거나 약간의 디포르메를 가해 화면을 만들어내는 타입뿐 아니라 비대상적인 형태가 명확하지 않은 추상화를 그리는 로봇도 드물지 않다.

현재로서는 선묘線描에 의하여 화면에 단순한 채색을 가하는 정도의 단계이기는 하다. 그러나 컴퓨터 그래픽의 굉장한 진보 속도로 봐서 로봇에 의해 화가나 디자이너보다 훨씬 정확하고 예쁜 화면을 제작하게 될 날이 그리 멀지 않다. 실제로 고도의 인쇄기술이나 특수한 기계를 채용한 어떤 종류의 그림은 이미 종래의 순수하게 손에 의한 제작보다도 훨씬 근사한 완성도를 뽑내고 있다.

그림을 제작하는 로봇보다도 악기를 연주하거나 시, 소설, 평론을 쓰는 로봇 쪽의 발달이 빠를 성싶다. 그림과 비교할 때 그 일들은 명석한 작업이라 할 수 있고, 변경을 가하는 공정工程이 단순하고 자의적인 요소의 필요성도 적다. 테마나 데이터만 명료하다면 어지간히 음을 어긋나게 한다든가, 말도 웬만큼 바꿔 짜기가 가능할 터이다. 시원치 않은 연주가나 문학가보다 로봇의 그것들이 오히려 재미있고 확실할 수조차 있다.

이런 일을 생각하다 보면 화가뿐만 아니라 음악가, 문학가의 맡은 바와 직업의 앞날은 어둡다. 예술가의 일이라고 돼 있던 것들이 로봇에 의해 대체되어가려고 하고 있다. 특수화되고 신성시되던 예술가 신화는 무너지는 셈이다. 예술을 낳는 것은 아무튼 예술가의 전매특허가 아니게 된다.

예술품은 인간이 만든 것임과 동시에 어떤 장치의 산물이기도 하다. 예술 제작의 수행을 로봇이 맡아도 예술품은 만들어진다. 예술 제작의 장치는 근대적 사물을 탄생시킨 발상, 바로 이미지의 실현화라고 하는 생산개념 그 자체이다. 예술가, 특히 화가의 일이 색채나 형태 등에 의한 표현하고 싶은 것의 충실한 구현화였던 것임은 재언할 필요가 없다.

구상이든 추상이든 표현해야 할 것을 미리 정해놓고 그것을 재현하는 방법이 작화였다. 곧, 테마를 정하고 오로지 그 실현을 위해 감정이입을 포함한 여러 조건을 마련한 뒤 화가의 손은 그림이라고 하는 프로그램을 짜세운다. 들뢰즈Gilles Deleuze식으로 말하면, 화가와 테마와 재료는 제작이라는 욕망 작동에 의해 하나의 기계가 된다. 테마와 데이터를 화가의 손에 의해 정리하고 거기에서 하나의 답이 보이도록 그려내는 장치. 근대적 기술의 문맥에서 읽어간다면 바로 이것 자체가 로봇이다. 말하자면 지금까지도 불완전했지만 화가 자신도 로봇이었다는 이야기가 된다.

그런데 로봇이 행하는 일은 완성을 지향하는 재현이고 재생산이다. 왜냐하면 재현이란 되어 있는 생각을 이끌어내는 기술이기 때문이다. 아무런 데이터도 주지 않고 프로그램도 요구하지 않는 한 로봇은 아무 일도 하지 않는다. 곧, 로봇의 일은 세계를 되새기려는 화가의 욕망의 반영이다. 눈앞에 있는 대상물이든 머릿속에서 정리된 이미지든 화가는 그것을 캔버스에 그림으로 나타낸다는 짓으로 재현을 시도했던 것이라 할 수 있다.

일종의 나르시시즘이다. 자기 안에 그린 것을 한도 끝도 없이 눈앞으로 끌어내고 싶다고 하는, 이것이 욕망의 정체이고 재생산의 의미이다. 그런 뜻에서 근대 자본주의의 표현방법은 자폐적인 나르시스트의 과잉된 메커니즘일지도 모른다. 그리고 아이러니하게도 이 나르시시즘의 운명은 타자와의 관계가 끊긴 결과, 사방팔방이 다 자기만으로 찬 '자아의 바다'가 됨으로써 끝내 보겠다는 욕망의 상실을 초래하게 된 것으로 생각된다.

최근에는 세계의 되새김이나 그 구성은 거의 환영으로 치부되고 있으며 그것을 눈앞에 끌어내는 재현 작업의 의미를 찾지 못하게 되어버렸다. 아니 분열증에 빠진 고립무원의 자아에는 더 이상 표현해야 할 이미지의 구성능력을 가질 길이 없다. 표현을 재현적인 것에 한정하는 한, 앞으로의 인간에게 다시 그러한 것이 욕망을 불러일으키는 자극의 대상이 될 수 있을지 의심스럽다. 로봇에게 작품을 만들게 하는 일이 자만에 빠진 근대주의 미학의 완성이기는 하지만, 표현에 신천지를 개척하는 것이라고 하기는 어려운 소치이다.

로봇의 미학은 그 근거율부터가, 불확정한 개성이나 질을 전면적으로 부정한다. 로고스 중심주의의 잘못을 쳐부순다는 미명하에 세계를 기계적인 욕망 작동의 소재로 만들어버린 것이다. 전술했듯이 이 경우의 욕망이란 자기 재현의 메커니즘을 가리킨다. 모든 것을 기계의 부품, 기호의 집산, 구조의 요소로 간주하는 사상은 그들을 의미의 통일체로 만들고자 하는 울트라 실체주의에 기인한다. 그러한 입장을 취하는 철학가는 짜바꾸기의 데이터로 의미를 어긋나게 만드는 두뇌 체조에 무척 큰 쾌감을 느끼는 모양이다. 그런데 오늘날의 화가의 손에 걸리면 어떤 프로그램의 소재라 하더라도 그 순간부터 데이터 이전의 무엇인가로 분해되어 이름 붙이기 어려운 고유한 산 물건으로 돌아가버리게 된다는 사실도 알아야 할 터이다.

피카소가 탐구와 재현의 그림을 부정한 지는 이미 오래다. 그리고 수많은 전위적인 화가들은 자의성을 뛰어넘어 거의 캔버스 위에서 진흙놀이를 하고 있다. 오해가 될 것을 무릅쓰고 말한다면, 화가는 자기가 무엇을 하고 있는지 사실은 모르고 있는 셈이다. 그려야 할 것을 못 가진 표현자, 비록 지녔다 하더라도 그것을 추구하기는커녕 무시 아니면 때려부수는 짓으로 시종하는 자가 적지 않다.

화가의 일은 점점 더 지적 체계에서 비켜나간다. 화가는 예전에 파스칼이 우습게 여기던 의미에서는 멀어졌지만, 새로운 파스칼들로부터는 여전히 바보 같은 인종이라는 말을 들을 것 같다. 그럼에도 불구하고 화가란 캔버스든 어디든 그린다는 일에 있어 그 한순간 한순간이 다시없는 시적 삶의 짓거리임을 느낀다. 화면의 의미에 있어서가 아니라 붓과 캔버스와 물감과 손의 호응이나 반발이 행해지는 가운데 거기 세계가 있음을 안다. 화가가 마무리나 완성을 지향하지 않는 것은 그 행위가 지知의 체

계와는 다른 위상을 지니는 것이기 때문이다. 그린다는 일을 고
상하게 말해봤자 그것은 자기로부터 떨어져 세계와 만나는 트
레이닝, 곧 산다는 것의 영위 정도가 될 것이다.

회화의 설정성

회화는 현실 그 자체도 관념 그 자체도 될 수는 없다. 어차피 그것은 하나의 설정 공간이다. 그래서 규격(약속) 패널이나 캔버스를 쓰는데 못마땅할 것이 있으랴. 거기에 무엇이 그려질 것인가는 시대나 상황이나 그리는 사람에 따라 달라진다.

그런데 현대 회화의 성립은 무엇을 그리느냐에 있는 것이 아니라 무엇에 의해 회화일 수 있는가를 묻는 데 있다. 폰타나는 찢음으로써, 이브 클라인은 칠덮음으로써, 바넷 뉴먼은 색면 분할에 의해, 라우센버그는 흰 캔버스의 연이음에 의해 회화이게 해 보였다.

정녕 새롭고 기묘한 화면이기는 하다. 그러나 이것들은 회화이면 된다는 생각에서 멈춰져 있다. 그래서 옛시대의 그것보다도 자기 완결성이 강해지고 끝내 자립성을 주장하는 것이 되어 외부와의 연락이나 통로가 끊겨버리게 되었다.

나는 다시 한번 회화의 설정성(매개성)에 주목해보려고 한다.

예컨대 무지無地의 캔버스에 하나의(또는 몇 개인가의) 점을 찍는다. 그것이 시작이다. 그리는 것과 그려지지 않은 것을 관계짓게 하는 짓이다. 터치와 논터치의 겨룸과 상호침투의 간섭작용에 의해 일어나는 여백현상이야말로 회화를 열린 것이 되게 해준다.

회화의 설정성은 현실 쪽으로도 관념 쪽으로도 비약할 수 있다는 것을 약속하는 것이지 않으면 안 된다.

그림이라는 둘레[輪]
―우메하라 류사부로[梅原龍三郎]와 고바야시 히데오[小林秀雄]

언젠가 우메하라 류사부로의 나부裸婦 그림을 몇 점 보았는데 얼른 보기에 그럴싸한 화면은 반드시 당연하다고는 할 수 없는 요소가 뒤범벅이 되어 있어서 말로 뒤바꾸기 어려운, 그림이 지니는 불가사의한 매력을 느꼈다.

저쪽 바깥으로 나무들이랑 울타리가 보이고, 활짝 열린 방 다다미(일본식 돗자리가 깔린 방) 위에는 의자가 놓이고 거기에 벌거벗은 여자가 이쪽을 향해 앉아 있는 그림. 또는 거실 같은 공간의 소파에 벌거벗은 여자가 앉아 있고, 그 왼쪽에는 대륜의 꽃이 꽂힌 화병, 오른쪽 뒤에는 작은 금병풍, 그 너머 유리창에는 정원의 풍경이 펼쳐져 있는 그림 등. 그 어느 것이나 밝은 색채와 활달한 터치에 의해 살아 숨쉬는 것 같은 화면들이다.

그렇긴 하지만 이것들은 마네나 르누아르의 그림에서 볼 수 있는, 열쇠가 걸린 방(옥외인 경우도 있지만) 안에서 벌거숭이 생활을 즐기는 유럽의 그것이 아니며 어지간히 별난 사람이거나 미친 사람의 허튼일이 아닌 한, 보통은 그러한 광경 같은 것은 상상도 할 수 없었던 사오십 년 전의 일본의 그림이다. 화면을 분석해나가면, 그려진 것들의 존재감이나 상호관계나 그런 것의 필연성은 대단히 애매하며 어딘지 기묘하고 이상하다고 할 수밖에 없다. 달리나 마그리트 등, 쉬르리얼리스트처럼 무의식이나 상상력의 작용을 매개로 한 지적인 조작에 의한 그림하고는 너무나 다르다. 로트레아몽의 저 유명한 〈재봉틀 위의 우산〉이라는, 수순을 밟아가면 그것들의 만남이 오히려 운명적이기조차 한 관계나 맥락을 우메하라의 그림에서 찾으려 해봐야 아마도 의미가 없으리라.

나부 그림에 한하지 않고 후기의 풍경화에 있어서도 너글너글한 색상과 큼직큼직한 붓놀림으로 산과 집, 하늘과 나무 등이 도대체가 무차별하게 짜모아지고 되는대로 배치되어 있는 일이 다반사이며 그것은 우메하라 회화의 큰 특징인 듯하다. 왜 나부를 그리는지, 무엇 때문에 이러저러한 물건들이 거기에 불러들여졌는가, 하는 질문이 성립되는 그림하고는 다른 세계인 것이다.

그런데 무차별하게 되는대로 사물을 짜모으고 배치하는 일은 '대예술가'에게만 보이는 현상이 아니고 일본이나 한국에서는 초·중학교 학생의 그림이나 미술대학의 실기실을 가득 메우고 있는 일반적인 현상이다. 하얀 헝겊으로 덮인 테이블 위에 그림물감 튜브와 파이프, 위스키병, 휴지통과 큰 배추 등이 서로 기대듯이 배치되어 있는 그림. 이는 한국의 중학생이 학교에서 그린 그림이다. 일본의 미술대학 실기실 테이블 한가운데에는 헤라클레스의 석고상, 그 옆에 마른 풀이 꽂힌 토기, 그 앞에 베개와 물감 튜브와 그리고 콜라병이 뒹굴고 있기도 하다. 우연히 이 정물대를 보게 된 한 프랑스 화가는 이건 바로 돌은 사람의 세계이다, 고 소리쳤지만, 동양에서는 아무도 그렇게 생각하지 않는다고 말해주자 그는 더 놀랐다.

돌은 사람? 우메하라는 이런 대상물을 눈앞에 두고 그리는 것은 '정신통일을 위해서이다.' 라고 하고 있으며 그를 좇아 고바야시 히데오 또한 우메하라의 그림을 '정신통일을 위해서 본다.' (고바야시 히데오 전집 제10권《우메하라 류사부로전을 보고》)고 서술하고 있다. 서양식으로 생각하면 그런 광경을 그리는 사람이나 그런 그림을 보고 좋아하는 사람이나 다같이 정신통일은커녕 돌아버린 사람이거나 심한 분열증 환자가 되겠지만, 이는 동서의 사고방식이나 사물에 대한 대처 방법의 차이일까?

우메하라와 고바야시의 글로 알 수 있는 것은 인간은 주위의 물건이나 일들과 서로 침투하고 있다 함이며, 이쪽 눈길이 언제나 사물을 보고 있는 것은 아니라는 것. 말하자면 보이지 않은 채로 서로 더듬질하고 있는 것과 같다. 화가는 눈길로 대상을 포착하는 것이 아니라 그린다는 짓에 있어, 점점 세계 속에 폭 잠기게 되는 셈이다. 사물들은 그려나가기 위한 자극제에 지나지 않는다. 세잔이 사과에, 자코메티가 모델에 다가가는 것과는 달리, 우메하라의 붓은 사물의 인식을 향하지도 테마를 탐구하지도 않으며 오로지 캔버스 위를 더듬질하는 짓으로 시종하고 있다. 고바야시는 그럴싸하게 '대상하고의 격돌' 이라느니 '나부들의 집요한 관찰에서 얻어진 여러 자태' 운위하고 있지만, 화가는 그러한 것에는 전혀 관심이 없으며 이러저러한 물상을 빌려 캔버스에 마음 내키는 대로 붓을 휘두르고 색을 마구 칠하는 짓거리라고 할 수 있다. 인물과 다른 물건이 융합되든 말든,

색면色面이나 선, 점이 물건끼리의 경계를 무시하고 흩날리든 전혀 개의치 않는다.

이렇게 해서 짜벌여지는 회화는 최종적으로 어떤 것이 될지 화가 자신도 모르는 일이다. 피카소가 종종 강조했던 것도 제작의 자의성이었지만, 우메하라처럼 그리는 일 자체에 비중을 두는 화가인 경우, 그것은 좀더 현저한 현상이 된다. 거기에서는 대상물이 추구되지도 않으며 사물과 사물의 관계를 인식하는 것이 문제가 되는 일도 없다. 그림을 그린다기보다는 그린다는 짓거리 속에서 그림이 일어난다. 화가는 이쪽 편에도 저쪽 편에도 없으며 그린다는 짓거리 안에 있다. 가장 중요하게 여겨지는 것은 이러한 그림짓의 시공時空, 곧 회화의 장소이다. 장소라고는 하지만, 사물이 있는 곳을 나타내는 공간이 아니라 터튼일이 자아내는 회화의 세계이며 또한 그리는 짓거리 가운데서 길러지는 캔버스와 화가의 하나의 둘레인 것이다.

이는 반드시 그림만의 특유한 것은 아니지만, 잡다한 물건이 동거하고 있음에도 불구하고 분열이 아니라 일종의 통일성을 강하게 느끼게 되는 것은 역시 회화의 뛰어난 장소성 때문임에 틀림없다. 그렇기 때문에 우메하라의 그림은, 고바야시가 "색채의 둘레 안에 있다."는 실감에 대해 언급했듯이 강렬한 눈길로 바라볼 게 아니다. 그림이라는 둘레의 가운데에 있는 것 같은 눈으로 느끼는 세계이다.

화가와 두 개의 눈길

화가가 되면 장님이 되기 쉽다, 고들 하는데 정말일까? 그림을 그리기 위해 사물을 너무 바라보기 때문에 눈이 나빠진다고 생각하는 모양이다. 그러나 실정은 그렇지 않을 것 같다. 실은 이 세상에서 화가만큼 보는 척하면서 사물을 적당히 보아넘기는 인종도 드물다. 화가가 바보이기 때문도 아니고 건방지기 때문도 아니며 오히려 그 특이한 진지함 때문에 보는 일이 어려운 것이다. 진지해지면 질수록 대상에 눈길을 보내면서도 마음은 잇따라 거기에는 없는 대상을 쫓는다. 대상과 실안實眼이 일치해 있어도 보려는 머릿속의 눈－심안心眼과 얼굴에 달려 있는 생리적인 눈－실안實眼은 일치하지 않는다.

화가는 사물을 명확히 파악하는 훈련은 쌓았지만 과학자처럼은 그것을 보지 않는다. 어떤만큼의 리얼리스트라 할지라도 대상을 거기에 있는 그대로 보지 않고 자기도 모르는 사이에 그처럼 보려고 의지한다, 라고 하는 편이 맞을 것이다. 거기에 있는 것과 보려는 것이 일치한다면 아마도 그림은 탄생하지 않는다. 거기 있는 것과 보려고 하는 것 사이에 점점 더 커다란 어긋남이, 분열이 나타나는 것을 못 느끼는 자는 화가가 될 소질이 모자란다 할 수 있다.

이러한 이치로 보면 음악가의 귀 역시 마음에 걸린다. 뛰어난 피아니스트는 아마도 거기에서 울리고 있는 음을 정확히 듣지 않고, 좀더 높은(혹은 낮은) 다른 음을 들으려고 애쓸 것이 틀림없다. 실음實音이 귀에 들리고 있음에도 불구하고 머리는 그 음을 무시하고 환상 속의 음을 좇는다. 심음心音의 욕구의 강함이 재능의 바로미터가 된다. 실음과 귀를 무시하고 좀더 엄청난, 좀더 좋은 음을, 하고 바라면서 영원히 도달할 수 없는 끝없는 '좀더'를 바란다. 그러면서도 음악가의 귀가 분열증을 초래하지 않는 것은 재미있는 현상이다. 현대 음악에서 아무리 이미지를 배제하고 실음을 소중히 여긴다고 할지라도 이 욕망의 틀은 변하지 않을 터이다.

어린아이가 피아노를 막 배울 때에는 정확한 음계를 기억하는 일부터 출발한다. 그와 비슷하게 화가의 눈길 또한 완벽하지는 않다 하더라도 처음에는 일순간 거기에 있는 그대로의 대상과 만난다. 그리고 형태, 윤곽 등 어떠한 대상성을 있는 그대로의 모습에 가까운 것으로 받아둔다. 메를로 퐁티가 말하듯, "보면서 동시에 보임을 당하며, 보임을 당함과 동시에 본다."는 상호성, 양의성이 인식되는 것은 이 단계에서이다. 눈길을 사물로 보냄과 동시에 사물의 눈길도 이쪽을 바라본다. 곧 한쪽이 다른 한쪽을 결정짓도록 보는 것이 아니라 대등한 관계가 마주하면서, 본다고 하기보다는 쌍방의 눈길이 서로 맞받는다. 그러나 이러한 밸런스는 다음 순간 금방 무너져버린다. 대상과 관계를 강화할수록 보는 사람은 이미지네이션을 작동시켜 의미하는 자로 표변하며, 점점 더 독재자 같은 눈길로 대상을 엄습한다. 라고 해서 안좋다면 사르트르의 말처럼 '대상에 육박한다'.

그러나 아무리 강렬하게 대상에 다가가도 그것을 완전히 지배할 수는 없다. 대상의 거부하는 몸짓이나 존재의 애매함 이상으로, 이미지네이션 쪽이 계속 부풀어올라 있지도 않는 것을 자꾸 추구하려 들기 때문이다. 대상을 휘어잡으려 할수록 거기 있는 것으로부터 멀어진다. '모델과 작가 사이에는 절대적인 거리가 있다.'(자코메티)라는 얘기이다. 예전에 결정지어진 이념을 대상에 덮어씌우고 흐뭇해하던 시대에는 이런 거리감 같은 것은 없었을 것이다. 거기에서는 처음부터 대상을 바로 그것으로 보려는 생각조차 없었으니까. 그에 비한다면 대상에 육박한다는 것은 그만큼 대상의 존재를 인정하는 시대에까지는 왔다는 것을 의미한다.

한데 그림을 그릴 경우, 정말로 눈길이 대상에 다가가는 것일까? 아마도 아닐 터이다. 만일 심안으로 대상에 다가가려는 화가가 있다면 그는 분열증 환자나 다름이 없다. 적어도 화가나 조각가에게 있어서, 본다는 일은 좀더 다른 차원의 사건이라 할 수 있다. 통상, 보는 동안에 일어나는 자기분열은 제작을 계기로 희안하게 두 가지로 분리된다. 대상을 보는 눈과 회화를 보는 눈으로. 화가는 단지 보고 있는 것이 아니라 그리면서, 곧 그려지는 그림을 보는 한편, 또한 대상도 보는 것이다. 이때 대상과 만나는 시선은 거의 이미지네이션이 없는, 말하자면 생리적인 그것에 가깝다. 그리고 이 실안으로 본 것이 매개적인 환기력이 되어 이미지네이션의 심안을 자극한다.

실물이 주는 좋은 자극은 환영幻影을 한층 더 풍요로운 것으로 만들어주며, 환영의 아득함은 실물의 귀함을 가르쳐준다. 실물과 환영의 바이브레이션이 인간을 설레게 하기도 하고, 예술작품을 만들어내게도 한다. 사물이나 이미지를 무관계한 것으로 분해하고 다만 그뿐인 것으로 보고 치운다면 그 얼마나 무미건조한 단안單眼의 세계가 될까.

그러므로 줄곧 그림을 보고 있는 심안이란 더욱더 변화할 것을 요구하는 이미지네이션의 눈길이라 할 수 있다. 대상을 고정적으로 보면서, 그려지는 회화를 유동적으로 본다는 것은 바로 두 시선의 유기적인 작용을 잘 나타내고 있지 않은가. 회화가 대상과 동일차원의 것이 아닌 까닭도 그 점에 있다.

제작이란 실안과 심안의 이중성이 어우러지는 터트림의 짜세움이다. 회화가 어긋남의 구조를 지니는 것은 그것이 좀더 그럴싸하게, 혹은 좀더 아득한 대상을 바라는 도상途上의 산물임을 얘기하고 있다. 그렇기 때문에 그림을 볼 때에는 거의 대상을 바라보듯이는 보지 않는다. 극단적으로 말하면 회화에는 대상 같은 것은 존재하지 않는다. 거기에 있는 것은 유동적인 대상, 곧 심안에 의한 비결정적인 중층구조의 대상이라고나 해야 할 것이다. 그림을 생리적인 눈길로, 양의적인 실안으로 보는 것이 불가능한 것은 그 때문이다. 보는 자가 제작중의 화가와 똑같이 그림 앞에서 끝없이 변전하는 환영을 좇는 것은 그림이 지니는 이러한 비밀스런 짜임새의 성격에 연유한다.

화가는 분열증 환자나 장님이 되지 않을뿐더러, 날카롭고 풍요로운 두 개의 눈초리를 교묘하게 구분해서 능숙하게 다루는

불가사의한 인종인 셈이다. 물론 이 쓰임새의 구분이 잘 안 될
경우에는 장님이 되든지 미쳐버리는 수밖에 없다.

일순간에 보이는 것

사진가가 카메라로 찍을 자세를 취하고, 세계의 어느 한순간을 포착하려고 기를 쓰고 있는 모습을 흔히 본다. 어느 순간의 앵글이라도 상관없는 것이 아니라, 최고의 한순간을 노린다. 물론 앵글이나, 타이밍에 신경 쓰지 않고 닥치는 대로 셔터를 눌러 찍은 수많은 사진 속에서 한순간의 것을 골라내는 사진가도 있다. 어느 쪽이든 간에 한순간의 앵글이 문제인 것이다.

앵글이나 타이밍을 무시한 듯한, 아무렇게나 대상물이 그저 찍힌 사진은 무언가의 증거는 될 수 있겠지만 그 이상의 것을 느끼게 할 때는 드물다. 거꾸로 말하자면 별 느낌이 없는 평범한 사진에는 타이밍이 찍혀 있지 않다. 셔터찬스는 피사체를 둘러싼 무수한 시시각각 중의 어느 한순간이지만, 어느 순간의 앵글을 잡는가는 사진가의 감응력의 질, 재능에 관계된다.

여기에서 한순간이라 하고 있는 것은 피사체의 상태를 둘러싼 시간적인 감각은 물론이거니와 피사체의 존재감, 물신성物神性, 표정, 위치, 거리, 명암, 공간과의 밸런스, 사진가의 호흡 등, 이러한 요소가 가장 좋은 텐션으로 맞물리는 셔터찬스를 말한다. 바슐라르Gaston Bachelard는 그것을 '시적순간詩的瞬間'이라고 하고 있다. 칸트가 골머리를 앓았듯이 이것이 선험적인 외부의 일인지, 오성의 재빠른 구성력에 의한 것인지 말하기는 어렵지만, 어쨌든 간에 고감도의 한순간으로서, 사진가의 재능에 의

152

해 이끌어내진 것임은 분명한 것 같다.

　원래 화가의 일도 같은 것이었다. 구상, 추상에 관계없이 어느 한순간에 집착하는 경우가 많다. 오랜 시간을 들여서 그리는 경우, 처음 만남을 계속 상기해가려고 하는 수도 있고, 집중력으로 때때로 한순간 한순간을 이어 맞추려고 하는 일도 있다. 누구나가 지적하는 세잔이나, 고흐의 싱싱한 터치의 하나하나는 참으로 화가의 세계하고의 만남의 한순간 한순간을 웅변적으로 얘기하고 있지 않은가.

　오늘날, 예술제작의 타이밍성이 가장 잘 살아 있는 것은 화가의 일에서가 아니라, 사진가의 그것일지도 모른다. 때로 순간성을 부정하는 사진이 없는 것은 아니지만, 카메라의 구조가 상징하듯이, 일반적으로는 타이밍이 사진을 결정적인 것이게 하고 있다. 말하자면 카메라는 순간의 도구이다. 영화나 비디오는 카메라의 연장선상의 것인 만큼, 순간을 일종의 극적인 연속성 속에서 살리고 있는 것이라고 할 수 있다.

　그런데 폴록이나 리히터와 같은 예외를 제외하면, 현대의 회화에서는 개념에 의한 논리성이 중요시됨에 따라 대상을 넘어선 애매한 이미지나 그 초월적인 타이밍성이 오히려 희박해져버렸다. 다빈치나 빠다샹젱〔八大山人〕의 화면이 세계의 빛나는 한순간, 또는 암시적인 어떤 징조의 순간을 포착하고 있는 데에 비해, 바넷 뉴먼이나 이브 클라인의 그것들은 색면구성이거나 모노크롬이거나 해서 그저 밋밋하다. 그렇기 때문에 오늘날의 그림은 왕왕 보는 것이 아니라, 읽는 것이라고 말하여진다.

예전에 발터 벤야민은 '지금', '여기에'라고 하는 일회성이나 아우라성을 비판하고, 복제기술 시대의 표현의 반환상성反幻想性·연속성을 구가하였다. 그렇기는 하지만 그가 부정하려고 했던 것은 반드시 눈의 영위―보는 것 자체는 아니었다. 오히려 순간을 포착하는 사진의 복제와 비연속의 연속성에 커다란 가능성조차 보고 있었다. 그러나 아이러니하게도 벤야민의 상상을 넘어, 기술산업의 발달에 따라 인간은 전적인 복제생활과 정보신앙의 바다에 내던져져, 급격히 보는 힘을 잃어가고 있다. 모든 생활이 간접화되어 지금, 여기에, 라는 현장감각이 약해졌기 때문이라고 할 수 있다. 그렇다 해도 현대에는 간접화된 사진이나 수많은 영상을 통해 평소 인간이 보다 직접적으로 리얼한 한순간의 현실과 만나고 있다는 점을 깨닫게 되는 것 또한 무시할 수 없다.

세계를 느낀다든가 보인다고 하는 것 자체가 신기한 일이지만, 평상시에는 눈에 띄지 않던 것이 왠지 어쩌다가 산뜻하게 보이는, 물건과 언저리가 환하게 열리는 순간이 있다. 아니, 눈길과 세계가 만나는 시적인 한순간이 있다. 특별한 순간이 처음부터 존재할 리는 없다. 화가나 사진가가 포착하는 한순간 같은 것이야말로 세계이며, 볼 값어치가 있는 것이라고 할 수 있다. 무언가의 징조나 암시에 차 말이 끊긴다. 그것은 연이어지는 일상의 하나의 중단이며, 공간의 피막을 깨는 터트려짐인데, 대상과 눈길의 행복한 조응의 순간이기도 하다. 그러나 눈 깜짝할 사이에 그것은 사라져버리고, 아무 일도 없었던 것처럼 일상으로 복원되어버린다. 시간은 연속성으로 돌아가고, 틈새가 메워져 주변은 보이지 않는 공간이 되어버리고 만다.

'보인다'라고 생각된 한순간의 일은, 정신분석학적인 견지에서 보면 착각이나 환영의 일종일지도 모른다. 곰곰이 분석하면, '보이는' 순간의 구성요소가 왜 눈에 경이로움을 초래하는지 알게 될 날이 올 것이다. 어떻든 간에 그 한순간은 많은 사람들의 공통항이며, 상당히 넓은 폭과 보편성을 지니는 리얼리티라는 점이다. 뛰어난 화가나 사진가가 포착한 한순간의 작품에 사람들은 가슴이 철렁하기도 하고 눈이 번쩍 뜨이기도 하기 때문에, 그 눈으로 현실을 다시 발견하게 되는 법이다. 이처럼 뭔가가 보이는 한순간을 영원한 지금이라고 하는 것은 아닌가. (새삼스레 부연할 필요도 없겠지만, 이것은 지금밖에 없다고 하는 비역사적인 찰나주의와 무관하다.)

어떤 선禪 서적에 의하면, 대오각성한 경지에 도달하면 언제 어디서라도 세계가 훤하게 보인다고 한다. 그러나 보통사람으로서는 그것은 거의 믿을 만한 것이 못 된다. 계속 선명하게 보이고 있다면, 지쳐서 쓰러지든가 미쳐버리든가, 혹은 거꾸로 아무것도 보이지 않는 것과 똑같은 것이 아니겠는가. 앞에서도 말했듯이 보인다는 일 자체가 한순간의 어긋남, 곧 착각이나 광기와 같은 것이라고 할 수 있다. 그 한순간의 일을 눈 깜짝할 사이에 시간의 파도가 덮어 지워버리는 것은 오히려 신의 섭리로 여겨지기도 한다.

그렇다면 예술가란 어딘지 위험하고 남달리 욕심이 많은 인종인 것 같다. 어떤 어줍잖은 틈새에 반짝 보였는가 생각되면 금방 일상으로 되돌아가버리고 마는 그러한 시적순간을 무슨 수를 써서라도 어딘가에 붙들어두고 싶어하기 때문이다. 다시 말하면, 텐션이 높은 찰나적인 어떤 장면을, 이런저런 방법으로 구조화시켜 보편성과 지속성을 지니게 하고 싶어하는 것이 예술가라고 할 수 있다. 순간의 광휘를 부각시키는 일이야말로 현실을 구제하고 보는 일을 풍요롭게 해주는 것이다.

다시 칠하기

유럽의 오래된 회화를 탐색하러 다니다 보면 르네상스 시대의 그림을 씻거나 수복修復하고 있는 장면에 맞닥뜨릴 때가 많다. 밀라노에 있는 다빈치의 〈최후의 만찬〉이 그 도정에 있다는 것은 널리 알려진 사실이다. 서양뿐 아니라 일본이나 한국에서도 너덜너덜해진 벽화나 족자를 깨끗하게 수리하는 일은 드문 일이 아니다.

이대로 두었다가는 더 이상 원형을 유지할 수 없을 때라든가 씻음으로써 화면이 선명해진다든가, 손질하는 이유는 여러 가지이다. 그리고 때를 벗겨내거나 다시 칠한 그림은 분명히 선명해지고 깨끗하긴 하다.

반면, 아무리 잘 씻거나 수복했다 해도 일단 손을 댄 것에서는 예외 없이 모조품 냄새가 난다. 전면적으로 건드린 것일수록 원작자의 붓놀림이 지니던 터치의 스피드감이나 호흡, 마음의 진폭이 사라져버리고 마치 디자인처럼 밋밋해진다. 무엇을 그린 것인가, 화면을 내용과 의미의 표시물로 몰아붙인 나머지 그것이 단순한 기호적인 색채와 형태의 앙상블로 화해버렸다고 할 수 있지 않을까. 내용과 의미만으로 사람의 생각이나 시대적 사상을 전달하는 것의 불가능성을 잘 나타내는 것이 그림이나 글씨〔書〕의 특징이다.

평생을 유배생활로 보낸 조선왕조의 문인 김정희의 굉장한 글씨와 만난 적이 있다. 경문經文이었음에도 불구하고 거기에는 파란이 보이면서 살기가 전해져오는 것이었다. 그런데 묵의 풍화가 마음에 걸린 주인은 그 후 외국의 전문 수리가에게 그것을 깨끗이 다시 칠하게 하였던 것이다…….

모필에 의함

로봇에 그림을 그리게 하는 시대에 나는 여전히 저 애매하기 짝이 없는 모필을 버리질 못한다. 캔버스와 나 사이에서 세계가 미묘하게 공명하는 터트림을 불러들이려면 손으로 붓을 들 수밖에 없다. 손은 오감이 응집된 눈으로서 나타낸다는 짓으로 전일숲—하게 본다. 손에 대한 과잉된 신앙이라고도 하겠지만, 나에게 있어서 작화作畵란 델리케이트하며 미지인 세계와 관련을 맺게 되는 산 단서이다.

동아시아의 문인들은 오랜 세월에 걸쳐 붓으로 생각하고 글씨와 그림을 그려왔다. 눈앞의 대상물과 머릿속의 이미지는 모두 점과 선으로 구성하고 호흡과 억양 등 숨결의 도움으로 표현을 시행한다. 그렇기 때문에 사람들은 거기에 드러나 있는 내용이나 의미하고는 다른 광경을 보고 낚는다. 곧, 화면과 캔버스의 역학관계를 비롯하여 작가의 신체적 상태나 마음의 움직임, 사람됨, 그리고 시대적 분위기를 거기에서 읽어내는 것이다.

나는 글씨와 그림에서 의미의 체계와는 다른 차원을 인정하고 싶다. 의미를 중시하는 문화로 경도됨에 따라 표현행위가 기호표시적인 성격을 강화하게 되었음은 주지하는 대로이다. 정확한 데이터의 엮음에 의한 냉랭하고 명백한 화면이 요구되고 있다. 부드러운 모필 대신에 단단하고 확실하며 스피디한 도구, 곧 볼펜으로, 타이프라이터로, 그리고 컴퓨터 그래픽으로.

때에 따라서는 관리된 밋밋한 일상도 무감각하고 부담이 없어서 좋긴 하다. 그러나 모필로 힘들고 불명료한, 바꿔치울 수 없는 산 순간을 깨우치는 일도 잃고 싶지 않은 바이다.

붓의 묘미

　딱딱한 막대기 끝에 부드러운 털을 붙인 붓은 그 형태이건 기능이건 절묘하기 그지없다. 오랜 시간에 걸쳐 수많은 변화를 거듭하는 동안에 현재와 같은 모습이 되었으리라. 이것을 가지고 글씨를 쓰고 그림을 그리는 것이지만, 한데 이 붓을 정말로 잘 구사한다고 할까, 잘 살리기는 지난至難한 일이라고 하지 않을 수 없다. 상당한 트레이닝을 쌓은 사람도 붓을 운영하다 붓끝이 갈라지기도 하고 엉키기도 하며, 날 냄새가 나기도 하고 꿰다 놓은 보릿자루같이 되어버려 작품을 망치는 경우가 많다.

　붓을 손의 연장이나 단순한 도구 정도로 생각하는 사람은, 대를 쥐는 손을 위에서 조금씩 밑으로 옮기다가 끝내 털이 심겨진 곳까지 내려보낸다. 그쪽이 간단하게 잔재주 피우기가 쉽고 생각대로 그릴 수 있기 때문이다. 그러나 손놀림만에 의한 필적 따위는 폐쇄적이고 속이 얕다. 손재주 있는 디자이너 손으로 된 듯한, 일부의 일본화나 서예가들 작품이 쓰기(그리기)가 아닌 칠하기식으로 되어 있다는 것은 한번 되새겨볼 일이다.

　붓의 묘미 중 하나는 긴 대 끝을 쥐고 손목을 바르게 하여 전신의 힘으로 그리는 데에 있다. 어깨로부터 전달된 것이 손가락 끝에서 일단 끊기고, 그 기세는 단단한 대를 뛰어넘어 부드럽고 긴 붓끝에 모인다. 그때 붓은 쓰는 사람의 생각이나 힘 이상의 그 무엇인가를 수용하게 되고 종이와 붓과 손은 큰 세계로서 공명한다. 손가락 끝만의 이미지 명령을 헤쳐나가 얼마나 미지의 타자와 겨눌 수 있는가가 쓰는 사람의 역량이 된다. 멋진 붓의 모습은 쓴다는 것의 새로운 의미를 가르치고 있는 것같이 생각된다.

회화의 색채

　　회화를 현실 공간과 연결시키고 싶어하는 화가는 빨강, 갈색, 파랑, 녹색 등 여러 가지 색의 배합에 힘을 쏟는다. 관념상의 모티프를 개념적으로 전개하고 싶어하는 화가는 각각의 색을 좀 더 명확한 단색으로 쓴다.

　　그런데 최근 내 그림은 실로 애매한 회색gray의 채색이다. 흑색에 가까운 농도에서부터 백색에 가까운 흐릿한 회색까지 바리에이션은 무한히 확대된다. 나 나름의 방식으로 투명한 접착 용액을 만들어 검은 돌가루를 으깬다. 그러면 시판되고 있는 유화물감과 같은 번들번들한 생경함이나 묵이나 아교화구처럼 젠체하는 정신적 냄새 아니면 풀어진 흙탕 같은 촌스러움과는 달리, 희안하게 함축성 있는 검은색깔이 만들어진다. 쓰기에 따라 달라지지만 그리고 나면 짙은 흑색으로부터 여러 가지 그레이 톤으로 나타난다. 화면이 어딘지 모르게 음영을 띤 막연한 밝음을 느끼게 한다. 아마도 색조가 아무것하고도 닮지 않았으면서 동시에 그 자신도 아니며 끝없는 변화의 가능성과 싱그러운 암시성에 차 있기 때문임에 다름없다.

　　회색은 존재성이 약하고 개념성을 결여하고 있는 대신에 애매하며 변하기 쉬운 미확정적인 세계를 나타내기에 어울리는 색이다. 그리고 작품이 현실로부터도 관념으로부터도 침투를 받으면서 양쪽으로 영향을 미치는 양의적인 중간항인 한에 있어, 회색은 바로 회화적인 색이라고 할 수 있다.

산 손

발레리Paul Valéry는 손을 철학자라고 했지만, 나는 손을 예술가라고 생각하고 싶다. 손이 없어도 그림을 그릴 수는 있겠지만 손이 없는 그림은 재미없다. 오랫동안 수련을 쌓고 평상시 손을 잘 훈련시켜두면 감도가 무척 좋아지면서 머리에서 결정한 것을 넘어서서 더욱 앞으로, 앞으로 나가면서 새로운 것을 찾아내 준다. 반대로 오랜 기간 일을 쉰 손은 갑자기 붓을 쥐어줘도 생각하고 있는 것조차도 제대로 표현해내지 못한다. 그런데 머리 없이 손을 자랑거리로 한 것 같은 그림은 예술이 아닌, 사물화私物化된 손이 보일 뿐이다. 이것은 사고력이 수반되지 않는 화가의 추악함이며 손의 중간성을 의미하고 있다. 손을 쓰는 한 그것이 얼마나 감성적으로, 그리고 지적으로 날카롭게 세계와 접하고 미지와 만나고 있는가가 물어질 터이다. 끊임없이 타자와 사고가 내포되는 손이야말로 그림을 새로운 지평으로 이끈다. 산 손이 화가를 낳는 것이다.

손에 대해

손은 뇌의 친구이다. 뇌와 손은 공동으로 그림을 그리거나 조각을 한다. 뇌는 손을 소중히 여긴다. 그러나 가끔 손은 뇌를 배반한다. 손은 신체의 일부이기 때문이다. 눈, 입, 발, 귀, 엉덩이, 성기, 뇌, 장기 등처럼 손은 신체기관의 한 부분인 것이다. 손은 신체의 여러 부분과의 관련조직이기 때문에 손 또한 보거나 느끼거나 생각한다.

그런데 신체는 나에게 속하고 있음과 동시에 세계에도 속하고 있는 양의적인 것이다. 이러한 안과 밖을 가르고 맺는 경계 영역에 관계되는 신체 중, 그 가장 첨예한 것이 손이다.

신체를, 특히 손을 자기 자신의 종속물로 간주하려는 생각들이 있다. 이것은 모든 것이 나라고 하는 의미 주체에 속한다고 하는 태도에서 온다. 거기에서는 나라고 하는 관념의 궁극인 영혼이나 신이 전부이기 때문에 외부로서의 세계가 인정되지 않는다. 무한히 자기 실현에 의해 세계가 만들어진다는 말이다. 기독교에서 영을 존중하고 육체를 경시하는 경향은 외부의 부재시不在視를 잘 나타내고 있다. 거기에서는 정신의 연장선상에 외부가 있음에 불과하다. 외부 세계를 인정하지 않으려는 데에서는 데카르트나 마르크스 사상처럼 모든 것이 실현을 위한 소재이며 여지껏 무가치한 대로이다. 요컨대 만들어진 것만이 세계이며 가치이다. 그것을 행하는 것이 내 명령을 수행하는 손이라는 얘기가 되는 것이다. 손이 나의 연장이며 나의 도구가 된다. 정말은 도구라고 하는 것이야말로 세계와 나의 접점일 터인데, 통상 그것은 나의 관념을 실행하기 위한 수단이라는 의미로 왜곡되어 사용되고 있다.

따라서 손을 도구시하는 화가의 그림은 신통치 않다. 신체성을 무시하는 그림에서는 종종 '나'만이 올 오버로 재현되는 데에 그치고 있다.

그런데 누구에게도 만남이 있다. 자기 말고 상대가 존재하고 대화를 할 수 있다는 것은 이미 만남의 세계이다. 만남이란 바로 외부-타자와의 교류를 가리킨다. 만남에 있어 내가 타자성을 띠게 되는 것, 곧 외부를 수용하거나 거부하게 되는 일이다. 내가 외부와 만나 온갖 힘이 그 장으로 모여들 때, 나를 넘어선 세계가 나타난다. 타他의 힘을 모으는 방도가 테크네이다. 원래 타와 사귀는 지혜를 테크네라고 하며, 그것을 위해 자기를 도야하는 것, 훈련할 것이 요청된다. 내 힘은 1이라 하더라도 타와 관련을 맺는 테크네에 의해 10이나 20의 힘을 모을 수 있다. 타자의 힘이 작용해서야 나 이상의 보다 크고 반투명한 작품이 될 수 있다. 말 그대로 타력본원他力本願 ― 크낙한 수동성이 문제이다. 여기에 자기 재현용이 아닌 열린 컴퓨터 출현의 가능성도 남겨져 있을 것이다.

화가에게 있어서 손이란 붓, 물감, 캔버스, 공기, 시간, 공간 그밖의 무수한 외부하고 관련을 맺어 세계를 경험하게 하며 생각하게 하고 나를 미지의 타자로 이끌어가는 매개자이다. 그리

고 나아가 화가의 손은 나와 세계 사이에 간(間)신체적인 중간항
(작품)을 만드는 역할을 담당한다.

　나는 손이 아닌 '손'을 써도 그림은 그릴 수 있다. 그러나 그
리되면 나하고 세계가 만나는 비약감이 없기 때문에 그러한
'손'은 쓰고 싶지 않다. 나는 손과 조를 짬으로써 신체성의 양
의성을 살린 표현을 바라고 싶다.

회화와 조각의 처소

시각적인 욕망의 산물인 회화와 조각은 생각해보면 불가사의한 존재이다. 보려는 욕구하에 제작된 것임에도 불구하고 그 대상 자체는 늘 눈길에서 비껴져 있다. 설혹 눈길을 대상에 집중한다 하더라도 역시 사람은 거기에서 그 어떤 언어—예술을 보게 되기 마련이어서 좀처럼 대상 그 자체를 보게 되지 않는다.

그런데 만일 작품에 있어 대상의 존재성을 알몸으로 드러낼 수 있게 된다면 그때 그것은 예술과는 무관한 물건이 되어버릴 것이다. 역으로 대상을 보지 않는다고 해서 대상의 존재성을 통째로 은폐하거나 죽여버린다면 작품의 예술성 또한 죽을 수밖에 없다. 원래 미술작품이란 물체적인 대상성을 바탕으로 하는 것이긴 하지만, 처음부터 곧바로 그것으로서의 대상을 보기 위해 제작된 물건은 아니다. 예술성을 극단적으로 제거 혹은 제한하려고 한 저 미니멀 아트에서조차 사람들은 끝내 거기에서 예술이란 것을 본다.

도대체가 왠지는 모르지만, 인간이란 대상과 마주 보고 있으면서도 늘 대상에서 어긋난 것을 보도록 운명 지워진 것 같다. 다만 그 어긋남의 짜임새를 자각적으로 활용하고 확대한 것이 작품이라고 할 수 있다. 이 로맨틱한 착각의 양식이야말로 대상의 의미를 규정하는 것일 터이다. 바꿔 말하면 작품화된 대상의 존재양식 여하에 따라 어긋남의 양상, 곧 예술의 얼굴이 달라진다는 얘기이다. 대상은 예술 그 자체는 아니지만 작품으로 되었을 때에는 적어도 예술과 함께하는 그 무엇임에는 다름이 없다. 예술을 보도록 짜여진 이 애매한 물건은 여러 존재양식에 의해 그 애매함의 성격을 달리한다. 시각적 욕구에 대한 표현은 오랜 역사를 통해 회화와 조각이라는 두 가지의 존재양식을 지니게 되었다. 물론 여전히 회화를 입체적으로 짜세운 것이나 조각에 그림을 곁들인 것 등, 회화와 조각의 구분은 판연하지 않다. 그뿐더러 프랑크 스텔라나 와카바야시 이사무〔若林奮〕를 예로 들 것도 없이 최근에는 회화와 조각의 구분이 무의미하기조차 하다. 그럼에도 불구하고 회화와 조각을 병행해서 시도하고 있는 나로서는 이 양쪽의 양태를 뒤범벅이게는 못하고 있다.

내 회화 제작은 고독한 영위이다. 가끔 조수를 쓰는 일도 있지만, 결과적으로는 누구의 힘도 빌리지 못하고 혼자 회화에 도전할 수밖에 없다. 캔버스와 나 사이에서 일어나는 일은 철저하게 외부로부터 닫혀진 비밀스러운 의식〔秘儀〕과 비슷하다. 내 호흡, 캔버스의 탄력, 그림물감의 배합 등이 소근소근 서로 경합하고, 빼도 박도 못하는 점点이나 선線의 세계가 이루어져서 그래서 캔버스라고 하는 대상은 어느 순간 어쩔 수 없는 그림이 된다. 하나의 사소한 선의 그음으로도 캔버스는 그림으로 이루어진다. 캔버스와 나 사이에서 모든 것이 영원히 결정되는 것이다. 그 탓인지 이루어진 화면은 내적으로는 한없이 열린 투명한 세계이면서 동시에 외적으로는 껍질을 닫은 불투명한 대상으로 타에서 고립한다. 회화가 대상 내부에 주거를 마련하는 것인 한 외부공간과 그대로 이어지기는 어렵다. 통상 사람들은 화면이라는 구멍을 통해 내부의 투명하고 순수한 공간만을 들여다보고 그리고는 회화하고만 대화한다. 회화의 이런 자기 완결적인 존재양식이야말로 그 대상성을 애매하게 만드는 것이다(여기서는, 회화라 할지라도 상상력을 매개로 외부와 비연속적으로 연속되고 있는 것이다, 라는 문맥과는 또 다른 얘기이다).

한편 조각은 장소적이며 연관적인 대상이다. 아무리 자기 완결적으로 인체상을 만든다 하더라도 주위 공간 없이 자립하기는 가능하지 않다. 모름지기 조각의 본질적인 3차원성 자체가 상호 매개적이며 타력본원적他力本願的이다. 그렇기 때문에 사람은 거기에서 안도 바깥도 없이 열린 공간을 볼 수는 있어도 결코 조각의 대상 그 자체를 볼 수는 없다. 이 점을 알아차리게 된 나는 별로 손을 대지 않은 철판과 돌을 장소에 응해서 살그머니 짜모으기만 하는 작업을 한다. 어디까지나 임시적이고 임장적臨場的이긴 하나 어쨌든 장소적인 성격이 강하다. 작품은 모두가 장소에 귀속되기 때문에 대상성이 애매해지는 것은 오히려 당연하다고 생각한다. 회화와 달리 조각은 그것이 존재해가는 한 내 의지와는 상관없이 가변적으로 살아간다. 작품이 시간과 공간에 의해 침식된다고 하기보다는 서로 관계하면서 하나의 세계를 이룩한다. 조각에서는 아무리 기를 써봤자 작가는 반밖에 관여할 수 없다. 태반은 주위의 공간이랄까, 장소가 만들어준다. 그렇기 때문에 조각은 내부와 외부를 갈라놓지 않는 애매한 대상 ― 반투명한 모노[物]가 되지 않을 수 없다.

근대의 자아가 강한 작가는, 대상성을 애매하게 만드는 이 관리하기 어려운 불투명한 요소의 개재에 짜증을 낸다. 때에 따라 미친 것처럼 외부공간의 배제를 획책했던 일은 주지하는 대로이다. 그런데 자기의 존재가 처음부터 바로 장소 그 자체의 마디[結節点]에 지나지 않는다고 생각하는 자에게는 결코 모든 공간은 불투명하지 않다. 온갖 공간은 투명하지도 불투명하지도 않은, 펼쳐져 있는 장소이며 거기 자기가 있다는 것, 작품을 만든다는 일 자체가 하나의 어긋남-틈새를 만드는 일이라 할 수 있다. 회화와는 다른 의미에서 눈길은 어긋나기 시작하여 틈새가 된 대상의 언저리에서 예술이 된 장소를 보게 되는 것이다.

그건 그렇고 최근 회화가 위축되면서 조각적인 것이 융성해지고 있음은 마음에 걸린다. 자아의 쇠퇴 내지는 붕괴로 인해 투명감 있는 대상을 구축하는 것이 곤란해져서 외부와의 안이한 타협이 시작된 것에 지나지 않는다고 생각되기 때문이다.

조각의 모티프

근대 조각의 모티프는 자화상이다. 비록 모르는 사람의 얼굴을 모델로 선택했다 해도 작품은 작가의 자기 표상이어야 한다. 근대가 만드는 것에 절대적인 가치를 둔 것도 세계는 자기의 표상 외에 존재하지 않는다고 믿었기 때문이다. 하나의 전일한 세계로서 자기가 만든 것이 조각이었던 것이다.

그랬던 것을 20세기 초반, 마르셀 뒤샹이 '레디메이드'를 전람회로 끌고들어왔다. 이로 인해 조각을, 완벽하게 제작하는 일, 곧 자기 표상화로부터 반쯤은 해방시켰다고 할 수 있다. 그 후로 조각의 경향은 자기해체 작업이며, 만들기를 제한하여 외부를 도입함에 있다. 겨우 '인간'의 밖에도 세계가 있다는 것을 인식하기 시작한 듯하다. 도대체 조각이란 외부와의 걸림 없이는 성립되지 않는 것이다. 이 당연한 사실을 깨닫는 데까지 조각사彫刻史는 그 얼만큼의 시간이 걸렸던 것일까.

내가 지향하는 조각은 양의兩義의 세계이다. 예를 들어 가공하지 않은 채인 한 개의 돌을 자연에서 차용하여 전시장으로 옮기는 일부터 시작한다(이는 동양인의 정원석이나, 의인화된 돌 오브제와는 전혀 컨텍스트가 다르며 관계가 없다). 그리고 돌을 철판이나 공간과 관련 맺게 하는 등, 일정한 수속과 설정을 통해 외계와의 대화를 시도한다. 투명한 것과 불투명한 것, 제작한 것과 제작되지 않은 것을 관계짓게 하는 것이 나의 일이

다. 그렇게 해서 작품은 미지성을 내포하며 불확정적인 것이 된
다. 내 일에 의해 겨우 조각은 산 신체성身體性을 되찾는다.

　내 모티프는 내부와 외부의 마디(결절점)에 상상의 나래를
다는 데 있다.

조각의 조건

조각과 같은 3차원적인 작품은 아무리 완벽하게 제작된 것이라 해도 금방 다른 양상을 띠기 쉽다. 3차원성이라는 것 자체가 사방팔방의 공간에 침투당하는, 본질적으로 자기를 닫아버리는 것이 허용되지 않는 것이기 때문이다.

그러므로 살아 있는 조각의 조건은 얼마나 주변 공간과 어울리고 거기에 자기를 해방시킬 수 있는가에 있을 것이다. 환언하자면 조각 작품이란 틈새를 많이 지니는 유기적인 구조체로서 보다 큰 세계와 맞물리는 것이어야 한다. 작품이 완결화를 거부하고 임시적인 짜맞춤의 양상을 선호하는 것도 그 때문이라고 할 수 있다. 나한테서 가는 것과 저쪽에서 오는 것이 한 지점에서 만나 어떤 작품이 된다. 작품이 얼마간은 나이면서 동시에 얼마간은 그이며, 또한 얼마간은 그가 아님과 동시에 얼마간은 나도 아니라는 양면성을 띠게 되는 것은 그런 연유에서이다. 그래서 작품은 늘 나에게서 조금 앞에, 또한 그에게서도 조금 앞의 지점에 서게 되며 나와 그와 작품은 삼각관계를 얽게 되는 셈이다.

돌을 자연성 그대로 한없이 인간에게 다가오게 하는 일. 철판을 인공성을 띤 채 한없이 자연에 다가가게 하는 일. 서로의 다가감은 제3의 그 무엇에, 하나로 맺어진다. 그리고 겹쳐진 그 어긋난 부분이 세계의 통풍을 가능하게 한다.

철판과 돌에 대해

큰 철공장에 있는 철은 그 물량적 방대함, 토막쳐진 덩어리의 견고함, 육중한 모습 등 과연 질려서 아찔해진다. 처음으로 시뻘건 용광로를 들여다보기도 하고 거대한 철재 더미를 눈앞에 했을 때, 내가 품고 있었던 너무나 빈약하고 무지한 철에 대한 데데했던 이미지에 충격받아 나도 모르게 부끄러웠다. 거기 있는 현실의 철이라는 물질의 존재감에 압도당한다는 이야기이다. 원상태 그대로의 철의 강인함에 눌려, 조각가도 가끔 제작 플랜을 포기해버리는 일조차 있다.

거기 존재하는 것은 다름아닌 철이라는 물질에 틀림없다. 아니, 물질 그 자체이다. 대단히 즉물성이 강한 물질이라고 할 수 있다. 철이라는 이름의, 물질이 그대로 전부 드러나 있는 덩어리. 모든 것을 그대로 드러내고 있는 덩어리라는 즉물성이 종종 철을 다가가기 어려운 비인간적인 존재로 느끼게 하는 것인지도 모른다. 견고함이나 무게뿐 아니라 그 비형상인 추상적 형체 또한 결코 친근감을 느끼게 하는 성질의 것이 아니다. 그렇기는커녕 철이라는 단어 외에는 그다지 의미하는 바가 없는 그 무미건조한 추상 형체성이야말로 무내용의 덩어리라는 점, 즉물적이라는 것을 뒷받침하는—비인간적인 물질이라는 인상을 한층 강화시킨다.

그럼에도 불구하고 한 장의 철판은 결코 인간하고 무관하게 존재하는 것이 아니다. 앞에서 말했듯이 분명히 다가가기 어려운 성질을 지니고는 있지만, 생각해보면 그런 성질은 물질의 본성이라기보다는 오히려 인간이 부여한 것임을 알 수 있다. 그렇기 때문에 점차 눈에 익고 손으로 만지고 생각해가는 동안에 의외로 친근하게 느껴지게 되는 법이다. 결코 인간의 손으로 다루지 못하는, 거부반응만 강요하는, 절대적으로 거기 있다는 느낌의 것과는 다르다.

한 장의 철판은 실은 철이라고 불리는 물질의 대단히 개념적인 덩어리에 지나지 않는다고 할 수 있다. 물질성이 강하기는 해도 어딘가 확고한 존재감이 결여되어 있다. 그것은 자기 자신을 위해 그 자리에 존재하고 있는 것이 아니다. 그 무엇인가를 위한 도정에 있는 것. 그 자신만으로는 존재 이유를 가지지 못하고, 의미를 이루지 못하는 어중간한 물건이다. 자기 자신이 아니면서 거기 있는 일만큼 공허한 것은 없다. 지시하는 것, 의미하는 바가 적은 내용 없음이 바로 철판의 정체正體임과 동시에 그 운명을 나타내는 중요한 포인트라고 할 수 있다. 거기 있으면서 아직 거기 없는 것.

아무런 별 볼일 없이 거기 쌓여 있는 철판, 그것은 무엇인가의 소재이고 부품이며, 게다가 어떤 변용도 어쩔 수 없이 받아들여야 하는 운명에 있다. 여지껏 세계의 일부가 아닐뿐더러 점점 더 세계로부터 멀어지는 방향으로, 늘 인간의 명령을 기다리는 신세이다. 그렇기 때문에 철 이외의 이러저러한 것들과 섞이거나 어울리는 일이 그냥은 허용되지 않는다. 오히려 철판이라는 단어의 껍질에 갇혀, 타로부터 고립된 채 붕 떠 있다.

물론 한 장의 철판이 그 자리에 내던져져 있기만 해도 뭔가 무시무시한 것이 느껴지기도 하고, 의미가 있어 보이는 경우도 있기는 하다. 그러나 일반적으로는 그 생산 이유나 성질, 기능, 역할 등으로 봐서 한 장의 철판은 그 자신이 목적물이 아니고 좀더 다른, 좀더 다양한 용도를 지니는 재료로 간주되는 것이 보통이다. 덩어리인 것은 사실이지만 아직 완전히 응고되지 않은 비자족적非自足的인 것, 있는 그대로 드러난 즉물적인 점에서는 덩어리이지만, 그 무엇인가로의 가변성으로서는 도정道程에 있는 것이다.

이는 철판이 철이라는 물질의, 닫혀진 그대로 전부 드러내고 있는 덩어리인 동시에, 인간을 향해 열린 애매한 덩어리이기도 함을 의미한다. 이 특이한 양면성은 인간이 만든 대상적인 물질의 특성을 잘 나타낸다고 하겠다. 거기에서는 대체로 물질이라는 덩어리가 세상에 융화되지 않고 절연상태에 있으며, 또한 특정한 존재를 지향하는 독자적인 체계로 향하고 있다는 점이다.

그 무엇인가로의 도정에 있으면서, 그렇기 때문에 오히려 닫혀진 덩어리라는 것. 의식의 끝없는 자기 확대를 향해 열려 있다는 것은, 거기 현재화顯在化되는 것이 어디까지나 대상적인 세계 구축이기 때문에, 필연적으로 세계로부터는 닫혀진 체계가 되지 않을 수 없다. 이것은 의식을 무엇인가로의 도정으로 포착하고, 소위 표상작용으로 세계를 대상화하는 근대의 존재 규정, 물건을 만드는 법, 창조 원리를 잘 얘기해주는 도식이다.

물론 철은 근대 이전에도 만들어졌고, 일찍부터 자연 속에서 찾아내졌던 것이다. 그러나 철은 인간의 자기 확대 실현을 위한 무수한 가설이나 개념의 실체화를 위한 소재화, 부품화를 강요받게 되었을 때부터 그 자연성을 상실하게 되었다. 그리고 새로이 '물질'로서 탄생하여 인공적이며 공허한 덩어리가 되어버린 셈이다. 오늘날 철이라고 할 때 그것은 고대인이 만든 철과 혼동할 수는 없다. 고대인에게 있어서의 철은 인간의 손에 의해 만들어진 것이면서 동시에 자연의 일부였다. 그에 비해, 오늘날 우리에게 철은 자연에서 가장 먼, 의식의 응고의 일부이다. 근대에 있어서의 의식과 물질의 아이러니는, 예컨대 철판이 인간의 의식의 한정限定으로 대상화된 것임에도 불구하고, 인간미가 희박하고 자연성을 상실한 점에 있다.

철뿐 아니라, 종종 물질성이 강하게 느껴지는 것일수록, 실은 인간의 관념에 의해 응고된 것을 가리키는 경우가 많다. 물질의 비인간성·반자연성은, 바로 일방적으로 세계를 대상화로 향하게 하는 근대 특유의 의식의 고립된 체계의 산물인 데서 유래한다. 그리고 철판이 명료하고 정확하며 물질성이 강한 것임에도 불구하고, 확고하게 거기 있다는 존재감이 약하고 멋대가리 없어 보이는 것도 앞에서 언급했듯이 모두 그 출생의 비밀에 연유할 터이다.

그런데 철공장에 있는 한 장의 철판에 비해 냇가에 있는 하나의 돌은 어떠한가? 단적으로 말해 그냥 물질이라고 부르기에는 왠지 껄끄럽다. 엄밀하게 말해 돌이 물질임은 아무도 의심하지 않을 것이다. 그럼에도 불구하고 물질이라는 언어보다 좀더 작거나 좀더 크거나 아니면 그 어느 쪽도 아닌 애매한 측면을 지니고 있는 것으로 여겨지기 쉽다. 바라보거나 만지고 있는 동안에 개념의 언표인 돌이라는 말 그 자체에 적응시키는 것조차 주저하게 된다. 돌은 그 크기나 종류와 상관없이, 특히 오랜 시간 거기에 있었고 비바람에 시달려온 것일수록, 어딘지 모르게 인간을 넘어선 포착하기 어려운 존재감에 싸여 있다. 특별히 신비하다 할 것도 없고 그 성분 요소를 거의 다 분석할 수 있음에도 불구하고 물질이라는 단어로 고정하기 어려운, 뭔가 살아 있는 존재 같은 느낌이 든다. 요컨대 돌은 자연이지, 의식의 한정에 의해 출현된 닫혀진 응고물이 아니다.

물론 어떤 의미에서는 냇가의 돌이 인간에 의해 응시되었을 때, 그것은 이미 인간의 의식에 의해 되새겨진 '돌'이라고 할 수 있다. 하물며 그 돌을 냇가에서 꺼내 다른 장소로 옮겼을 때에는 아예 세계와 단절된 비자연물이라고까지 볼 수도 있다. 그렇기는 해도 돌의 용모를 지니고 있는 범위 내에서는 약간의 이동이나 변용으로 그 자연성이 완전히 지워지는 일은 없다.

그런데 냇가에 있는 돌은 그냥 그대로는 철판과 달리 너무 자연스럽고, 따라서 비물질적이다. 그것은 언뜻 보기에는 친근하게 느껴지지만 잘 보면 인간하고는 전혀 관계가 없는, 뭔가 정체를 알 수 없는 세계에 속한 것으로 여겨진다. 그것은 냇가에서 인간의 의식에 기대지 않고 스스로 존재하며 그냥 그대로 이름하기 어려운 존재감을 드러낸다. 인간이 인정하든 말든, 보든

보지 않든, 거기 세계하고 있는 존재이다. 자꾸 다시 보는 사이에 명료함이 흐려져가면서 돌은 불가해함을 더해간다. 응고되어 있으면서 퍼져 있고, 고정되어 있으면서 고립되지 않고, 개별화되어 있으면서 세계에 녹아들어가 있고, 의식을 부여하지 않았는데도 공허하지 않고, 생물이 아닌데도 살아 있으며 거의 모든 성분을 알고 있는데도 포착하기 어렵다.

인간은 오랜 역사를 통해 돌과 함께 살아왔고, 죽어서도 그 무언가를 돌에 의탁하고 싶어했을 만큼 돌을 신뢰하고 사랑해왔다. 돌멘이나 동굴벽화로 시작되는 태고로부터 오늘날까지 인간은 온갖 표현을 돌 위에, 돌을 가지고, 돌에 의해 시도해왔다. 고금동서를 막론하고 인간이 돌에 의탁한 꿈은 헤아릴 수 없다. 돌은 때로는 성城이 되기도 하고, 집이 되기도 하고, 무덤이 되기도 하고, 산이나 강, 동물 등의 그림이 되기도 하고, 때로는 인간의 모습이나 얼굴이 되기도 하고, 때로는 칼이나 그릇이 되기도 하고……. 그러나 돌은 돌이며 인간이 생각하는 대로의, 곧 특정한 대상화를 강요당하고 있음에도 불구하고 의식의 한정물로 멈추어 있어주지 않는다. 때에 따라서 다소 변용되는 일은 있어도 돌의 존재감은 사라지지 않으며 언젠가는 돌로 돌아가고, 자연으로 돌아간다. 아무리 인간 쪽으로 끌어들였다고 생각해도 끝내는 인간을 떠나 하나의 돌이 되고 세계로 녹아들어가는 바이다.

물론 자연석이라 해도 근대적인 물질 개념에 의해 잘려지고 분해되고 재결합되거나 해서 아주 변질되어버릴 수도 있을 것이다. 철판과 같은 차원의 물질이나 소재로 거듭나게 될 때도 많다. 그러나 여기에서 문제삼고 있는 것은 비록 자연의 일부에서 잘라온 것이라 해도 하나의 덩어리로서의 돌, 그리고 오랫동안 점점 더 돌이 되어온 돌 등, 가능한 한 자연의 파편임을 상실하지 않고 있는 것에 한정해서 하는 얘기다.

돌이 자연이라는 것, 거기에는 인간하고의 친근함도 있지만 메우기 어려운 간격도 있다. 보는 눈, 들을 줄 아는 귀를 지닌 자에게 돌은 다시없는 친구가 될 수도 있지만 경우에 따라서는 아무리 바라보아도 포착하기 어려운 괴상한 것으로도, 무서운 것으로도 비친다. 물론 관심이 없는 사람에게는 돌 또한 철판과 별다를 것 없는 그냥 물질에 지나지 않겠지만.

그렇다치더라도 일단 돌이 자연의 덩어리라는 것을 깨닫게 되면, 그 비물질성은 인간으로 하여금 곧장 정체를 알 수 없는 세계로 끌어들인다. 돌에서 삶을 느끼고 우주를 보게 될 때, 벌써 그것은 돌이면서 돌이 아니다. 돌 이상의 그 무엇이다. 돌이 대상물로서 확대되어 보인다는 뜻이 아니다. 돌이 돌 이상의 무언가로 보인다는 것은 그것이 보다 커다란 세계로 이어지고 녹아들어가 있다는 이야기이다. 돌은 세계와 단단히 맺어진 존재라는 점에서 불가해한 리얼리티를 지니며, 돌을 넘어선 자연성을 나타낸다. 돌로서의 자연성보다 자연으로서의 돌이 거기 있다. 돌이 너무 자연스럽다 함은 그만큼 돌이 인간이 미치지 못하는 세계를 품고 있다는 말이기도 하다.

의식의 한정작용으로 만들어진 철판이 세계로부터 고립된 대상적 물질임에 비해, 비록 자연에서 끊어낸 것이라 해도, 돌이 여전히 자연의 덩어리일 수 있는 것은 세계 가운데 있다는, 보다 열린 물질이라는 점에서이다. 자연이라 함은 세계 속에, 세계와 함께 있다는 말이다. 하나의 돌이 포착되기 어려운 것은 그것이 세계라는 커다란 자연에 달라붙어 있으면서 동시에 바로 그렇기 때문에 어딘지 모르게 비물질적인, 보이지 않는 넓이를 품고 있어, 돌 자신으로부터 어긋나 있기 때문이다. 자연물은 인간을 풍요로운 차원으로 이끌어내 해방감을 맛보게 할 때도 있지만 인간을 넘어선, 두려움을 불러들이는 불안의 늪이기도 하다. 인간이란 의식이 고도로 발달할수록 세계에서 유리된 대상적 성격을 강하게 띠게 될 수밖에 없으며, 그렇게 되면 될수록 자연은 마음 놓을 수 있는 대상이 아닐뿐더러, 인간의 잠재적인 자연성을 불러일으키는 자극제가 됨으로써 한층 더 인간의 존재 근거를 불안정하게 만든다. 관념의 세계로 떠나려는 인간을 세계로 되돌리려고 언제나 흔들어주는 것이 자연이라는 것이다.

앞서 말했듯이 철판은 의식의 한정적인 산물이기 때문에 자기의 존재감이 결여된 것, 부재성을 끌어안고 있다. 그런데 돌 역시, 역으로 그때마다 의식의 한정을 배반하고 좀더 넓은 세계로 녹아들어가는 탈자성脫自性 때문에 이 또한 확정적으로 거기 있다는 존재성을 결여하고, 거대한 부재성을 엿보이게 한다.

다잡아보건대, 철판도 돌도 인간에게는 각기 다른 의미에서 존재로부터 어긋나 있다. 한쪽은 무언가를 향하는 도정에 있는 것이기 때문에 거기 없는 것으로 존재하며, 다른 한쪽은 자연의 일부로서 세계에 녹아들어가 있기 때문에 거기 존재하는 것으로서 있지 않다는, 그런 식으로 다같이 어긋나 있는 것이다. 어느 쪽도 그냥 그대로는 인간에게 딱 다가오지 않는다. 서로 다른 뜻에서 불확정한 것이라는 얘기이다.

이러한 사항은 그대로 인간에 있어서의 관념성과 세계성의 자기분열을 의미하는 것이리라. 각각 어긋난 사물로 간주되는 것은 바로 인간에 있어서이며, 그것은 인간 존재 자신의 어긋남, 곧 자기분열에 의한 인간 특유의 현상이라고 하지 않을 수 없다. 인간은 어떠한 의미에서든 의식적 존재임과 동시에 자연적 존재임을 모면하기 어렵다. 어딘가에서 의식과 자연의 일치점을 모색하면서 전일荃―한 존재를 꿈꾸는 데에 인간의 상반된 의지의 자기 동일, 모순된 소원이 엿보인다.

어쨌든 존재의 어긋남을 느끼는 데서부터 표현 행위는 시작된다. 어긋남을 없애고 존재 그 자체이고 싶어하는 소원의 표출이 표현의 의지가 된다. 본 것, 느낀 것, 생각한 것과 거기 존재한다는 것이 일치하는 일체감을 느낄 수 있는 존재 세계를 찾아 여러 가지 표현이 시도되었던 것이리라.

어긋남을 메우는 일. 그것을 실현하기 위해 인간은 한없이 로맨틱한 꿈을 꾼다. 그리고 가끔은 세계와의 일체감에 잠길 수 있는 때도 있지만, 그것은 환영처럼 눈 깜짝할 사이에 사라져버리고, 인간은 여전히 어긋남을 좇아 살아나가며, 찢겨진 자신을 발견한다. 인간이 살아나가려고 하는 한, 어긋남은 메워지지 않을 것이다. 왜냐하면 산다는 것 자체가 이미 없고, 아직 없는 불확정적인 어떤 그 무엇이기 때문이다. 역설적이게도 자기 자신의 확고한 존재성, 세계와의 일체감을 추구하며 산다는 일 자체가 자꾸만 어긋남을 불러들이는 짓이다. 의식의 자기 한정을 진척시키는 한편, 세계에 녹아들어가기를 희구하는 어긋남의 바이브레이션은 일종의 모순율이긴 하지만, 그것이 삶의 원리이며, 표현의 다이내미즘이라고 하는 것이리라. 그렇기 때문에 자기 자신에게, 사물에게, 더욱 새로운 어긋남을 만들어낼 때에만 어긋남을 메우는 작업은 진척된다고 할 수 있다.

그 자신에게 무한히 가까운 것으로, 철판을 인공성에서 벗어나게 하는 일, 그 자신에게 무한히 가까운 것으로, 돌을 자연성으로부터 벗어나게 하는 일, 거기에 철판과 돌의 만남의 가능성이 나타나게 되는 바이다.

판화라는 것

판화란 복제화나 재현화가 아니라고 생각하고 싶다. 하나의 판에 의해서 몇 장이건 같은 것을 찍어내어 복수화하는 것이 판화가의 일이라고는 생각되지 않는다. 머릿속에서 미리 원화를 만들어놓고 그것을 현실의 판으로 옮겨, 종이 위에 충실하게 재현하고 양산하는 일. 그런 일이라면 숫제 정확한 로봇을 소유하고 있는 대자본가의 인쇄 회사에라도 맡기면 될 것이다. 그러한 자기 재생산적인 일종의 나르시시즘은 화가를 지루하게 만들 뿐이다.

판화의 매력은 오히려 판이라는 무한한 가변성을 내포하면서 동일성을 가장하는 불확정적인 중층성重層性에 있다. 판에 새겨진 그림은 잉크나 종이나 찍는 공정이나 행위 가운데서 미묘하게 변한다. 한 장, 한 장이 얼마큼 독립되어 있으면서 서로 연결되어 있고, 닮으면서 어긋나게 되는지. 그 불안정하게 흔들리는 틈새에서 화가는 늘 새로운 세계와 만난다. 어긋남의 폭의 바이브레이션이 화가를 자극하고 되풀이하여 찍어보고 싶게 욕망시킨다.

닮았다 해도 완전히 동일한 것은 있을 수 없다. 쉽게 말해 처음 몇 장은 화면이 명료하다. 열 장, 백 장 찍어가는 동안에 서서히 마멸이 심해지고 점차 화면의 판독조차 어려워져간다. 그러나 어느 것이 가장 좋은 상태의 판화인지 누가 결정할 수 있

겠는가. 하나하나의 판화는 각각 생명체이며 각각의 제 모습을
지닌다. 한 장 한 장은 판이나 잉크나 삼라만상의 산 모습이며,
화가의 다시없는 그 순간, 한순간의 영위인 것이다.

판화에 대해

종래 판화라고 하면 어떤 판 위에 그림을 그리고, 그것을 복제기술에 의해 충실히 일정 양을 찍어내는 일을 의미했다. 지금도 많은 작가가 제작하고 있는 판화란 이런 종류의 것을 지칭하는 일이 적지 않다. 이것은 캔버스 그림을 판화로 전사하는 기술이 없던 시대에 고안되었으며, 말하자면 복수 양산의 필요성에 따라 판화가 나오게 되었음을 얘기해주고 있다.

그런데 지금은 복제기술이 발달하여 캔버스화가 대량으로 복제 가능하게 되었고, 그에 따라 새삼스럽게 판화의 존재 이유를 묻지 않을 수 없게 되었다. 캔버스화=타블로를 어떤 방법으로 판에 옮기는가, 판에 직접 그릴 것인가에 따라 그림의 이미지에 다소 변화가 생길 수도 있고, 결과적으로 표현 효과도 달라진다. 그러나 이런 것은 판화를 복제로 간주하는 발상에서 본다면, 전사수법, 기술의 발달에 의해 거의 해결되는 성질의 것이다.

문제는 이와 같은 복제적 판화를 가능케 하는 요인이 무엇일까, 하는 점일 터이다. 단적으로 말한다면 복제란 원화가 존재한다는 것을 의미한다. 캔버스화를 판에 옮기든, 직접 판에 그리든, 그것이 찍어내기 위한 원화임에는 다름이 없다. 나아가 그 이전의 문제로 복제라는 발상 밑바닥에는 작가의 머릿속에서 이미 그 그림이 완성되어 있다는 점이다. 그것이 이러저러한 과정과 방법을 거친 후 복제적인 작품으로서 양산된다는 소리이다. 물론 타블로 작가라 해도 미리 머릿속에서 완성된 작품을 충실하게 캔버스에 베껴낼 경우, 그것은 일종의 카피＝복제화라고 하지 않을 수 없을 것이다. 베껴야 할 것이 선험적인 이데로 존재하든, 현실의 객관적 실체로 존재하든, 지적으로 구성된 이미지이든 이미 그것이 완결적으로 전제화되어 있는 이상, 거기에 그려지는 것은 재현화이다. 재현화의 원리가 복제를 탄생시킨다는 것은 말할 필요도 없으리라.

말하자면 서양 형이상학에 있어서의 실체주의의 역사가 복제적인 근대 판화를 낳게 했다고 할 수 있다. 동양의 어떤 자연관에 상징되듯이, 모든 것은 있는 그대로 있으며, 되는대로 되어간다는 식의, 어딘지 팽개쳐진 느낌의 공무空無한 사상으로는 만든다는 의미나 생산의 의의는 가치 매겨지기 어렵다. 그렇기 때문에 원형 사고적인 요소가 적은 만큼, 복제 이념도 애매해진다. 비록 복제 같은 것이 있다 해도, 그것은 원형의 반영하고는 어딘지 의미가 다른, 비슷하면서 실은 딴판인 것이다. 원형이라는 실체가 없는 곳에서 생산은 반영이 아니라 온갖 변화가 수반되는 조응照應과 같은 양상을 띠게 된다.

일반적으로 자연(세계) 이면에 원형이 있고 그것을 현실로 이끌어낸다는 발상을 실체주의라고 한다. 이 본질적인 원형의 드러나타남의 원리를 자기의 이미지의 대상화로, 역으로 포착한 논리가 근대의 창조이론임은 주지하는 바와 같다. 말하자면, 자연에서 나타나는 것을 인간으로부터 만들어낸다는 의미로 바꾸었던 것이다. 자연에서 끌어내든 인간이 만들어내든, 거기에

드러낼 수 있는 원형이라는 것이 존재한다는 것에는 변함이 없다. 요컨대 원형을 전제로 하고 그것을 만든다는 명목하에 현실적인 것으로 표상화한다는 것. 그런 의미에서 복제론과 인용론은 동근이상同根異相이다. 종종 실체론을 부정하는 사람들이 복제나 인용을 구가하지만 자가당착이라고 생각한다.

복제나 인용이라는 말에는 어딘지 제작주의적 태도, 도둑의 오만한 자기합리화 같은 울림이 있다. 기이하게도 복제론자, 인용론자는 한결같이 원형을 부정하고 싶어한다. 아이러니한 얘기지만 복제나 인용이 범람하는 일 자체가 원형에 대한 물신숭배, 아우라 신앙의 만연이 아니고 무엇이겠는가. 복제와 원화의 등가성을 주장하고, 인용의 재인용으로 원형 부정을 부르짖을수록 아우라적인 실체주의는 그 정체를 양률의 바다에 은폐한다. 종국에는 원형이 근대 기술과 생산주의로 배양되어, 분배의 논리의 가장하에 양산화·복제화되면서 따라서 이제는 일품주의적 아우라성은 지양되었다고 정색을 하려 든다. 아우라를 유일한 것, 단일한 것에 대한 예배성으로 포착하려는 이치에서 이번에는 공동환상의 공유성으로 재생시키고 있음을 알 수 있다.

어느 쪽이든 복제나 인용사상을 형성하는 근간은 아우라의 문제라기보다는 있어야 할 이상, 원형 사고임을 인식해둘 필요가 있을 것 같다. 판화를 복제화로 포착하는 발상의 밑바닥에 원형의 재현이라는 실체주의가 뿌리 깊게 만연하고 있는 것은, 죽은 신을 숭배하는 것이나 같아서 적이 어이없을 따름이다.

현재 판화를 이미지의 재현화로 보는 입장에 있는 사람이 제일 많이 사용하는 판종이 사진 인쇄나 실크스크린인 데에는 다 이유가 있다. 이러한 판종은, 예외를 제외하고는 이미지를 좇아 그려내는 매체로는 가장 적합한 것으로 여겨진다. 곧, 이러한 판종은 작가의 이미지 중심주의에 알맞으며 자의성·우발성이 적다. 다시 말해 판은 자기 주장이 가장 약하며 작가의 말을 아주 잘 들어준다는 것일 터이다. 그런 한, 판과 그림물감, 판과 붓, 판과 그림 사이의 상호작용성·상응의 필연성은 희박해진다. 판은 오로지 준비된 원화를 충실히 받아들이고 작품으로 재현할 수 있도록 주인인 작가의 명령대로 움직이는, 말하자면 이미지의 노예일 것이 요구된다. 거기에서는 모든 소재와 도구, 모든 기술, 모든 노력은 스스로의 자주성을 포기하고, 모두가 원화를 재현하는 요소·효과를 위한 것이 된다. 진짜를 위해(?) 가짜 그림을, 만민을 위해 공평한 그림을, 이라는 명목을 위해서는 대단히 편리한 방편일지도 모른다. 공동환상에 대한 신뢰, 동일성의 양산화, 분배의 논리 등을 휘두르는 데 안성맞춤으로 복제사상의 진면목이 잘 나타나는 사항이다.

그러나 판화를 단적으로 복제성으로 규정하는 것은 애당초 무리한 얘기가 아닐까? 판화란 글자 그대로 판에 의한 그림이라는 것이 가장 큰 특징이라고 할 수 있다. 다만 그 판이 작가와 어떠한 관계에 있는가가 문제이다.

예컨대 판(피사체) 그 자체를 직접 종이(혹은 다른 지지체)에 찍는 일에 대해. 이는 모노 타입의 일종으로 사물과 사물의 접촉을 소중히 하는 방법이라고 할 수 있다. 자연 그대로의 돌멩이에 그림물감을 묻혀 종이에 데칼코마니풍으로 찍거나, 목판을 형태로 만들어 거기에 그림물감을 묻혀 종이와 천에 찍는다든가, 이러한 방법은 가장 물질적이고 직접성이 강한 판화를 만들어낸다. 판을 찍어낸다기보다 인간의 손을 개입시켜 판과 그림물감과 종이를 부딪히게 하여, 하나의 물질끼리의 터트림을 자아내는 일이 된다. 판에 따라 비슷한 것이 두 장이라고는 찍히지 않는 경우도 있다. 그러나 예기치 못한 화면, 이미지를 넘어선 미지의 작품세계를 나타내는 수법으로는 주목거리다. 그렇긴 해도 이러한 종류의 판화는 종종 종이나 판의 물질적인 강함이 너무 직접적으로 드러나 작가의 존재가 희박해지기 쉽다. 가령 찍고 싶은 이미지가 있다 할지라도 최종적으로 어떤 것이 될지는 예상도 보증도 할 수 없다. 여기에서는 판이 원형으로 작용한다기보다는 피사체와 지지체가 만나 격투를 벌이는 상태이다. 그렇기 때문에 밀어붙이는 듯한 의미는 나타나기 어려우며 복제적인 이미지도 희박한 대신 좀더 강한 오리지널리티, 리얼리티를 느낄 수 있는 경우가 많다. 그러나 때에 따라서는 작가 부재의 무미건조한 것이 되기 쉬워 작가와 판과의 좀더 적극적인 걸림새가 요구되는 점도 부정할 수 없다.

이러한 종류의 판은 그러나 최근에 접어들수록 더욱 복잡해지고 다양화되어 타블로 수법에도 일부 도입될 정도로 발달되었다. 단순한 모노 타입에서 복잡한 콜라주풍의 판으로 발전한 것이다. 알루미늄 조각(쪼가리)이니 나무 조각, 돌 조각 등 여러 가지를 자르거나 잇거나 깎거나 상처내거나 하며. 게다가

한 판뿐 아니라 몇 판이든 비슷한 것을 만들어 자꾸 겹쳐서 찍는 일도 행해지고 있다. 이렇게 되면 모노 타입보다 물질성이 약해지고 판의 중시, 판의 효과성이 강해지면서 작가의 존재성도 다소 강조되는 면이 생긴다. 직재적直裁的인 모노 타입에 비해 중층적인 그림을 만들 수 있다는 점에서는 보다 열린 판화법이라 할 수 있다. 그렇기는 해도 소재의 물질적 강함, 재미, 짜임새나 찍기의 우발성에 지나치게 기대게 될 가능성이 농후해서 때때로 너무 임의적이기 쉬운 작가의 개입 태도가 문제가 되기도 한다.

그렇다면, 오늘날 가장 주목받고 있는 판에 의한 그림이라면 판과 그림의 상호작용으로 성립되는 판화를 가리키는 것일까? 여기에도 크게 두 가지 종류가 떠오른다. 첫 번째는 석판이나 동판, 알루미늄판 같은 것을 무언가로 두들기거나 상처를 입히거나 하면서 판의 변화에 상응하는 직접적인 행위 가운데서 저절로 회화가 짜내지고, 판이 이루어지도록 하는 태도와 방법. 두 번째는 일단 준비된 그림을, 목판이나 석판이나 동판에, 녹인 묵을 쓰든지 나이프로 새겨나가면서 그리는 태도와 방법이다. 어느 쪽이든 기실 가장 고전적인 판화 방법으로 알려져 있는 것이긴 하지만—.

미리 준비된 이미지가 있다고 해도 엄밀하게는 판종의 상정想定, 제작에 대응해가는 가운데 서서히 회화로 성립되어 가는 짜엮음인 것을 재인식해야 한다. 따라서 거기에서 그림은 각각 판종의 성격, 특질에 상응함은 물론 그 회화의 제작 방법도 판의 반응과 불가분의 관계로서만 성립한다. 그리고 더 나아가 초산이나 아라비아고무 등 여러 약품을 사용해서 화면을 단단하게 만들거나 변화를 초래하거나 함으로써 판과 작가 사이의 한층 더 강한 반발과 긴밀함을 기도하는 점도 무시할 수 없는 특성이다. 판종에 상응하는 발상으로 그리거나 표현하는 일, 판과 물감의 물질성과 행위의 직재성, 그리고 회화의 이미지성을 함께 넘어서려는 판화 특유의 방법이라고 할 수 있다. 어느 쪽이든 판과 회화의 만남의 필연성을 소중히 함으로써 작가와 판과 이미지라는 삼자를 함께 지양하려는 입장이라고도 해석된다. 각자에 어울리는 소재와 방법을 사용하여 판과 대화하거나 부딪쳐가는 가운데 육필화(肉筆畵)와는 다른 커다란 표현의 세계를 만들어내는 일. 그런 데에서 판화의 새로운 존재 이유를 찾는 것도 불가능하지 않을 것이다.

온갖 수법이나 효과는 중립적이 아니면 안 된다. 작가의 행위와 노력은 그림에 다가가기 위한 것이라기보다는 판과 그림 사이에 끼어들기 위한 것이라고 할 수 있다. 판과 깊이 관계를 맺으면서도 작가가 계산하지 못하는 판의 힘, 찍는 이의 힘이 그림에 크게 작용하여야 진짜 판화가 된다. 판화의 복수성, 무명성이라는 사항도 실은 여기에 관련되는 문제라고 생각한다.

복제성의 언저리

판화가 어떤 그림을 가리키는가는 입장에 따라 다를 것이다.

어떤 뜻에서는 텔레비전도 판화이고 사진도 판화이며 탁본도, 실크스크린화도, 나아가 스케치나 캔버스화도 판화라고 할 수 있다. 통상 어떤 판을 전제로 하여 거기에 의존하는 것을 판화라고 부르는 한, 오늘날의 표현의 태반은 이 카테고리에 들어간다. 그러나 내가 관심을 갖는 판화란 어떤 판종이나 테크닉을 쓰든, 기본적으로는 표현을 둘러싼 작가의 끊임없는 탐구의 영위인 것에 한정하고 싶다.

판화란 판을 사용한 회화의 하나이다. 좀더 말하자면 판의 제작, 찍는 사람, 기타 여러 가지 도구나 물감 등의 수많은 요소가 뒤섞인, 간間주관성이 강한 그림이다. 그것은 판이 원형—이데—로서 전제화되어 있거나 판에 미리 새겨진 것을 정확하게 베껴내는 방법이 아니라는 얘기다. 카피로서의 판화는 '판에 박은 듯이'라는 말 그대로 어떤 대의명분을 지녀도 한 작가의 탐구정신에서는 흥미의 대상 밖의 것일 터이다. 작가에게 판화의 매력이란 뭐니 뭐니 해도 판이라는 제삼자의 개입으로 작가의 주관을 넘어선 보다 미지인 것을 만날 가능성이 강한 작화作畫라는 점에 있다. 판을 사용함으로써 동이반복적同異反復的인 되풀이가 가능해지며, 그 운동은 좀더 보다 더하며 무한히, 고차원적인 것으로 작가를 욕망시킨다. 다수의 반복작용을 통하여 일종의 결정적 순간의 증폭을 용이하게 하고, 그 가운데서 더욱 높은 곳으로 도달하려는 소원을 한층 더 부추긴다. 한 점点마다 미묘하게 어긋나는 데에 또 다른 것으로의 계기와 자극이 있는 것도 간과할 수 없는 특징이리라.

회화로서 흡사하다는 점 때문에 같은 것을 지향하는 것처럼 보이기 쉽지만, 동일성은 목적이 아니며 반복의 메커니즘이자 그 양식에 지나지 않는다. 그리고 반복을 가능케 하는 것은 동일성의 시스템 속에서 좀더 높은 차원, 보다 전일全一로 향하려는 갈망이므로 하여 질質로 향하는 욕구의 변증법적 작용이다. 하나의 점마다 비슷하면서 다른 어긋남이 생기는 것은 바로 반복의 양식과 계기의 소산임에 다름이 없을 것이다.

이러는 한에 있어서 판화를 동일물의 재생산＝복제화로 간주하는 입장을 나는 옹호할 수 없다. 판화는 복제기술에 의한 것이 아니며 강변하자면 전일한 하나의 것의 가능성으로 향하는 무수한 복수화化를 불러들이는 것, 으로 받아들이고 싶다. 이 점은 기본적으로 타블로 작업과 다를 바가 없다. 그림이 흡사하기 때문에 여러 장을 찍으면 복제로 간주하기 쉽지만, 판이 그때마다 산 대응을 다그치는 것인 한, 한 점마다 저절로 어긋남을 지니는 단독유일한 것임은 당연한 일이다.

판화를 복제성으로 규정하고, 거기로부터 복수성을 끌어내려는 사고방식이 여전히 일부에서 뿌리 깊다. 이는 플라톤 이래의 실체 신앙에 의한 복제-재생산설이 아직도 살아 있다는 좌증左證이 된다. 라기보다는 오늘날의 복제의 융성은 '신의 죽음'과 테크놀로지의 발달에 수반된 근대적 인간 중심주의에 의해, 허상 배양론으로 옷만 바꿔 입은 재생산설로 크게 소생하고 있음이 드러난다. 아우라와 복제의 관계를 논한 사람 중에는 허상 배양의 인간 중심주의를 구가하면서, 오토메이션에 의한 대량

생산은 끝내 아우라적 진품사고[本物思考]를 넘어섰다고 주장하는 이조차 있다. 그리고 그것을 가능케 한 것은 바로 복제기술로 오리지널리티가 공동화空洞化할 수 있었기 때문이라고 간주하는 것 같다. 그에 대한 찬반 여부는 어떻든, 오늘날 복제가 발달하여 오리지널 사고를 위협하고 있는 것은 사실이다. 영상, 사진류는 물론, 온갖 일용품이 재생산=복제품임은 주지하는 바이다.

그렇다 하더라도 작가의 영위가 카피가 아닌 것처럼 판화가 복제화가 될 수는 없다. 판화는 유사성을 지니는 복수일 수는 있어도 한 장 한 장이 작가와 판과의 더하지도 빼지도 못하는 실존적인 대응 가운데서 태어나는 대체 불가능한 일이기 때문이다. 만일 오리지널한 판화가 아니고 동일물로서의 복제화＝카피화를 원한다면 그때에는 작가의 존재의 필요성보다는 아이디어맨이나 영상, 컴퓨터의 힘에 내맡겨 한층 더 정확하게 동일한 것의 양산을 기해야 할 것이다. 나는 실체주의자도 허상주의자도 아니며, 스스로의 삶의 한순간, 한순간 가운데에서 많은 것을 보고자 한다. 따라서 만물의 원형이라는 의미에서의 오리지널을 부정하는 것과 같은 의미에서 복제라는 것도 인정하기 어렵다. 작화作畵란 참으로 작가가 최대한으로 사는 짓거리이며 가장 리얼리티에 찬 시간이기를 바라마지 않는 바이다. 그렇기 때문에 작화란 대체할 수 없는 자기의 생을 묻는 시간임과 동시에 그 생의 질을 묻는 것이 아니면 안 된다.

현대의 기호론에서는 원형이 복제(카피)를 탄생시키는 것이 아닌, 복제(카피)가 원형을 탄생시키는 메커니즘을 중시한다. 어느 쪽이든 카피가 가능하다는 발상 자체가 일종의 원형주의임에는 변함이 없다. 카피의 원리가 동일물의 양산을 가능하게 하고 근대 기술이 이를 실현화시키고 있다. 동일물을 양산하고 그것을 만민이 평등하게 나누어 갖는다는 얘기이다. 작품을 나누어 갖는 것, 커뮤니케이션하는 것이 표현의 원점이라고 하는 한, 그 근간에 놓인 아우라적 공동환상에 대한 신뢰를 부정하기는 어려울 터이다. 커머셜용의 인쇄 포스터 등이 그 가장 적합한 예이다. 그리고 만약 판화를 복제화로 간주한다면 오늘날의 인쇄 포스터야말로 복제기술 시대를 상징하는 최고의 그것이라 말하지 않으면 안 된다.

그런데 작가의 손에 의한 육필이면 전부 오리지널이고 복제이지는 않다는 것일까? 그렇지는 않다. 머릿속에 이미 완성된 회화를 캔버스에 충실하게 베껴내는 경우, 엄밀하게 말해 그것도 일종의 복제화라 할 수 있다. 머리를 판이라고 생각하여 거기에 그림을 놓고, 그 완성된 것을 캔버스에 베껴내는 시도를 작가의 영위라고 생각하는 자는 더 이상 작가이기 어렵다. 장차 초래될 고도의 테크놀로지의 발달에 의해, 그러한 베껴내기의 태반은 박탈될 운명에 있다.

작가의 참된 영위는 아이디어를 생각하는 데에도 그것을 베끼는 데에도 없다. 작가의 사고나 그린다는 행위는 한순간 한순간의 새로운 만남을 불러일으키는, 보다 신체적인 삶의 모습이다. 작가의 일은 때로는 스스로의 짓거리의 의미조차 판별되지 않는 지평으로 내몰리는 경우도 있으며, 온 존재를 건 반응을 통해 미지未知에의 탐구적인 사건을 불러들이기도 한다. 작가는 이미 다 알아진 것을 배껴내는 것이 아니라 표현해가면서 알게 되는 터이다.

무명성無名性의 언저리

판화는 판이라는 제삼자의 존재에 의해 작가를 넘어서는 것이 되지 않으면 안 된다. 뛰어난 판화일수록 작가와 판과의(혹은 찍는 이하고도) 불꽃 튀는 대응 가운데서 만들어진, 보다 중성적인 높은 물질성을 획득하고 있다. 제판하는 사람이나 찍는 이의 힘을 빌리지 않고 처음부터 끝까지 작가 혼자 만든 판화라 해도 스트레이트한 타블로하고는 다르다. 바로 작가의 이미지나 행위가 생짜로 드러나는 타블로에 비해, 아무리 잘 컨트롤해도, 압도적으로 강한 수많은 여러 가지 재료나 공정을 거치는 만큼 거기에 작가가 예견하지 못했던 요소가 작용한다. 판을 거치거나 찍는 이의 손을 빌리거나, 기타 여러 기계 도구가 개입하는 동안에 작품은 작가로부터 계속 멀어져가지 않을 수 없다.

모노 타입에 가까운 판종 또한, 다른 의미에서 작가와 판과의 상호작용에 비중이 놓여져 작가=작품이 되기는 어렵다. 어떤 뜻에서는 수많은 소재나 복잡한 과정을 거치기보다 물질성이 강한 단순한 판에 직접 부딪치는 쪽이 오히려 한층 더 대단한 판화를 낳게 하는 경우조차 있다. 물론 때에 따라서는 판의 힘

이 너무 강해서 그 물질성이 작가를 압살시키고 있는 작품도 보
게 된다.

판과 작자 사이에서 불꽃이 튀기도 하고 또는 서로 호응하여
조화를 이루거나 해서 제3의 사건의 터트려진 세계가 거기에
출현한다. 그것이 무명성의 표현이 된다. 특정한 이미지나 의미
를 지시·강요하는 데 유명성唯名性의 특징이 있다. 작가의 생각
대로인 작품만이 만들어진다면 그것은 사인이 있거나 없거나와
상관없이, 결코 무명성을 획득할 수 없다. 무명성이란 작가를
넘어설 것, 곧 개인의 이미지를 탈피한 지평에 나타나는 것을
말한다.

작가의 이름을 모르는 그림이라고 해서 거기에 무명성이 있
다고는 하지 않는다. 무명작가의 작품이기 때문에 무명성을 지
닌다고 하는 것은 넌센스다. 무명성이란 말 그대로 무어라고 이
름 붙이기 어려운 텅 빈 무〔空無〕의 세계를 가리킨다. 뛰어난 작
가는 그 독특하고 개성적인 표현에도 불구하고 어떤 제작 방법
을 거치든 대단한 무명성에로 뛰어넘는다. 수법상의 직접성이
나 간접성과는 상관없이, 표면적 이미지를 꿰뚫고 심층적인 무
의식, 공무를 함유하는 것, 소위 말하는 바 대상에 사로잡히는
사고思考를 지양하는 것이다. 이것은 표면적인 의식보다 훨씬
더 혼돈스러운 감성이나 신체의 적극적인 매개 없이는 획득될
수 없는 것이라 하겠다. 의식은 왕왕 세계의 대상화를 기도하지
만, 신체는 세계에 있어서 보다 큰 사건을 감득感得한다. 무명성
이 터트려짐의 장면인 것은 그것이 비대상적, 비개성적 세계임

을 얘기하고 있다.

무명성이란 결코 기계로 만들어지거나 카피에 의해서 만들어진 이름 없는 작품을 가리키는 말이어서는 안 된다. 복제품의 양의 증대에 의해 유명성이 희박해진 것은 더더욱 아니다. 하물며 아무라도 상관없는 자가 멋대로 그림을 만들었다고 해서, 그런 것이 무명성과 무슨 관계가 있겠는가. 무명성이란 타블로든 판화든 외부세계의 힘이 훌륭하게 작용한 작품에만 나타나는 것이다.

찍는 일의 언저리

판화란 찍는 일이 중요한 모멘트이다. 우선 일차적으로는 그림이 제대로 찍혀져야 한다. 그림의 무늬나 색상을 잘 찍어내기 위한 기술이 필요한 것은 두말할 것도 없다. 그러나 화면이 잘 찍혔다 해서 그것이 잘된 판화라고 보증되지는 않는다. 아무리 예쁘게 찍힌 화면이라도 그것만으로는 회화가 된다 하기 어렵다.

보다 중요한 것은 아트art이다. 판화의 제작이란 아트를 나타내기 위해 그림새를 찍는 일이다. 아트가 느껴지지 않는 판화는 바로 복제이며 카피에 지나지 않는다. 만일 아트가 문제가 되지 않는다면 무엇을 위한 작가이겠는가? 아트란 단적으로 말해 초월성이 넘치는 생명의 표현을 가리킨다. 동양 고래의 말로 하자면, 기운생동氣韻生動의 세계가 된다. 다시 말하자면, 아트란 결코 꼼꼼한 자기만으로의 관념적 기분의 문제가 아니며, 얼마나 세계와 깊이 관련을 맺는 역학관계를 획득할 수 있는지 없는지에 달리게 된다. 그렇기 때문에 미지의 것에 대한 관심, 세계와 불꽃 튀기는 격투를 할 수 있는 지혜와 용기(정신과 감성의 힘)를 지니는 자가 아니고는 아트의 지평을 타개하지 못한다.

아트는 기호의 양상이 아니며 하물며 기호가 발한 의미와 같은 류類의 것이 아니다. 아트는 텍스추어, 행위, 표현 등의 여러 요소의 산 관계 속에서밖에 보여지지 않는 것이다. 그렇기 때문에 그림의 모양새에만 눈이 팔려 그것을 기호의 재현으로 기술적으로 처리해서는 결코 아트는 찍히지 않을 터이다. 아트를 찍는다는 것은 오히려 대상적인 눈앞의 그림을 찍어낸다는 시늉으로 세계 속에 감춰들어가서, 거꾸로 주변에 떠도는 눈에 보이지 않는 세계의 공기를 가득 드러나게 하는 일이라고나 할까. 보이는 것을 세계 가운데로 보이지 않게 전이轉移시킴으로써만 보이지 않는 세계가 보이게 되는 법이다. 눈앞의 대상물이 아무리 잘 보여도 그것이 세계에서 떠버린 생명 없는 기호물인 한 거기에서 아트를 느낄 수는 없다. 기호란 이루어진 표면적인 대상에 지나지 않으며, 아트란 언제나 심층적인 불확정한 초월세계의 표출이다. 복제=카피가 획일적으로 잉크를 담아 올린 평탄한 베껴내기, 과학적인 분석 데이터에 의한 기계적이고 무차이無差異한 베껴내기 등으로 성립하고 있다는 것은 아주 시사적이다. 모름지기 찍는다는 짓거리 또한 표현 행위 중 하나이며, 거기에서 사건이 터트려지는 크낙한 전이轉移의 세계가 열린다.

기계를 거치든 손을 거치든, 찍는 이의 관여방식이 별의별 표현 요소들을 분발시키지 못한다면, 판화 작품은 성립되지 않는다.

판화를 찍는 데 있어 훌륭한 장인솜씨적인 요소도 소중하다. 그러나 그 이상으로 외부에 펼쳐진 비기호적인 보이지 않는 부분의 기척을 감지하는 깊은 감성작용이 없으면 아트는 찍지 못한다. 한 점 한 점, 단일성과 동일성, 내면성과 외부성을 동시에 원하는 순간과 지속을 둘러싼 절대 모순에 대한 욕구가 없는 자에게 판화를 찍게 해서는 안 된다. 오늘날의 일본 판화의 태반이 카피화라는 말을 듣거나 복제화, 디자인화라 낙인이 찍히는 것은 되새겨볼 만한 일이다.

사인의 언저리

옛날에 동양화의 세계에서는 낙관도 그림의 한몫으로 생각했다. 누구누구의 작품이라는 증명임과 동시에 그림 자체의 컴포지션이기도 했던 것이다. 그러나 현대의 작품에는 그와 같은 성격은 희박하며 사인이 무엇인가는 규정하기 어려운 문제다.

타블로인 경우, 작품 자체가 하나의 사인이라고도 할 수 있다. 그렇다기보다 작품 공간이 그 자체로 완성되어 있어서 다른 요소가 끼어들 여지가 없다. 사인을 써넣음으로써 작품 공간을 파괴할 우려가 있다고 작품의 뒷면이나 옆면에 사인을 하는 자도 있다. 어쨌든 오늘날 여전히 작품의 어딘가에 사인을 하는 작가가 많은 것은 웃을 수 없는 사실이다.

자기 작품이라는 것, 완성된 것이라는 것, 제도적인 습관이라는 것, 자기 작품에 대한 책임, 사인 그 자체에 대한 생리적 희열, 기타 여러 이유를 들 수 있을 것 같다. 그런데 사인을 함으로써 사회적 통용가치를 낳는 일도 있지만, 오래된 것이든 새 것이든 사인이 없어도 사회적 통용가치가 인정되는 경우도 있다. 권위의 상징이나 제도적인 습관으로 사인을 자리매김하고 싶어하는 자도 있다. 거기에서 사인의 물신화설이나 무용론이 등장한다. 어떻든 사인은 작품의 자립성하고는 거리가 먼 문제일뿐더러 작품의 질하고도 상관없는 사항으로 생각된다. 다만 사인이 여러 면에서 유해한 면도 있지만, 유효한 성격도 있음을 전적으로 부정할 수는 없지 않을까.

우선 실증적, 역사고증적 자료 가치라는 측면을 지니는 점. 그러기 위해서는 사인이 정확, 명료할 필요가 있다. 그러나 좀 더 중요한 것은 사인하는 방도에 따라서는 그것이 기호성을 넘어서 무언가 살아 있는 회화성을 나타내는 점일 것이다. 예전의 동양화하고는 다른 의미에서, 보다 적극적으로 사인 행위에 큰 비중을 두는 작품조차도 나타나고 있다.

일종의 물신성을 상기시키기는 하나, 사인이 그 사람을 대신하고 증명하는 점 또한 무시할 수 없다. 곧, 사인은 작가의 화신이며, 작품을 소장하는 사람은 작가의 편린을 소장하는 것 같은 기분이 될 수 있다. 자기가 동경하는 사람, 유명인사의 사인은 이러한 사항에 가깝다. 그래서 사인이란 가능한 한 볼품 있고 멋진 것이 좋다.

그런데 타블로 사인이 고정 기호적인 사람조차도 판화 사인
인 경우에는 왠지 생기 넘치는 육감적인 사인이 되는 것은 재미
있는 일이다.

재제작(?)
— 인터뷰에 응해

'재제작'이 과거의 작품과 똑같은 작품을 또 하나 제작하는 것을 뜻한다면, 해서는 안 될 것이다.

도대체가 근대 이후의 미술의 태반이 일종의 '재제작'이라고 나는 생각하고 있다. 그것들의 작품은 작가의 머릿속에서 한번 이루어진 원형을 단지 눈에 보이는 형태로 카피한 것이기 때문이다.

'모노파もの派'란 그런 현실에 의문을 던지는 데서부터 시작된 무브먼트이다. 우리들 '모노파' 작가에게 있어서 모티프는 제작의 계기에 지나지 않는다.

중요한 것은 제작되는 '것'과 '시간'과 '장소'가 작품에 크게 작용하고 반영된다는 일이다.

바로, 작가에게도 미지였던 요소가 작품에 들어온다는 데에 의미가 있다. 그러니까 같은 타이틀 같은 모티프라 해도 제작된 '것'과 '시간'과 '장소'가 다르면 비슷하지만 다른 어긋난 작품이 된다. 거기에는 '복제'가 될 여지란 없다.

구미나 일본의 각 미술관에서 열리는 전람회에 출품되는 '모노파' 시절의 일부 작품이 '재제작'이라는 단어로 묶여지는 것은 어떤 의미에서는 어쩔 수 없는 일일 터이다. 그러나 지금 말한 것 같은 이유에서 과거와 완전히 똑같은 작품이 만들어지는 일이란 없다. 엄밀한 의미에서는 옛날에 처음으로 만든 작품이라 해도 그 뒤에 출품하는 전람회의 시대나 상황, 진열 방식에 따라서 어긋난 것, 비동일적인 것으로 변한다는 점에서는 일종의 재제작(?)이라고 할 수 있다. 어긋남이 시간과 장소에서 재제작(?)에 대한 흥미와 관심을 불러일으키며 보다 좋은 것을 만들고 싶다는 의지를 준다. 어떤 작품도 '모노파'에게는 전부 '오리지널'인 것이라 하겠다.

또 예전 작품이 없어졌다는 것이 재제작의 이유는 되지 않는다. 예컨대 나는 〈Relatum〉이라는 제목의 작품을 여러 개 만들고 있지만, 그것은 모두 한 발상의 '바리에이션'으로 제작하고 있다. 수많은 모네의 '볏단'을 아무도 재제작이라고 하지 않는 것이나 같다.

다만 제작 연도를 기술할 때에는 컨셉이 생겼던 해와 실제로 제작한 해를 함께 써넣어야 할 것이다. 양쪽 연대가 작품에 반영되어 있기 때문이다.

—인터뷰에서

이케바나

‘이케바나生け花, 活け花(꾸밈꽃, 살림새의 꽃)’라는 단어의 울림은 독특하다. 근대 일본이 만들어낸 조어造語 가운데에서도 특기할 만한 문화적 향기가 짙은, 신선한 공간성을 지닌다. 이 낱말은 중국어로도 한국어로도, 하물며 영어 같은 것으로는 번역할 수가 없어서 그대로 이케바나라고 쓰이고 있는 것 같다.

옛날에는 화도華道가 일반적인 호칭이었다던가. 깊숙한 방 안에서 뭔가 수상쩍은 추상적인 낱말로 맞장구를 치고 있으면 되는 시대가 있었던 모양이다. 숨은 세계에는 상징이나 비의秘儀가 수반되기 마련이다. 화도라는 이미지야말로 그 보이지 않는 세계의 암묵적 요해공간이다. 그 점이 매력이고 그 보이지 않음으로 하여 사람들을 현혹시키는 제도가 생겼던 것인지도 모른다. 다도茶道와 마찬가지로 정신이나 취미의 영역으로서의 폐쇄적인 비의성이 추켜세워졌으리라는 것은 상상하기 어렵지 않다.

그러나 시대는 변했으며 사람도 물건도 사회도 제각기 구체적이고 명확한 존재성이 요구되는 세상이 되었다. 민주주의라는 슬로건하에 어쩔 수 없이 근대화·도시화로 치달아 모든 것이 백일하에 끌어내진 것이다. 당연히 모든 표현물 또한 암묵의 요해사항으로써가 아니라, 그 자체의 존재 이유를 지니는 확고한 객관적 대상성을 획득한 것이어야만 하게 되었다. 전통적인 표현 언어를 오늘날의 차원에서 소생시키려면 그 의미도 형식도 비판적으로 다시 포착할 수밖에 없다. 이케바나라는 낱말도 그러한 시대 배경 속에서 태어났음이 분명하다.

이케바나는 데시가와라 소오후[勅使河原蒼風]가 가다듬어 만들어낸 말이라고 듣고 있다. 《화전서 花傳書》를 펼쳐보지 않더라도, 이 단어는 그냥 근처에 있는 꽃을 꺾어와서 그릇에 꽂는다는 의미보다는 훨씬 넓고 크다. 곧, 옮겨바꾸는 일이며 다시 짜내는 일이고, 꽃을 **꽃**으로 높이는 일이다. 소재가 구태여 꽃일 필요는 없고, 무엇을 고르든 이 세 가지 방법, 혹은 세 단계의 생각이 중요할 것이다. 꽃만이 꽃이 아니며 꾸미면(살리면) 모두 꽃이다. 이케바나는 꾸며짐(살려짐)으로써 비로소 꽃이 된다. 꾸며짐, 되살려짐으로써 꽃이 된다는 것은 꽃에서 **꽃으로** 어긋난, 다른 존재성을 획득한다는 말이다. 거기에 새로운 표현 언어로서의 이케바나의 방법이나 양식성이 요청된다.

그런 연유로 이케바나는 무無로부터의 창조라는, 으스대는 것이라기보다는 극히 포스트모던적인 잉여성에 찬 표현의 한 분야로 느껴진다. 현대 사상의 문맥에서도 이 옮겨바꿈과 다시 짜내기는 대단히 중요한 개념이지만, 나아가 **꽃**으로 승화시킨다는 정화작용에서 더욱 이케바나의 예술적 성격을 엿보게 된다: 항상 신선하고 아름답고 자극적인 세계와 함께하고 싶다는 바람을 거기에서 읽을 수 있다. 들의 풀이나 산의 나무, 혹은 돌이나 흙, 혹은 플라스틱이나 유리를 골라내어 그것을 다른 장소에서 좀더 자르거나 다듬거나 칠하거나 짜맞추기만 한다고 그것만으로 이케바나가 되지는 않는다. 꾸미는 방식과 양식이 명확하지 않으면 그야말로 꽃이라는 컨셉을 보이는 것으로 형상화하기는 어렵다.

천지인天地人을 형상화한다는 고래의 애매한 상징형태는 거의 도움이 되지 않는다. 왜냐하면 천지인이라는 문맥이 모든 것을 얘기하고 있듯이 거기는 아직 우주와 함께하는 농경적 공동환상의 세계이다. 곧, 주위 공간과의 선험적인 질서 관계성으로써 이케바나가 성립했던 것이다. 그랬던 것이 근대에 이르러 타他로부터 절단된 표현물, 자족적·독립적 존재성을 과시하는 강한 대상감對象感을 만들어내지 않으면 안 되게 되었다. 그러기 위해 도입된 것이 오브제의 이미지이며 맛스니 포름이니 앙상블이니 하는 근대 조각의 개념이다. 거목의 뿌리에 색을 칠하거나 철판을 대어 풍만감을 지니게 하거나, 톱을 써서 형태를 만들거나, 플라스틱 상자에 흙을 담거나 하는 식으로.

그러나 이러한 요소는 서양미술의 컨텍스트 속에서 오랫동안 다듬어졌던 것들이다. 그리고 특히 근대적 표현이 공간 지향적 성격을 강화해가는 가운데 발달하고 중요시 되어온 것들이기도 하다. 따라서 이러한 개념을 차용하는 데 있어서는 그 필연성이나 성격을 잘 음미하고 시작하지 않으면 완전히 뒤죽박죽인 엉터리 물건이 되기 쉽다. 오늘날의 이케바나의 많은 부분이 현대미술의 아류이거나 너무 변죽만 울리는 것으로 비치는 것은 이러한 사정과 깊이 연관된다.

좀더 곤란한 것은, 이케바나가 필사적으로 추구해온 근대화의 지평이 눈 깜짝할 사이에 바라보기 어려운 것이 되어가고 있다는 점이다. 표현을 대상물로 치닫게 하던 미학이 붕괴하고 다시, 그러나 다른 의미에서 주변의 공간과 시간과의 관계가 문제되기 시작하고 있다는 것. 그 자체만으로 공간을 만들어버리는 숨막힐 듯한 인간 중심의 구축성에 한계가 보이기 시작했다. 종래의 구축성을 생산적인 미래 사고라고 한다면 그러한 것은 인간을 즐겁게 만들기는커녕 인간을 왜소화시키고 지겹게 만들 뿐이라는 얘기다. 엄청난 양의 식물이나 어떤 물량이 공간을 점령하고 있는 울적함은 더 이상 견디기 힘들다. 스스로 다룰 수 없는 시간, 한없이 침투해오는 과거나 주위의 무한정한 공간을 받아들이는 표현 쪽이 훨씬 자유롭고 풍요롭다는 것을 알기 시작했다. 곧, 미지未知를 품기 위해서는 이쪽의 표현은 한정하고, 주위 공간이나 시간과 걸어서 틈새가 많게 표현을 해체적으로 구축하지 않으면 안 된다. 나아가 표현이 물량의 확산으로 전개되지 않고, 한층 더 큰 세계를 감수感受할 수 있는 것으로 순화되는 것이 바람직하다.

　이러한 상황에서 본다면 옮김이나 다시짜기나 드높인다는 이케바나의 모티프는 참으로 현대적이다. 공간이나 시간을 포함한 장소개념으로 전개하기에는 이케바나야말로 가장 적합한 것이 아닐까? 그러기 위해서라도 현대 미술에서 무턱대고 차용하는 데 그치지 않는, 이케바나에 적합한 방법과 양식의 모색을 서둘러야 할 것이다.

이케바나를 생각하다

　이케바나전을 보고 다니다 보면, 그것이 이케바나임에도 불구하고 아니, 이케바나이기 때문일까, 전시장 분위기의 비자연스러움을 느끼게 된다. 살아 있는 것이든 시든 것이든 식물을 사용하고는 있지만 반드시 거기에 생명의 생사나 자연의 시공간이 나타나 있지는 않다. 오히려 자연으로부터도 인공으로부터도 격리된 장소, 기이하고 거대한 장식물에 맞부딪치게 되는 경우가 있다. 때로는 반자연이나 악취미로도 느껴지지만 그래도 지적인 호기심이 부추겨지거나 저주 비슷한 불길함에 감싸이기도 한다.

　현대 조각에서 볼 수 있는 공간의 분절分節이나 이데, 사물의 해체상을 나타내려는 표현과는 달리 하나의 통일로 향하는 유기체이거나 대상적인 상징성이 두드러진다. 이는 일반적으로 식물을 지참함으로 하여 생체生體 이미지에서 오는 이케바나 특유의 성격인 것으로도 여겨진다.

　예컨대 데시가와라 히로시〔勅使河原宏〕는 주로 대나무를 사용한 개인전(1987년 9월 23일 ~ 29일, 소우게츠〔草月〕회관, 1987년 9월 20일 ~ 11월 30일, 니혼바시 타카시마야〔日本橋高島屋〕에서 변화가 자유자재로운 유연한 내부세계라고나 할 드라마틱하고 엑조틱한 분위기를 연출해냈다. 파랗고 고요한 대나무로 짠 터널인가 생각하면 갑자기 그것이 구부러지거나 돌출하고 거기에 전깃불이나 흙색 헝겊, 반투명한 비닐 커버, 솟구치는 물, 벽을 뒤덮은 글씨[書]나 서성거리는 인간 등이 얽히면서 안식과 자극이 겨루는 다이내믹하고 포스트모던적인 공간이 펼쳐진다. 여기에서는 대나무를, 보아야 할 오브제로 눈앞에 놓아둔다는 태도나 방법은 취해지지 않는다. 대나무를 그 자연적 성격으로 살리면서 문명 레벨의 컨셉으로 재포착하여 쪼개거나 그러모아서 변화에 찬 내부공간으로 탈구축시키고 있다. 자연이나 역사나 이미지의 대상화보다는 감싸이는 듯한 안쪽의 차원에 관심이 강하게 향하고 있다는 것을 이해하게 된다.

한편, 오하라 도요쿠모[小原豊雲]는 식물을 정념情念적인 이미지의 오브제로 한 개인전(1987년 10월 22일 ~ 27일, 니혼바시 타카시마야[日本橋高島屋])을 열고 있다. 큰 무대를 설치하고 거기에 열대식물을 임립林立시키거나 철물로 연결한 거대한 고목을 세우고 군데군데 기괴한 가면을 배치하고 있다. 그 무대를 점령하고 있는 식물 집단의 물량감은 보는 사람을 압도한다. 이케바나가 무작정 오브제나 조각의 컨텍스트에 다가가면 표현언어로서는 방법이나 양식의 애매함이 눈에 띄게 되어 공연히 둔중한 키치로 비치는 법이다. 그래도 저 먼 원시인의 숲으로부터 울려오는 절규 같은 끈끈한 이미지의 덩어리는 도회인에게 생명감과 섬뜩함을 불러일으키는 데에는 충분하다고 할 수 있다. 데시가와라의 지적이고 해방감에 찬 공간에 비해 오하라의 것은 거기에서 눈길을 돌릴 수 없게 만드는 주술적인 상징물 같은 정취를 풍긴다.

어느 쪽이든 간에 이케바나가 내측으로서의 공간 자체, 혹은 위압적인 점령물 같은 거대화 현상으로 나아가고 있는 것은 다시 한번 생각해볼 일이다. 원래 이케바나는 말 그대로 식물의 결코 크지 않은 부분을 잘라서 다른 장소로 바꿔옮기고 다시 짜내는 것을 의미했을 터이다. 그리고 하나의 악센트적인 역할을 수행함으로써 그 장소가 더욱 크게 활성화하기를 바랐을 것이다. 그것이 어처구니없는 오늘날의 도시 환경에 대응해야 할 필요성에 쫓긴 나머지 스스로를 확대하고 그 존재를 과시하게 된 것일까? 식물의 다이내미즘을 이끌어낸 대신 퇴행성이라고나 할 수 있을 것 같은 정적이고 수동적인 요소가 너무 무시되고 있는 것은 아닐까? 영웅적인 굉장한 공간성보다는 식물 자신의 꾸밈없는 시간성에 좀더 마음을 썼으면 한다. 일상적인 죽음을 다루는 이케바나가 보고 싶기도 하다.

새로운 표현의 장을 위해

20세기의 미술

　20세기의 미술은 전람회 미술, 미술관 미술이었다고 할 수 있다.

　이는 미술이 생활의 현장에서 떨어져 특수한 공간의 것이 되고, 또 어떤 데몬스트레이션으로서 임시로 행하는 행사가 되었음을 뜻한다. 가끔 임의의 야외 장소에서 작품이 설치되기도 하고 전람회가 열리기도 하지만 시민들이 환영하기보다는 '뭐가 뭔지 알 수 없는 것'이라는 식으로 거부반응을 보여 트러블을 일으키는 경우가 많다. 그러나 '이해할 수 없는 것'이라 하더라도 미술관이나 거기에 준하는 공간에서 열리면 일단은 사회가 용서하기 때문에 미술관은 성역聖域이나, 해방구解放區처럼 인식되어왔던 것이다.

　이는 오늘날 미술(정치도 또한 마찬가지지만)이 시민에게 매개해야 할 공동환상을 지니지 않고 미술 자체의 성립을 둘러싼 온갖 시도 단계에 있음을 나타낸다. 역으로 말하면 인종이나 지역성, 계급이나 상품, 정보가 어지럽게 교차하는 가운데 아직 새로운 시민의 콘센서스는 안 보이는 상황이라는 얘기이다.

　하지만 전람회의 무대가 주로 미술관이며, 많은 경우 그것이 큐레이터나 비평가의 기획과 관리에 의해 짜여짐으로써 작품의 성격을 결정짓게 된다는 사실은 간과할 수 없다. 그리고 물론 반골적인 작가도 있겠지만 기획전에 뽑히고 싶다, 미술관에 자기 작품이 걸렸으면 좋겠다고 바란 나머지 큐레이션하는 사람이랑 미술관을 신처럼 숭배하는 풍조까지 나타나고 있다.

작가는 일반사회와 관계를 맺기 어려우니만큼 자립을 부르짖어보지만 대부분이 전람회나 미술관의 기획·관리에서 벗어날 수 없으며 결국은 작가 자신의 존재 이유를 합리화시키기조차 어려운 것이 현실이다. 현대 미술이 작품의 자립에 신경을 쓰는 배경에는 그 자체로 완결화되고 닫힌 체계가 되어버려 외부와의 관계성을 상실하여 미술관신앙을 갖지 않을 수 없는 굴절된 폐색감에 유래하는 바가 많다. 물론 이것은 미술관이나 작가만의 문제가 아니며 인간의 아이덴티티나 외부 그 자체의 격렬한 변동이 드러나는 것이기도 하다.

어쨌든 특수성으로서의 전람회, 미술관 미술은 하나의 과도기적 현상이며 언젠가는 그들 또한 새로운 시민의 콘센서스의 형성과 더불어 일반사회에 짜여들어가지 않을 수 없을 터이다. 그러기 위해서는 작가들의 관심이 자립성으로부터 관계성으로, 외부를 향해 열려져가야 할 것이다. 우연치 않게도 최근 미술관이나 작가들이 외부와의 관계성을 탐구하려는 시도가 늘어가고 있다.

작품은 그 다양화와 실험성, 보존성으로 보아 점점 더 미술관을 필요로 할 것 같다. 그러나 한편으로는 예술가의 전문적인 탐구가 생활 속에서 요구되는 존재로 성립하고, 시각적으로 자극적인 매체가 될 것을 바라지 않을 수 없다.

미국의 미술

　한없이 풍요로우면서 왠지 공허하다. 어제까지는 유행의 중심이었는데 오늘은 어딘지 퇴색해 보인다. 자본주의 시대의 압도적인 힘의 문화 심벌이었던 미국의 20세기 미술은 결국 무엇이었을까? 거대한 스케일, 엄청난 물량, 그러면서도 가장 단순하고 에너지에 찬 작품군.

　그중에서도 나는 미니멀 아트에서 큰 영향을 받았다. 그러나 미니멀 아트의 작품들이 끊어 조여진 단순함 그 자체에 머무르고 있는 데 비해 나는 역으로 미니멀성에 의해 그 외의 요소나 퍼짐을 보이는 작품을 만들게 되었던 것이다.

　나는 바넷 뉴먼의 지적인 작업에서 회화의 비일상적인 공간성이나 색채성을 배웠지만 그 부정성 없는 포멀리즘에는 끝내 따를 수가 없었다. 수직으로 뻗은 폴과 전체를 뒤덮은 정지된 색면은, 엄숙한 공간감에 차있어 끝없이 강하고 정의롭지만 이 자신감은 어딘가 남성중심주의나 신종교회화를 생각케 한다.

　폴록의 액션 페인팅, 워홀의 증식회화, 주드의 밋밋한 상자 조각, 브루스 나우먼Bruce Nauman의 계속 절규하는 영상. 이 어느 것도 다른 지역의 작품보다 문제성이 분명하고, 산업도시 사회의 시대적인 상징성을 예리하게 나타내고 있다. 그들의 회의나 니힐을 모르는 영웅적인 작업들은 20세기의 정신병리의 시각적인 진실한 진단서임에 틀림없다. 이것들에서 공통적으로 비치는 것은 타나 외부와의 관계의 상상이 불능한 자족적인 행위이거나 이미 요해가 끝난 개념성과 즉물성이란 점이다.

마크 로드코Mark Rothko의 방황과 혼돈에 찬 색채의 회화나 R. 세라의 쇳덩어리와 환경을 관련지은 일부의 조각, 그리고 J. 코스스의 '사물과 언어와 이미지'와의 어긋남을 보이는 작품에서처럼, 내면과 외면과 개념을 매개로 하여 일상으로부터의 비약감을 초래하는 작품은 의외로 많지 않다.

저 보이스의 담요나 버터, 고목 등을 짜짓는 작품에서는, 말하자면 생명을 둘러싼 시적 환기력이라 할 것을 볼 수 있다. 가와라 온〔河原溫〕의 날짜 그림일지라도 무표정하게 거기 있으면서도 일상을 꿰뚫어넘는 형이상적인 폭력성이 있지 않은가. 예컨대, G. 리히터, G. 페노네, 아니쉬 카프아 등을 거론할 것도 없이, 작품이 시대를 넘어서 살아남으려면 개념적인 확인이나 즉물적인 힘이 아닌, 그 어떤 초월적인 시학詩學을 내포해야 하지 않을까? 미국 미술에는 말하자면 내적인 반성이나 외계와의 대화가 결여되어 있어, 참으로 당당하고 싱거운 서부극처럼 무섭고 황당하다.

어쨌건 미니멀 아트가 작품을 물질이라고도 관념이라고도 할 수 없는 바로 '거기에 있는 것'에까지 다다르게 한 것은 충분히 역사적이라고 할 수 있다. 팝아트의 근저에도 이런 정색함이 보인다.

그러나 그것들은 의미나 제도의 도금은 벗겼을지언정, 헤아릴 수 없는 '물자체'의 제시는 아니었다. 모름지기 '역사의 종말'의 예술이란 것일까. 그렇기에 미국 미술이 이룩한 위업은 미술 자신의 신화 만들기이며, 인간의 상상을 먼 여행길로 나서게 하는 날개를 짜엮는 일은 아니었던 것같이 생각된다.

일본의 현대 미술에 대해

일본에 일본의 역사나 환경이 있듯이 일본의 현대 미술이 있으며, 거기에는 타지역과의 공통항과 함께 또 다른 요소가 숨쉬고 있다. 그렇긴 해도 오늘날이 지구촌이라고 말해지듯이 끊임없이 세계의 안에서 그 존재성을 묻게 되는 상황인 것도 부정할 수 없다.

일본의 전후 미술에서 국제적으로 두드러진 존재로는 가와라 온〔河原溫〕, 쿠사마 야요이〔草間彌生〕, 가와마다 다다시〔川俣正〕, 미야지마 다츠오〔宮島達男〕, 스기모토 히로시〔杉本博司〕, 모리마리코〔森萬理子〕, 그 외 몇 명을 들 수 있다. 전체적으로는 세계 수준에 비추어봤을 때 양호한 평가라고 할 수 있지만 주목의 정도가 마음에 걸린다. 예술적 재능이나 완성도의 높이, 취미가 좋다는 점에서는 어느 지역에도 지지 않는 많은 일본 작가와 작품을 들 수 있을 것이다.

그런데 왜 문제시되는 작가는 적은 것일까?

이에는 국제정치나 지정학, 일본 미술의 특이성을 무시할 수 없을 터이다. 또 패전 후유증을 질질 끌면서, 스스로를 응시하기보다는 남의 매뉴얼을 좇는 작가들을 치켜세워온 일본적 사정도 그 원인의 하나라고 할 수 있다.

어쨌든 일본의 미술현상은 최근 점점 더 내향적이 되어가고 있는 것은 아닐까? 외부성이 결핍해짐에 따라 엉뚱할 정도로 일본의 독자성인가 뭔가 하는 것을 강조하기 시작한 것처럼도 보인다. 과도한 예술환상에 몸을 감싸면 감쌀수록, 내부의 고임만이 냄새를 풍기기 시작한 것은 아닐까?

1970년대 후반부터 일본의 이야기성이나, 양식미·공예미 따위를 구가하는 풍조가 강해졌다고 생각했더니, 언제부터인지 뚜쟁이 같은 디자인놀이가 유행하기 시작했다. 물론 젊은 세대의 장난기 어린 디자인놀이의 다반사에는 하이테크 시대의 가벼움이 보이지만 그것이 풍속이나 취미의 영역을 넘어선 새로운 짓거리라 할 수 있을지. 예술이 놀이여서 나쁠 것은 없지만 생명력이나 발언성이 약하면 다음 세기의 국제 경쟁사회의 문화로서 살아남기는 어렵지 않을까?

일본 미술에 가장 부족한 것은 아마도 문제의식일 것이다.

현대 미술의 중심 과제는 무엇이며 거기 맞서는 자기의 원리는 무엇인가. 세계의 미술 지평에 어떤 문제를 던질 수 있을까. 문화의 배경을 넘어서 자신의 일로 얼마만큼의 미지성을 제시할 수 있을까. 기성의 표현 개념을 어떻게 탈구축해 보일까. 이런 것들은 끊임없이 표현의 성립과 기원을 묻는 자세가 있을 때 가능한 일이라고 할 수 있다.

(이 문제는 여성 파워가 강한 이웃나라 한국의 현대 미술에도, 최근 국제무대에서 인기가 비등하고 있는 중국 미술에도 해당된다. 지금 어떤 사정 때문에 치켜세워져도 반드시 원리적 강도가 문제가 될 것이며 체로 걸러지게 되는 것은 피할 수 없다. 개념과 모드로 일세를 풍미한 프랑스나 미국의 현대 미술이 급

속히 기울어지기 시작한 것은 너무나도 상징적이 아니겠는가.)

20세기 말, 커다란 시대의 틈새이고 보면 더더욱이나 문제 중심의 미술이 요청되는 것은 당연하다. 이미 뒤샹이나 보이스, 이브 클라인이나 게르하르트 리히터, 주드나 코스즈 등은 모두 표현 원리에 대한 강력한 물음을 제기한 작가들로 알려져 있다. 그리고 지금 아프리카 작가들이 던지는 애니미스틱한 초월성의 문제에 세계는 들끓고 있다.

이러한 문제 제기의 선상에서 주목되는 가와라, 쿠사마 등의 작업에는 여러 공통점이 보인다. 명확한 문명 비판 컨셉에다 시대의 공기를 적중하게 포착하는 독자적인 방법을 짜내고 있다. 그리고 두 사람 다 일상의 사물이나 의미를 뼈 아플 정도로 공동화空洞化로 이끌어가 남들에게도 통하는 밑 빠진 무한 개념을 끌어내고 있는 것이다. 그러한 관점에서 스가 기시오〔菅木志雄〕는 좀더 해외에 소개되어야 할 작가라고 생각한다.

남이 만든 매뉴얼에 맞춰 응용을 즐기는 것도 좋지만, 시행착오를 거듭할지언정 세계의 시야에서 자기 표현론을 가졌으면 한다. 그러기 위해서는 문명과 생명의 근원을 응시하는 힘에 의한 열린 투쟁의식이 필요하다. 뒤집어 말하면 먼저 자기 안의 초월적인 타자성의 발현으로서의 표현 행위를 엄격하게 다시 한번 자리매김해야 한다는 점이다.

부정에의 의지

일본의 현대 미술은 다시 한번 전후의 부정정신을 불러일으키는 것이 좋지 않을까?

1980년대가 끝나고 1990년대에 들어섰는데도 작품이나 비평가의 많은 부분은 너무 내향적인 예술환상에 경도되고 있는 것으로 비친다. 무언가 거꾸로 가고 있는 듯한 분위기가 느껴지는 것이다.

1970년대에 모노파는 일본의 역사나 미술양식을 파괴했다고 비난받았지만 그것이 근대사화近代史化의 연속성이나 조형미술신앙에 대한 NO(부정)였다는 지적이라면 그렇다고 할 수 있다. 먼저 내재화된 역사나 제도화된 예술환상을 무화 또는 단절시키려는 시도 없이 어떻게 세계와 시대에 커밋commit할 수 있겠는가. 어이없게도 1980년대의 일본의 회화와 조각은 신화성이나 양식미를 재현한 것 같은 내적인 미술공간으로 되돌아가, 조형미에 수렴·수복되었다. 그리고 안심할 수 있는 예술품인 체한 작품을 만들어내게 되고 많은 비평가들이 찬미하고 있다. 그러나 이들이 일본의, 그리고 국제적인 현재를 살아가는 발언이라고 할 수 있을까? 집안식구끼리를 위해서라면 '좋은 작품'일지 모르나, 그 대부분이 외부성을 지니지 않는 무기력한 자위행위로 보인다.

지금 필요한 것은 그와 같이 요해가 다 된 재생품이 아니라 어떻게 하면 세계에 새로운 커밋을 할 수 있을지를 탐색하는 일이 아닐까? 1970년대 초에 내가 제기했던 문제는 산업사회의 정체正體와 공동체의식의 바닥에 있는 자기 표상을 비판하고 타자와의 만남을 호소하는 것이었다. 그 뒤에 표층적이긴 하나 전 세계적으로 표현 차원의 변화는 현기증이 날 정도이다. 최첨단에 있는 젊은 작가들은 대상화 사고를 넘어서 이미 모든 대상(외부)계를 상대로 대화하기 시작하고 있다. 자기 머릿속에서 짜세운 상을 밖으로 실현하는 실체주의 시대로부터 자기가 생각하는 것과 외부의 가변적 요소를 맞부딪치게 하는 데로 나가기 시작한 것이다. 그렇기 때문에 받아들이는 메시지가 작가의 것인지 아닌지 알 수가 없다. 때로는 보는 사람의 참여가 있어야 비로소 표현이 되는 경우도 많다.

자신의 완결된 생각을 대상화(제작)하고 그것(메시지)을 보는 사람이 받아들이는 것으로부터, 자기와 미지의 것과의 만남에서 생기는 마당에 보는 자를 서게 하는 것으로. 닫혀진 미학에서 열린 관계의 표현으로 나아가고 있다. 이것은 반 정도는 종래의 자기로부터 밖으로 나왔음을 의미한다. 그리고 좀더 자극적인 작가들은 표상의식에서 벗어났을 뿐 아니라 아틀리에의 밖으로, 미술관 밖으로, 미술 밖으로 나가려고 하고 있다. 사회학적으로 보면 국가나 민족, 인종, 계급, 미술이라는 제도를 넘고자 하는 운동이라고 할 수 있다. 모든 경계를 무시한 넘나들기는 얼른 보기에 피장파장의 문화 파괴라고 간주할 수도 있다. 그리고 이러한 시도는 자칫 잘못하면 표현 행위 그 자체가 밑도 끝도 없는 일상성 속에 매몰되어버리는 위험성을 안고 있음은 부정할 수 없다. 그러나 이 뛰어넘기의 노마드nomad성이야말로 시대의 힘이며 새로운 표현의 지평을 여는 다이내믹한 부정성이 아닐까.

인간이 자기로부터만 아니라 예술의 환상성으로부터 완전히 자유로워지기는 아마도 어려우리라. 자기의 교환은 가능하다 해도 그것은 어떤 신체와 맺어져 있을 뿐 아니라 꿈이나 탐구심, 유희심이나 고양감 같은 것을 매개로 하는 문화의 문제이기 때문이다. 그러나 문화라는 이름의 환상의 이데올로기성만큼 인간을 장님으로 만들고 스스로를 제도 속에 가두어 넣는 것도 없다. 그런 의미에서 예술의 히엘라루키, 제도성을 무너뜨리려는 최전선의 무뢰한 미술가들의 시도에서 과격한 정치성을 읽을 수 있다.

자기 반성을 담아 말하는 것이지만, 일본의 현대 미술이 세계와 시대와 겨룰 수 있는 활력을 되찾기 위해서는 굳이 '미술' 부정에의 의지가 작용해야 한다고 생각한다.

새로운 표현의 장을 위해서

미술계에서 모더니즘과 일본적인 것을 둘러싼 논의가 벌어지고 있다. 가까운 한국의 미술계에도 모더니즘 논의가 있고 들은 바에 의하면 중국에도 있는 모양이다. 일견 같은 논의로 보이지만, 한국이나 중국의 논의는 구미나 일본의 제국주의 지배로부터의 독립해방이라든가 사회발전의 표현을 둘러싼 것인 것 같다. 이와 같은 논의는 아마도 중·근동이나 아프리카, 남미에도 있을 터이다.

그런데 내가 최근에 일어나고 있는 이 논의에 관심을 갖는 것은 그것이 너무나도 '일본적'으로 전개되고 있다는 점이다. 그것은 때늦게 등장한 청년처럼 '스스로에게 묻는 일'을 부끄러워하고 '주의'나 '보편성'으로 구미에서 이미 준비된 문맥에 편승하든지, '아름다운 일본의 나'라는 자기도취에 빠지는 엘리트 인텔리의 무자각적인 권위주의만을 가리키는 것은 아니다. 근대자본주의를 받아들이면서도 밖에 대해서는 일본적인 것을 어떻게 제시할까라는 이중성을 채색하는 포스트모던적인 전략 포즈가 마음에 걸린다는 얘기이다.

베니스비엔날레(1997)의 일본관의 커미셔너인 이토 준지〔伊東順二〕 씨는 스키〔数寄〕라는 풍치 아취의 일본적 모티프하에 작가를 선발하고, 상파울로비엔날레의 일본 측 커미셔너인 모토에 구니오〔本江邦夫〕 씨는 '보편적이며 원리적인 모더니즘 작가'

를 선발했다고 한다. 양측 주장을 둘러싸고 여러 견해가 오가고 있지만 어쨌든 구체적으로 어떤 작품이 일본적이고 모더니즘적인 것인가 하는 점이 문제되고 있지는 않다.

이토 준지 씨가 선발한 작가의 작품에 보이는 개인성이나 작위성을 모더니즘적이라고 할 수도 있을 것이고, 모토에 구니오 씨가 선발한 작가의 작품을 원형적이며 장식적이라고 한다면 바로 일본적이라고 할 수도 없지 않다. 오히려 그 자리에 선발된 작가들 작품에 현저한 컨셉의 유연성, 소재의 중시, 공간의 가변성 등은 현대 미술의 일반적인 특성이어서 위의 어느 쪽 카테고리에도 들어가기 어렵다고 해야 할 것이다.

그렇다고는 해도 모토에 구니오 씨의 "모더니즘 정신에 입각하여 성실한 작업을 하는 작가를 선발했다."는 문맥은 선입견으로 무언가를 의식적으로 배제하려는 태도가 아니라면, 비현실적이며 지나치게 일본적이라 하지 않을 수 없다. 현대의 가장 지성적인 작가라고 불리는 프랑스의 다니엘 뷰렌은 한국에서 한 발언 가운데서 "근대 및 현대 미술은 유럽 미술의 전통에서 전개되었다."라고 하고 있다. 그런 사람들이 볼 때 (그렇지 않아도 상관없지만) 모더니즘 같은 것이 일본의 문맥일 리는 없다. 만일 그것이 타지역의 정신이라면 그런 것에 편승해서 무슨 성실한 작업을 할 수 있다는 것인가.

최근 구미에서는 그들의 위기의식에서 모더니즘 재평가 기운이 높아지고 있다. 그러나 이미 새로운 표현을 지향하는 최첨단에서는 좀더 다른 문맥(비문맥)에 서려는 예술가가 적지 않다.

요셉 보이스를 비롯해 마이켈 하이저Michael Heiser, 백남준, 이리야 카바코프Ilya Kavakov, 짜이궈꾕〔蔡國强〕을 보지 않더라도, 앞으로 나가려는 문제의식 속에 모더니즘 비판을 내포하지 않은 작가가 존재하겠는가? 이성 중심주의의 폐쇄적인 문맥을 해체하며 가지각색의 사고형태와 다지역성을 인정하고 중층적으로 다양한 세계를 횡단성·유목성遊牧性으로 말하려는 철학자·문화인류학자들이 주목을 받고 있는 데에는 까닭이 없지 않다.

돌이켜볼 때, 산업혁명 이래 부르주아계급의 자기 주장으로서 근대적 '인간'이 제시되었고, 이 선택된 '인간'의 자아에 의한 이성의 보편화가 드높이 구가되었다. 뛰어난 자아에 의해서만 세계는 만들어지며 '인간'의 외부는 그것이 계몽하고 지배해야만 하는 것이었다. 이 근대화 원리가 제국주의를 탄생시키고 파시즘을 초래한 것이다.

메이지〔明治〕 이래 일본 모더니즘이 일본은 물론이고 주위의 나라에게 무엇을 계몽했던가? 조선이나 중국에 대해서는 근대화를 주창하면서 구미에 대해서는 아시아를 지킨다는 명목을 내세우고, 실제로는 주체의 확립은커녕 총검으로 '우수한 자아'랍시고 일본적인 것을 밀어붙였던 것이 아닌가. 모던보이 미시마 유키오〔三島由起夫〕를 상기할 필요도 없이 근대화론은 오만한 엘리트적 자의식을 숙명처럼 수반한다.

일본적이라는 것이 수상쩍고 불투명하다는 것 이상으로, 자의식 과잉에 지나치게 투명한 모더니즘 또한 보편성이나 근거율과는 맞지 않는 어처구니없는 환상의 산물이다. 원래 개개인의 자각이 출발점이었다는 것이, 특정한 자아의 발로를 전일화함으로써 타와의 대응을 상실하고 자기 완결적인 '모더니즘'으로 화했던 바이다.

이리하여 자아의 확대증식이 진리가 됨에 따라, 투명하게 작성화·완결화되어 있지 않은 것 같은 어중간한 세계를 멸시하기에 이른다. 따라서 마르크스식으로 말하자면 애매한 생산양식밖에 지니지 않는 아시아나 아프리카 등은 그러니까 제대로 된 세계가 아닌 것이 된다. 구미의 모더니즘이 벌인 것이 '세계의 메인 테이블'이라면 모토에 구니오 씨의 '말석론' 부터가 거기에 초대받지 못한 타지역에게는 모더니즘이라는 말이 분명한 역차별 용어 이외의 아무것도 아님을 나타낸다.

베니스든 상파울로든 그곳이 모더니즘의 테이블인지 아닌지 의심스럽다. 오히려 거기는 바야흐로 포스트모더니즘의 잔치판이 아닌가.

국가별 전시를 그만두기도 하고 때로는 '구타이〔具體〕 미술 (전후 일본을 대표하는 전위)'을 전시장 곳곳에 뿌려놓는 시도는 모더니즘 해체와 함께 앞날에 살아남으려는 오리엔탈리즘의 탈구축현상으로조차 보이는 터이다.

사실 이토 씨의 '스키〔数寄〕'라는 개념이 마음에 걸리는 것은 그 점에 있다. 그것은 모토에 씨가 지적하듯한 신도神道를 방불케 하는 일본적인 것이 독자성으로 부각된다는 로컬한 단순한 문제가 아니다. 근대화의 연장선상에서 행해지는 국제적인 여러 요소의 다시 짜맞추기나 탈구축 가운데에서 일본적인 것을 도로 살리려는 포스트모더니즘의 획책이라고 할 수 있다. 이 기획이 타자와의 만남과 거기에서의 개個의 개화開化를 지향하는 것인지, 폐쇄적인 자기 합리화와 문제의 바꿔치기로 향하고 있는 것인지 나로서는 읽혀지지 않지만.

그것은 그렇다치고, 현대 미술이라고 칭해지는 현상 안에도 예전에 없었던 미지의 발상이나 표현이 넘치고 있다. 앞서 말한 비엔날레에 선발된 타츠노 도에코〔辰野登惠子〕 씨, 최재은 씨, 엔도 도시가츠〔遠藤利克〕 씨, 아라키 게이유〔荒木経惟〕 씨(출품 거부)의 작품에 현저한 것은 자신에 찬 자의식의 확대 같은 것이 아니라 애매한 주체와 불확실한 타자를 둘러싼 신선한 만남이다. 소재와의 대화이기도 하고, 외부와의 대응이기도 하며, 만든 것과 만들어지지 않은 것의 짜모으기이기도 해서 다잡아보면 세계와의 새로운 관계를 탐색하는 표현이 되어 있다.

이러한 것을 아울러 생각하면 모더니즘이나 일본적인 것이라는 틀을 넘어 새로운 표현의 전개가 가능한, 참다운 국제적인, 보다 열린 테이블이 모색되어야 한다고 생각한다. 현대 미술에 있어서는 고정된 작품이 있다기보다는 때와 장소가 바뀌면 시각도 바뀌는 수가 많다. 다른 사람이 차려놓은 테이블에 앉는다는 논의도 중요하지만 내일을 향한, 좀더 다른 마당을 준비하기 위해 서로 지혜를 짜냈으면 좋겠다. 이제는 좀 구미와 일본이라는 구도로 발뿌리가 떠버릴 것 같은 미술세계를 짜세우는 일에서 탈피하면 어떨까. 자기 확립을 위해서라도 좀더 겸허하게 주변의 나라와 먼 지역을 시야에 넣고 미래적인 표현을 탐색해나

가야 할 터이다. 끊임없이 외부와의 상호관계 속에서 자기를 대
하고 표현의 성립과 기원을 묻는 데서부터 시작했으면 한다.

현대 미술과 일상

세계적으로 현대 미술의 최전선에서는 표현의 성립조건이 자꾸 애매해져가고 있다. 미술이나 작품이라는 말에 들어맞기 어려운 현상이 일어나고 있다.

미술관에 미용실을 차린다든지, 화랑에 비디오 퍼스널컴퓨터 잡지를 비치한 차실을 마련한다든가, 골목길의 벽이나 통행인을 포함시켜 개인전으로 한다든가, 손님에게 열쇠를 건네주고 작가의 방을 방문하게 한다든가 하는 전람회가 늘어가고 있다.

고정화된 작품을 일방적으로 보는 것이 아니라 머리를 세트하거나, 퍼스널컴퓨터를 조작하거나, 차를 마시고, 길을 걷기도 하고, 남의 방 안의 것을 만져보거나 하는 등의 동참을 요청하는 전람회이다. 그렇다고는 해도 그것들은 전람회라는 가리킴을 빼면 거리의 미용실이나 카페나 산책이나 방문과 같은 일상사와 거의 다를 바가 없다.

아티스트로서도 작품을 만들어내기 위해서 골치를 썩히고 손을 더럽혀가면서 훈련을 쌓아 오리지널한 것을 만들어낼 필요가 없어졌다. 그저 현실의 공간이나 영위를 연장하여 보거나 참여하도록 권하면 되는 짓이다. 거의 여러 수속의 프로세스를 다 빼버린 채 일상이 그대로 연이어져서 표현이 되고 전람회가 된다.

1960년대 후반에 일어난 '아르테 포베라', '모노파' 에는 공장이나 자연에서 인용·차용한 소재의 바꿔짜기 어긋내기 되풀이의 방법에 의한 사물과 장의 새로운 열림이 보였다. 거기서는 관객의 참여성을 도입하면서도 산업 테크놀로지와 대중사회에 대한 비판이 담겨 있었다. 허나 바야흐로 협력에 의한 동화同化관계가 중시되면서 거의 두 손 다 든 상태로 현실을 있는 그대로 전부 받아들이고 있다는 느낌이 강하다.

1917년, 마르셀 뒤샹이 레디메이드 변기를 〈샘〉이라는 이름으로 전람회장에 운반해온 이래 오리지널리티나 '만든다'는 환상은 무너지기 시작했지만, 끝내는 컨텍스트를 바꾸는 일조차 없이 일상이 그대로 예술영역으로 등장한 셈이다.

근대 미술의 이상은 오늘날의 산업사회가 상징하듯이 인간이 만든 것만으로 세계를 채우는 일이다. 끝내는 일체 외부와의 관련을 끊고 내부의 컨셉만으로 자립한 공간을 성립시키는 일. 색은 색 그 자체로, 형태는 형태 그 자체로, 물건은 물건 그 자체 외에는 어떤 의미와도 주위 공간과도 관련되지 않는 자주독립한 작품. 그 가장 두드러진 것이 미니멀 아트로 대표되는 포멀리즘 경향이었다고 할 수 있다.

이 자폐적이고 전일한 표현의 궁극적인 도달점의 출구 없는 답답함, 또는 그 반동이 작품세계에 대한 부정을 초래한 것인지도 모른다. 혹은 내면의 벽이 무너져 배제하고 있던 외계가 거부할 길 없이 전면화되기 시작한 것인지도 모른다. 어느 쪽이든 일단은 특권적이던 작품의 존재는 무장해제를 강요받고 생활과 예술의 경계가 거의 해소되려고 하고 있다.

물론 현재의 현상에 있어서도 표현이 완전히 무화된 것은 아니다. 부정된 것은 완결적인 작품주의이지 표현 그 자체라고는 할 수 없다. 전람회라든가 발표라는 말, 아티스트에 의한 발안이라는 틀은 살아 있다. 그 최저 장치가 얼마나 눈앞의 상황을 재포착할 기능을 발휘할지는 별도의 문제라치고, 그 어떤 역할을 담당하고 있다는 것은 인정해야 할 것이다.

독일의 사상가 발터 벤야민이 일품—品 제작과 그 사적 소유를 부정하고, 복제화의 전람회 시대의 도래를 예고한 지 이미 오래다. 하지만 급격한 기술혁신에 의한 대중사회를 맞이하여 설마 전람회와 일상의 거리가 이렇게까지 단축되리라고는 아무도 상상하지 못했을 것 같다.

드디어 일상성을 끌어들인 전람회는 소유성에 걸리는 작품주의에 대해서는 파괴적이라 하겠으나, 벤야민의 뜻에 반해 일상에 대해서는 부정성을 갖기는커녕 무방비적이며 오히려 미화시키기조차 한다. 이제 표현과 전람회를 둘러싼 큰 논의는 피할 수 없는 판국이다.

어떻든 간에 미술 표현이 바야흐로 이 지점까지 와버렸는가 생각에 잠기게 된다. 가까스로의 '보는 일', '관여하는 일'로서의 전람회라는 매개항의 모양새는 정녕 위태롭다. 일견 외부 같은 풍경이 사실은 자기 안의 어떤 이미지를 외재화시킨 것에 지나지 않는다는 것은 부연할 필요가 없다. 만연하는 복제정보와 고도의 테크놀로지의 범람에 의해 모든 단층이 메워지고, 미술 표현까지도 그 사태짐에 삼켜지게 된 것이 아닌가 불안해진다.

대중사회의 수준이 아무리 높고 풍요롭다 해도 예술이 독기나 위화감을 상실하고 관리체제하의 일상다반사를 무비판적으로 재생산하고 미화하는 게임에 가담해도 좋은 것인가. 요해사항이 사회표면을 뒤덮고 잡담이 침묵과 불투명한 틈새를 메워버리게 되면 물음과 발언이 없는 끔찍하게 밋밋한 세계만이 퍼져나갈 것이 아닌가.

원래 표현이란 일상에서 어긋난 환기장치로서 감각이나 상상력을 북돋워주는 것이라고 할 수 있다. 바꾸어 말하면 표현의 방법과 내용이 어떻든, 기억이나 미지성에 눈뜰 수 있는, 만남에 의한 비약을 불러일으키는 데 예술의 존재 이유가 있었다 할 것이다.

전람회라는 이름으로 그것이 관리된 일상성을 증폭하는 데 그치는 것이라면 그야말로 미술 표현의 사멸을 초래하게 되는 것은 아닌가?

혼돈에의 동경

　어지러운 변화의 와중에 있는 현대 미술의 동향은 무엇을 말하고 있는 것일까. 동시대 작가라면 누구나 마음에 걸릴 일이다. 일시적인 유행처럼 보이는 현상이라 해도 그것은 끊임없이 그 밑바닥의 더욱 큰 흐름의 상황이나 방향을 암시하고 있을 터이다. 그러나 격렬한 시대의 전환점에서는 표면이 미친듯이 요동을 치고 있어 술렁거림의 밑바닥을 꿰뚫어보기가 어렵다.

　이 반세기 가까이는 마르셀 뒤샹의 예에 보이듯, 근대를 둘러싼 탈-구축의 미술운동이었다. 자아의 전일全一한 표상에 의한 산업도시 사회의 형성과 함께, 표현 또한 과학적(?)인 발상에 힘입어 명증한 컨셉의 보편화를 꾀하는 한편, 그에 대한 저항을 표하는 것이었다고 할 수 있다. 생산개념의 융성과 그 폐해나 한계 논의의 반영이 그대로 미술로서 시각화되었던 셈이다.

　그랬던 것이 세기말부터 종래의 가지각색의 패러다임의 뒤섞기와 짜바꾸기가 유행하게 되었다. 인간 중심의 생산주의 컨텍스트가 부득이 유동이나 해체를 강요받게 되고, 하이테크놀러지와 정보혁명에 의한 실속없는 공전空轉의 수면하에서, 새로운 무엇인가가 시작되려고 하고 있다. 아마도 한 문명이 끝나고 새로운 문명의 싹이 트고 있다는 생각이 든다.

　최근의 수많은 2000년 기념전이나 국제전에서 현저한 특징 중 하나는 시대, 지역, 인종, 양식, 방법의 틀을 넘어 비규정적인 테마하에 그것들을 가능한 한 의미지움이나 질서지움을 하지 않고 그저 섞어놓는 일인 것 같다. 그리고 그 난잡함에 더 한 층 혼란함을 부추기기 위해서인 것처럼 대량의 중국 작가들을 끌어들이고 있다. 아시아 중 먼저 산업화된 일본이나 한국이 아니라, 뒤떨어진 중국작가를 대거 등장하게 한 배경에는 독기 많은 동물 다루는 자나 폭발시키기의 불 다루는 자들의 일이 상징하고 있듯이 저 허풍스럽고 아리송한 아트 샤먼군群 등이 적격이라고 판단되었기 때문일 것이다.

이 얼른 보기에 의도적으로까지 비치는 혼란의 앞길에 구미의 예감적인 지성들은 무엇을 보고 있을까. 파고들어가면 궁극적으로 아프리카란다. 이미 몇 명인가의 아프리카 출신 작가가 구미의 미술계에서 새로운 주목의 적이 되고 있다는 것에 대해 군말을 할 필요가 없다. 그들 또한 인간의 의지를 떠난 동물을 사용하거나 근대가 부정한 사자死者에게 말을 걸거나 주문을 읊조리는 애니미스틱한 표현자들이다. 바로 얼마 전까지 수상쩍은 미개인의 의식으로 여겨졌던 표현이 문명의 최첨단의 마당에 떨쳐나오고 있다.

이런 경향은 타르타니안을 매개로 한 요셉 보이스가 이미 암시했듯이, 근대적인 인간을 넘어 보다 야성적인 생명이나 죽음을 끌어안은 우주적인 혼돈(카오스)으로 향하고 있는 사항이라고도 할 수 있다. 20세기 초를 떠올리게 되는데, 왜 유럽은 다시 아프리카적인 것으로 눈길을 돌리기 시작하고 있는 것일까? 그렇지만 지금 바로 그 아프리카가 과연 어떻게 되어 있는지에 대해서 그들의 관심이 있는 것으로 보이지는 않는다. 그렇다면 그 앞길은 다시 한번 유럽이 그것을 매개로 해서 자기들의 이야기를 재구축하고 싶다는 것일까? 그것은 아무도 알 수 없다.

아시아에서 태어나 자란 내가 말할 수 있는 것은, 유럽이나 아프리카적인 것의 양면을 아는데, 가장 좋은 위치에 있는 것은 누구일까 하는 일이다. 그리고 팔방八方이 열린 최량의 위치관계의 자각이 현실을 앞으로 나아가게 할 것이라고 하는 묘한 확신이다.

문명은 움직이기 시작하면 빠르다. 사상으로서의 근대는 분명히 끝났다. 어떠한 살아 있는 외부의 무한성과 관련할 것인가, 그 미지와의 대화의 처사에 따라 현대 미술의 방향과 성격은 정해져가게 될 것이다.

쇠퇴의 미술

인류의 미래가 어떤 것이 될지 별로 깊이 생각한 일은 없다. 그러나 나는 언젠가 모두 거꾸러지게 될 것이라는 막연한 페시미스틱한 예감은 갖고 있다. 언제 어디에서 폭발할지 모르는 끔찍한 원자폭탄 놀이를 비롯해 독극물 공해나 식량난, 에이즈 전염 기타 인간의 이성이나 지혜로는 잘 해결할 수 없을 듯한 데이터가 나날이 늘어가고 있다. 우습게도 파멸이 천재지변에 의한 것이기보다는 인류가 발전하고 풍요로워지려고 노력한 끝에 받게 된 보답이니까 이것을 소망의 극치, 곧 자업자득이라고나 해야 할 것인가.

하지만 내가 인류가 머지않은 장래에 끝장날지 모른다고 생각하는 것은 좀더 다른 이유에서이다. 그것은 인간이 이제 너무 나이를 먹어서 쇠약해졌다는 쇠퇴감에서 온다. "모두 너무 지쳐 있지요, 속의 밑바닥에까지 쇠약해진 것처럼 비쳐요. 그렇게 보이지 않습니까?" 이것은 어떤 파티에서 후루이 요시키치가 주변에 눈길을 던지면서 나에게 한 말이다. "미술을 하고 있는 사람들만이 쇠약해졌다고 생각했었는데?" "아니 모두 그렇지요, 어디의 누구든. 다만 그것을 의식하지 못하고 있는 것뿐이겠지요." "미술분야에서는 반대로 공연히 힘을 잔뜩 주고 엄청난 일이라도 표현하고 있다고 생각하는 늦게 등장한 청년들이 가끔 있기는 하지만, 전반적으로 미술가들도 특별히 하고 싶은 말도 없고, 해도 안 해도 그만인 것을 만지작거리고 있는 것이 실정입니다."

아직 나이도 많지 않은 놈이 너무 맥빠진 소리를 한다고 누군가가 야단칠 것 같지만, 어디를 보나 이것이 미술계의 세계적인 공기라고 해도 틀리지 않을 것이다. 죽은 지 얼마 안 된 저 구세주인 양하던 보이스의 만년을 떠올릴 때마다, 나는 그의 모습에서 그 자신을 훨씬 넘어선 어쩔 수 없는 노쇠를 보게 된다. 더러운 조끼에 모자에, 그리고 초췌해진 얼굴로 코요테와 교신한답시고, 아-아아, 아아~아 하면서 있는 힘을 다 뽑아서 처절하게 부르짖고 있던 그의 모습은 몇 십만 살 된 늙은 우리들의 최후의 몰골에 어울린다.

보이스의 작품이라면 주지하듯이 다 떨어진 담요나 폴리에스테르 부스러기, 썩어가는 펠트나 고약한 냄새의 얼버무려진 버터 등이 전람회장에 뿌려져 있는 짓이다. 보이스뿐 아니라 미술가들이 단단한 대상물로서의 조각을 만들어내거나 캔버스에 새로운 이데를 그림으로 전개한다는, 말하자면, 그러한 인간적인 공간구축에 등을 돌린 지 이미 오래다. 슈나벨은 패널에 무수히 많은 깨진 접시조각을 붙이거나 비로드 시트에 그림물감을 흩뿌려놓고 있다. 뷰렌은 어디에든 부적인 양 얄따란 줄무늬만 계속 붙이고 있다. 파올리니는 옛날을 그리워하듯이 똑같은 비너스 석고상을 마주 보게 놓아둘 뿐이다. 크리스토Javacheff Christo는 천으로 물건을 덮거나 공간을 가르는 의식을 행하고 있다(1988년 1월 1일 ~ 2월 16일 세이부〔西武〕미술관). 그밖에도 대동소이하며 작가들은 임시임장臨時臨場에 임의적인 것을 짜세우거나 캔버스나 뭔가를 조금 더럽혀보는 일밖에는 무슨 짓을 해야 좋을지 모른다.

인간이 위대했던 르네상스 시대의 굳건한 영웅적인 표현에서 본다면 얼마나 불쌍한 짓거리, 나약하게 실룩거리는 무참한 광경이랴. 고상하게 말하면 창조적으로 공간을 만들던 것에서부터 시간의 파편을 주워모으는 노인성 취향이 엿보인다. 문제는 이러한 표현이 현재를 잘 나타내는 작품으로 비친다는 사실이다. 자기가 모든 것을 만들어내기보다는 불확실한 세계의 침투에 의해 성립된 작품이야말로 훨씬 더 크고 해방감에 찬 것으로 느껴지는 것이다. 피하기 어려운 예감에 떠받쳐서 미술가는 주변의 것에 기대면서 불가해한 짓거리(인스톨레이션)밖에 시늉할 수 없는 것이란 말인가.

위협

존재감으로 압도하는 작품이 있다. 독기 어린 이미지로 덤벼드는 작품이 있다. 환각작용으로 농락하는 작품이 있다.

거기에서는 종종 작위가 판단불능의 겁주기인 것으로 생각된다.

그런 작품을 좋아하는 자가 있다면 그것은 일방적으로 폭력에 당하여 자기 해체를 합리화하는 무기력한 사디즘 이외의 그 무엇도 아니다.

예술작품은 위협이 자기 목적이어서는 안 된다. 놀라움이나 아찔함을 수반하는 경우라도 작품은 보는 자에게 일정한 거리임이 바람직하다. 칸트는 예술을 판단력의 문제로 되돌려 반성을 촉구하는 것이기를 바랐다.

서로 비추고 잡아되돌리는 상호작용은, 말하자면 거리의 역학이다. 본다는 것은 일방적으로 규정을 받거나 주는 것이 아니라 상호작용을 통해 서로가 다시 태어나는 일이다.

이합집산

이자異者가 이합집산하는 공간이 현대이다. 거기에서는 공동환상이 성립하지 않는다. 곧, 세계와 이성의 통일을 꾀하는 것이란 불가능에 가깝다. 그러므로 예술가는 사람들에게 동일성을 확인할 수 있는 이상을 제공한다든가, 복잡한 환경에 조화의 개념을 주는 작품을 만들기가 어렵다. 자칫 잘못하면 특정집단의 에고이즘이나 개인적인 취미의 반영이 되어버리고 배타적이며 고여 있는 공기의 웅덩이가 되기 쉽다.

그렇다고 해서 사람과 환경을 완전히 무시하는 듯한 거창한 스케일, 위협적인 소재의 존재감, 동일 패턴의 확대증식을 밀어붙이는 제작발표 같은 것이 허용되어서는 안 된다. 어떤 이유에서든 그러한 유아독존적인 과대망상적 사항은 예술이라는 이름을 빌린 폭력이며 범죄라고 할 수 있다.

현대의 작품은 공동체의 상징물도 아니지만, 작가의 자기 표상물이어서도 곤란하다. 그것은 사람이나 환경과 같은 외부와 작가의 내부가 만나서 만들어내는 하나의 이자異子이며, 여러 이미지를 매개하고 환기시키는 중간항이지 않으면 안 된다. 이 이중성, 양의성으로 시민의 일상성에 이의를 제기하고 새로운 자극을 주면서 환경에 미지성을 품게 하는 것이 바람직하다. 그렇기 때문에 조각이 다소 이물성異物性을 지니며 위화감을 자아내는 것은 오히려 건전한 모양새라고 할 수 있다.

해체를 향해

신들의 학에서 신학으로, 신학에서 인간학으로, 인간학에서 인류학으로.

그리고 21세기가 가까워짐에 따라 시대성은 문화인류학에서 생물생태학적인 것으로 흘러가고 있다. 인류의 다극화, 페미니즘화 다음에는 온갖 생물과의 차별 철폐이며, 혼성화이며 공존의 모색일 것이다. 돼지님, 파리님, 풀님, 나무님과 함께……. 그러면 또 그 앞은? 자연학! 그래, 22 ~ 23세기경에는 돌님, 흙님이라는 무기물들과 함께 민주주의나 평등, 자유를 같이 나누어 가져야 할 것이다. 30세기경에는 어언간 인간님들은 그냥 단순한 유기물로 돌아가버릴 터이다. 이런 진로에서는 문화라는 엘러멘트가 끝없이 해체로 향하고 있음을 의미한다. 예술이 문화의 무화를 시사하는 표현이 된다.

예술가는 예술이 소멸하는 지평을 꿈꾸며 작품을 만드는 것일까?

현대의 키워드

현대의 키워드는 짜바꾸기, 차연(어긋나기), 되풀이이다.

철학자나 예술가의 모티프도 이 세 가지를 벗어나지 않는다.

이는 생산품으로 포화상태가 된 산업사회의 특징을 이야기하는 요인이라고도 할 수 있다.

새롭게 만드는 일이 의미를 상실하고, 이미 생산된 것을 탈구축하면서 꾸려가려고 하는 것이리라.

그러나 그와 같은 공전空轉 짓거리도 시간과 더불어 지겨워지고 공동화空洞化할 것이다.

그렇다면 때로는 아무것도 없는 창창한 하늘이라도 바라보고 멈춰서는 것이 어떨까.

거기에는 아직 손이 닿지 않은 것이 보일지도 모르니까.

뇌 중심 사고

뇌 중심 사고의 성과로 곧 클론인간이나 합성인간이 출현할 것 같다. 클론논쟁에서는 일견 '동일성'이, 합성인간론에서는 일견 '비동일성'이 떠오른다.

동일인물을 무수히 만드는 것이 가능한 것 같다. 그러나 그런 짓을 한다고 동일성이 유지될까? 시간과 공간 같은 여러 가지 간섭작용으로 한없는 차이성이 생기고 그들이 점차 다른 인간이 될 것은 불을 보듯 분명하다.

합성인간론은 어떤가. 간장은 돼지 씨로부터, 심장은 양羊 씨로부터, 왼팔은 A씨로부터, 오른팔은 B씨로부터……. 그렇게 해서 누구의 신체인지 알 수 없는 그로모은 몸의 인간(?)이 되어진다. 그리고 마지막에는 뇌를 바꿔놓음으로써 이 이론은 완성한다.

어쨌든 인간이라든가 에고라든가 나의 몸이라든가 주체라든가 하는 관념의 확립은 속임수에 가깝다.

클론인간이든 합성인간이든 확실한 것은 인간의 신체라는 것이 뇌 중심 사고에 의한 '나'의 속성일 수는 없다는 것이다. 신체는 각 기능의 연관조직이며 외부세계와의 유기적인 관계로 만들어지는 것이다.

드디어 자기自己와 신체와의 관계가 위태로워지고 있다. 어느 날, 이번에는 뇌가 신체의 일부로 되돌아가게 될까?

관리 밖

마르크스는 인간의 명확한 컨셉과 실천으로 물건을 만드는 데에 최고의 가치를 두었다. 세계라는 것은 이념이 실천에 의해 가시화된 결과라고 간주한 듯하다. 따라서 근대유럽적인 것이 가장 인간적인 것이며 우수하다고 생각했다. 그리하여 인간과 자연이 섞여 있는 듯한 애매한 것으로서의 '아시아적이라는 것'을 우습게 여겼다. 나아가 가치의 중심을 생산력의 발로가 아닌 불확실한 자연에 두는 '아프리카적이라는 것'을 극히 경멸했다.

그리하여 그는 세계를 생산자의 관리하에 두는 자본주의를 합리화하고 '인간'을 구가했다. 그러나 아이러니하게도 생산중심주의는 황혼을 맞이하려 하고 있다. 오늘날 가치개념의 일부는 '아시아적이라는 것'으로 변질되어가고 있다는 지적도 있다. 어쩌면 22세기경에는 '아프리카적이라는 것'이 가치의 중심이 될지도 모른다(이는 반드시 지리적·인종적인 아시아나 아프리카를 의미하는 것은 아니다).

'인간'에 의한 관리주의는 만드는 것만으로 세계를 규정했다. 덕분에 인간은 질식상태에 빠지고 인류의 멸망과 생태계의 파멸이라는 악몽에 떨고 있다.

마르크스의 결정적인 오류는 가치 중심을 인간의 이념적인 노동성에 두고 만들어지지 않은 세계, 곧 자연적인 생성과 소멸의 순환개념을 지워버리려고 한 점에 있다.

생산제일주의에서 본다면 외계는 아직 가치화되어 있지 않은 소재에 지나지 않는다. 바꾸어 말하면 만들어지지 않은 것의 타성他性이 무시됨으로써 외부성이 부정된 것이다. 이 말은 외계의 생성과 소멸이 생산과 관계가 없기 때문에 가치화되어 있지 않은 비세계라는 의미이다. 그래서 생성개념을 이념을 매개로 해서 생산개념으로 구축하고, 소멸개념은 구태여 소거시켜버리는 변증법을 합리화했던 것 아닌가.

획일적인 발전사관에서 본 '자연변증법'을 재고하고, '인간'을 넘어서 생멸生滅이 함께하는 커다란 메커니즘의 우주에서 다시 생각할 필요가 있을 것 같다. 아도르노의 말처럼 관리되지 않은 외부로서의 자연성의 가치에 대해 인간은 너무나도 무지하고 오만한 것이 아닌가.

상상력

인간의 상상력이란 무한한 것일까? 혹은 무한이라는 관념은 상상력의 산물인 것일까? 이런 물음은 아마도 근대적인 인간의 자기 과신에 의한 것에 지나지 않을 것이다.

한마디로 무한이 상상력을 낳게 한다. 그렇다고 아프리오리하게 무한이 어딘가에 있다는 의미는 아니다. 무한이란 매개개념이다. 인간은 세계와의 매개를 통해 비약적인 관념에 부딪칠 수 있다. 곧, 만남에 의해 상상력이 날개를 편다.

순수한 상상공간이란 존재하지 않는다. 어떠한 내면성이 강한 상상력이라도 외계가 그 자원인 것이다. 상상력은 엄밀하게는 우주의 자원에 비례한다. 건전한 상상력은 외계와의 자극적인 관계 속에서 작동한다. 외계를 무시, 또는 부정하는 듯한 상상력은 차별과 배제를 꺼리지 않는 나르시스틱한 자기 확대에 지나지 않으며 어디까지 가도 타자와 만나는 일이 없다. 그러니까 만남이 없는 상상력은 폐쇄된 순수공간을 꿈꾸게 된다. 그리고 이 비현실적인 사고는 결국 외계를 단순한 재료로 간주하고 자기 중심적인 폭력적 전체주의의 실현을 시도하거나 한다.

그런데 세계는 외계임에 그치지 않고 신체를 꿰뚫어 내부에까지 침투하고 있다. 나에게 속하면서 동시에 세계와도 연결된 신체가 가르치는 것은 인간이 내면성과 외부성의 매개에 의해 보다 세계로 열린 존재라는 점이다. 이 내면성과 외부성의 만남

가운데에서 자기는 타자성에 눈뜨게 된다.
　상상력이란 타자성에로의 눈뜨는 일이며, 그것은 무한에 의
해 보증되는 것이다.

깨우친다[悟, 覺]는 것과 안다[知, 識]는 것

　인간은 일순간에 깨우치는 일도 있는가 하면, 오랜 시간을 들여 알게 되는 일도 있다. 그러나 아무리 깨쳐도 아는 것에 연결되지 않고, 또 아무리 알아도 깨치지 못하는 경우도 있다.

　깨우친다는 것은, 이쪽 의사하고는 관계없이 오히려 저쪽에서 전해져와 감응感應하는 일이다. 안다는 것은 의식적으로 저쪽을 재포착하고 체계화(언어화)하는 일이다. 따라서 깨친다는 것은 수동적인 요해사항이며 무형적인 직관작용이다. 그에 견주어 이쪽에서 저쪽을 재포착하는 일, 곧 알 수 있다는 것은 능동적으로 작용해서 만들어내는 유형화로의 길이라고 할 수 있다.

　깨친다는 것이 보다 신체적인 감각이고 안다는 것은 좀더 의지적인 의식이라는 것이다. 인간은 깨우친다는 타력본원(수동성)적인 우주의 메커니즘에 속하고 있음과 동시에 알 수 있다는 주체적인 구축 논리에도 속하고 있다.

　깨친다는 것의 마이너스 면과 안다는 것의 플러스 면 양쪽에 걸친 존재라는 점이 중요하다. 어느 한쪽으로 기울면 기형적인 삶의 모습이 초래되고, 양면성으로 대처하면 풍요로운 세계가 열리는 것이다. 깨우침과 앎은 다른 것이고 코드도 별개이지만, 그것이 합쳐져 높은 차원의 하모니를 만들고 있다는 데에 인간의 멋짐이 있다.

깨우침과 앎의 겹침이나 짜모임 가운데에서 살고 있다는 존
재의 자각이야말로 삶을 참으로 풍요롭게 빛나게 해줄 것이다.

투명하다는 것

자연의 힘에 의해 내가 투명해질 때와 나의 힘에 의해 사물을 투명하게 할 때의 투명의 세계는 다르다. 전자가 타자성에 의한 자각임에 반해 후자는 자기 확대에 의한 대상의 은폐를 의미한다. 일을 망그러트리고 싶지 않으면 나와 자연의 접점을 찾아헤매서 상호작용에 의한 반투명을 시도하는 수밖에 없을 터이다.

요리의 짜냄

눈이 녹은 들판은 온통 흑갈색 흙, 누런색 마른 풀, 점재하는 새싹의 푸른색으로 좋은 앙상블을 이루고 있다. 기쿠코〔菊子〕는 냇가의 둑에서 군락을 이루고 있는 싱싱한 초록색 민들레를 발견했다. 잎을 따서 냄새를 맡아보고는 오득오득 씹어본다. 부드러운 봄의 맛이다. 향기도 씁쓰름함도 근사하다. 그렇다, 맛있는 샐러드를 한 접시 만들 수 있겠다. 예의 작은 새우를 빨갛게 살짝 구워 신선한 올리브 오일과 바르사미코로 무치면 되겠구나. 팔마 햄 다진 것을 조금 뿌리자.

곁에서 바라보던 나는 요리의 짜임이 조각과 비슷한 데에 새삼스럽게 놀랐다. 내 조각은 공간의 벽이나 바닥에 의지하여 돌과 철판을 짜맞추는 일이다. 철공장에 산재하고 있는 여러 가지 철재와 만날 때, 강변에 있는 무수한 돌이 눈에 띌 때, 또는 텅 빈 공간에 설 때, 문득, 이것과 저것을 그곳에 이렇게 하면은 재미있는 작품이 되겠구나, 하며 가슴이 두근거리고 번개처럼 아이디어가 떠오르는 일이 있다.

서로 아무런 관계가 없었던 것들이, 각각 전혀 다른 장소에 있었던 것들이, 한 표현자의 인스피레이션으로 발견되고 인용되고 그러모아져, 일순간에 하나로 연결되어 요리가 되기도 하고 조각이 되기도 한다. 아마도 음악이나 문학의 밭에서도 같은 일이 일어날 것이다. 이런 것이 일기일회—期—會라고 하는 것일까. 어떤 인과로 이러한 경이로운 일이 일어나는지 알 수 없지만, 실로 시적인 만남이고 부름이며, 그리고 불가사의한 세계의 탄생이라고 하지 않을 수 없다.

요리든 조각이든 늘 이와 같은 번뜩임이나 떠오름으로 만들어지지 않는 것은 물론이다. 보통은 많은 독서와 많은 생각을 쌓고, 경험을 축적하고, 시행착오를 거듭하면서 시간을 들여 구상을 다듬어간다. 그리고도 막상 제작 현장에서는 또 다른 여러 가지 요소가 작용하여, 쓰디쓴 경로를 밟는 가운데에서 작품이 이루어지기 마련이다. 그러나 본질적으로 그것이 만남의 선물이며 어울림의 결과임에는 변함없다.

이들 작품의 엘리멘트는 원래, 어떤 장으로서, 어떤 짜임으로서, 단편으로서 어떤 연관 속에 이미 성립되어 있던 것들이다. 그것이 한 사람의 조우자—표현자를 매개로 하여 전과는 다른 장의 양상으로 다시 짜바뀐 것에 지나지 않는다. 그리고 사람들은 그것을 보면서 또 다른 단계와 별개의 차원을 예감한다. 어쨌든 인간의 꿈과 상상력에 의한 일과 사물의 끌어맞춤이 왜 이토록 슬플 만큼 운명적이며 또렷하게 보이는 것이 되는 것일까.

동아시아의 요리

동아시아 3개국의 요리는 다음과 같은 공식으로 그 특징을 나타낼 수 있다.

일본 A+b=A'
한국 A+B=A'B'
중국 A+B=C

일본 요리는 재료에 약간 조미료를 가해 그 재료성의 차원을 더욱 섬세하게 높인 것이다.

한국 요리는 재료와 재료, 조미료를 섞어서 서로 절묘하게 침투된 상태로 하는 것이다.

중국 요리는 재료와 재료, 조미료를 합쳐 변화를 가함으로써 전혀 다른 것으로 마무리한 것이다.

이러한 경향은 요리뿐 아니라 문화 전반에 보이는 특징적인 성격이라고도 해도 될 것 같다.

눈의 섭리

나무는 아름다운 형태가 건강의 바로미터란다.

파리에 과수원집 아들인 화가 친구가 있다. 그의 얘기에 의하면 나무를 가꾸는 가위질 방식은 그림의 구성이나 구도와 닮았다고 한다. 곧 나무에 벌레가 끼지 않고, 병에 걸리지 않고, 많은 꽃을 피우고, 좋은 열매를 맺게 하려면 맵시 있는 가지가눔이 필요하다는 것이다. 나무 안쪽은 될 수 있는 대로 비게 하고, 주변 가지를 밖으로 뻗게 하여 통풍이 잘 되게 하고, 전체를 밸런스 좋게 짜여지게 하지 않으면 안 된다. 바로 그림이나 글씨〔書〕의 구성의 기본 그대로이다. 인간의 시각에 쾌감을 주는 구도가 실은 자연의 섭리와 일치하고 있다는 것인데, 이것은 놀랄 만한 일이 아닌가.

여기에서 눈의 신기한 힘에 대해 생각을 돌려보고 싶다.

수학자인 오카 기요시〔岡潔〕는 어느 에세이에서, 나라〔奈良〕박물관에 티벳의 오래된 만다라 그림을 보러 가 감동한 일을 전하고 있다. 처음에 티벳에서 일본으로 들어온 것은 그림이라기보다 한 자루의 바스러진 그림의 쓰레기에 지나지 않았다. 그것을 표구사가 삼 년여나 걸려 쓰레기 조각을 원래대로 낱낱이 찾아 깨끗이 제자리에 맞춰낸 것이란다. 그 그림의 정치精緻한 구도나 아름다움은 말할 것도 없지만 수복 솜씨의 뛰어남에 경탄했다. 오카 기요시는 그것을 한참 곰곰이 보고 나서 밖으로 나오자 그때까지 깨닫지 못했던 눈앞의 공원의 소나무 숲의 나무 한 그루, 가지 하나조차도 제자리에 지당하게 실로 아름답게 갖추어져 있는 것으로 보였다고 한다.

나도 가끔 비슷한 경험을 한다. 빠다샹쟁〔八大山人〕의 두려울 정도로 간결한 그림을 보고 나서 뜰에 나가면, 어수선한 나뭇가지 사이에서 질서가 생겨나, 몇 개인가의 다른 뼈대가 서게 되면서 거기에 아름답게 열린 공간이 나타나는 것을 목격하게 된다. 또 세잔의 갓 태어난 것처럼 싱싱한 사과 그림을 본 뒤에는 근방의 현실의 사과가 얼마나 신선하고 생생하게 비치는 것이랴.

미켈란젤로는 커다란 바위 앞에 서면 그 속에 조각이 보인다고 했다. 그리고 자기는 단지 그것을 사람들이 볼 수 있게 손으로 거들 뿐이라고도 하고 있다. 바위와 조각이 미켈란젤로 안에서 만난 것이다.

오랫동안 화랑이나 미술관에서 돌과 철판의 짜짓기에 의한 작품을 만들고 있자니, 말끔한 공간에 서거나, 강변의 무수한 돌과 맞부딪치거나, 큰 철공장에 산재해 있는 철재 사이를 서성거리게 되면, 가슴이 뛴다. 제각기 무관계로 있는 공간이나 돌이나 철판이 순간적으로 번쩍 부르면서 하나의 작품으로 결부될 때가 있는 것이다. 이것은 나의 경험과 사색과 그리고 부단한 훈련에 의해 초래되는 번뜩임이라고 해도 좋다.

칸트는 인간이 눈앞에서 보고 있는 것이 정말로 그러한 것일까, 아니면 그것을 보고 있는 인간의 오성悟性의 구성력에 의해서 그렇게 보는 것일까, 라는 물음을 던지고 있다. 스피노자 Baruch de Spinoza에 의하면 인간이 진리를 알게 되는 것은 바로 인간 자신이 그 일부이기 때문이라는 것이다.

어떻든 간에 내가 재미있다고 생각하는 것은, 인간의 눈에 의한 관조력이랄까 통찰력 같은 것에는, 어딘지 자연의 질서감에 이어져 있기도 하며, 아예 무관계한 것을 섭리처럼 맺어지게 하는 일이 있다는 점이다.

명암

뜰에 하얀 매화꽃이 피었다. 언저리에 아련하게 밝은 공간이 퍼져 있다. 나도 이 열린 장소에 물들어 있다.

하늘이 유백색의 색조를 띠고 있는 것은 아지랑이 탓일까? 흐리다고 하기에는 다소 밝지만, 어렴풋이 연무가 끼고 빛에 약간 그늘이 섞여 있는 듯한 느낌이다. 그 탓인지 매화꽃이 또렷하여 겨냥하기 어려운 뉘앙스에 차 있는 것으로 보인다. 작은 꽃잎이랑 봉우리가 공중에 점재하고 은은한 바람결에 공기가 떨고 있다.

빛과 그늘의 조화에 대해 생각한다.

빛과 그늘이 분리할 때에는 사물의 존재성이 선명해지고, 어느 쪽엔가로 기울면 그 유무有無의 규정에 영향을 미친다. 빛과 그늘이 알맞게 일체화되어 물체와 물체가 공명하면 대상성을 넘어 거기 풍요로운 공간이 나타나는 것이다. 동아시아에서는 옛날부터 반투명한 장지문을 이용해서 내부의 어둠과 밖으로부터의 빛을 만나게 하여, 부드럽고 고요한 시·공간을 연출했다.

동서의 명암의 포착태도는 대조적이라 할 수 있다. 모네는 외계의 빛의 끝없는 변화에서 무한을 보고 있다. 반대로 다니자키 준이치로〔谷崎潤一郎〕는 미묘한 음영의 변화 속에서 무한을 보고 있다. 어느 쪽도 의식이나 사물의 존재보다는 명암의 움직임에 관심이 향하고 있다는 것은 주목할 만한 일이다.

빛은 무엇이며, 어둠은 무엇인가. 그러나 빛에 의한 존재 정위定位나 어둠에 의한 무의 규정을 나는 좋아하지 않는다. 어떤 빛에도 어둠은 포함되어 있으며 어떤 어둠에도 빛은 스며들어 있지 않은가. 빛만, 어둠만, 이라는 개념은 성립하지 않는다.

빛과 어둠의 이원성을 강조하는 곳에서는 존재론이나 인식론이 발달하고, 그 양의성이나 복합성을 선호하는 곳에서는 장소론이나 관계론이 현저하다. 동양의 산수화가 그늘을 그리지 않는 것은 세계를 존재와 무로서가 아니라 바로 빛과 어둠의 양의성이 살아 있는 장소로 간주하기 때문이리라.

그런데 최근 나는 이 장소론이라는 것이 단순하지 않은 것이라고 생각한다.

장소성을 강조하는 나머지 음영에 너무 기대면 물체가 애매해지고, 분위기의 바다가 퍼져버린다. 명암의 이중성이라든지 사물이나 공간의 관계성이 음영에 의해 녹아내려버린 곳은 이미 살아 있는 세계라고는 할 수 없다.

명증한 대상물에 얽매이는 것도 곤란하지만, 모든 것이 그늘의 장소가 되는 것도 문제이다. 사물과 사물, 사물과 시·공간의 상호한정에 의한 터트림이 만들어내는 퍼짐이야말로 진정한 장소라고 생각한다.

여백이 아름다운 것은 그것이 공백이 아니라 사물과 공간이 서로 호응하여 선명하게 울려 퍼지는 곳이기 때문이다. 그리고 그것은 명암이 일체화된 일종의 모순 세계라고 할 수 있다. 그렇기 때문에 이 일체화는 끊임없이 변화와 암시의 뉘앙스에 차 있는 것이다.

나 또한 빛과 그늘의 복합체로써 산수화처럼 여백을 호흡하는 살아 있는 자이고 싶다.

뜰에 하얀 매화꽃이 피어 있다. 언저리에 아련하게 밝은 공간이 퍼져 있다. 작은 꽃잎이랑 봉우리가 공중에 점재하듯이 나도 이 열린 장소에 켜져 있다.

작품의 장소성

작품은 '무無의 장소'일 것이 이상이다.

그렇다고 해서 작품의 존재성이나 대상성, 개념성을 없애는 편이 낫다는 의미는 아니다. 과장된 존재성의 강조나 소재의 대상성, 엄격한 개념성을 이보란 듯이 부각시킨 작품은 종종 강요하는 듯한 자기 주장이거나, 인식의 텍스트에 지나지 않은 경우가 많다.

작품을 보는 재미는 호응하는 것, 만남에 있다. 그 때문에 작품의 모양새를 매개항으로 해서 언저리가 열린 공간이 되고, 거기가 어떤 초월감을 불러일으키는 장이었으면 한다. 니시타 기타로〔西田幾太郎〕의 말을 빌리자면 작품의 한정성에 의해 무이게 하여 보는 장소의 세계가 바람직하다는 것이다.

무와 장소를 연결시킨 니시타의 발상은 대단하다. 능동과 수동이 만나는, 본다는 것의 양의성은 대상성을 넘어선 공간감각의 현장이라는 점에서 바로 무의 장소를 가리키고 있다.

그런데 니시타에 있어서는 장소 자신의 한정작용에 의해 개물個物이 규정되도록 무의 개념이 도입된 듯한 면이 있다. 그렇게 된다면 개개의 사물의 자기 한정은 쉽게 장소와 연결되지 않는다. 그렇다고 해서 장소가 개개의 사물에 우선하면 개개의 사물은 장소의 돋보임 역으로밖에 존재 이유를 갖지 못하게 된다. 그뿐더러 개가 무에 의해 장소에 종속하게 되고 만다.

오히려 개개의 사물과 사물, 개개의 사물과 장의 상호간섭작용에 의해 열리는 조응적인 공간에 장소의 성립을 보아야 하는 것은 아닐까? 그러므로 장소는 고정된 곳이 아님은 물론, 보는 자와 개개의 사물과 장은 끊임없이 상관적이어야만 한다. 원래 장이란 한국의 오래된 '바' 라는 말로(한자의 場은 바(ㅂ)라는 한국 음의 차자借字이다), 접속사적인 요소가 강하며 주변의 사물이 서로 조응하고 관계하여 생기는 임장적인 의미로 쓰이는 것이 일반적이다.

니시타는 온갖 자기 한정을 강조한 나머지, 상호관계에 의한 간섭적 규정을 조금 얕본 것처럼 느껴진다. 닫힌 자의식이 절대자를 매개로 하면 당연히 주변의 관련은 무시되고, 그리고 이데 Idee로서의 장소성이 전면을 뒤덮기 쉽게 된다. 오히려 중요한 것은 이웃이나 바로 옆의 타자끼리와 보는 자가 어떻게 대응할 것인가, 일 것이다. 원래 장소는 현장성이나 현상성現象性이 생명일 터이다.

작품의 제요소가 터트림으로서 관계지어짐에 인해 거기에 바이브레이션이 일어나고 시공간이 열려 장소가 된다. 곧 장소란 터트려짐의 공간이며 사물이 그러한 현상학적인 펼침에 의해 무한성을 띠는 영역인 것이다.

회화적 세계로서는 이를 여백이라고 부른다. 좀더 넓게 조각이나 다른 분야까지 포함하면 형이상적인 초월성을 시사한다는 점에서 무의 장소라고 부르고 싶다. 이 말에는 어딘지 투명한 울림과 선명한 비약감이 있어서 상쾌하다.

미술관의 역할

　화랑이나 미술관, 그리고 큐레이션에 의한 전람회 제도가 물음표의 시대에 접어들었다. 이것은 지금까지 정보관리 사회의 꾸밈새로서 미술이 기능하고 있었음을 의미한다. 인터넷 등이 일반화된 사회가 되면 아이러니한 얘기지만, 신체성이 중요시되고, 세계와의 직접성이 요청받게 될 수밖에 없다. 미술관은 정보센터라기보다는 미술적인 것에의 계몽이라든가, 또는 미술적인 것과의 보다 직접적인 맞닿음의 장이 될 것이다. 나는 텍스트에 담기 어려운 외부성을 끌어들일 수 있는 공간으로서 미술관을 생각하고 싶다.

동양적이라는 말

나에게 있어 동양적이라는 말만큼 미심쩍은 것은 없다.

아시아권에서 동양적이라고 말해지는 것과 구미에서 오리엔탈이라고 말해지는 것은 같지가 않다. 그런데 어느 쪽에서든 그 말의 이미지는 한결같지 않고, 때와 장에 따라 좋은 뜻이 되기도 하고 나쁜 뜻이 되기도 하여 동일한 인간이 그 말을 듣게 되는 경우, 심경이 착잡해질 수밖에 없다. 하물며 그 말로 인해 개인성이 소거消去되어버릴 때에는 구슬퍼지기조차 한다.

구미에서 아시아인이 전람회를 열게 되면 흔히 '오리엔탈'이라는 평을 받는다. 이그조틱(이국적)하다거나 막연하여 포착할 길이 없다는 의미 같은 것이어서 칭찬하는 말이라고 할 수도 있지만, 동시에 현대의 같은 싸움터에 서 있는 상대는 아니라는 뜻이기도 하다.

그런데 때때로 웃을 수 없는 일은, 아시아인이 미국이나 유럽 작가 흉내를 내면서 스스로 일본적(혹은 한국적)이라고 떠들어 '동양적'이라는 배경을 파는 파렴치한도 있는 것은 사실이다. 그러나 그렇다고 '오리엔탈리즘'이라는 것이 E. 사이드가 논의하듯이 반드시 비서구적인 것에 덮어씌워지는 차별용어라고만은 할 수 없다. 굳이 말하자면 그것은 서방에서 봤을 때, 동방 문화를 둘러싼 지역 환경이나 역사적 배경, 신체와 언어 등에 의해 구분된다는 것. 그 공기에 그냥 어울리기 힘든 이질감이 떠돈다는 얘기일 것이다.

나는 최근 삼십 년가량을 보다 본격적이고 큰 싸움터에 몸을 두고 싶은 나머지 제작과 전람회 등 미술활동의 주된 장을 유럽으로 삼고 있다. 거기서 성가신 문제가 생기는 것은, 이러한 미술세계의 구분을 둘러싼 처절한 경쟁의식의 일그러짐과 기묘한 정의감, 또는 자기 현시에 대한 욕망이 작용하기 때문인지도 모르겠다. 미술세계의 동향과 문제의 소재를 알게 될수록 거기에 커밋commit하고 싶어지고, 이의제기를 할 수는 없을까 하고 기를 쓰게 된다. 그럴 때 곧장 붙여지는 레텔, 나를 농락하는 죽여주는 말이 '동양적－오리엔탈'이다.

나는 1971년에 처음 유럽에 가서 자연석을 사용한 작품으로 파리비엔날레에 참가했다. 때마침 선禪이라느니 느벨퀴진느니 하며 수상쩍은 일본취미나 에스닉문화가 화제가 되기 시작한 때여서 내 작품이 '오리엔탈'이라고 치켜세워졌다. 그것이 계기가 되어 삼 년 뒤에 어떤 화랑에서 개인전을 가졌을 때의 일이다. "자연석을 자주 사용하는 것 같은데 그 때문인지 작품이 포착하기 어렵군." "그럴 지도 모르지." "그렇다면 이 돌들은 당신의 생각을 대변하고 있는 것이 아니지 않겠는가?" "그럴지도 모르지." "그렇다면 이것은 당신 자신의 작품이라고 할 수는 없지 않는가?" "바로 그 점이요. 다소간은 내가 아닌 것을 끌어들이는 것이 중요하지." "선禪이군요." "아니오." "오리엔탈인가요?" "아니야, 아니라고."

이것은 당시 젊은 비평가하고 나눈 인상에 남아 있는 대화인데, 작품에 불확실하고 이질적인 것이 섞여 있는 것에 짜증과 위화감을 느끼고 있다는 것을 점차 깨닫게 되었다. 그래서 점점 더 투지를 불태우고 부지런히 구미에 다니면서 내 나름의 '근대 미술비판'과 '타와의 만남'론을 작품 발표와 병행시켜 번역이나 강연을 통해 적극적으로 전개하게 된 바이다.

왈曰, 동일화의 이념의 실현을 지양하고, 외부와 만나는, 열린 표현이 되어야 한다. 식민지 지배를 방불케 하는 자기중심적인 작품주의를 고쳐잡아 미지의 타자를 인정하는 표현이 요구된다, 라는 주장이다. 이것은 '동양적'이라기보다는 1970년대 이래 선진산업 세계의 사상계에 퍼졌던 '포스트 모더니즘'론과 그다지 다른 것이 아니다.

이미 구미의 미술계에서도 요셉 보이스를 비롯한 많은 작가들이 자아의 전일화에 의문을 던지며 우발적인 포퍼먼스를 전개하기도 하고, 불확실한 무기물이나 뜻대로 되지 않는 동물을 그대로 화랑에 들여놓거나 하고 있었다. 미국의 '어스 워크', 이태리의 '아르테 포베라', 일본의 '모노파' 등은 바로 이 문맥의 중심을 나타내는 것이었다.

그렇다면 내 생각이 무리 없이 이해되었어야 할 터인데, 피비린내 나는 현장은 늘 아수라장이라는 것인지, 우여곡절을 겪으면서 투쟁은 계속되었다. 삼십 년이 지난 지금, '동양적-오리엔탈'은 그 의미가 변질되면서 복잡함이 증폭되어 점점 더 나를 곤혹스럽게 만들고 있다. 어느 틈엔지 그것은 부정적인 이미지에서 기묘하게 긍정적인 공기로 뒤바꺼져서 문제가 잘 안 보이게 되어버린 느낌이다.

그간 세계는 다양한 지역과 인간, 문물이 격심하게 월경越境하고 교차하게 되었으며, 다소의 이질성은 오히려 현대 지식인의 액세서리로 여기기까지 하는 풍조가 되었다. 특히 아시아의 국가들이 힘을 지니게 되고 그 상품이나 문화가 자기 세상인 양 세계를 휘젓는 데 대해 구미의 사람들은 저항감을 표명하기보다는 오히려 그것을 애용하고 즐기고 있는 것처럼 비치기조차 한다. 그런 현상에 편승해서인지 단순하기 짝이 없는 내 작품까지도 '동양적 미'의 방편으로 이용되기 시작하고 있어서 울려야 울 수조차 없는 짜증만이 부풀어 오른다.

이 즈음 내 작업은 커다란 캔버스와 붓에 의해 한 개나 두 개의 까만 터치만으로 이루어지고 있다. 그리고 산업제품인 철판과 그 원료의 일부인 자연석을 엉거주춤 짜맞춘 공간을 제시하고 있다. 자기 표현이었던 근대 회화와 조각이 해체된 이래 어떻게 하면 새로 표현을 성립하게 할 것인가를 둘러싸고 그린 것과 그리지 않은 것, 만든 것과 만들지 않은 부분의 시적 관계를 문제삼고 있는 터이다. 그것이 일견 화면이 막막하게 보이기도 하고, 붓의 터치가 서예를 닮았다거나 동양의 정원을 연상시키기 때문인지 '동양적-오리엔탈'이라고 치켜세워지기가 일쑤다.

선의의 사람의 솔직하게 느낀 대로의 말일 수도 있고 칭찬으로 여기고 한 얘기일 수도 있다. 그러나 일본의 식자 사이에서조차 이 말은 무내용한 자연을 가리키는 경우가 많고, 구미에서는 이 질적인 문화로 내몰 때의, 칭찬할수록 배제시키는 그런 수법이 아니라고는 보장할 수 없다. '동양적-오리엔탈' 이라 일컬어지는 그 순간에 나의 문제제기는 없던 것이 되어버리며 이李라는 존재와 함께 몽땅 '동양적' 이라는 바다에 가라앉혀져버린다.

물론 배경과 개인의 관계는 애증에 찬 것이고, 열린 작품일수록 그 양의성을 나타내는 것임이 당연하리라. 그러나 현장의 작가의 야심이나 심경은 보다 개인적인 경쟁심이 앞서게 마련이어서, 모든 것의 바깥을 달리고 싶어진다. 그래서인지 나 또한 언젠가는 '동양적-오리엔탈' 이라는 말에서 조금은 해방되어 한 작가로서의 존재와 그 개인적인 일의 질을 묻는 지평에 세워지기를 바라는 것이다.

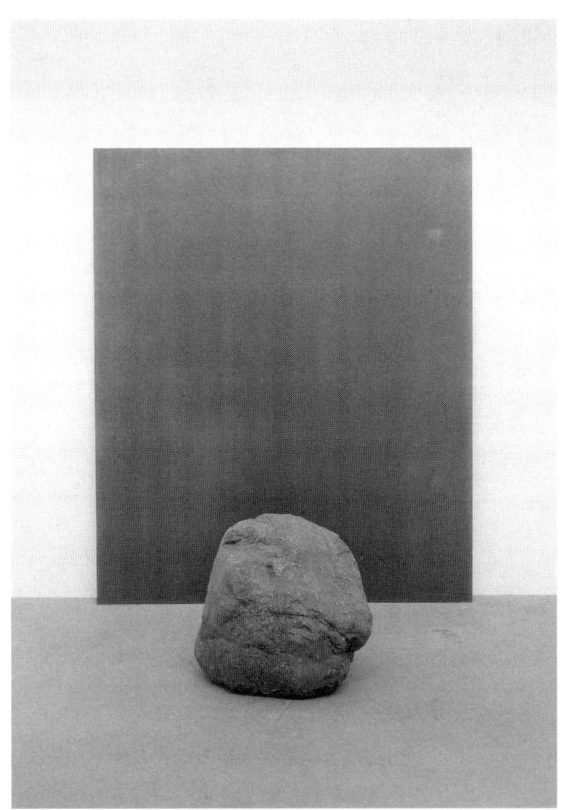

사물과 말에 대해

모노파[もの派]에 대해

　지금(1987) 모노파는 상기想起 가운데 있다. 그리고 작품의 재제작에 휘몰리고 있다. 저 1960년대 후반부터 1970년대 중반까지의 모노파가 상기와 재제작을 부추기는 것이다. 십수 년밖에 지나지 않았지만, 먼 옛날의 일 같기도 하고, 또 앞으로도 죽 이어질 것 같기도 해서, 새삼스럽게 모노파란 희안한 것이구나라고 생각된다. 앞으로 앞으로 새로운 작품으로 치닫는 자가, 자의타의 관계없이 재제작하고 싶은 충동에 내몰아쳐진다는 일. 시대의 요구라고나 할 것인지. 혹은 시대가 작가에게 상기라는 방식으로 반성을 촉구하고 있는지도 모른다. 모노파에는 원형 그대로 남아 있는 작품이 적다. 화랑, 미술관을 막론하고 작품들을 늘 볼 수 있는 찬스도, 장도 주어져 있지 않다. 그렇기 때문에 모노파는 항간의 이야깃거리 가운데, 작가들의 문장이나 에스키스 가운데, 약간의 측면을 엿보게 하는 작품의 사진 가운데, 그리고 당시 그것들을 본 애매한 기억들 가운데밖에는 존재하지 않는다. 그들은 상상과 억측을 부르고 점점 더 원래의 모노파 세계에서 멀어져간다. 실체를 수반하지 않는 신화로 부풀어 이제는 당사자들에 있어서조차도 포착하기 어려워가고 있다.

　지금까지 모노파는 처음부터 지지해준 단 한 사람의 비평가도 지닌 적이 없었다. 그리고 지금도 여전히 기성과 신인들 틈새에서 멋대로의 망상으로 비판하고 비방과 중상이 퍼부어지고 있다. 그럼에도 불구하고 시간이 지날수록 안팎에서 모노파를 둘러싼 논의나 전람회가 한창이다. 왜소화, 곡해화 등 매장해버리려는 온갖 기도가 드세짐에 따라 신화작용도 또한 증대한다. 바꾸어 말해 모노파가 그만큼 팔방으로 열린 생명력을 지니며 환기력이 강하다는 것을 얘기하고 있을 터이다. 신화작용의 대부분은 앞서도 말했듯이, 볼 수 있는 기회나 현존하는 작품이 적은 데 기인한다. 왜 적은가? 모두 헤쳐지고 거두어져버렸기 때문이다. 혹은 작가가 스스로 부수고 치워버렸기 때문이다. 작품이 극히 임시적이며 그 장場뿐의 양상을 띤 것이었음을 알 수 있다.

예를 들자면 이러하다. 세키네 노부오〔關根伸夫〕는 화랑에 유토油土를 들여와 그의 움직임에 따라 몇 군데에 크고 작은 부정형의 덩어리를 이루어냄으로써 긴밀한 공간성을 드러나게 했다. 요시다 가츠로〔吉田克朗〕는 화랑벽에 긴 띠 형상으로 물컹물컹하게 칠하고 그 위에 팽팽하게 와이어 로프를 쳐 대응의 장면을 신선하게 나타냈다. 나리타 가츠히코〔成田克彦〕는 커다란 나무를 태워서 전람회장에 반쯤 허물어진 채 늘어놓아, 사물과 공간이 상호 침투하고 있다. 스가 기시오〔菅木志雄〕는 공간과 사물과 신체의 상황적인 변환극을 펼쳐, 화랑에 파라핀 판을 들여와 높게 쌓아올리거나 버너로 녹이면서 큰 네모 상자 모양으로 세워 어울려놓거나 하고 있다. 고시미즈 스스무〔小淸水漸〕는 일본종이〔和紙〕를 네모 상자 형태로 발라 세우고 바닥에 돌을 놓아둔 것, 그리고 몇 개인가의 같은 형태의 목재에 각각 다른 뉴트럴한 표정을 새겨 넣거나 함으로써 사물의 유연한 표면으로 공간을 여울지게 한다. 이우환은 철판을 째고 그 사이에 돌을 늘어놓음으로써 의지와 자연의 상호침투의 장을 짜내고 있다. 또 철판에 유리를 겹쳐놓고 돌을 떨어트려 선명한 균열을 만들어 신체와 사물이 직접 만나는 장면을 열었다. 에노쿠라 고오지〔榎倉康二〕는 살아 있는 나무와 나무 사이에 드높이 시멘트 콘크리트를 쌓아 올려 공간의 결절항結節項을 만든다. 다카야마 노보루〔高山登〕는 장소 자체의 드라마성에 주목하여 화랑 바닥을 파헤치고 침목을 세워놓는다. 하라구치 노리유키〔原口典之〕는 공간의 예징성予兆性에 착목하여 철판의 대 위에 고무판을 올려놓고 물이 든 실린더나 나이프로 짼 유토를 늘어놓는다.

이들 작품의 자태는 극히 임시적이며 임장적이다. 우선 그 자리에 불러들여 엉거주춤 짜모아지고 서로 울려 어울리고 있다. 영구히 그대로 보존하려면 못할 것도 없다. 그러나 작품을 그 장소에서 다른 장소로 옮기면 그 모습은 원래와 달라진다. 작품에서 감득되는 세계는 아마도 어떤 계통의 그것보다도 순수하고 아득한 것일 터이다. 가장 보편적인 어떤 것, 작품에 따라서는 영원조차도 엿보이게 하는 순간의 충실을 거기에서 볼 수도 있다. 그렇지만 작품의 양상은 너무나도 스러지기 쉬우며 슬플 정도로 잠깐 동안의 목숨으로 여겨진다. 이것은 작품의 한계라기보다는 그 존재방식의 특징이다. 이러한 임시·임장성은 새로운 명확한 표현의 스타일을 짜내는 대신, 작품의 양식성을 애매하게 만들었다. 그 때문에 형태가 정해지지 않은 만큼 자유롭긴 하지만, 때에 따라서는 입구를 찾기 어려운 사람도 있을지 모른다.

여기에서 거론한 작품 이외의 것도 포함하여 그 구성요소를 보면, 돌, 나무, 솜, 종이, 흙, 불, 물 등 무구에 가까운 자연물과 철, 스테인리스, 유리, 파라핀, 와이어 로프, 비닐, 시멘트 블록 등 미가공에 가까운 공업용재, 그리고 공원이니 전람회장의 기둥, 벽, 바닥, 코너 등이다. 이 모든 것이 작가의 머리와 행위의, 말하자면 신체와 거의 대등한 관계로 관련되어 있다. 나리타(成田)의 숲을 사용한 작품처럼, 자연물과 공간과 행위를 얽히게 한 것도 있다. 이우환의 돌과 유리와 철판을 사용한 작품처럼 자연물과 공업용재와 바닥과 신체를 얽혀놓은 것도 있다. 요소끼리 상호 침투하고 상호 한정하고 있으나, 그들의 본질이 손상되거나 왜곡되어 있지는 않는다. 그렇기 때문에 거기에서 장소나 행위는 특정한 이미지를 띠는 일 없이 서로 돕거나 반발하거나 하는 양상으로 각각의 특성을 살리고 있다.

위에서 거론한 작품이 나타내듯이 작품의 구성요소는 자연이나 공업용재의 풀pool(웅덩이)로부터 그러모은 인용물이 아니다. 만드는 주체의 이미지 구현을 위한 소재로 끌어내질 때, 그것은 인용이 된다. 화랑에 말을 끌고와서 벽에 끈으로 걸거나, 석탄을 실은 광석수레를 전람회장에 갖다놓는다는, 저 내다꼰지듯한 개념적인 아르테 포베라의 작품은, 만들지는 않았지만, 그것이 이미지의 소재로 비추는 점에서 인용물에 가깝다. 나무

안에 나무를 파내는 일조차도 소재를 이용한 이미지의 인용이지, 예외가 아니다. 그에 비해 요시다(吉田)의 전구 불빛도, 나리타의 벽을 감은 철판도, 스가(菅)의 틈짬의 판자와 시멘트도, 다카야마(高山)의 침목조차도, 장이나 위치, 상황, 상태나 신체 행위의 불가분의 관계 가운데 녹아 들어가 있어, 작품의 일부로 빼도 박도 할 수 없는 것이 되어 있다.

작품의 구성요소는, 그 어떤 소재도 종래처럼 이미지 구현의 그것이 아니고, 그렇다고 표현의 주역도 아니다. 제각기 성격을 등신대로 살고 있다. 최대한의 요소 자신의 활성화를 바람으로써 사물이나 장은 최소한의 가공성에 머문다. 보다 큰 세계로의 해방을 위해 상호 한정하며, 상호 침투하는 것이지만 그것이 약간의 가공성을 불러들인다. 이 약간의 가공성은 주의 깊은 행위의 성격을 잘 나타내고 있다 하겠다. 모노파에 의해 비로소 신체의 존재성으로 파악된 행위와 그 역할이, 표현을 영웅주의에서 탈피시켜, 인간과 다른 요소가 등가가 되는 길을 열었다. 만든다는 일에 조심스러워지는 것은 두말할 필요도 없다. 하지만 작가의 관심이 만드는 것하고 다른 방향성을 취하는 것은 보다 근본적인 유래에서다. 그것은 한마디로 작가가 세계의 지배자 연하기를 그만두고, 여러 표현 요소와 화해하지 않을 수 없게 되었기 때문이다. 근대 자아의 붕괴를 통감하는 시대에 있어서는 인간의 이미지의 강인한 대상화 등속의 표현의 표상주의는 그만두라, 는 것이다. 거기에 만드는 주체의 한정에 의한 작품의 무명성이 나타난다.

1960년대가 끝날 무렵이라고 하면 대량생산, 대량소비의 고도성장을 이룩해가던 시기여서 산업사회의 생산개념은 이미 그 끝이 보이던 때이기도 했다. 곧 인간 중심적인 만드는 일의 계속으로는 인간의 표현의 활로는 거꾸로 닫힐 수밖에 없었다. 정치적으로나 경제적으로나 큰 전환기였으며 특히 문화사상면에서 새로운 표현이 요청되고 있었다. 제2차 안보투쟁과 학원투쟁, 요시모토 다카아키〔吉本隆明〕의 공동환상과 의제비판擬制批判, 미시마 유키오〔三島由紀夫〕의 일본주의 좌절과 자살, 다카하시 가즈미〔高橋和己〕의 《나의 해체わが解體》 등이 상징하듯이 종래의 지적체계는 실로 해체를 촉구받고 있었다. 동일성 환상에 대한 자기부정이 시작되었던 것이다. 혁명이나 포기에 의해서가 아니라 산모습의 신체적인 행위에 의해, 그리고 현실의 짜바꾸기나 어긋남에 의해, 세계에 직접 참여하여 새로운 자기를 발견하지 않으면 안 되었다. 거리로, 관객 속으로, 대본에서 비어져 나오게 된 테라야마 슈지〔寺山修司〕나 가라 쥬로〔唐十郎〕나 와세다 소극장 등의 자의성恣意性에 찬 연극. 사물과 일의 관계 속에서 쓰는 이의 존재를 찾는 후루이 요시키치〔古井由吉〕나 쿠로이 센지〔黑井千次〕 등의 '내향의 세대'의 문학. 자연음이나 전자음을 사용하는 모노 연주와 즉흥적인 재즈의 유행 등. 이들은 바로 여러 분야에 있어서의 모노파적 표현 그 자체였다. 거기에서는 꾸미는 일, 만드는 일보다는 세계와 서로 불러들이고, 서로 관련하는 일이 과제가 되었었다.

물론 모노파는 우연이나 자의성에 표현을 내맡기지는 않는

다. 작품의 플래닝을 짜세운다. 사색을 깊이 하고 에스키스를
거듭한다. 시기를 기다리면서 볼테지를 높여간다. 그러나 그것
을 충실하게 실천하지는 않는다. 실천이 아니라 제요소와 서로
관계하는 것이다. 플래닝은 하나의 출발점이며 계기이다. 그렇
기 때문에 처음의 플래닝대로 행위를 완수하는 것이 아니라 거
기에서 어디까지 멀리 갈 수 있는가가 문제가 된다. 제작이 재
현적 수순에 의해서가 아니라, 여러 조건과 대응 가운데 행해지
는 것은 필연적이다. 행위의 순간성, 일회성은 그대로 사물이나
장의 전일성이기도 하다.

　만드는 일에서 떠나 모노파가 맞닥뜨린 것은 공교롭게도 사
물에 관해서가 아니다. 개념이나 프로세스와의 대응 속에서 변
이하는 사물의 외부성. 그리고 행위와 사물을 끌어맞춤으로써
공간과 상태, 관계, 상황, 때 등이 어울려 두드러지는 비대상적
세계이다. 인간이나 사물이 자기를 닫아버리는 완결성의 표현
을 지양하기. 보다 열린 세계로서 작품을 명시하기 위해서는 만
들기보다는 시간이나 공간과 걸어댄다는 방식으로 스스로를 새
삼스레 방치하기. 스가가 '방치', 이李가 있는 그대로를 **'있는그
대로'**로 한다."라고 한 것은, 일정한 방법이나 신체를 개재시켜
사물이나 위치, 장을 바꿔짜고 어긋나게 고쳐 서로 공명시킴을
가리킨다. 그런 점에서 장, 관계, 상태, 대응, 침투 등의 개념은
제작의 단서이기 이상으로 자세이며 방법인 것이다. 이 독특한
방법에 대한 눈뜸이 모노파 작품의 성격을 규정하고 있다.

　공원에, 대지에, 바닥에, 벽에, 기둥에, 코너에 각각의 존재성

을 발견하고 거기에 행위나 사물을 인간의 표상물로써가 아니라 가능한 한 각각의 존재성으로써 관련짓게 하기. 최저한의 관련에 의해 최대한의 세계를 개시開示하고 싶어한다는 점에서 이것은 일종의 장소적 미니멀리즘이라고 할 수 있다. 작품을 사물로 거둬들이는 게 아니다. 장이나 상태로서 개시함으로써 표상주의적인 오브제 사고를 넘어서려고 했던 바이다. 작품이 상황항, 관계항으로써 열리고 임시, 임장적臨場的인 양상을 띠는 것은 당연한 추이라 할 수 있다. 그런데 마른 풀을 늘어놓거나 흙을 파고 다시 메우거나, 네바다 사막에 길게 흰 선을 긋거나 하는 어스 워크도 임시성, 임장성을 생각나게 하는 일임에는 다름이 없다. 그러나 그것은 작가의 표현욕을 야외로 확대하고 거기에 있는 소재를 사용했다는 의미가 강하다. 그것은 어디까지나 하나의 실천성에 뒷받침된 것으로서 그 때나 장, 신체의 불가분한 관계에 의해 작품이 성립하는 것과는 성격을 달리한다. 어스 워크에서는 어떠한 자연물이라도 작가의 이미지로부터 거리를 취하는 모습은 없다.

모노파는 생것에 가까운 사물로서의 자연물과, 미가공에 가까운 공업용재 같은 인공물 사이에 때와 장소와 신체행위를 매개로 작가 자신도 끼어들면서 사물과의 새로운 거리를 가져보려고 했다. 그 때문에 일견 무구한 자연에 빠져든 것처럼 보이기도 하고, 미가공의 인공물에 몸을 내맡겨버렸다는 오해를 살 때도 있었다. 그것은 의식적인 곡해에 지나지 않든지 아니면 작품을 직시하지 않은 억측에서 오는 인상이다. 유리와 돌과 신체가 짜여 어울려진 작품이든, 유토油土와 신체가 짜벌인 작품이든 그 짜임새의 긴밀함과 강한 현상성에 있어 악의에 찬 눈초리를 보내지 않는 한 자연물이라느니 인공물이라느니 논의할 여지란 없다. 작품이 여러 요소의 등가, 대응성의 작용으로 짜여져가는 것을 생각하면, 표현에 신비를 요구하는 일조차 무리인 것이다. 요는 오히려 생것에 가까운 자연물이나 미가공에 가까운 인공물이 특정한 장으로서 어우러지는 것을 좋아하지 않는 사람들이 있다는 것일 터이다. 그것들은 개념적으로 규정을 받는 데에서 비어져 나와 있기 때문이다. 모든 것을 자기 이미지의 재현물로, 정복하지 않고는 못 배기는 근대인의 오만이 잘 이해된다. 자기가 이해할 수 없는 것이 혼합되어 자기 쪽을 들여다보는 으스스함을 용납하지 못하는 것이나 다름없다.

모노파의 최대의 공적 중 하나는 작품에다가 규정되지 않는 외부를 끌어안으려는 시도에 있었다. 사물도 장도 신체도 모노파에서는 미지의 것으로 되살아난다. 자연과 문명과 인간이 일종의 애매함을 품으면서 보다 순수하게 공명하는 일. 무규정의 자연물이나 미가공의 인공물을 사용하는 큰 이유 중 하나가 세계와 불협화음의 타자성으로 맞닿고 싶다는 데에 있었던 점이다. 물론 무규정, 미가공이라는 생경함을 어떻게 장이나 상태의 관계성으로 정화하여 보다 큰 세계 가운데에서 살리는가는 작가의 역량에 걸린다. 그런 점에서 모노파는 사물이나 공간에 엄격하며 그 원초성으로 좁혀갔던 작가들이었다. 곧, 미분화된 세계를 끌어들이고 싶기에 장을 중시하며, 미지를 품은 원초성에 맞닿고 싶기에 사물에 대해 엄격했다는 말이다.

모노파가 역사적·사회적 이미지성이나 레디메이드류에 다가가는 것을 좋아하지 않았던 것은 이와 무관하지 않다. 물론 에노쿠라 코지나, 다카야마 노보루처럼 벽에 기름을 스며들게 하거나 오래 사용한 침목을 쓰는 등, 물질의 역사적·사회적 문맥에 끼어드는 부분이 없는 것은 아니다. 또한 하라구치〔原口〕처럼 무한히 현실의 사물에 다가가면서 사물의 으스스함에 강렬한 눈길을 쏟는 일이 없는 것도 아니다. 그렇긴 해도 그들의 주된 관심은 어떻게 하면 채택한 요소의 원초성을 품은 채 새로운 하나의 장을 열 수 있는가에 있었다는 사실을 간과해서는 안 된다. 한마디로 말해 모노파의 일이란 산업사회의 비판에서 나온 지평이다.

무규정·미가공인 사물에 포착하여 공간이랑 신체행위를 개재시킨 장소적 표현은, 후기 산업사회를 넘어 우주 에코로지 사회로 향하는, 작가들의 무엇보다도 예민한 시대적 반응이었다고 생각된다. 만드는 것이 아니라 세계와 직접 관여하는 데에야말로 모노파의 모토가 있었다. 모노파는 만들기를 한정하고, 그 의미를 바꾸려함으로써 표현의 세계에 누구보다도 적극적으로, 정력적으로 관여했다. 미지의 것에 대한 탐구 정신과, 보다 다이내믹한 표현에의 짓거리는, 비판하는 자들에 의하면 아카데믹하고 폐쇄적인 미술 분야를 아주 망쳐버린 꼴이 되는 것이리라.

표현적인 역사의 연속성을 일단 끊어보려고 결의했다. 거기로부터 표현의 새로운 차원의 개발을 향해 다시 출발하려고 했다. 미덥지 못한 임시, 임장성에 발길을 멈추고 누구도 인정해주지 않는 무상의 행위에 계속 도전하는 것이 그렇게 쉬울 리는 없었다. 만들기보다도 야성적인 생명력 넘치는 보다 큰 세계를 예감했기 때문에, 그것이 이 곤란한 도정을 가능케 했다. 저 1960년대 중반까지의 때려부수는 다다이즘과도 일그러뜨리는 슈얼레알리슴과도 일선을 그을 수 있었던 것도, 만남의 세계에 대한 예감하에 만들기 이상으로 엄격한 표현, 말하자면 신체적 '걸어잡기'라고나 할 방법의 발견에 의한 면이 컸던 것을 새삼스레 절감한다. 이 걸어잡기에 의한 임시, 임장적 측면은 점차 새로운 회화나 조각의 존재방식으로 발전했다. 이李와 스가, 에노쿠라는 1971년 이후 다시 회화에도 적극적으로 맞붙고 있다. 고시미즈〔小淸水〕나 세키네〔關根〕의 일은 한층 더 조각적인 측면을 강하게 하고 있다. 회화에 있어서는 벽, 천(헝겊), 캔버스, 붓, 피그멘트, 손 등의 여러 요소가 왕성한 상상력으로 생생하게 짜모아지고 특히 행위의 일회성, 순간성이라는 신체의 존재가 살려지게 되었다. 조각에서는 작품의 여러 요소가 좀더 긴밀해졌고 일단 부정을 거친 여러 이미지가 작품의 그것이 아닌, 사물의 한 요소로서 늠름하게 새로 발견되기에 이르렀다.

  물건을 만들지 않는 대신, 장소적 표현의 기술이나 경험의 축적을 중시하는 가운데 모노파의 작품은 철저화와 세련도를 늘려갔다. 신체행위의 한번 한번을, 작품의 하나하나를 소중히 여기는 사상이 표현을 드높이는 트레이닝이 되었던 것이다. 놀이가 가미되기 시작한 스가나 고시미즈의 성숙, 자의성을 품게 된 이李나 에노쿠라의 여유의 배경에는 표현을 둘러싼 흔들림 없는 기술과 경험의 뒷받침이 크다. 모노파는 플래닝과 데이터의 노예인 로봇처럼 이미지의 재현을 위해 시간을 허비하고 사물을 죽이는 경험이나 기술을 좋아하지 않는다. 인간의 삶에 그런 경험이나 기술이 필요한 것은 지당하다 해도 그것은 살아 있는 인간의 표현 영역과는 별도의 문제일 터이다. 모노파는 사물을 만드는 것이 아니며 일로써 장소를 살기 위해 모든 것을 필요로 한다. 물론 역량이 없는 작가가 안이하게 모노파 비슷한 작품을 만들 때, 거기에 개념 냄새나 변죽울림만이 눈에 띄게 되는 것은 상상하기 어렵지 않다. 작품이 역량이나 그의 뜻의 높이에 준할 수밖에 없다는 것은 어떤 작가에게 있어서나 마찬가지다.

모노파의 작품은 단기간치고는 상당한 수에 달한다. 그동안 도쿄도미술관, 로마대학미술관, 가마쿠라鎌倉화랑, 퐁피두 센터, 세이부〔西武〕미술관과 그 밖의 곳에서 많은 작품이 재제작되었다. 제재작될 때마다 조금씩 발표 당시의 것에서 어긋나게 된다. 그것은 작가들의 기술이 모자란 탓도, 축적의 정신이 부족한 탓도 아니다. 재제작할 때마다 작품이 새롭게 되는 데에야말로 모노파의 모노파다운 까닭이 있다. 모노파는 자기 동일의 반복은 하지 않는다. 재현에 의미를 느끼지 못하는 것이다. 내가 아는 한에 있어서 스가는 파라핀 일을, 고시미즈는 돌과 종이봉투 일을 두 번씩 재제작하고 있다. 요시다는 천장에 매단 로프에 각목과 돌을 감는 일을, 세키네는 유토油土 일을 두 번씩 재제작하고 있다. 하라구치의 기름을 담은 커다란 철통은 몇 차례인가, 이후(以後)의 유리를 깨는 재제작은 열 번이 넘는다. 그 외에도 몇몇의 여러 작품이 몇 번이고 재제작되었다.

그것들은 재제작될 때마다 시간이나 장소의 변화를 수반한다. 그래서 사이즈가 바뀌기도 하고 순서가 바뀌기도 하고 부분적으로 수정이 가해지기도 하며 구성요소의 짜모으기에 한층 궁리를 더하기도 하고. 이리하여 작품의 양상은 어긋나간다. 물론 무원칙하게 바뀌지는 않는다. 너무 무원칙하게 바뀌게 되면 당초-원래라는 과거와의 대화가 즉시 불가능해진다. 기본적인 요소나 형태는 과거로의 소중한 통로이다. 그 때나 장소에 따라, 요소의 상태에 응해 작품에 변화가 나타나는 것은 변경이 아니라 순리인 것이다. 같은 종류의 구성요소를 현시점에서 찾아냈다고 해도, 아니 당초-원래의 작품을 분해해놓은 것이라 해도 그것은 이미 과거의 그것이 아니다. 무엇보다도 작가는 예전 그대로의 작가일 수가 없다. 과거 그대로로 되돌아가는 것도 불가능하고 완전히 현재형으로 그것을 행하는 것도 무리이다. 때문에 재제작은 현재가 과거를 상기하는 가운데, 과거가 현재를 규정해가며 행해진다. 그것은 현존재가 과거라는 코드를 통해 나타나는 또 하나의 세계와 만나는 짓거리이다. 현재로부터 과거로, 과거로부터 현재로 반사하는 반복 가운데에서만 상기자는 존재한다. 이 반조·반복의 바이브레이션은 그것이 깊고 격렬할수록 과거보다 아득한 과거로, 현재보다 선명한 현재로 확산된다. 재제작 행위야말로 상기하는 방식이다. 그러는 한에 있어서 재제작은 결코 재현의 짓거리가 아니며, 작가는 늘 새로운 세계에 맞닿으면서 끊임없이 다시 태어나게 된다. 그 점에 재제작의 의미와 다시없는 기쁨이 있다.

　당초와 완전히 똑같은 작품을 충실히 구하는 일은 체념해야 한다. 살아가는 방식에 있어서, 세계와의 걸림새에 있어서, 그것이 모노파의 성실한 인식론이다. 장래는 에스키스나 작품사진, 메모를 참고로 학예원이나 컬렉터가 자신의 감성에 의거하여 모노파의 재제작을 행하게 될 터이다. 당초의 작품 사진, 메모, 에스키스, 기억, 전설 등은 말하자면 한 권의 대본, 하나의 악보이다. 그것을 어떻게 읽을지, 어떻게 어긋나게 연주할지는 당사자의 능력에 관계된다. 이렇게 해서 모노파는 미술작품의 또 하나의 가능한 존재방식을 제시했다. 어쨌든 자연발생적인 모노파 운동은 끝났다고 할 수 있다. 운동은 끝났지만 모노파의 작품은 악보처럼, 대본처럼 사람들의 끊임없는 재제작적인 상기욕 가운데 숨쉬고 있다. 모노파는 내부와 외부와의 대화를 낳고 아득한 신화작용을 증폭해간다. 인간이 해방적인 표현세계를 끊임없이 추구하는 한, 모노파는 당신들의 사소한 놀라움이나 상기의 몸짓 가운데 언제까지고 살아 있을 것이다.

기원 또는 모노파에 관해

'모노파' 라는 말도 4반세기가 지났다. 지금은 '모노파' 로 불리는 데 저항이 없으며, 긍지를 갖는다고까지는 하지 않겠지만, 그것을 짊어지는 데 대해 역사적 책임조차 느낀다. 일본은 물론이고 이미 구미의 미술계에서도 '모노파' 라는 낱말은 홀로 걷기를 하고 있다. 구미에서는 아직 어떤 것이 '모노파' 의 실체인지 아는 사람이 적다. 뭔가 포멀한 것이 아니라 외부성을 끌어넣은 표현 같다든지 '아르테 포베라' '어스 워크' 비슷한 것인가 하고 막연하게 생각하고 있는 듯하다.

일본에서는 올해(1995) 2월부터 기후(岐阜)현미술관을 필두로 히로시마(廣島), 기타큐슈(北九州), 사이타마(埼玉)의 각 미술관에서 대대적인 '모노파' 전(1970년 — 물질과 지각 — 모노파와 근원을 묻는 작가들전)이 순회된다. 유럽에서도, 프랑스와 이탈리아의 미술관에서 전람회 기획이 진행되고 있으며 베니스비엔날레(1995)에서는 전회의 '구타이'(具體) 전에 이어 '모노파' 전이 초대받기로 되어 있다.

전후 사회의 성숙 속에서 '모노파' 의 출현은 구미의 '미니멀 아트' '안티 폼' '슈폴 슈르파스' '아르테 포베라' 등과 함께 미술문화면에서 세계사적인 사건이었다고 생각한다. '모노파' 는 구미의 조류의 영향도 있지만 지금까지의 근대성에 대한 자기비판이라는 점에서 공통성과 동시성을 지니며 외계와 관계를 끊고 이어내는 반투명성, 타자성에 있어서 독자적인 전개를 보인 것이다.

기성 미술계의 무시, 무이해에도 불구하고 뿌리 깊은 지속성과 확대를 보여, 이웃나라인 한국에까지 울림이 미쳤다. 지금은 없는 조셉 러브Joseph Love 씨가 1970년쯤부터 《아트 인터내셔널》 그 외의 외국잡지에 '모노파' 작업을 소개했다. 그리고 각지의 비엔날레와 구미를 순회한 몇 번인가의 '현대일본미술전' 가운데의 '모노파' 작품이 주목을 모으기도 하고, 1970년대 후반이 되어 세키네 노부오〔關根伸夫〕와 내 개인전이 유럽의 몇 군데인가의 미술관에서 개최되었다. 또 퐁피두 센터에서의 '전위예술의 일본' 전展(1986)의 '모노파' 섹션이라든가, 로마대학 현대 미술관에서의 '모노파' 전(1988)도 그 존재를 세계에 알리는 데 큰 역할을 했다. 그동안 몇 개인가의 중요한 전람회가 열렸다고는 해도 일본에서는 미네무라 도시아키〔峯村敏明〕 씨의 '에어 포켓 현상' 운운이라는 '모노파' 부정론에도 보이듯, 그 존재와 의미가 긍정적으로 알려지기까지는 시대의 국제화와 미술 표현의 다양화, 그리고 문화인류학이나 포스트모더니즘 등 많은 문화정보의 융성을 기다리지 않으면 안 되었다.

'모노파'에 대한 몰이해에는 크게 두 가지 이유를 들 수 있다. 종래의 미술 문맥인 표상의 동일성을 파괴했다는 점, 그리고 작품의 내적인 구축성을 분해해서 외계를 들여넣었다는 점 등이다. 이런 것들이 양식이나 언어에 수습될 수 없는 원인이 되어, 이러저러한 저항과 반감을 산 것은 아니었을까 생각된다.

'모노파'는 결코 포스트모더니즘이 아니지만, 소위 근대주의의 틀에서 비어져나온 탈자립적 시도, 미술답지 않은 시대비판적인 표현학이었다고 할 수 있다.

1968년 전후는 미국이나 프랑스처럼 일본에서도 국가 환상이니 지知의 동일성이 문제가 되고 '자기'의 해체와 확립을 둘러싸고 논의가 비등했다. 개인적으로 나는 당시 깊이 관여하고 있던 한국의 군정반대와 남북통일운동의 재포착에 쫓기고 있었다. 현실 쪽의 진전이 빨라 자꾸 언어로부터 뛰쳐나가고 현상이 더욱 복잡하게 뿔뿔이 다가오는 것을 느꼈었다. 대학시절부터 매달리던 현상학적 방법에 의지하여 전체성에서 빠져나오는 방법, 역사성보다도 옆으로 퍼지는 관계, 비동일성으로서의 모순의 장소성 등에 관심이 향했던 것도 그즈음이다.

인간으로부터 사물과 터트림의 세계로 흥미가 옮겨갔다. 마르크시즘의 탈구축을 꾀해 구조주의나 문화인류학 문헌에 자극받으면서 관념과 사물의 분열에 주목하고, 도망칠 곳을 구하는 심정으로 작품 제작에 매달렸다. 캔버스와 형광도료로 헐레이션halation을 일으키는 작품이나 잘라 맞춘 철판에 유리판을 올려놓고 그 위에 돌을 놓는다고 하는 착시적인 작품(1968)을 만들어갔다. 그러나 작품이 빛을 볼 기회는 없었다. 지금에 와서는 상상도 할 수 없지만, 국적이 문제가 되어 출품을 거절당하기도 하고 작품이 쓰레기로 오인되어 버려지기도 했으며, 기타 여러 가지 사정으로 낙선과 거부를 실컷 암담할 정도로 경험했다. 소외된 자는 자기 외부성에 눈뜨게 될수록 그것을 합리화하는 길을 탐구하기 마련이 아닌가.

나는 1967년 가을, 비평가 이시코 준조〔石子順造〕 씨와 만나게 되었고 그의 권유로 나카하라 유스케〔中原佑介〕 씨의 문장을 읽고, 본다는 것의 신화성과 표현의 트리키 tricky한 근원적인 꾸밈새를 알게 되었다. 그 구체적 예가 다카마쓰 지로〔高松次郎〕라든가 세키네 노부오〔關根伸夫〕 등의 작품이다. 그런 것에서 영향받아, 뫼비우스의 띠를 평면화한 것 같은 시도를 1년 정도 계속했다. 그러는 사이에 시각의 어긋남 현상을 알아차리게 되었다. 고무 눈금자를 만들어서 잡아당겨 무거운 돌로 눌러두면, 거리에 어긋남이 생기는 것과 같은, 그리하여 미학적 견지보다도 인식론적 구조성을 중시하는 자세를 강화시켰다. 그리고 나카하라 유스케 씨의 물질과 개념을 둘러싼 강한 레토릭 rhetoric을 공격하게 된 바이다.

트리키에서 어긋남으로의 과정에서 작품의 반복성이나 관계성을 발견하고, 나아가 표현의 비대상적 세계로서의 장場의 문제로 뛰었다. 돌과 솜의 어울림으로부터 돌과 쿠션과 라이트와 공간과의 대응관계에 이르게 되었고, 한편으로는 '점에서' '선에서'라는 차이와 반복의 회화를 시도하면서 점차 무한으로서의 장소적 전개를 탐색해갔다. 문장을 쓰는 데에 세키네 노부오의 스마리큐공원〔須磨離宮公園〕에서의 '위상位相-대지'가 관념과 현실의 분열과 관계의 장을 잘 나타낸 것으로 나의 이론을 확립시키는 데 많은 도움이 되었다. "이씨의 동일성 비판이나 관계론은 재미있어. 푸코나 들뢰즈에 매우 가까워. 가능하다면 모순론毛澤東이나 장소론(니시타 기타로西田幾太郎에 그것을 연결시켜보면 어떨까?"라는 미야카와 준〔宮川淳〕 씨의 격려의 말은 잊을 수가 없다.

그렇게 해서 이윽고 조각에서는 외계성이 강한 돌(자연)과 거기에의 중개처럼 뉴트럴한 철판(사육된 자연)을 짜맞추는 쪽으로 방향이 정해졌다. 회화에서는 점이나 선의 반복개념이 무너지면서 그것을 지탱하던 바탕이 드러나게 되어 서서히 극히 적은 점과 점의 조응이나 여백과의 상호울림이 주가 되어갔다. 입체와 평면 양쪽에서 오늘날까지 표현의 기원을 물어왔다고 생각하고 있다.

그렇다고는 해도 지금은 웃어넘기고 있지만, 몇몇의 오해와 비방은 견디기 어려웠다. '모노파'의 기원에 관계되는 일이지만 나와 곽인식郭仁植 씨가 같은 한국인임으로 인해 억측이나 오해가 일부에서 생겼었다. 그러나 곽인식 씨의 명예를 위해서도 엉뚱하게 그를 '모노파'의 조상으로 치켜세워서는 안 될 것이다. 그는 물건(모노)을 사용하여 깨거나 홈을 내거나 해서 재미있는 조형작품을 만들고 있다. 허나 그것은 폰타나의 압도적인 영향이거나 다키구치 슈조〔瀧口修造〕의 후물림인 의식의 자재성의 표명이며 내적 전체성에 지탱된 미적 완결체이지 전혀 관계성이나 외계성을 끌어들인 것이 아니다. 내가 유리를 깬 것은 조형언어로는 포착되지 않는 것이다. 궁극적으로 그것은 산업사회에 대한 비판에서 나온 해체작업이며 비표현이라고 할 수 있다. 후지에다 테루오〔藤枝晃雄〕 씨의 레트릭이라는 지적에 가깝고 뒤샹의 큰 유리를 의식한 인식의 착시성에서 나온 것으로 곽씨의 그것과는 전혀 관계가 없다.

또 하나 서운했던 것은 히코사카 나오요시〔彦坂尚嘉〕 씨의 나와 '모노파'에 대한 비판이었다. 현상학에 관심을 지니고, 닫힌 전체성과 투쟁했을 터인 그가 왜 나나 '모노파'와 시대를 잘못 보았을까? 본래라면 공격은 오히려 역사의 내면화나 그 연속성에 향해졌어야 했던 것은 아니었을까? 내 문장은 아직 치졸한 일본문에다 오해를 불러일으키기 쉬운 것이긴 하지만, 논지는 일관되게 로고스 중심주의의 이데올로기 비판이었기 때문에 그대로 반비판이 되었을 것이어서 반론의 필요는 느끼지 않았다. 또한 내가 한국인인 데다 선배된 입장으로 반론하지 말아야 한다는 주위의 만류에 따를 수밖에 없었다. 그러나 나중에 시대 추세가 후퇴하여 마치 비판이 이치에 맞는 것처럼 취급되고, 음미도 하지 않은 채 종종 무책임하게 인용되는 것을 보았을 때, 관념적인 역사주의의 뿌리 깊음을 새삼 절감했다.

아이러니하다고 할까 문맥으로 보아 당연하다고 할까, '모노파'에 비판적이었던 수많은 1980년대의 작가들이 그 뒤에 눈사태처럼 일체의 실험성에서 몸을 빼내 안전권인 근대주의적 조형 세계와 일본화日本化로의 회귀를 마치고 자기 완결화된 양식미로 돌아갔던 것이다. 자족의 언어에 안주하고, 자기를 닫은 셈이다.

종래의 미학에서 본다면 인간파에서 비껴난 '모노파'는 분명히 위험분자임에 틀림없다. 미네무라 도시아키〔峯村敏明〕 씨의 말을 빌리자면 사물을 미적 대상으로 만들지 않고 생짜 그대로 작품의 주역으로 쓰는 패거리로 보이기, 때문이다. 그러나 표현은 재현론에서 해방되어야만 하며, 미지성을 품는 비동일물이라야 탐구와 제작의 의미가 있을 터이다. 어떤 모티프를 단서로 하여 갈고 닦은 자기와 불확정한 외계와의 연결을 시도하는 지점에서 작품의 성립을 보고 싶다. 세계는 전체성일 수는 없으며 따라서 순수한 내적 매개물(제도)이 아니다. 작품이 관계항이 되어 세계와 맞부딪친다. '있는 그대로를 **있는 그대로로 하는**' 일. 신체를 개재시켜 거기 있는 사물과 사물, 사물과 장과의 재포착을 행하는 일, 곧 사물이나 장을 가능한 한 이미지로 비뜨러지게 하거나 내면화하지 않고, 그것을 살리는 방향으로, 옮겨 놓거나 다시 짜거나 하여 지각의 상태를 꾸며내는 것이 표현의 방법인 바이다. 자연물이나 공업용재를 뉴트럴하게 사용하여 벽, 코너, 마루 등의 공간에 맞닥뜨린 것도 세계와의 직접적이고 상호적인 걸림새를 모색하기 위해서였다.

그 때문에 작품은 양식성을 결여하고 구속력이 약하며 임시적 임장적이고 그대로 영구히 보존하기 어려워진 것이 사실이다. 특정한 장과의 관계(일체화) 속에서 밖에는 고유성을 유지하지 못하며 시간과 공간이 바뀌면 또 어긋난 다른 존재 방식이 요구된다. '모노파'에 이르러서 비로소 작품이란 본질적으로 자기 완결체가 아니며 내외에 걸친 관계항으로 늘 재편성되고 다시 태어나는 불확정성을 품는 것임이 명백해진 셈이다.

'모노파'에는 고정固定과 중심이란 없다. 따라서 구심성도 없

다. 도대체가 잘 안되기 때문에 바르작거리고, 돌아갈 곳을 모
르는 사람들이다. 다카마쓰 지로(1970년대), 다나카 신타로〔田
中信太郎〕(1970년대), 세키네 노부오, 스가 기시오, 고시미즈 스
스무〔小淸水漸〕, 에노쿠라 코오지〔榎倉康二〕, 다카야마 노보루〔高山
登〕, 요시다 가츠로〔吉田克朗〕, 나리타 가츠히코〔成田克彦〕, 혼다 신
고〔本田眞吾〕, 이누마키 겐지〔狗卷賢二〕, 노무라 진〔野村仁〕, 이마이
노리오〔今井祝雄〕, 하라구치 노리유키〔原口典之〕, 후지이 히로시〔藤
井博〕……. 이들은 하나의 깃발을 내걸거나 도당을 짜거나 하지
않고, 각각 독불장군이었지만 그러나 잘 만나고 잘 토론했다.
모두 이론에 정통했으며 미술 외의 공부에 바쁜 사람이 많았다.
시세에 맞지 않는 말이나 비미술적 경향 또한 미술계에서 좋아
하지 않았던 요인이었음에 틀림없다. 거기에다 한국 출신의 외
부인이 있는 것도 신경을 거슬리게 했을 성싶다.

  어쨌든 '모노파'가 한 일은 역사의 연속성에 균열을 넣는 일
이었으며, 내적인 전체성을 분해한 일이다. 외계와 맞부딪치며
작품을 보다 열린 구조로 만들었다. 이 외부성에 의한 부정성이
야말로 역사의 활성화에 걸리는 다이내미즘임을 나타냈다. '모
노파'의 존재는 세계가 보수화해가는 분위기 속에서 금후 근대
주의 환상과 일본적인 것으로의 안이한 회귀를 제지하는 비판
정신으로 기능하리라고 생각한다. 그것은 또한 끊임없는 표현
에서 타자성의 의미를 묻고 열린 아이덴티티로의 길을 암시해
주는 것이 될 줄로 안다.

근대의 초극

'근대의 초극'이라는 말은 일본에서는 너무 때가 묻어 있다. 여러 이유에서라 할 수 있지만 특히 근대화의 이미지를 서양화와 중첩시켜 그것을 넘어서기 위해서인 양 아시아를 식민지화로 이끄는 역할을 한 역사적 의미가 크다.

그런데 한국이나 중국 같은 곳에서는 '근대의 초극'은 보다 다른 울림을 지닌다. 그것은 서양화에 대한 반감보다는 근대화 즉 식민지화로부터의 독립을 의미하며 거기에서 근대의 보편주의 비판이 이 말에 담겨져 있다.

식민지 정책의 캐치 프레이즈는 뒤떨어진 민족을 일본식으로 근대화시켜준다는 것이었으며 다잡아보건대 지배 주체에 의한 동일성의 확립이 목적이었던 바이다. 기본적 모티프에 있어서 그것은 근대화의 초극은커녕 일그러진 근대화 그 자체라고 할 수 있다.

초극되어야 할 것은 식민지주의나 제국주의를 초래하는 선택받은 주체로의 동일화 환상일 터이다. '근대의 초극'은 양洋의 동서를 불문하고 특정한 보편 신앙에 의한 세계 지배의 사상과의 투쟁에서 시작되는 것이라 하겠다.

미술가로서는 내적인 자기 표현으로써 세계를 작품화(식민지화)하는 것이 아니라, 어떻게 하면 표현을 외부나 타자와의 관계성 속에서 초월적으로 개시할 수 있을까, 그것이 문제인 것이다.

억측 비평

비판이 비판받는 자의 문맥이나 사실에 합당하며 논리의 정합성을 지니고 문장 공간으로써 자립성이 높은 것인 경우에는 그것이 입장의 상이함에 의한 반대 의견이라 해도 옷깃을 여미고 정중하게 답하지 않으면 안 된다. 고의적인 왜곡에 의한 엉뚱한 비판인 경우에는 대응하기 난처한 때가 많다.

선입견과 악의가 그대로 드러난 저차원인 비판에 부딪치면 우울해지고 슬퍼진다. 대체로 그런 문장에서는 비판의 대상, 적이라고 정한 것이 무척 빗나가 있다. 비판의 그 대상하고는 사이비의 전혀 다른 허구를 날조해놓고 그것을 공격하는 수법이다. 따라서 이쪽이 대항하는 대립 자세를 보이게 되면 본의 아니게 상대방을 인정하는 것이 되기 때문에 화가 나도 시간이 진흙을 씻어내주기를 기다리는 수밖에 없다.

억측 비평이 태어나는 것은 주관이나 이데올로기인 체하면서 어쨌든 상대를 깎아내리고 부정하고 싶어하는 사악한 마음에서 비롯된다고 할 수 있다. 그렇기 때문에 비판 대상을 객관적으로 기술하거나 분석하지 않고 문맥을 흩트려놓고 부정하는 데 필요한 렛텔을 붙이기 쉬운 다른 하나의 허구 대상을 날조한다. 그리고 풍차를 적으로 간주하고 돌진하는 돈키호테가 되는 것이다.

그런데 동류란 있는 법이다. 그렇게 쓰여진 문장을 언급된 해당 사항에 비추어 음미하는 일도 없이 허구의 증폭을 재미있어하며 기정 사실화하여 자료인 것처럼 인용하는 무책임한 비평가(?)도 적지 않다. 덕분에 작가나 작품을 둘러싸고 일반사람들은 종종 혼란에 빠져들고 피해를 입게 된다. 물론 비판의 대상이 그 어떤 진실성에 뒷받침되어 있는 것이라면 언젠가는 억측이나 부당한 렛텔을 튕겨내고 본래의 모습을 드러내게 되는 것은 자연스러운 추이일 것이다.

억측 비평의 특징은 상황에 편승하면서 시간에 견디지 못한다는 점이다. 점차 본래의 대상과 허구의 괴리가 누구 눈에나 분명해지면서 문장공간으로서의 근거나 자립성을 상실하게 된다. 아이러니하게도 그것은 원래가 스스로의 생명을 지니지 못하고, 부정했을 터인 대상의 존재성에 기생함으로써만 성립되어 있었다는 것이 자명해진다. 그러니까 시간이나 상황이 변하면 차마 읽을 수 없는 데마고그Demagoge로서 허공에 떠버리게 될 수밖에 없다.

억측 비평의 진짜 무서움은 내던진 말이 언젠가는 자기 자신에게 되돌아온다는 일일 것이다. 허구를 날조한 자는 스스로 발을 내디딜 현실을 찾지 못하게 되는 운명에 있다.

친절심

친절심을 둘러싸고, 과연 순수하다고 할 수 있는 경우가 얼마나 있을까? 친절심을 베푸는 쪽이 보답을 바라지 않을 때일수록 그것이 의외로 자기현시욕이기도 하다. 무상의 증여이기 때문에 은혜가 원수가 되는 일조차 있다. 그렇다고 해서 친한 상대가 곤란에 처해 있을 때 도와주지 않는 것도 부자연스러운 일이다.

그런데 동업자에게, 들떠서 그가 구하는 대로 좋은 아이디어를 생각해주는 것은 실로 장래 재난의 씨앗을 불러들이는 것이나 마찬가지라 할 수 있다. 프라이드를 존중하는 예술 세계에서는 생각이나 테크닉 등을 포함하는 구체적인 아이디어를 제공함으로써 예상치 않은 결과를 초래하는 일이 종종 있다.

직접 아이디어를 얻은 사람은 싹을 틔울 때까지는 고마워하지만, 그것으로 크게 세상에서 인정받게 되면 그것을 준 사람이 눈 위의 혹으로 느껴지는 모양이다. 그래서 지금의 자기 존재가 다른 사람의 힘에 의한 것이라는 사실을 숨기거나 호도하지 않을 수 없게 된다.

영향을 용수철삼아 계속 자기 전개를 할 수 있는 사람에게는 이러한 굴절은 일어나지 않는다. 그런데 혼자 앞으로 나가지 못하는 사람은 초조해하거나 두려워하면서 쓸데없는 생각을 한다. 불안이 에스컬레이트하면 콤플렉스가 심해진 나머지 작품의 제작연도를 앞당겨보거나 악담을 퍼트려보거나 하다가 끝내는 상대방이 이 세상에서 없어져버렸으면 하고 바라게 된다. 슬프고도 끔찍한 얘기지만 이것이 현실이다.

예술가는 보통 처음에는 누군가의 영향에서 출발할 것이다. 그리고 그것을 양식으로 하여 비약을 완수하고 독자적으로 보편적인 세계를 쌓아올려 대성해간다. 이런 것이 노멀한 코스라고 생각한다.

무언가를 주어도 그것을 양식으로 삼지 못하고 홀로서기 능력을 결여하고 있는 경우 은혜가 원수가 되기 쉽다. 그렇다고 해서 아이디어를 준 쪽이 사전에 그런 것을 간파하거나 조심하는 일 또한 쉽지 않다. 실컷 당했으면서도 눈앞에 매달리는 사람이 나타나면 또다시 금방 우쭐해져서 친절심(?)을 연기해버리게 된다. 친절심이란 억제하지 못하는 나르시시즘의 발로와 비슷해, 일종의 업이라고도 할 수 있을 것 같다.

말과 침묵

세계란 모두 주체적인 언어의 영토라는 것인가?

내가, 내가 하며, 현대에서는 오로지 쓰는 일, 막힘 없이 얘기하는 일 그 자체에 도취하는 자가 많다. 거기에서는 문제가 풀기 위해서가 아니라 말해지기 위해 세워진다.

데리다Jacques Derrida의 책을 읽으면 문장의 정밀함, 분석의 화려함에 혀를 내두르게 되고 빙 둘러친 언어망의 세밀함, 말하기의 사방팔방을 주시한 치밀한 전략에 경탄하게 된다. 정녕, '말해진 것' 이외의 세계는 존재하지 않는 느낌이다.

데리다의 키워드에 '어긋남' '어긋나게 하는 일'이 있는데, 오히려 그가 하고 있는 일은 틈새를 메우는 일, 말을 뿌려서 공백을 지우는 일이라고 할 수 있다. 계속 말하고 싶기에 '어긋남'을 쓰게 되고 문장 행간 사이사이에 보이는 것도 말 이외는 아니다. 프로이드Sigmund Freud식으로 보자면 공간공포증이 뒤덮어쓰기를 강요하고 있는 것일까?

라캉Jacques Lacan을 필두로 언어의 바다에서 노니는 현대 프랑스 철학가의 미적이기조차 한 분석술은 뒤집으면 그대로 화려하게 메어버리기를 의미하는 것 같다. 그러니까 여백을 논해도 조금도 외부성이 느껴지지 않으며 난외欄外 같은 것은 상상할 수조차 없다. 주체에 의한 소재의 짜바꾸기, 어긋지게 쓰는 것 외에는 거기 있는 것들, 타자의 세계는 부각되지 않는다.

칸트는 언어화의 궁극에서 내부화되지 못하는 것, 쓰여지지 않는 것과 부딪쳐 그것을 '물자체'라고 불렀다. 대상화할 수 없는 것과 언어가 어긋남으로써 생기는 여백에서 대화의 양의성을 보고 있다. 여기에서는 어긋남이야말로 언어의 꿈꾸는 침묵의 영역으로 비춘다.

하이데거나 니시타 기타로의 문체는 읽으면 읽을수록 여백이 퍼져가면서 헤아릴 수 없는 침묵이 엿보인다.

스피노자의 '무한'이 어긋남이 모티프임에 비해 데리다의 '어긋남'은 잡아 늘이는 방법이다. 이 경우의 방법이란 장치이며 주체의 기쁨이기는 해도 관계이거나 보이지 않는 타자이지는 않다.

흔히 침묵이란 말하지 않은 부분의 지칭이기도 하고 말을 넘어선 말이라고도 한다. 그래서 신의 소리 물자체의 그것이라고도 하게 되는데, 여기서는 오히려 말과 말 사이나 말문이 막힌다는 틈새를 문제삼고 있는 셈이다. 이것을 좀더 다른 측면에서 보면 저쪽에서 오는 것과 이쪽에서 가는 말과의 비껴감이나 그 어긋남에 의한 공백의 울림이 침묵의 소리가 된다는 얘기이다.

따라서 진정으로 쓴다는 것은 일방적인 자기 해석이기보다는 저쪽으로 부르고 건네는 것이며 저쪽에서 오는 것과 마주하는 틈새에서의 응답—암시일 수밖에 없다. 작품이 텍스트가 아니라 열린 짓거리라고 할 수 있는 것은 그 응답의 상호적인 여백성 때문이다.

데리다의 눈에는 저 석가모니Buddha의 '꽃과 미소'의 비유가 속임수이며 언어의 부정으로 비쳤음에 다름없다. 그러나 그 암시는 일방적으로 말하기를 넘어서 언급키 어려운 타자와의 만남, 그 교통의 상호성을 나타내는 제스처이기에 보다 큰 말—침묵의 양의성을 얘기하고 있는 것은 아닐까.

일본어와 번역

　삼십 년 가깝게 유럽에서 회화나 조각 제작을 계속하고 있는데도 여전히 유럽어로 문장을 쓰지 못한다. 카탈로그나 잡지용 원고는 일본어(한국어인 경우도 있다)로 써서 누군가에게 번역해달라고 부탁하는 수밖에 없다.

　그런데 어떤 어학의 달인이라 해도 일본어(혹은 한국어)를 영어, 프랑스어, 독일어, 이탈리아어로 번역하는 것은 쉬운 일이 아니다. 도대체가 유럽어끼리조차도 정역正譯 같은 것은 불가능에 가까운 듯하다. 일찍이 발터 벤야민은 번역의 비본질성이라고도 할 만한 성격에 착목하여 그 번역의 어긋남에 의해 오히려 원문이 탈구축된다는 것을 지적했다. 그렇기 때문에 원문과 번역문은 상호보완적인 것이라고도 할 수 있을 것 같다.

　그래도 나는 원문의 컨텍스트나 분위기, 의미를 살리고 싶다고 생각한다. 그 때문에 번역자를 찾는 데 애를 먹는다. 그리고 쓰는 것도 가능한 한 유럽어로 번역하기 쉽도록 노력한다. 무리 없는 범위 내에서 수동적 논술을 줄인다든가 주어와 술어 관계에 신경을 쓴다든가, 애매한 단어나 동의어의 반복을 피한다든가, 논리적이며 보편적인 기술에 유념한다든가……. 바꿔 말하면 다른 문화권의 타자에게도 통하는 문장을 쓰려고 노력하는 터이다.

　하지만 유럽어에 적합한 일본어문을 쓰기는 매우 어렵다. 그것은 나의 발상에 관계되는 문제임에 다름없다. 단적으로 모두 주어로 내용을 결정하는 구문構文에는 강한 저항감을 느낀다. 회화나 조각 제작에 있어서 나의 자세는 한층 더 미묘하다. 내가 전일한 게 아니라 나의 생각을 실마리로 해서 소재나 공간, 보는 자들이 서로 건넬 수 있는 관계 가운데 작품이 성립한다, 는 것이 내 입장이라고 할 수 있다. 그러니까 내가 나무와 마주하는 가운데에 그림이 태어났다, 와 같은 상호성이나 장의 공기가 중심이 되는 강한 수동성을 표현하려고 하면 일본어에 대한 이해력이 깊은 사람일수록 곤란해지는 것 같다. 그렇다고 해서 내 컨텍스트를 꺾어서라도 순유럽식으로 일본문을 쓰면 해결되는 것도 아니겠다.

언젠가, 일본 문학의 독일어 번역의 대가인 지그프리드Sieg Fried 씨에게 급하게 번역을 부탁하게 되어 꽤 의식한 문장을 써서 건넸다. 그러자 오랫동안 나의 일본어 문장에 친숙한 그는 고개를 저으며 말했다. "이것은 이형의 문장이 아니야. 뭔가 번역을 염두에 두고 쓴 것 같은데, 내용은 술어적인데 논지는 주어가 결정하고 있어. 내용과 논법의 분열 탓인지 문장의 퍼짐이나 일본어의 촉촉한 습도가 느껴지지 않아." 그날 밤 그의 집에서 그 문제에 대해 논의했지만 결론이 나지 않았고, 머리가 혼란해져 나도 그도 한숨도 자지 못했다.

"어쨌든" 하고 말을 꺼내드니 그는 거기에서 얘기를 다른 데까지 확대시켰다. 일본의 유명한 평론가의 문장을 가지고 와서, "이것은 지식이나 정보가 풍부해서 공부는 되지만, 마치 합성 와인 같지 않은가. 잘 말해 하이테크로 만든 조정 와인 같아서 명료하긴 하지만 여운도 함축도 아무런 공기도 없어. 이런 것은 문학이 아니야."라고 마구 털어놓았다. 옳다거나 잘못을 판별하는 분야라면 몰라도, 예술에 관계되는 것이라면 더더욱 내용과 방법이 일치 또는 통일되어야 한다. 그리고 그 사람의 컨텍스트에 따른 문장 공간이 열려 있지 않다면 문文의 존재 이유는 희박하다, 는 것이다. 번역의 문제를 넘어 문장공간의 존재성이나 그 컨텍스트를 묻고 있는 바이다. 이는 단순히 모어母語의 실체성이나 번역의 어긋남에 관한 논의로 처리될 성질의 문제가 아닌 것 같았다.

하여튼 나의 컨텍스트 자체가 끊임없이 흔들리고 있는 것을 어떻게 부정할 수 있겠는가. 나의 회화나 조각은 이미 유럽에서도 많은 언어로 논해지고 있다. 어느 때는 동양적이라고 닦아세워지고, 어떤 때는 너무 서양에 다가선다고 거부당하고, 또 어떤 때는 미지성에 찬 표현이라고 강력한 관심을 나타낸다. 터무니없는 오해도 있는가 하면 생각도 못한 자극적인 견해도 나온다.

이러한 원인에는 여러 가지가 있겠지만 나의 입장이 동일성에서 어긋나, 말하자면 능동과 수동의 만남이나 그 관계에 있다는 것이 큰 것 같다. 이러한 견해를 가능한 한 정확하게 이해해 주었으면 하고 생각한다. 그러나 이 양의성이라고도 할 수 있는 입장 자체가 불안정하기 짝이 없어 어느 쪽으로 굴러도 잘되지 않을 것을 이야기하고 있다. 그러는 한, 올바른 이해를 바라는 것은 올바른 번역을 구하는 것 이상으로 어렵다. 이것은 이문화권異文化圈의 사람들에게 이해받고 싶다는 바람 때문에 일어난 일인지, 자기를 끊임없이 신선하게 하고 싶기 때문에 고생하고 있는 것인지, 나로서도 알 수가 없다.

모국을 떠난 지 오래고 부평초 같은 삶의 방식이 언어의 존재를 위태로운 것으로 만들어버렸는지도 모른다. 나의 사고 자체가, 여러 언어에 침범당해 헤아릴 수 없는 뒤섞임 가운데 행해지고 있다. 보는 것도, 음식도, 언어도, 헷갈리고 중첩되어가는 것을 이제는 막을 수가 없다. 그리고 외계가 번역의 바다인 것처럼 나의 언어 또한 여러 가지 번역을 낳고, 나는 그 불확정한 번짐 가운데 떠 있다.

늘 모어와 번역에 속을 썩이고 타인이 섞인 자기 자신에게 곤혹스러워하면서 문장을 써갈 수밖에 없는 이 분열증을 어떻게 하면 좋을까.

언어에 대해

사람은 자기 생각대로의 언어를 말하고 있는 것일까? 자기의 플래닝대로의 언어를 쓰고 있는 것일까? 그렇다고도 할 수 있고, 그렇지 않다고도 할 수 있을 것 같다. 온전히 정확하다고까지는 하지 않아도 대개는 그런 셈일 터이다. 그리고 쓰거나 말한 대로 움직이는 언행일치가 존중되고 규범시된다. 요즈음은 일부러 말을 여러 가지로 어긋나게 연기하고는 기뻐하는 풍조인 듯하나, 그것조차도 계산되고 예정된 속셈의 틀을 넘는 것은 아니다. 자기를 주체로 포착하고 거기로부터 정해진 이념을 실현화하는 것을 이상형으로 하는 근대적 발상에서 본다면, 언어가 주체의 충실한 언표로 간주되는 것은 당연한 이치일 것이다.

그런데 최근에는 그 중요한 언어의 중심으로 여겨지던 주체라는 것이 해이해지기도 하고 부서져가고 있어서, 언어의 자리매김 또한 미심쩍어졌다고 말해진다. 전에 없이 언어가 범람하고 있는데도 인간은 자기와 언어의 유착을 싫어하며, 언어의 비소유성이 제창되거나 하여, 얘기하는 쪽이나 얘기되는 것이나 모두 복사기 비슷한 무기적인 관계물로 간주되고 있다. 이제 언어는 주체의 언표가 아니며 사용하는 자의 인용물로서 이미 만연히 사방에 흩날리고 있는 셈이다.

그렇다고는 하지만 근대 서구인이라면 모를까 일본이나 한국과 같이 한 번도 저 창조주와 같은 주체인가 하는 것을 지녀본적이 없는 인종의 언어에서 얼마만큼 그 운명이 문제가 되고 있는지, 나로서는 참으로 의문이 아닐 수 없다. 시니피앙, 시니피에라든가 파롤과 랑그라느니, 그리고 그들의 관계나 의미의 해체론에 맞닥뜨릴 때마다 그것이 어디의 일을 문제삼고 있는 것인지, 고개가 갸우뚱해진다. 오브제라는 낱말이 가리키고 있을 만큼 우리 주변에 있는 사물들이 세계에서 오려내진 상태로 '대상화' 되어 있을까? 이마주라는 말이 가리키고 있을 만큼 사물이 주체가 분비하는 언표로서 그 자리에 '스며 나와' 있을까?

"세계는 자기의 안에 자기 표현을 포함하며 자기 표현적으로 자기 자신을 형성해나간다."(니시타 기타로, 《철학논문집 제7권》)라는 말 조짐이 있다. 여기에는 시니피앙과 시니피에의 관계와는 다른 컨텍스트의, 무명화된 말투만이 퍼져 있다. 일본어나 한국어에서는 주어도 술어도, 명사도 형용사도 동사도 각각의 명분에 의해서라기보다는 그들이 짜내는 상호관계에 의해 뭔가의 세계를 이루는 경우가 많은 것처럼 생각된다. 억지로 분절화를 기도했다가는 금방 하나하나의 단어는 그 의미를 상실하고, 전체는 사어死語의 바다로 바뀐다. 얘기하는 주체에 의한 언표가 아님은 물론 객체로서 그 자리에 언어가 오브제적으로 물화物化되어 있는 것도 아니다. 그러면서도 하나의 선명한 언어 공간이, 주변과의 관련성 안에서 숨쉬는 언어로써 열린다. 얘기하는 주체도 의미도 명확하지 않은데도 언어는 카피나 인용의 영역을 넘어 그 자신의 넓이를 보이는 것이다.

오늘날다운 선교사들 — 메이지 이래의 일본의 계몽주의자들

은 지금 실체(신)의 죽음을 내 일인 양하기 위해 자아의 붕괴라
느니 의미의 해체라느니 무의식이라느니 아우성치고 있다. 천
진난만한 어릿광대의 우스꽝스러움과는 달리, 정색하고 하는
흉내인 만큼 우스워도 웃을 수도 없다. 애당초 신을 만든 적도,
자아를 지닌 적도 없는 자들이 어떻게 그들을 부정하거나 상실
할 수가 있겠는가. 실제로 실체를 상실한 자들이 보는 현실의 허
구성과 잃을 것이 얄팍한 자들이 보고 있다고 생각하는 현실의
허구성이 같은가 어떤가. 실체를 상실한 자와 그런 것을 지니지
않았던 자는 그것이 없다는 상태인 몰주체성에 있어서는 닮았
다. 그러나 적敵이 된 자아라는 실체에 도전하는 자의 언어에서
는 싸움의 아픔이 느껴지지만, 적대시할 만한 자아라는 실체를
지니지 않은 자들의 아우성으로부터는 공허한 레토릭의, 남의
일 같은 수다로밖에는 들리지 않는다. 한쪽의 말투에 여전히 실
체성-리얼리티가 있는 데 반해 다른 한쪽이 마치 흉내라도 내듯
이 카피 정보의 공전을 일삼고 있는 것은 얄궂은 모양새다.
　어쨌든 이러한 시행착오가 일어나는 것 자체가, 언어의 정체
를 둘러싼 중대한 사건을 시사하는 것이라고도 할 수 있다. 어
느 쪽 입장이든 언어와 인간관계가 자기 분열을 일으키고 있음
은 많은 논자가 지적하는 대로인 것 같다. 다만, 인간과 언어의
유착을 여전히 믿어 의심치 않는 자도 어수룩하겠지만, 기호론
자들이 인정하고 있는 언어의 선재성은 이해하기 어렵다. 언어
가 우주에 만연하여 필요에 따라 그것을 인용하거나 바꿔 짠다
는 탈구축의 문맥은 마치 새로운 형이상학에 어울리는 울트라

실체주의의 연기[煙]로 생각되는 것이다. 그렇다고 해서 이제와서 언어의 출처를 수상쩍은 사성私性에 구하는 것은 너무 무신경한 일이다.

언어란, 원래 어딘가에 편재하거나 머릿속에서 그리는 컨셉의 언표와는 다른, 제3의 무엇이 아닐까. 엄밀한 의미에서 언어란 순수하게 인간의 일방통행적인 제품이라고는 할 수 없다. 또 누가 만들었는지도 알 수 없는 것을 사용하는 자가 컨트롤함으로써 탈구축하면 되는 것도 아닐 것이다. 이들의 문맥은 여전히 자기 이념의 실현으로써 언어의 표출을 원하는 획책처럼 느껴진다.

니시타 기타로의 말투를 빌리자면, 하나의 말은 세계의 하나의 사건이다. 인간과 온갖 가시 · 불가시한 사물과 장과의 대응관계 속에서 때로는 호응이라는 형태로, 때로는 반발이라는 형태로, 그곳에 하나의 터트려짐[事件]으로서 태어나는 것 —. 편재하는 정보의 파편을 인용하거나 바꿔짠다고 하기보다는 그것들이 내가 있는 세계의 어떤 터트려짐으로서 생명을 지니는 그 자신이 되는 것, 그것이 살아 있는 언어일 터이다. 세계의 상호 울림의 양상에 따라 언어의 존재성이나 그 성질은 결정된다. 따라서 인간이 갈고 닦아져서 힘이 늘수록 대응하는 사물의 존재성도 커지며 거기에서 표출되는 언어 또한 풍요로워지는 것이리라. 문어나 구어나, 그 출처에 있어서는 별개의 것이 아니다. 터트려짐의 장면성이 좀더 완만한 것이 일상의 구어일 것이고 대응관계의 긴장도나 순도가 높은 상호 울림이, 예컨대 시라는 형태의 언어를 탄생시킨다고 할 수 있다.

언어가

　언어가 사고 형태에 결정적으로 영향을 미치는 것은 말할 필요도 없다.

　주어 중심의 언어와 술어 중심의 언어와는 세계의 구성의 성격이 달라질 것이다. 주어 중심의 언어라 하더라도 영어, 독일어, 프랑스어에서는 주어에 의한 세계를 한정하는 방식이 달라진다. 술어 중심인 경우도 일본어와 한국어는 같지 않다.

　하이데거는 종종 근대 라틴어의 속성을 문제삼고 있다. 언어가 존재Sein에 이르지 못하고, 표상으로서의 존재자das Seiende에 동여매어져 있는 것에 대해서이다. 다른 말로 바꾸자면 모든 것이 자기 한정에 의한 세계, 곧 소유격으로서 기능하는 언어의 성격을 지적하고 있는 것이라고 할 수 있다.

　무엇이든 간에 '나의……'라는 형태로 수렴되는 한, 언어는 모든 것을 존재자로 꾸미게 되며, 타와의 관련이나 때와 장소의 작용을 무시하게 되는 운명에 놓인다. 거기에서는 존재자를 만드는 소재로서밖에 외부의 세계는 인정되지 않으며 존재하지 않는다.

　일본어나 한국어에서는, 나와 그녀가 만나서 아이가 생겼다, 는 말투가 있다. 또 '하늘이 보인다'는 말투도 있다. 이 간단한 말이 유럽어로 제대로 번역되기는 어렵다.

　앞의 것은 내가 그녀를 사용해서 아이를 만들었다, 고 번역되기 쉬운데 전혀 그런 의미가 아니다. 삼자三者는 거의 동격이며 양의적이고 우연성까지 작용하고 있다. 뒷것의 '하늘이 보인다' 는, 나에게도 우리에게도 누구에게도 아니라고 할 수도 있고 그 모두에게라고 할 수도 있기에, 그래서 번역이 불가능에 가깝다. 자기가 세계를 결정하거나 소유하는 것이 아니라 외부와의 대응이나 터트려진 일이 언어가 되는 마당이므로 발어發語의 주인이 애매할 수밖에 없다.

여기에도 문제가 없는 것은 아니다. 술어 중심의 언어에서는 존재에의 의존성이 너무 강해서 만들기를 둘러싼 결단이나 책임, 개인성을 나타내기가 힘들다.

보다 열린 사고방식을 위해서는 언어가 주어 중심이나 술어 중심을 넘어 다이내믹한 관계성의 두드러짐으로서 기능하는 것이 될 필요가 있지 않을까 싶지만 어려운 문제다.

사막에서는

사막에서는 직선적인 상황 판단이 필요하며 오성悟性을 작동시켜 하늘을 바라보고 스스로 헤쳐 넘지 않으면 안 된다.

숲에서는 곡선적인 친화親和가 필요하며 감성을 작동시켜 옆눈을 팔고 이자異者와 함께 걷지 않으면 안 된다.

사막도 숲도 아닌 오늘날의 도시에서는, 신인류답게 그 자리에 머물러 혼자 컴퓨터게임이라도 하면서 똥이라도 싸고 있으면 되려나.

베르가모의 저녁 무렵

베르가모의 성내는 벌써 어두워지기 시작하였고, 작은 광장
에는 불이 켜졌다.

젊은 화랑 주인인 마테오와 나는 카페에서 일어나 걷기 시작
했다. 여느 때의 버릇대로 마테오는 금방 잰걸음이 되면서, 괴
테가 얼마나 베르가모 동네를 좋아했었는가를 이탈리아어가 섞
인 영어로 떠들어댔다. 나는 반도 귀에 들어오지 않은 채 그의
뒤를 쫓아가면서 괴테는 이 광장에서 무엇을 보고 있었을까 여
러 가지로 상상하고 있었다. 그러자 건너편 큰 나무 아래의 벤
치에서 한 노인이 하늘을 바라보며 느긋하게 담배를 태우고 있
는 모습이 눈에 들어왔다.

무심코 멈춰선 나를 마테오가 뒤돌아보고 빨리 가자고 말했
다. 그때 저녁 종소리가 울리기 시작했다. 그가 다시 지껄이기
에 나는 반사적으로 다문 입술에 손가락을 대고 얼굴을 종이 울
리는 방향으로 돌렸다. 그는 순간적으로 입을 다물고 영문을 알
수 없다는 표정으로 나를 바라보고 그리고 종소리가 나는 방향
으로 나처럼 얼굴을 돌렸다. 우리는 종소리가 다 끝나기 전에
다시 걷기 시작했지만 벤치에 앉아 있던 노인은 여전히 담배를
태우고 있었다. 괴테는 이 동네의 저녁 무렵을 좋아했었을 것임
에 틀림없다고 나는 마테오에게 말했다.

그리고 몇 년인가 지난 어느 날 오후, 밀라노에서의 일이다.

눈이 돌 것 같은 스케줄에 쫓기고 있는 나를 보고 마테오는 조용히 속삭였다. "그때 베르가모에서 당신은 나에게 멋진 순간이라든가 여유를 깨닫게 해줬던 일, 기억나요? 요즘은 바빠지면 문득 그때를 떠올립니다. 종도 울리지 않는데 한순간 멈춰서서 말이죠, 심호흡을 하거나 천천히 담배를 태우죠. 그리고 다시 일을 시작하면 웃음도 저절로 나와요. 정말 고맙습니다." 그 애기를 듣고 있던 나는 나의 하찮은 분주함을 부끄럽게 여기면서 마테오에게 고맙다고 말하고 웃었다.

예감 또는 와인

옛것을 보러 나라[奈良]에 가서, 절의 폐허의 풍경을 스케치하고 있었다. 그곳에서, 끊겼다 이어졌다 하는 점과 선의 화면을 희안한 듯이 들여다보던 여행자 차림의 프랑스인 노인과 알게 되었다. 그날 밤, 근처의 초라한 여관에서 영어인지 프랑스어인지 뒤죽박죽한 말로 떠들면서 단맛 나는 따끈한 일본술을 주고받았다. 그리고 유적이란 사라져 없어질 때까지 아름답다고 생각하지만, 이것이 사실의 일인지, 기억 속의 일인지, 아니면 바람에 관련된 일인지를 둘러싸고 논의했었던 것 같다.

그로부터 몇 년인가 지나 어떤 전람회에 참가하기 위해 파리에 갔을 때, 시간이 나서 브르고뉴 마을로 그 노인을 찾아갔다. 여든 살이 넘었는데도 여전히 와인 제조에 꿈을 부풀리며 바쁘다고 한다. 그날 밤 노인댁에서 삼십일 년이나 됐다는 본인이 만든 와인의 마지막 병을 땄다. 아주 맛있다고 했더니 그는 한숨을 섞어서 대답했다. 온전히 익어난 것은 사실이지요. 그러나 너무 익어버려 앞이 없는 와인은, 풍요롭고 투명하지만 슬퍼집니다. 예감이 없는 맛이란 재미없어요. 작품 카탈로그의 느낌으로 봐서 당신의 그림은 바로 예감이 테마인 걸로 보이는데?

다음 날 아침 와인 창고에서, 삼 년 전에 만들었다는 회심작이라는 와인을 한 잔 받아 마셨다. 과일냄새와 떫은맛과 덜 익은 빛깔 등 유동流動 불확정했지만, 그러나 아주 싱싱한 맛이어서 무의식중에 시간이 담기면 좋겠어, 하고 중얼거려버렸다. 그러자 노인은 이것도 삼십 년 정도 잘 숙성하면 어젯밤 것보다 더 우아하고 투명한, 그러나 슬픈 술이 되겠지요, 라고 웃는다. 돌아올 때 그는 손으로 쓴 라벨이 붙은 포도주를 한 병 주면서, 시간과 예감의 선물이야. 세라비!

그로부터 십오 년이 흘러, 겨우 나도 파리의 미술관에서 큰 개인전을 열게 되었다. 홀연히 노인이 생각나서 다시 브르고뉴를 찾았다. 그러나 그는 이미 십이 년 전에 죽었다고 손자인 소년으로부터 들었다. 일본에 돌아와서 61세 생일날, 그 와인을 테이블에 올려놓았지만, 세어보니 아직 십 년 이상이나 빠르다. 지금은 매일같이 집에서, 레스토랑에서, 즐겁기도 하고 슬프기도 한 별의별 와인과 만난다. 그리고 가끔 와인에서 몇십 년 앞날의 불가사의한 예감에 이끌려서는, 거꾸로 먼 옛날의 지난 일을 떠올리는 것이다.

소나무에 대해

나는 한국 남단의 소나무가 많은 산골에서 자랐다. 소나무는 크든 작든 간에 한결같이 줄기가 구부러지고 잎과 가지는 빈약하고 멋대로인 양태로 자갈이랑 돌투성이인 산을 장식하고 있었다. 꼭 조선 시대의 산만한 산수화를 방불케 하는 소나무의 광경이라고 할 수 있을 것이다. (물론 한국에서도 일부의 깊은 산에 수직으로 뻗은 커다란 소나무가 없는 것은 아니다.)

소나무가 이리저리 구부러져 있는 것은 아마도 양분이 적고, 뿌리를 깊이 내리기 어려운 토질 탓이라고 생각된다. 그래도 옛날 문학작품 속에서는 그것이 멋진 모습이며 대단히 시적이라고 칭송되었고, 사람들도 모두 그런 것이리라고 믿고 있었다. 인간도 그처럼 멋있게 이리저리 구부러져야 하는 법으로 읊어졌던 것이다.

그런데 내가 어쩌다가 일본 땅을 처음 밟았을 때, 약간 당혹함을 느꼈던 것은 거기 있는 소나무 때문이었다. 백사장에 정연하게 드높이 늘어선 소나무를 봤을 때 뭐 이렇게 멋대가리 없는 소나무가 다 있는가 하고 혀를 찼다. 똑바로 뻗은 소나무도 소나무인가, 고 생각했다.

그리고 나서 한참 지나 전람회를 위해 유럽으로 갔다. 로마의 보르게제공원의 하늘 높이 유유히 서 있는 풍요로운 소나무를 보고, 나의 소나무의 모양새에 대한 이미지는 완전히 무너져버렸다. 그 후 다시 뉴욕에 들렀을 때, 거칠게 가지와 잎사귀를 펼치고 앞을 가로막아 버티고 서 있는 거대한 소나무의 존재에는 말을 잃었다.

그렇게 해서 여러 지역에서 별의별 소나무와 만나고 그것들이 제각기 멋지다는 것을 알게 되었다. 같은 이름으로 불린다해도 지역이나 장소, 위치에 따라 전혀 다른 것으로 보이는 일은 흔하다. 동시에 다양한 형태나 색상, 이미지의 상이함을 넘어, 그들이 소나무라는 하나의 이름으로 불리고 있다는 것을 깨닫게 될 때, 인간의 공통감각에 새삼스레 감동하지 않을 수 없다.

나는 소나무 숲을 넘나드는 바람 소리를 들으면서 자란 것을 기쁘게 생각한다. 그리고 구불구불하여 가지런하지 못한 소나무들을 점점 더 사랑스럽게 느끼는 바이다.

물건을 고르는 일

　야마나시현〔山梨縣〕의 산, 또 산속의 작은 촌락(온천)에 갔을 때 들은 이야기이다.

　촌장은 인터넷으로 어딘가의 어촌과 산마을이 직접 생선과 야채를 교환하고 싶다는 뜻의 정보를 띄웠다. 그러자 몇 군데인가의 어촌의 동사무소와 개인에게서 금방 연락이 왔다. 촌장은 그 가운데서, 유기농법과 야채에 대한 지식과 정보가 풍부하고 가장 열의가 있다고 생각된 일본해〔東海〕에 면한 어촌의 어떤 동회와 맞교환하기로 했다.

　그래서 산마을에서는 밭일의 경험밖에 없는 촌장 부인(43세)이 어촌으로 향하고, 어촌의 동회로부터는 책방을 하고 있다는 삼십대 중반의 인텔리 남자가 찾아왔다. 마을사무소 차로 아침 일찍 떠난 부인은 저녁 나절에 많은 생선을 사 싣고 마을로 돌아왔다. 마을 사람들은 모두, 부인이 아주 신선하고 맛있어 보이는 생선을 싸게 골라 사 온 것에 만족했다.

　그런데 어촌동회의 남자는 단 한 개도 야채를 고르지 못했다. 밭에서 뽑아온 무잎은 벌레 먹은 자국투성이었고, 뿌리는 흙탕으로 색깔이 안 보이고 너무 단단했으며, 시금치 또한 군데군데 벌레 먹고 작달막하여 전혀 커다랗게 자라지 않았고, 당근은 냄새가 물씬하며, 형태랑 크기가 제각각이었다. 게다가 어느 것이나 신선하다는 느낌보다는 더럽게 보였다……

촌장은 이것은 화학 비료나 농약을 쓰지 않았으며, 토종이고 영양도 맛도 좋다고 열심히 설명했지만 안다니 같은 동회의 인텔리의 눈에는 모든 것이 잘못된 것으로밖에는 비치지 않았던 것이다. 남자는 빈손으로 돌아갔고, 촌장은 낙담했다. 어떤 야채를 생산해야 할 것인지 촌장은 많이 연구하지 않으면 안 되겠다고 반성할 수밖에 없었다.

이 이야기를 들으면서 나는, 정보와 사물과의 관계와 좋은 것이란 어떤 것인가, 스스로 사물을 보는 힘이란 무엇인가 곰곰이 생각에 잠겼다.

몸과 양복 사이

　몸과 옷의 관계는 애증에 찬 것이다.

　여름 해변가라든가 침대 속에서 사람들은 벌거숭이가 되는 경우가 많다. 벌거벗고 있는 동안은 옷 같은 것은 아예 잊게 마련이다. 그때 옷은 옷장이나 벽에 걸린 채 인간하고는 무관계한 오브제가 된다. 그리고 보기에 따라서는 인간보다는 옷 쪽이 끊임없이 몸을 불러대고 있는 것처럼 비치기도 한다. 그렇다고는 해도 예외적인 경우를 제외하고는 몸과 옷은 붙었다가 떨어지거나 하기는 해도 이혼도 완전 별거도 못 한다.

　그런데 사람이 다시 옷을 입을 때가 되면 때와 장소를 그리면서 옷을 고르거나 짝지워 입거나 거울을 보거나 한다. 자기 몸이 옷을 고른다기보다는 때와 장소와 상대방이 그것을 고르게 한다. 물론 몸에 맞는다는 것이 전제가 되는 것임은 말할 것도 없다. 옷이 몸에 맞는다는 말은 무슨 뜻일까.

　어느 때, 나는 우연히 양복점에서 옷을 한 벌 맞추게 되었다. 재단사에게 내 몸 사이즈를 잘 재서 꼭 맞는 것을 만들어달라고 부탁했다. 완성된 것을 입어보았더니, 바느질이 꼼꼼하고 깔끔하게 되어 있기는 했지만 아무래도 석연치 않은 느낌이었다. 이것저것 재단사 얘기를 듣기도 하면서 몸에 익은 기성복하고 비교해보는 동안에 맞춤복의 어려움을 깨닫게 되었다.

　내 몸에 맞춰서 옷을 만들면 모양새 좋기는 불가능하다. 내

몸은 원래 스마트하지도 않거니와 나이를 먹음에 따라 더욱 일
그러져가고 있다. 그러니까 몸에 맞춰서 만들면 입기 쉽고 무리
가 없는 것은 분명하지만, 그다지 멋지거나 아름다운 것이 되지
않는 게 당연할 터이다.

이에 비해 유명 브랜드 제품은 아닐지라도 일반화된 기성복
은 잘 고르기만 하면 말끔하고 모양새 좋은 것이 많다. 누구나
입고 있는 것이라 특징이 없다고 한다면 그렇기도 하지만, 옷이
튀어 보이지 않고 뉴트럴하다는 점에서는 다양한 상황에 적응
된다. 형태나 치수가 평균치이기 때문에 때에 따라서는 몸에 꼭
맞지 않는 경우가 있어도 부자연스러울 정도는 아니고, 유행에
서 그다지 빗나가지도 않는다. 오히려 내 체형의 결점을 보완하
고, 보편적이며 스마트해 보인다. 내 몸의 형태나 사이즈를 무
시하고는 옷이란 존재하지 않겠지만, 몸도 또한 어느 정도는 옷
에 맞춰가지 않으면 입었을 때 모양새가 나지 않는다는 것을 알
수 있다.

그러면 기성복이라야 좋고, 맞춤복은 한결같이 틀린 것일까?
그럴 리는 없으리라. 뛰어난 재단사는 맞춤복이 빠지기 쉬운 약
점을 커버하고 그 사람에게 잘 어울리는 격조 높고 아름다운 옷
을 만들어낼 것이다. 그리고 좀더 나아가면, 기성복의 평범함을
뛰어넘어 더욱 높은 보편성을 제시하면서, 입는 사람의 개성을
돋보이게 하는 새로운 디자인의 길도 열어 보일 것이다.

어느 쪽이든 간에 옷이란, 입는 사람과 함께 끊임없이 남하고
의 관계에 직면하는 이중적인 존재라는 점이다. 다시 부연하자

면, 남 앞에서는 옷 쪽이 내 얼굴이 되고, 몸 쪽으로 눈이 가지
않게 만드는 부분인 셈이다. 아니, 어이없는 소원이지만 옷을
통해서 훌륭한 몸매와 뛰어난 생각의 임자임을 알아주었으면
싶게 된다.

나라는 얼굴은 실제로 옷을 통해서 타인 앞에 나타나는 일이
많다. 그러니까 나는 끊임없이 몸과 옷의 애증관계 속에서 살아
가야 하는 고생을 즐기는 바이다.

자연이라는 것

　자연은 붙잡을 곳이 없다. 근방의 나무나 돌, 물, 산, 새 등의 대상을 가리킬 때도 있는가 하면, 인간이 터치하지 않은 저절로 이루어져 있는 세계를 가리킬 경우도 있으며, 우주의 질료質料의 총체를 지칭할 때도 있어 동서고금에 걸쳐 무수한 해석이 있다. 대상계로서의 자연이라면 인간이 관리하거나 파괴할 수도 있지만 그것이 비대상의 세계로 떠오를 때는 어떻게 할 수도 없어진다. 자연이라는 말이 종종 신비와 결부되기 쉬운 것은 그 무한성 때문이 아닐까?

　헤라클레이토스는 자연을 변화 그 자체로, 노자는 무궁으로 보았다. 어느 쪽이나 한정에 멈추지 않는 것, 확정되지 않는 것으로 나타낸 점에서는 다름이 없다. 현대 물리학자인 하이젠베르그Werner Karl Heisenberg는 끊임없이 가설 바깥에 있는 것, 영원히 대상이 되지 않는 것이라고 했고, 현대의 철학자인 아도르노 또한 언제나 이성으로 거두어들여지지 않는 외부, 제도나 문화를 비판과 부정으로 이끄는 힘으로서의 자연을 논하고 있다.

　수많은 동양의 시인이나 철인哲人이 자연을 동경한 것은 그것이 평온의 요람이어서가 아니라 오히려 자신을 고독으로 이끌고 타자로 바꾸는 장소로 간주했기 때문이라고 할 수 있다. 만들어진 문화의 사람이 만들어지지 않은 자연에 매혹되는 것은 모순 같지만, 그것이 패러독스이리라. 문화의 개념이 아무래도 안정화를 지향하는 공동체의 언표인데 비해 자연의 개념은 궁극적으로 가변적, 미지적, 외부적이다.

근대의 가치관에서 본다면 인간의 생산개념에 의한 문화가 우위이고, 거의 손을 대지 않은 자연 따위는 만들기 위한 소재에 지나지 않으며 무가치하고 비역사적이다. 그러나 닫혀진 문화의 공동체공간이 이미 과거의 것이 되어가고 있는 이상, 종래의 단락적短絡的이고 제작 중심적인 역사관으로 인류의 장래를 그리는 일은 불가능에 가깝다.

근대의 전적으로 만드는 가치관에 대해 인간은 재검토를 피할 수 없게 되었다. 만들어지지 않은 것, 규정되지 않는 것으로서의 외부성에도 가치를 인정하고, 자연과의 새로운 관계를 모색하지 않으면 안 된다. 그리고 동일성의 역사가 아닌, 자연을 포함하는 세계사를 쓰는 방법을 생각할 필요가 있다.

오늘날 자연이 문제가 된다고 한다면, 인간의 관리주의에 의한 고도한 산업사회가 펼쳐지면서 모든 것이 동일화 환상의 니힐리즘에 빠진 것을 알아차렸기 때문일 것이다. 모든 세계가 데이터화, 프로그램화되어 '인간'의 관리하에 놓이고, 외부로서의 자연이 추방, 배제, 은폐되었다는 사실은 부정할 길이 없다. 산다는 모순에 찬 현장 감각을 지니기 어려운 것도 모두가 간접화로 밀려나 날것의 자연성을 잃게 되었기 때문이라고 할 수 있다.

자연의 제 일보는 현장이다. 현장이란 제도와 함께 직접성이 기능하고 불확정한 요소가 작용하는 곳을 말한다. 희안하게도 현장은 인간을 살아 있는 자가 되게 해준다. 만남이나 번뜩임의 장소가 인간을 빛나게 한다.

　자연은 끊임없이 자극적인 타자이며 영원히 대상화되지 않는 외부인 것이다.

한국인의 문화와 자연

　문화와 자연을 둘러싼 논의는 종종 혼란과 착종의 양상을 띤다. 하물며 오늘날과 같은 산업 도시 사회에 있어서는 문화와 자연을 연결시키는 일 자체가 노스탤직 아니면 거짓부렁이처럼 들리기 쉽다.

　한데, 한국에서는 문화와 자연이 마치 동의어인 양 사용되곤 해서, 제삼자는 자기 귀를 의심하거나 당혹감을 느끼게 된다. 그렇다고 해서 식자識者 간에 한국의 오래된 예술작품이나 높은 문화의 수준을 부정할 자는 없을 것이다.

　동아시아의 석조문화의 정수라고 정평이 난, 신라의 석굴암 조각의 완성도는 절묘하기 그지없다. 세계적으로 평가가 높은 고려와 조선도자기의 만듦새는 완벽 이상의 것이다. 이들의 친근감 넘치는 모티프와 멋진 모습, 정확함을 넘어선 고도의 기술은 자타가 널리 인정하는 바이다.

　그런데 전에 한국국립중앙박물관 관장을 지낸 정양모鄭良模 씨는 한국 미술은 한국의 자연과 같으며 자연과 하나가 되는 것이라고 쓰고 있다. 나의 세대의 한국의 화가들은 하이테크 생활에도 불구하고, 입을 열면 자기 작품 세계가 '자연'이라고 한다. 그러고 보면, 오랫동안 외국을 떠돌면서 근대주의에 듬뿍 잠겨 있을 터인 나 자신도 또한 다소간의 뉘앙스 차이는 있다고 해도 자연스러움이라는 말을 무의식적으로 쓴다.

이렇게 되면 한국인은 모두 무지하든가, 분열증 아니면, 터무니없는 자연숭배자로 간주되지는 않을까? 혹은 뭔가 착각으로 문화와 자연을 혼동하고 있는 것일까? 외계로서의 한국의 자연은 세계 속에서 그다지 장대한 것도 특히 아름다운 것도 아니다. 그것은 초절超絶하리만큼 실체감을 불러일으키는 변화나 스케일의 이미지의 총체라기보다는, 온화하고 어울리기 쉬운 대응 가능한 생활환경이다. 그러니까 어머니의 품속 같은 안온한 고향이긴 하지만, 절대에의 신앙이나 숭배의 대상으로는 적합하지 않다. 이러한 한국의 자연은 많은 외국인의 눈에는 너무나 답답하고 평범하여 오히려 빈약한 것으로 비칠지도 모른다.

세계에는 여전히 가혹한 무서움을 주는, 인간을 넘어선 대자연이 사방에 널려 있다. 인간이 다가가기 어려운 자연이나 그 위력과 싸우고 있는 사람들에게 있어 한국의 그것은 다소 변화가 있는 커다란 정원과 같은 것에 지나지 않을 터이다.

이러한 것들을 염두에 둘수록, 정양모 씨의 말을 타지역의 언어로 직역해서 그들에게 읽히면 어떻게 될까? 예비지식이 없는 사람은 한국에는 문화가 없다고 생각할 것이 틀림없다. 그렇게 자연을 동경하던 괴테나 루소라 할지라도 문화를 자연이라고 규정하지는 않는다.

일반적으로 문화와 자연은 대립개념이라고 말해진다. 자연은 미개, 무질서, 불확실, 변화, 무가치, 소재를 가리킨다. 그래도 노장老莊의 말을 따르면, 자연이란 혼돈이면서, 무한이며 스스로 이루어지는 세계를 가리킨다. 그에 반해 문화는 개화, 질서,

구축, 고정, 가치, 존재를 가리킨다. 그래서 아리스토텔레스의 말을 따르면, 문화란 로고스에 의한 유한한 대상화된 세계를 뜻한다.

이리하여 근대에 이르러, 문화와 자연의 개념은 현저하게 정반대의 이미지로 정착하였다. 요컨대, 문화는 인간이 만든 확고한 존재이며, 자연은 인간의 힘이 작용하지 않은, 방치된 채로의 비존재라는 것. 이러한 문화와 자연의 개념에서 도출된 것이 현대 산업사회임은 새삼 말할 필요가 없다.

그런데 오늘날, 이 구분 규정은 크게 흔들리고 있지 않은가. 문화개념도, 자연개념도 단순할 수 없게 되었다. 개념을 정하는 인간관 그 자체가 변해가고 있기 때문일 것이다. 아사다 아키라〔淺田彰〕는 《도주론逃走論》에서, 근대적인 인간을 자립과 진보의 편집광으로, 오늘날의 인간을 차이와 도주의 분열증 환자로 비유하고 있다. 그리고 아도르노는 《계몽의 변증법》에서, 자연이란 끊임없이 문화를 부정성으로 이끌고, 불확정성으로서 작용하는 힘이라고 파악하고 있다.

오늘날의 인간은 어떤 의미에서는 유연성에 넘치지만, 그만큼 문화성이 약한 타입이 되었다고도 할 수 있다. 인간이 전일하게 존재를 만들기는 어렵고 또한 선호되지 않게 되었다. 환언하자면, 근대적인 문화로 커버해왔던 인간의 자연성이, 도금이 벗겨짐에 따라 서서히 정체를 드러내고 있다 할 것이다. 실로 기존의 시대가 붕괴되며 새로운 시대가 시작하려고 하는 틈새 현상이라고 할 수 있을 것 같다.

하지만 정양모 씨의 말이 시대의 틈새의식에서 도출된 것이라고 생각되지 않는다. 그렇다고 자연을 문화의 보편적인 본질로 파악하기에는 앞에서도 말했듯이, 한국의 자연의 존재성은 높은 이상상理想像이나 규범성을 결여하고 있다. 어쨌든 한국의 문화라 하더라도 자연히 생긴 것이 아니고, 모두 인간이 만든 것임은 분명하다. 그러면 정양모 씨의 이 말에는 문화와 자연을 둘러싼 그 어떤 레토릭이 기능하고 있는 것일까? 인간의 지혜를 자연의 그것에 중첩시키려는 본뜻을 올바르게 해명하기는 어렵기도 하겠다.

어느 지역, 어떤 민족에도, 각각의 자연이 있고, 자연관이 있다. 천의 지역, 천의 인간이 있다고 한다면, 천의 자연, 천의 자연관이 있을 것이다. 그리고 외계의 자연조건에 따라, 자연관이 달라지는 것은 당연한 일이다. 일반적인 통념에 따른다면, 중국의 광대하고 기고만장한 자연환경으로부터는 인간이 미치기 어려운 절대적인 관념이 발달한다. 일본이라는 섬나라의 온화하고 손이 닿기 쉬운 자연환경으로부터는 유기적遊技的이고 완결적인 인공의 관념이 발달한다.

그런 의미에서는, 한국의 바다와 대륙에 걸친 완충지대 같은 자연환경에서는 그 지정학도 곁들여 왕래적이고 중성적인 풍류의 관념이 발달한다고 볼 수 있다. 곧 자연적임과 동시에 인간적이며, 또 그 거꾸로이기도 해서 들어맞추기 어렵다. 어떤 의미에서는 양의적이고 중간적이며, 집착이나 철저 또는 자기완결로 향하지 않고, 안팎으로 열려져 바람이 잘 통한다.

조선백자가 상징하듯이, 예술작품이 완결도나 존재감이 부족한 대신에 주위와의 친화성이 뛰어나다는 점은 시사적이다. 독립, 자존自存하고는 달리, 인간과 자연에 걸친 세계관이 친근하면서 동시에 포착하기 어려운 문화를 탄생시키고 있는 것인지도 모른다.

한국인이 자연을 좋아하는 데에는 어딘가 현실적인 인간을 넘어서고 싶다는 은밀한 초월원망超越願望이 엿보인다. 이것은 자연에의 도피사상하고는 성격이 다르다. 자연과 인간이라는 이항대립으로 자기를 정립하는 것이 아니라, 오히려 양의적인 왕래자로 자재自在할 것을 꿈꾸는 발상이라 해도 될 것 같다. 그러니까 자연을 이상화·실체화하는 것도, 인간을 왜소화하는 것도 아니고 끊임없이 상호 매개적으로 어긋나며 나가는 가변성 속에서 문화를 생각하게 한다. 이러한 입장에서는 개체로서의 주체의식보다는 양의적인 관계의식이 강하게 세계와의 걸림을 규정할 터이다.

일찍이 야나기 무네요시[柳宗悅]는 한국의 예술작품에 접하고 있으면, 이름할 수 없는 것의 작용, 뭔가 인간이 아닌 자가 일을 하고 있는 것 같다고 말했다. 그의 영향을 받은 한국근대미학의 설립자, 고유섭高裕燮은 한국 미술의 특징을 무계획의 계획, 무기교의 기교라고 했다.

이것은 바로 인간이라고도 자연이라고도 고정하기 어려운 유동성, 자유자재로움, 유연성을 뜻한다. 제작행위가 무규정한 자연에서 자극받으면서, 작위作爲에 미지성의 폭을 안겨주는 것일 것. 다른 각도에서 본다면, 인간이나 자연이라는 존재를 상대화하고, 어느 쪽에도 구애받지 않은 더욱 큰 관계성을 획득하는 데 무게가 놓여 있다. 지정학적으로 보아도, 존재로 향하지 않고 연관에 사는 지혜가 몸에 익어 있다는 것은 잘 알려진 사항이다.

그러나 이 발상은 일견 낙천적으로 보이긴 하지만, 늘 비극을 낳게 할 가능성을 내포한다. 대립항을 세우기 어려운 만큼, 자기의 확립이나, 자기와 타자를 구별하기가 어려워진다. 그리고 외부에 맞서는 힘이 약해지면 짓밟힐 것이고, 그렇다고 해서 내부로 도망칠 만큼 여유가 없게 될 경우, 자칫하면 되는대로 추세에 내맡기게 되기 쉽다. 잘 되면 자재이지만, 이완되면 문자 그대로 어중간하든가 뒤죽박죽이 되어버린다.

대상마다 묘법描法을 바꾼 정선鄭歚과 같은 화가라든가, 공간시간 작용에 뛰어났던 목공들의 작업은 자연스러움의 함의를 잘 나타낸 것이라고 할 수 있다. 그러나 많은 조선 회화나 문학 작품에는 컨셉도 양식도 방법도 볼 만한 것이 적다. 실로 존재와 대결하기 어려운 곳―자연의 헤아리기 어려운 장소에서 뭔가를 만든다는 것은 지난한 일이다. 끊임없이 밖으로 향해서 열려 있지 않으면 안 되고, 안을 향해서는 집착하면 안 된다. 인간과 자연이 왕래 가능해지면 맞서야 할 상대도 없이 자재의 길을 탐색한다는 얘기가 된다. 이것은 안이함과 엄격함이 동거하고 있는 것이나 다름없다.

한국인이 자연이라는 단어로 정말로 무엇을 말하고 있는가

하는 것은 선문답과 비슷하다. 그러나 때에 따라서는 제도화된 문화에 대해 자극성을 띤 액추얼한 힘을 지니는 단어인 것임도 분명하다. 어쨌든 한국의 자연이라는 단어가 도피를 위한 길이 아니라, 큰 다이내미즘을 표현하는 것이기 위해서는, 인간과 자연의 관계성에 대한 엄격한 자각이 없으면 의미가 없다고 생각된다. 어리석은 사람의, "자연스러우면 돼."라는 말은 단순히 우자愚者의 농짓거리에 지나지 않는다.

　최근에는 한국에서도 시대의 반영인지, 에너지의 쇠퇴인지 젊은 층은 자연이라는 말이나 자연 그 자체에 무관심해져가고 있다고 듣고 있다. 자연이라는 메타포의 망각이 그대로 문화라고 하는 말의 사어화死語化를 의미하는 바가 되지 않을까 걱정이다. 한국에 한하지 않고, 자연이라고 하는 말을 둘러싼 논의는 이제부터 시작이다. 어떤 사회든 자연을 잃게 되면 인간은 미지에의 가능성도 상실하게 될 것이다.

풍화로부터

  미술의 전람회란 보통 완성도가 높은 작품을 보이는 곳이다. 그렇지만 작품을 다루는 법이나 보임새에 따라 전람회라는 것 안에 또 하나의 다른 세계가 엿보이는 수도 있다. 그리고 전람회를 보는 방식은 사람에 따라 다르다. 또한 사회나 시대에 따라 보는 점이 달라진다. 고대 그리스에서 현대 미국까지의, 서양미술의 에센스를 모았다고 하는 역사적인 대전람회(1987년 3월 27일 ~ 6월 14일, 국립서양미술관)에서 나는 그것을 통감했다. 몇 번이고 가서 전람회장을 배회하는 동안에 내 눈길이 늘 무의식중에 어디에 부어지고 있는지 깨달았을 때는 흠칫했다.

  그것은 만테냐의 〈죽은 예수〉도, 페르메르의 〈편지를 쓰는 부인〉도, 루벤스의 〈사四대륙〉도 아니었다. 그 시대의 결정結晶 같은 것이 요괴처럼 시·공간을 넘어서 거기 보편으로 계속 존재하는 데에는, 정말은 적의는 느낄지언정 결코 호의를 가지기는 힘들다.

  이 전람회에서, 예술표현에 의한 미의 불멸을 구가하려는 저의가 느껴졌기 때문인지 뒤틀린 나의 관심은 많이 부서진 작품들에게만 향하였다. 간신히 몇 군데밖에 그림이 남아 있지 않은 토벽이거나, 가까스로 조각의 전체상을 상상할 수 있는 돌의 파편들. 예를 들자면 기원전 6세기 말의 그림인 〈올림픽 경기의

벽화〉이다. 넉 대의 이륜마차와 인간을 추상적인 까만 윤곽선
으로 두르고 억양 없는 색면으로 마무리한 일종의 프레스코화.
화면의 태반은 결락되고 넓은 흙벽 군데군데, 무엇인가의 파편
처럼 그림 형상이 흩어져 있을 뿐인 것이다.

또, 〈웅크리고 있는 아프로디테〉 상은 루니대리석으로 만들
어졌으며 로마 시대의 이상화된 인체조각으로 알려져 있다. 목
욕을 하는 여인의 우아한 포즈라지만 실제는 머리와 얼굴 윗부
분, 오른팔은 중간에서, 왼팔은 어깨로부터 부러져 없다. 파손
된 부분은 매끄러운 인체의 살결과는 대조적으로, 너무나 자연
석 그대로 무표정하고 거칠다.

또 하나. 피에로 델라 프란체스카의 〈성聖유리아누스〉(?). 지
금은 상반신뿐이지만 원래는 전신도였던 것 같다. 푸른색과 검
은색 대리석판을 등뒤로 한 붉은 망토를 걸친 인물화인데, 균열
과 때투성이고 사방에 발라 메워놓은 회반죽이 생생하다. 이들
작품 외에도 뭔가의 데미지 때문에 원형이 일그러진 것, 본래의
표현과 나중에 생긴 갖가지 상흔이 치열하게 다투고 있는 것
등, 강하게 이끌리는 것은 한결같이 위태로운 상태에 있는 것들
이다.

그것들은 이미 어떤 주장을 지녔던 당초의 완벽한 예술작품
이 아니다. 오랜 세월에 걸쳐 풍화되어 당시의 완성도는 허물어
지고 부분적으로는 예술과는 하등 관계없는 물질의 양상이 그
대로 드러나 있다. 그러나 계속 예술이고자 하는 힘과 자연물로
되돌아가고자 하는 힘의 그 날카로운 대립이, 나에게는 매력적

이게 으스스하게 비춘다. 원래의 예술만을 볼 수도, 그냥 자연의 쪼가리로 보아넘길 수도 없다.

예술로부터도 자연으로부터도 어긋나 있는, 그 헤아릴 수 없는 부분이 마음에 걸리고 재미있게 느껴지는 것은 어째서일까. 기막힌 만듦새의 작품일 그런 것일수록 말로 하기 어려운 존재의 결락감이 두드러진다. 예전 같으면 결코 눈길이 향하지 않았을 틈새가 곧장 눈에 띄는 것도 이상한 시대 아닌가. 이러한 어긋난 세계가 보인다는 것 자체가, 보는 쪽 또한 이미 수복 불가능한 수상한 분열의 양상에 있음을 나타내는 것임에 다름이 없다.

미지와의 대화

　근대주의의 수세기 동안, 인간은 로고스의 표상을 신으로 모시고, 만들어낸 것에만 가치를 인정하는 자립의 문명을 형성해 왔다. 만들어내지 않은 세계(자연)는, 문명의 반대개념으로, 무질서한 소재에 지나지 않는 무가치한 것으로 간주되었다. 생산주의에 의한 문화만이 우수한 인간의 징표였던 것이다.

　이러한 인간중심의 가치 아래, 자본주의가 발달했고 지구의 자원을 거의 소진하여 결과적으로는 식량부족과 환경공해, 자연이변을 초래하게 되었다. 그리고 인간이 만들어낸 모든 것과 인류와 지구를 한순간에 날려버릴 원자·수소폭탄을 산더미처럼 만들어내면서, 여전히 살아남을 가능성을 묻고 있다.

　21세기. 더 이상 제작 중심으로 나아가야 할 것인가? 그리하여 누군가와 파괴와 멸망을 위한 전쟁놀이를 할 것인가? 차라리 자폭해야 할 것인가?

　만일 살아남기를 원한다면, 더 이상의 대량생산이라든가 본격적인 전쟁은 불가능이 아니겠는가. 가능성은 사는 방향에 있을 뿐이다. 그러기 위해서는 대화와 연대가 요구된다. 이제는 어떠한 지역, 어떤 표상의 신도 신성하지 못하다. 로고스의 닫혀진 지향성보다, 타他와의 상호적인 관계성이 주목되는 때가 왔다. 문화 개념이 변하지 않으면 안 된다.

　어느 시대에도 예술가는 사자死者에의 레퀴엠과 살아나가기 위한 희망을 구가하는 자일 터이다. 진보와 만드는 것에 지나치게 가치를 둔 나머지, 사자에 대해서나 보이지 않는 세계를 완전히 무시, 무화無化해버렸다. 이렇듯 숨어진 것을 포함하지 않는 명증한 표층적인 문명 속에서, 어떤 내일을 그릴 수 있다는 것인가? 예술가는 표상의 올오버리즘에서 탈피하여 칸트가 말했듯이, 반성과 숭고의 정신으로 무한정한 직접 세계와 만나는 일부터 시작해보자.

산것과 무기물 그리고 사자를 포함한 모든 외계는 무언가의 소재이기 이전에, 잘 알 수 없는 타자인 것이다. 손을 대지 않는 부분, 불확정한 것들을 세계로서 인정하지 않으려나. 그들과 대화를 시도하는 과정이 반성이며 비판이며 예술이었으면 싶다. 상상력은 자아의 확대가 아니라 능동과 수동을 역동적으로 연결시키는 작용력이다.

모든 가치와 예술의 중심을 인간이 만든다는 의식에서 조금 비껴나자. 만드는 것을 한정하고 고도화하여 만들지 않는 것과 자극적으로 관계짓게 하자. 그리하여 더욱 크낙한 자연으로 인간을 해방시키자. 만들어내지 않은 것에도 가치를 인정하고 외계와의 새로운 연계를 모색하자. 학문과 예술의 이름하에, 수정주의 짓거리로 해체와 왜곡을 전술시戰術視해서는 안 된다.

근대주의의 내면적인 자기완결형의 예술은 끝났다. 작품이 인식의 텍스트였던 시대는 지났다. 안과 밖을 자극하고 환기시킬 수 있는 매체로서의 표현은 그 방법이나 양식이 어떻든 간에, 역사나 무한정한 것들과 사귀는 것이지 않으면 안 된다. 하이테크놀러지가 더 한층 발달하여 많은 정보가 일반화되었을 때, 어언간 매개항으로서의 신체의 존재성이 되살아나고, 외부와 내부의 관계성이 부각되리라.

관리주의管理主義에 의한 정보화된 데이터는 자기 확인과 커뮤니케이션을 위해 필요하지만, 그 명증성이 철저해지면 해질수록, 현장에 있어 인간은 무규정한 외부— 타자와 직접 접하고 싶어질 수밖에 없다. 그것은 인간이 동일성보다 무한과 연계되어 있는 존재이기 때문이다.

이 타자하고 만나게 하는 매개역이, 곧 내부와 외부의 연결점인 신체인 바이다. 로고스를 포함한 감각에 의한 열려진 세계와의 신선한 만남은 양의적인 신체의 재발견에서 시작된다. 안과 밖을 잇는 인간구조의 양역성兩域性을 자각할 때, 닫힌 개념의 산물이 아닌 자기 이상의 표현, 무한의 예술을 탄생할 수 있게 된다.

그림을 배우는 소년에게
―어느 중학생에게 보내는 편지

중학생으로 그림을 배우고 싶다니 요새 참 신통한 소년이군요. 인터넷이라든지 비디오, 사진 같은 정확한 재현의 기술이 인기를 모으고 있는 시대에, 애매한 손으로 그리는 그림에 관심을 갖고 있다, 라고 듣기만 해도 나는 기쁩니다.

그림을 그린다는 것은 즐겁기도 하지만 고통스러운 일이기도 합니다. 우선 그것은 무엇을 그릴까를 스스로 생각하거나 선택하거나 손을 더럽히면서 그려나가지 않으면 안 되기 때문입니다.

그런데 초등학교 시절부터 마음 내키는 대로 자유롭게 그리라고 권장받았다고요? 사실 어릴 적부터 마음대로, 자유롭게 그리라고 하는 선생님은 잘못된 것입니다. 자유롭게 그리는 일 같은 것은 어른이라도 좀처럼 할 수 있는 게 아닙니다. 그런 말은 자기가 마주하고 있는 것에서 눈길을 돌리라고 하는 말이나 같아서, 그런 상태에서는 산다는 현장감각이 누락되어버립니다. 실마리가 희미한 생각에 사로잡혀 화면을 아무리 주물러봤댔자 반응이 있거나 재미있을 리가 없으며, 하물며 책임을 질 수 있는 표현을 할 수 있을 리가 없습니다.

내 생각에는 초등학생이나 중학생 때는 먼저 대상을 보는 법부터 배우는 것이 중요합니다. 대상이란 내 마음대로 되지 않는 것으로써 거기 존재하고 있다는 것을 인정하는 데서부터 보이게 되는 것들입니다. 사람, 개, 나무, 돌, 산, 별, 자동차, 빌딩, 하늘, 말, 음, 색, 공기, 시간, 공간, 죽음 등이 모두 대상입니다. 좀더 정확하게 말하자면, 그것들을 보거나 마음을 쓰거나 이쪽이 보여지고 있다고 생각될 때, 비로소 그것이 대상으로 되는 것입니다. 자신도 또한 언제나 타인이나 온갖 것에 보여지고 있는, 정체를 알 수 없는 대상입니다.

여기에서 중요한 것은 대상이란 거기 보이는 것만이 아니라, 반드시 거기에 관련되는 보이지 않는 부분을 포함하는 것으로서 있다는 것입니다. 예를 들어 개가 앓고 있을 때, 그 개한테서 병을 보게 되거나, 일하고 있는 아버지의 다 떨어진 신발을 보고 노동의 힘듦을 알아차리거나, 나뭇가지가 바람에 흔들리고 있으면 주위 공기의 떨림을 느끼거나, 오래된 석불의 파편을 보고는 아득한 시간의 흐름을 생각하거나 하지 않습니까? 이들은 눈에 보이지는 않지만 대상과 함께 거기에 있는 것들입니다. 그렇게 해서 대상이나 그 주위를 잘 보아가면 이윽고 어느 것도 다 시·공간적으로 서로 연관지어져 있다는 것을 깨닫게 되고, 대상성을 넘어 더욱 깊고 넓은 세계를 문제삼게 될 것입니다.

우선은 마음에 걸리는 대상을 찾으십시오. 그리고 대상이 어떤 보이지 않는 부분을 포함하고 있는지를 관찰하기도 하고 생각도 해보고 형형색색으로 흥미와 상상력을 불태워주세요.

몬드리안이 시도했던 유명한 그림 시리즈 중에, 한 그루의 사과나무 가지를 정리해가는 프로세스를 나타내는 것이 있는 것을 아시나요? 그것은 나무 자신의 질서를 찾아낸 것인지, 아니면 몬드리안의 눈을 통해 그의 마음이 짜낸 것인지, 여러 가지 논의를 불러일으키고 있는 것입니다. 어느 쪽이든 간에 그려보면 알 수 있듯이 그리는 행위 가운데 나무는 눈에서, 눈은 나무에서 자극을 받으면서 그림이 계속 어긋나게 됩니다. 그 어긋남이나 흔들림의 진폭 가운데에서 화가가 태어나고 그림이 진척되는 것이지요.

그리는 대상이, 거기에 존재하는 대로이든 자기의 생각 안의 것이든, 그리고 있는 동안에 조금씩 다른 것, 예상도 못했던 것이 그림에 나타나고 그것을 알게 되는 것입니다. 그러니까 번뜩임이기도 하고 망설임이기도 한 이 소중한 현장감이야말로 바로 그림을 그리면서 느끼게 되는 더없이 행복한 시간일 터입니다.

자, 너무 가까운 것보다는 될 수 있는 한 힘에 부치는 것, 자기보다 커서 잡기 어려운 것 앞에 섭시다. 그것은 도전하면서 자기가 크기 위해서입니다.

그것을 어떻게 보고 어떻게 그릴까, 실마리는 여러 가지가 있습니다만 우선은 미술관에 있는 명화를 보는 것이 좋겠지요. 명화란 여러 전문가와 많은 사람들의 눈길에 닿고, 또 오랜 세월을 통해 볼 만한 것으로 남게 된 그림을 말합니다. 별의별 사람에게 작용할 수 있는 생명력과 보편적인 양식을 가진 그림을 고전이라고도 합니다. 그런 그림에서 물건의 배치, 화면의 구성, 붓놀림, 색의 어울림 등, 여러 요소를 보아갑니다. 가장 중요한 일은 그림의 의미나 그리는 방식을 알아내기보다는 우선 마음을 열고 한동안 그림의 상황을 계속 보는 일이지요. 그러니까 될 수 있는

대로 미술관으로 발길을 옮겨 마음에 걸리는 실물 그림에 직접
접하고 친해지고 은밀한 대화를 나누면서 또한 배웁시다. 인쇄
나 영상을 통한 그림에서는 아무래도 실물이 지니는 공기나 리
얼리티가 탈락되어버리기 때문에, 대상과 만나고 있다는 느낌이
들기 어렵습니다. 정말이지 미술관에서는 별의별 그림이 마치
연인처럼 언제나 자네가 오는 것을 기다리고 있습니다.

  그림을 본다는 것은 경우에 따라서는 밖의 대상보다 더 리얼
리티가 있을 것입니다. 일상에서는 눈에 익은 풍경이나 인물,
공간, 시간 등 생각이 닿기 어려운 것들이 그림이 되면은 환하
게 알게 되거나, 아주 시적인 것으로 느껴지거나, 상상력이 날
개를 펴거나, 본다는 것의 쾌감이 솟구쳐 오르거나 합니다. 그
것은 평상시 현실의 대상에서는 보이지 않는다고 생각되었던
것을 화가가 제대로 보이게 그려줬기 때문입니다. 파울 클레는
그림을 그린다는 것은 보이지 않는 것을 보이게 하는 일이라고
말했습니다. 그렇기 때문에 그림에서 이 보이지 않는 부분을
보는 훈련이 되면, 눈앞의 현실이 몇 배나 더 풍요롭고 멋진 것
으로 비쳐집니다. 세잔의 사과 그림이 눈에 새겨진 뒤에는 부
근에 있는 사과가 이상하리만큼 생생하게 되살아나 보이지 않
습니까?

  그래서 좀더 자세히 그 그림의 테마나 의미, 또는 역사나 문
화적 배경을 알고 싶어지면 미술사 책이나 미술전집을 읽는 것
도 좋겠지요. 또 선생님이 해주신 설명이나 화가들의 얘기를 참
고로 자기의 마음에 걸리는 그림을 분석하거나 말로 옮겨보거

나 하는 것도 보다 깊이 알게 되는 길입니다. 꼭 권하고 싶은 일이지만, 가끔은 자기 손으로 그 그림을 몽땅 베껴보는 것도 많은 것을 안겨줄 것입니다.

그러니까 그림을 배울 경우 두 가지나 세 가지 일을 할 필요가 있다는 얘기입니다.

마음에 걸리는 대상과 마주하거나, 여러 명화를 보거나 미술책을 읽거나 하면서 자신의 생각이나 그리는 방식을 키워나가야 하는 일입니다. 옛날 중국의 《미술교과서[芥子園畵傳]》에서 말하기를, 만권을 독파하고 가슴에 만감을 품고 만리의 길을 간 음 붓을 잡아라, 라고 했습니다. 이것은 책을 잘 읽고 생각을 깊이 하고 많은 경험을 쌓으면서 그림을 그리는 것이 바람직하다는 의미입니다. 다른 말로 하면 그림을 그린다는 것은 놀이이기도 하고 또한 배우는 일이기도 하며 훈련이기도 하다는 것을 알게 됩니다.

실은 어른 화가가 하고 있는 것도 이것과 별로 다르지 않습니다. 자기의 문제의식과 미술일반의 있음새, 그리고 자기가 관련된 현실과의 사이에서 일을 하지 않으면 안 되기 때문입니다.

그림을 그린다는 것은 다잡아보면, 마음 안의 것과 밖에 있는 것과의 절실한 맞걸림으로서 말을 넘어선 대화이며 교류이고 싸움인 것입니다. 그런데 거기 있는 꽃을 아름답다고 생각하는 찰나는 누구에게나 있을 것입니다. 그렇지만 대개 다음 순간에는 잊어버리고 맙니다. 그 아름답다와 계속 관련을 맺으면서 그 느낌을 지속해가고 싶다, 더욱 기분을 고양시켜 나가고 싶다, 그리고 다른 사람들도 그것을 공유해주었으면 싶다는 욕심 많은 갈망이 그림을 그리게 한다고 말할 수 있을지도 모릅니다. 꽃과 나 사이에 오가는 것이 있고 그 중간 지점에서 그림이 되어난다는 애깁니다. 말을 바꾸면 안과 밖의 것이 만나는 장이 그림이고 그곳으로 인도하거나 그리게 하는 것이 눈이나 손입니다.

안과 밖 사이에서 짜맞추게 하거나 맞서게 하거나 하는 그리는 행위에 손의 본령이 있습니다.

손은 이 나에게 소속되어 있음과 동시에 세계에도 소속되어 있는 양의적인 신체의 일부이기에 경이적인 힘을 발휘합니다. 손으로 그린다는 것은 몸으로 그리는 일이며, 몸으로 그린다는 것은 외부와 내부 양쪽이 그리는 것이 됩니다. 손의 정확함에는 한계가 있지만 대신 그 작동은 세계와 접촉하고 있다는 리얼리티를 제공해주고 또 내부와 외부의 공유감을 불러일으켜줍니다.

손은 결코 머리의 도구가 아닙니다. 그러니까 손은, 머리에서 많이 생각한 결과를 캔버스나 종이에 그대로 베껴내는 데에는 적합하지 않습니다. 머리와도 협동하지만 가장 가까운 것부터 가장 먼 것까지 포착하여 안과 밖을 큰 폭과 흔들림 가운데서 만나게 하는 짓이 쟁끼입니다. 손은 안과 밖의 매듭이라는 그 양의성 때문에 그림 그리기를 통해 세계의 무한함을 전달하는 절묘한 메신저가 된다는 거지요. 화가에게 있어서 10밖에 안 되는 힘이 20이나 30으로 부풀어서 나타나는 것은 손이기에 가능합니다. 그림의 실마리가 되는 생각을 든든히 쌓는 일은 소중한 일이지만, 손으로 그려가는 가운데 여러 요소가 맞부딪치고 어긋나면서 생각도 못했던 미지의 것이 나타나는 데에 그림을 그리는 신기한 맛이 있다는 것을 강조하고 싶습니다. 그러니까 그림을 보면은 반드시 그린 사람의 일만이 아니라 그 밖의 갖가지가 거기에서 보일 것이고 그런 많은 깊고 먼 연상으로 이어지는 그림이 좋은 그림일 것입니다.

그림을 통해 세계와 함께 살고 있다는 구체적이고 풍부한 관련 속에서 꿈을 부풀리고 자신을 크게 키워갑시다.

그림을 배운다는 것은 보는 일의 근사함, 세계의 비밀에 접하게 되는 것을 의미합니다. 그리고 자기가 살고 있는 세계와의 관련이 무한하며 경이롭다는 사실을 아는 일입니다.

화집畫集의 단장斷章에서

제1화집(미술출판사)에서

1

내가 모노파를 만든 것인지, 모노파가 나를 만든 것인지. 나와 모노파는 어느 틈에 동의어가 되어 있다.

이것은 옳지 않아서 나와 모노파는 하나로 어울리기도 하고, 서로 거부하기도 하면서 같이 커갔고, 그것이 운동을 이루면서 작품을 낳았다는 것이 진실일 것이다.

인간과 세계와의 관계를 장으로서 다시 짜세우고, 주객의 논리를 넘어선 작품을 다루려고 한 것은 현대 미술사 가운데서 획기적인 일이었다고 생각된다.

이쪽 편에서 저쪽 편으로, 저쪽 편에서 이쪽 편으로. 그 만나는 곳이 작품이라는 양의적인 장으로 열리고, 거기에서 모노파라는 말이 유래된 것으로 느껴진다.

나는 최소한의 걸림새로 최대한의 교감을 원했다. 표현의 그 얼마나 지복했던 시대였던가. 작품이 장소적인 미니멀리즘이 된 것은 그 때문이라고 할 수 있다.

때는 흘러가고, 모노파는 끝났다. 동시에 내 내부에서도 표현을 둘러싸고 분열이 일어나기 시작했다. 서로 부르는 것의 밸런스가 무너지고, 서서히 작품의 한쪽은 나에게 가까운 것이 되어가고, 다른 한쪽은 타자에로 멀어져가고 있다.

그러나 작품이 여전히 자타를 넘어선 장으로 성립하는 것임에
는 변함이 없다. 엄격하고 단정한 만남의 표정이 흐려지고, 거칠
게 방황하는 별리別離의 영위가 시작된 것처럼 생각된다.

2

어렸을 때, 나는 무대에 선 가수의 노래를 몇 번인가 직접 들
었지만, 별로 음악이 멋있는 것이라고 느끼진 않았다. 허나 언
젠가 우연히 레코드로 누군가의 교향곡을 듣고 감동으로 온몸
이 떨렸다. 그로부터 나는 작곡가가 되는 것이 꿈이었다. 형태
도 색채도 없는, 눈에 보이지 않는 세계를 마치 보이는 것처럼
음으로 짜올리는 작곡이야말로 가장 위대한 일로 여겨졌다.
　그러나 나는 끝내 작곡가가 되지 못했다. 가장 경멸하던 화
가·조각가가 되었다. 그리고 얄궂게도 형태도 색도 있는, 눈에
보이는 것을 보이지 않는 세계로 녹아들게 하는 일에 전념하고
있는 것이다.

3

회화는 관념성이 강한 공간 한정이나 닫힌 내적 장소성으로
성립하는 일이 많다. 그러는 한 회화는 투명한 것이다.
　조각은 물체적 대상성을 지니며, 놓여진 장이나 위치, 때 등
의 침투를 받아 성립된다. 그렇기 때문에 그 구조는 내적이면서

351

동시에 외적인 장소성도 거두어들이기에 반투명한 것이라고 하
지 않으면 안 된다.

4

예술가를 삶[生]보다 깊은 곳에서 제작으로 부추기는 것은 죽
음[死]이다. 죽음은, 극한적인 생을 통해서만 그 모습을 나타낸
다. 생 가운데 죽음을 살게 하기 위해서는 죽음 가운데 생의 집
을 짓지 않으면 안 된다.

5

회화나 조각만이 작품은 아니다.
보고 싶은 것은 모두 작품이다.
벽의 낙서도 회화이고 대지의 퍼짐도 회화이며
상상의 화면도 회화이다.
도시의 건물도 조각이고 산의 바위도 조각이며
문득 떠오른 관념도 조각이다.
그러나 이들은 방치된 채 자유로워 종잡을 수 없다.
사랑할 때는 아리따운 하나의 구속을 강요하게 되지 않던가.
더욱 깊은 교섭과 아득한 해방을 위해
세계를 잠시 갑갑한 장소에 붙들어매고 싶다.
비밀을 나누고 싶을 때는 캔버스 위에서

모두 함께 맞닿고 싶을 때는 광장 가운데서
아름다운 작품이야 이룰 수 없음을 알지만
비는 마음으로 자기를 단련하고 행위에 염력을 걸자.
온몸이 떨리는 만남을 갖고 싶어 눈길에 사랑을 담아
오늘도 회화와 조각의 짓거리에 애쓴다.

6

하나의 점을 찍으면, 갑자기 언저리가 움직이기 시작하고, 지면紙面의 상공 낮게 생기로 팽팽한 공기가 떠돈다. 이 싱싱한 일루전illusion의 체험은 드디어 나를 화가로 만들었다.

7

회화의 세계는 그리는 쪽이나 보는 쪽이나 고독한 것이다. 그것은 회화가 내적 장소성에 의해 스스로를 규정하는 구조로 성립되기 때문이다.

회화는 주변 공간에 영향받는 일이 적고 독립국처럼 존재한다. 그렇기 때문에 보는 쪽도 독립성을 가지고 회화 자신과 자주성을 존중하면서 대화를 나누게 된다.

353

8

우주의 삼라만상은 점에서 시작되어 점으로 돌아간다고 한다. 점은 새로운 점을 부르고, 그리하여 선으로 이어간다. 모든 것은 점과 선의 집합과 산란散亂의 광경이다. 존재한다는 것은 점이며 산다는 것은 선이므로, 나 또한 점이며 선이다. 삼라만상이 나의 재생산이 아닌 것처럼 내가 표현하는 점 또한 늘 새로운 생명체가 되리라.

9

기호는 무엇인가를 여실히 지시하는 것이지만, 예술작품은 가리키는 것에서 늘 어긋난 곳에 있는 법이다. 그런 점에서 예술작품은 기호라고는 할 수 없으며, 명료한 언어로부터도 떨어져 있다. 어쨌든 간에 그것은 거기 있으면서도 없는 것이나 같다.

10

제작이 질서정연하게 운영되어야 한다는 것은 정말로 답답하고 부자유스러운 일이다. 단숨에 뿔뿔이 분해해버리고 전부 쓸어내버리고 싶은 충동에 사로잡힐 때가 많다. 하지만 적극적으로 견디는 것은 귀한 일이다. 운동선수나 선승禪僧과는 다른 방식으로 심신을 단련하고 작법의 훈련을 쌓아간다. 더욱 큰 자유, 보다 선명한 세계를 원하기 때문이다.

화면이 정연하게 정돈되는 것은 표면적인 결과에 지나지 않는다. 일정한 규칙을 따르는 것은 일견 메커닉하기도 하고 오토매틱하게 생각되기 쉽지만, 실은 그렇지 않다. 단순한 법칙은 제작의 계기나 방법이며, 거기에 수반되는 구체적인 붓은 의지적인 세포, 자각적인 존재를 만든다. 한 점, 한 붓은 낭비 없이 에너지를 축적한 것, 연마되고 고양된 생명체인 것이다. 그것들은 호흡과 리듬을 조절하는 가운데 탄생하며 서로 관련해간다. 그렇기 때문에 화면은 단순한 기호의 집적이 아니며, 기운氣韻이 생동하는 생명체로 느껴지는 바이다.

11

종이 위에 점을 찍으면 그것에 의해 점 아랫부분의 종이는 지워진다. 그러나 점 아랫부분은 지워짐으로써 다음 순간, 점도 끌어안은 한층 더 크고 넓은 것으로 소생한다. 곧, 종이는 점의 언저리에서 바다가 되어 퍼지고, 점을 섬으로 바꾸어 거기 떠 있게 한다. 예술이란 이러한 반전의 구조가 낳는 세계감感이다.

12

완벽한 그림물감이란 존재하지 않으며, 꼭 마음에 드는 붓도 있을 수 없다. 게다가, 전일한 이데 같은 건 지닐 수가 없는 것

355

이다. 애매한 것, 불가해한 감각 등, 내 힘이 미치지 않는 곳의 것이 그렇지 않은 것보다 훨씬 많다. 그러한, 파악의 영역을 벗어난 곳의 세계를 자연이라고 불러본다. 이 자연은 도저히 관리하지 못한다. 내가 스스로를 강하게 내세우려고 하면 할수록, 관리하지 못하는 것의 힘이 반작용한다. 내가 표현을 시도할 때 그것은 나의 내부에까지 침투해 들어와 온통 나를 품어버린다. 그때 작품은 비로소 나를 넘은 그 무엇으로 거기 존재하게 된다. 무릇 작품의 다면성이나 깊이, 넓이는 개인성과 자연성의 텐션에 찬 불가사의한 엉킴 속에서 태어나는 것 같다.

13

그림이 되기 전의 물감은 무한한 가능성을 내장하고 있다. 그러나 그림이 됨으로써 단 하나의 가능성만이 실현된다. 그리고 다시 언젠가는 물감 이전의 그 무엇인가로 돌아간다. 물감의 존재에서 자연의 무한을 보고, 그 명운에서 표현의 유한을 생각는다.

14

원래 '공간'은 형태로서는 존재하지 않는다. 다잡아보면 평면은 설정된 공간이다. 예컨대, 캔버스란 마티엘로는 일반적인 물질이지만, 특수한 관념에 의해 공간이라고 규정된 것이다. 나

무 틀에 낀 캔버스는 더욱 규정성이 강하다. 이러한 극히 현실
성이 희박한 것에 날몸〔身體〕을 부딪쳐보려고 해도 무리일 것이
다. 캔버스라는 애매한 공간에 맞서기 위해서는 신체와 관념의
합성력을 한층 더 강화시키지 않으면 안 된다.

15

일필일필一筆一筆은 모두 호흡과 리듬을 지닌, 살아 있는 것의
조응이어야만 한다. 그것은 필력을 살리는 훈련을 쌓는 행위의
반복에 의해 얻어지게 된다. 이러한 제작의 영위는 회화를 싱싱
한 우주의 퍼짐으로 이끌어서 자기를 그 가운데 소생시키려는
수업인 것이다.

16

붓에 그림물감을 듬뿍 묻혀 선을 그으면, 처음에는 짙다가 점
점 흐려지고 끝내는 사라진다. 그러면 다시 붓에 그림물감을 묻
혀 시작하지 않으면 안 된다.
선에는 반드시 시작이 있고 끝이 있다. 시간의 경과 가운데
공간이 나타나고, 공간 형성이 종료됨과 동시에 시간의 모습은
사라진다. 덧칠이나 다시 그리는 것이 허용되지 않는 것도
시·공간을 여는 한 붓, 한 획의 실존성 때문이다. 한순간 한순
간은 일회성이지만, 모든 것이 한순간 그 자체의 이어짐이 되

357

기 위해서는 그들을 서로 부르는 반복성을 필요로 한다. 이것
은 신체성의 영위의 개재를 의미하기 때문에 기계적이거나 타
성적인 선은 단순한 기호에 지나지 않게 된다. 신체의 호흡과
세계의 리듬을 조절하는 수련 가운데 표현은 피가 통하는 생명
체가 된다. 나는 나의 삶새 이상의 높은 선을 요구하지만 한 줄
의 선일지라도 무섭도록 인과를 나타내는 터틈과 같아서 몸이
떨릴 때가 있다.

17

짜내진 질서 안에서 자기를 살리려는 것은 하나의 광기이다.
세계와의 합일을 꿈꾸거나 자기를 높이려는 수련으로서는 멋대
로 못하는 정해진 규칙을 견디는 일이 소중하다.

18

전에 나는 빠다샹젱의 목련꽃 그림을 보고, 그 절대적인 질서
감과 팽팽한 생명감에 감동했다. 그러고 마당에 있는 목련꽃을
보았더니, 말할 수 없이 무질서하고 해이하며, 생명체인 주제에
깔끔치 못했다. 현실은 어차피 틀려먹은 것이고, 그림만이 이상
에 가까운 것인가 싶었다.
　그런데 또 어느 땐가, 빠다샹젱의 같은 그림에 진정 감동하고
나서 그 눈으로 마당의 예의 목련꽃을 바라보았다. 그러자 신기

하지 않은가. 빠다샹젱의 그것에 못지 않은 질서감, 생명감이
거기에 차 있어 마음이 떨렸다. 고립되어 있던 내 눈길이 외부
성에 눈뜬 것 같았다. 좋은 것을 보았을 때는 잠시 세상의 하찮
은 풍경까지 감동적으로 보이는 것이 아닌가.

　그렇다고는 해도 때때로 마당의 목련은 회화의 질서감으로는
도저히 포착할 길 없는 강함으로 나에게 다가온다. 그 어떤 언
어나 표현도 가닿지 못하는 무서웁게 불투명한 존재로 거기에
버티고 있는 것이다…….

19

　자연의 얼룩이 그림의 그것보다 훨씬 재미있고 힘차게 느껴
지는 경우가 있다. 그러나 자연의 얼룩은 그것이 아무리 굉장한
것이라 할지라도 거기에는 인간의 영위가 결여되어 있다. 작가
의 피가 통하는 표현을 통과한 얼룩일 때, 비로소 그것이 실마
리가 되어 자기의 무의식을 깨어나게 하고 한층 더 깊은 자연으
로 이어지는 길이 될 것이다.

20

　때로는 컴퓨터에 의한 회화는 맑고 아름답다. 그러나 거기에
는 화가의 생생한 영위가 빠져 있다. 그렇기 때문에 모순에 찬
생명의 광휘를 거기에서 느끼기는 어렵다. 피가 통하는 인간에

359

게는 사악한 욕망의 눈(회화)이 어울린다.

21

정녕 거기에 장미꽃이 있는 것처럼 보이는 그림 앞에서 똑같네, 라느니 참 잘 그렸네, 라고 감탄하거나 이해된 얼굴을 하는 사람들이 있다. 그런 사람들은 아마도 일상 보는 장미꽃과 같은 것을 그림 속에서 봤다는 속셈으로 안심감이 솟구치는 모양이다. 그런 타입은 생각과 현실이 똑같거나 혹은 일치하는 것이라고 믿고 있음에 다름이 없다. 사물을 어긋나게 보는 능력을 억압하고 이미지네이션의 작용을 거부하는 자에게는 미지의 세계가 기쁨이기보다는 공포로 비치는 것일지 모른다.

그런데 호기심이 강한 예술가는 사람들에게 평온함을 주기보다는 모험을 맛보게 하고 싶어한다.

사람들이 현실이라고 믿고 있는 것으로부터 얼마나 멀리까지 눈길을 끌고 갈까를 문제삼는다. 곧, 그것이 장미꽃 같은지 아닌지를 넘어 뭔지 알 수 없는 새로운 지평까지 도달하지 않으면 안 된다. 친숙한 공동환상의 땅에서 아무데도 가고 싶어하지 않는 사람들에게는 자유와 상상의 세계보다 감시가 붙어 있는 감옥이 어울린다. 미지에 대한 호기심이 없는 자에게 예술은 무용지물이다.

22

다른 어떤 색보다도 블루는 멀다.
블루의 다가가기 어려움은 하늘에 닮았다.
블루, 생과 죽음을 품은
무의 색

23

호흡을 가다듬고 몸으로 리듬을 느끼면서 캔버스 어딘가에
붓을 내린다. 그러면 그 일 획에 대응하는 듯한 어딘가로 저절
로 붓을 움직이고 싶어진다. 그러면 또 다른 어쩔 수 없는 위치
가 붓을 부른다. 마치 바둑을 두듯하여, 긴장된 장면이 형성되
어 간다.

24

그림에 구축성을 지니게 하려는 화가는 기하학이나 심리학까
지 동원하여 하나의 흔들림 없는 구도를 짜내려 한다. 이것은
곧 구도라는 것이 일정한 시점에 의해 보는 제도라는 말인데,
이제는 그것이 권력사고權力思考의 역사적 산물이 된 것일까. 시
점을 어긋나게 하면 구도는 무너진다.
　그런데 누구라도, 그림을 거꾸로 해놓고 바라보는 경우에도,

거기에서 구도 같은 것을 느낀다. 그것은 원래, 구도란 그림에 내재하는 것이라기보다는 보는 자의 위치나 장의 관계성이었음을 나타내고 있다는 것이기도 하다.

25

불꽃이 튀는 듯한 생명의 약동을 느끼게 되는 작품은 수용受容의 부드러움 가운데도 거스러미가 일어날 듯한 거부의 몸짓을 품고 있다.

26

실패한 점은 우연히 터트려진 얼룩보다 못하다. 그러나 그것을 덧칠해서 없애지 않고 그림 전체 가운데서 잘 살릴 때 작품은 한층 두터운 성공작이 된다.

27

컨디션이 좋고 기력이 충일하며, 호흡에 확연히 세계의 리듬을 느낄 때 좋은 작품이 된다. 그런 의미에서 내 일은 놀이나 노동의 메커니즘에 의한 것이 아니라 수양과 연마 가운데서 기가 무르익어 생기는 터트려짐의 차원의 것이라고 할 수 있다.

28

　어떤 분야라도 화가의 표현만큼 자의성에 찬 것은 적을 것이다. 욕심이 많은 화가는 그림물감이나 붓, 손, 생각, 장, 때〔時〕등의 유기적인 관계의 한 요소로 자기 자신을 환원시키고 싶어 하기 때문이다. 그렇기에 최종적으로 화가는 자기의 표현의 행방을 모른다. 아니, 언제나 화가를 넘어서 앞으로 나가는 표현에 자극받아 새로운 화가로 태어나고 미지의 지평을 알게 되는 바이다.

29

　붓은 몸과 캔버스 사이에서 태어난다. 붓은 손의 연장이 아니다. 손이 끝난 지점에서 붓은 시작된다. 캔버스와 붓 사이처럼 붓과 손 사이에는 별과 별만큼의 간격이 있다.

30

캔버스 위에서 붓이 움직이듯이
땅 위에서 발을 옮겨본다.
넓은 지면에 좀처럼 발을 놓을 자리를 찾지 못해
언제까지고 잘 움직여지지 않는다.
이런 짓을 해본 다음엔

붓이 캔버스 위에서 이상한 좌절을 맛본다.

31

캔버스에 그림물감을 옮겨놓는 동안 한없는 적막감을 느낄 때가 있다. 이것이 과연 의미가 있는 그림일까? 무엇 때문에 되는대로 그려도 그것이 무언가 그림이 되어버리는 것일까? 그림의 정체를 잡을 길 없이 붓은 망연히 허공을 헤매게 마련이다. 그럴 때, 그림이 되지 않는 그림을 그릴 수 없는 화가의 숙명은 슬프다.

32

내가 그림을 그리고 있으면 어느 틈엔지 그림이 나를 그리게 하고 있다는 것을 깨닫게 된다. 그래서 다시 내가 그림을 그리기 시작하는 것이지만, 또 눈 깜짝할 사이에 그림이 나에게 그리게 한다. 그리고 다시 뒤집혀지고 다시 반대가 되고……. 이렇게 해서 내가 그림을 끌어내거나 그림이 나를 끌어내거나 하면서 서로 자극하는 가운데 하나의 작품이 되어간다.

33

캔버스와 나는 늘 붓을 매개로 하여 탄력에 찬 그림 던져받기를 한다. 이 대응의 반복운동 가운데 캔버스에는 텐션에 찬 그림이 엮어지는 것이지만, 내 안에도 똑같이 멍 같은 그림이 각인된다. 작품이 바이브레이션을 지니는 것은 이러한 짜임새와 그 운동의 생리에 의한다. 그렇기 때문에 작품을 눈앞에 한 사람은 이쪽으로 던져오는 것을 받아야 하고, 또한 저쪽으로 되던지는 힘이 필요할 터이다.

34

명확하고 올바른 기술記述이라 해도 불명료한 기척이 느껴지지 않는 표현은 시시하다. 예술에서는 틀린 표현이라 할지라도 마음을 울릴 수 있는 것이라면 가치가 있다. 그리고 그 가치 있는 것은, 삶의 의욕과 동시에 죽음의 욕구를 수반하는 모순된 양상을 지니는 것이다.

35

아직 신(하나님)이 지배하던 시절, 데생은 모티프를 그러모으는 작업이었음과 동시에, 화면의 공간 구축을 위한 수단으로 생각되었었다. 그리고 한층 더 강한 그림물감으로 데생 위를 재현적으로 덧그린 것이 진짜 그림이었다. 그랬던 것이 지금은 구축해야 할 이념도, 재현해야 할 모델도 세우기 어렵다. 나에게는 밑그림으로서의 데생은 존재하지 않는다. 나에게 있어서는

365

언제나 그때그때의 생각과 행위가 어지러이 교차한다. 종이와
나와의 가장 생생한 맞닿음, 그 교섭의 지속을 가능케 하는 실
천이 드로잉인 것이다. 그것은 계획이나 구조로부터도 자유로
우며 자의적인 것이라고 할 수 있어, 참으로 화가의 영위에 어
울린다.

36

　드로잉이란 회화의 연습 수단이나 밑그림이라기보다는, 그
자신 그린다는 일의 원초 체험이고 회화의 본질적인 성립을 드
러내는 일이다.
　그 이상으로 드로잉의 재미는, 손더듬을 그대로 드러내고 있
는 인간적인 냄새에 있다. 그리고 작가의 부주의한 그리기가 허
용되어 있어 많은 가능성을 내포하며, 결정성에 다다르지 않기
때문에, 딴 세계의 존재를 깨닫게 되기도 하고 자유와 해방감을
맛볼 수도 있다.

37

　창가에 매달아놓은 붓이 허공에서 흔들리고 있다.
　단단한 막대 끝에 부드러운 털 뭉치를 달고 있는 막대 붓의
모습과 역사.
　인간의 솜씨를 넘어 기운氣韻을 낳는 이 절묘한 존재를 처음

으로 만들어낸 자는 어디의 누구인가.

38

글씨〔書藝〕의 점이나 선은 점이나 선 자체로 거의 자기 완결화되어 있거나 몇 개인가의 단위로 모아짐으로써 자기를 닫아버리기를 좋아한다.

회화의 점이나 선은 공간과의 관계 속에서 성립하며 어디까지나 공간 전체의 강함으로써 자기 스스로를 개시하기를 원한다.

39

얼어붙고 응고된 영원의 지금, 이라는 한 가닥의 선 같은 것은 존재하지 않는다.

그러한 것은 없지만, 그러한 말이나 감동을 유발하는 한 가닥의 선은 있다.

40

문득 떠오른 생각이나 흉내, 인용을 그대로 쓰는 짓은 표현이라는 스스로의 삶을 포기하는 것과 같다. 제작이 살아 있는 체험인 이상 그것은 필연적으로 고유한 문맥을 형성한다. 모든 요소는 제작이라는 영위 가운데서 현상학적으로 환원된 그 자신이 된다. 어떠한 발상일지라도 하나의 조직 가운데서 새로운 생명을 얻지 않고서는 표현에 이를 수 없다.

41

우연히라도 유리에 무거운 돌이 부딪치면 유리는 깨진다. 이 것은 당연한 이치이다. 그러나 아티스트의 개재력이 약한 경우, 거기에서 보게 되는 것은 물리적인 액시던트의 범위를 넘지 못할 것이다. 아티스트가 의도한 대로 깨져도 별로지만, 아티스트 부재의 우연성에 의한 깨짐도 재미없다. 아티스트와 유리와 돌이 호응한 긴장관계에 의해 무언가가 일어나지 않으면 안 된다. 그리고 그 삼각관계의 상호침투에 의해 기막힌 균열이 생겼을 때, 그 유리는 비로소 작품이 된다.

42

최소한의 접촉으로 최대한의 교감을 부르고 싶다. 그러기 위 해서는 무無로 돌아가는 훈련을 쌓음으로써 세계 속으로 나를 풀어놓지 않으면 안 된다. 스스로를 세계의 일부로 활동하게 하는 편이 나를 전일하게 하는 직접경험이 가능하게 된다. 그런 뜻에서 나는 장소적인 미니멀리스트이다.

43

조각으로 상징물을 만들려는 것은 죄악과 같다. 왜냐하면 우상과 같은 상징물은 공간을 특정한 의미로 응고시켜, 그 자유를 압살하기 때문이다. 조각은 닫혀진 덩어리가 아니며, 그것에 의해 시공時空이 한층 생생하게 비치는 열린 구조일 것이 바람직하다.

44

조각과 같은 3차원의 작품은 아무리 완벽하게 만들었다 해도 곧 다른 양상을 띠게 되기 쉽다. 3차원성 자체가 사방팔방의 공간으로부터 침투당해 본질적으로 자기를 닫는 것이 허용되지 않기 때문이다. 그렇기에 살아 있는 조각의 조건이란 얼마큼 주변 공간과 맞서거나 어울리면서 거기에 자신을 개방할 수 있는가에 있을 것이다. 환언하자면, 조각작품은 틈새가 많은 유기적인 구조체로서 보다 큰 세계를 끌어안은 것이어야 한다. 작품이 완결화를 싫어하고 임시방편적인 짜세움의 양상을 선호하는 것도 그 때문이라고 할 수 있다.

45

내 일은 보이는 것을 보이지 않게 하고, 보이지 않는 세계를 보이게 하는 양의적인 전이작업이다. 그러나 보이는 것과 보이지 않는 세계와의 접점이야말로 작품이라고 하는 '즉卽'의 차원일 터이다.

46

다가가 보면 물질의 상태이고, 멀리 떨어져 보면 관념의 시스템이다. 작품의 비밀은 거리의 역학에 있다.

47

작품을 만들 때 사물에서 출발할 수도 있다. 언어에서 출발할 수도 있다. 어느 쪽이든 하나의 장소에 이르러야만 생명적인 표현체가 된다.

48

관념의 응고물은 인간의 경험을 마비시킨다. 그것은 만들어진 대상으로서 눈앞에 놓이기 전에 이미 요해가 끝난 것이기 때문이다. 관념이나 물질로 이루어진 열린 구조를 짜세움으로써 언저리의 세계가 거기 침투하고, 그 대상성을 무로 만들 때, 인간은 무언가에 직접 닿았다는 감동을 느끼는 것이다. 인간은 직접 경험에 의해서만 크낙한 생물이 된다.

49

　나한테서 나온 것과 저쪽에서 온 것이 한 지점에서 만나 어떤 작품이 된다. 작품이 얼마 간은 나이면서 동시에 얼마 간은 그이며, 또한 얼마 간은 그가 아님과 동시에 얼마 간은 내가 아니라는 양면성을 띠는 것은 그 때문이다. 그렇기 때문에 작품은 언제나 나 쪽보다 조금 앞에, 라는 것은, 그로부터도 조금 앞의 지점에 서 있다는 것이 되어, 나와 그와 작품은 삼각관계를 이룬다.

50

　돌을 자연성 그대로 한없이 인간에게 다가오게 하는 일. 철판을 인공성 그대로 한없이 자연에 다가가게 하는 일. 서로의 다가감은 제3의 어떤 것으로서, 하나로 도킹한다. 그리고 겹쳐진 어긋남의 부분이 세계의 통풍을 가능케 한다.

51

　작품이 작품이기 위해서는 만남을 불러일으키는 열린 구속성이 필요하다. 열린 구속성이란 세계에 녹아들어 있으면서 다른 것과는 격리되어 있는 작품의 이중성을 말한다. 그 점에 사물과 작가와의 상호 매개적인 관련의 중요성이 엿보일 것이다.
　강변에 있는 하나의 돌을 가리키는 것만으로도 그것을 작품이라고 이름 지을 수도 있다. 그러나 그것만으로는 작품이라는 구속성이 너무 약한 경우가 있으며 그 작품은 바로 자연 가운데 완전히 매몰될 우려가 있다. 그렇다고 해서 돌을 주물러서 인간의 모습으로 화하게 하면 작품이라는 구속성이 너무 강해져 이번에는 자신을 자연에서 완전히 닫아버릴 우려가 있다.

작품이란 합일과 간격을 동시에 지니는 모순율의 구조인 것이 좋다.

52

센노 리큐[千利休, 16세기 일본의 다도의 명인]는 어느 가을 아침 마당에 흩어져 있는 낙엽을 바라보는 순간 감동하고 깨쳤다. 그래서 그는 마당을 깨끗이 쓸어버리고 주워든 몇 닢인가의 낙엽을 드문드문 다시 뿌려놓고 더욱 즐겼던 것이다. 최고의 표현이란 무에서 창조하는 것이 아니라 거기에 있는 것을 비껴놓음으로써 한층 더 선명한 세계를 보이게 만드는 일인 것 같다.

예술가의 일이란 있는 그대로를 **있는 그대로**로 하는 데에 있다.

53

잠시 맺어져
영겁의 꿈
그 뒤야 산이 되든지

바다가 되든지.

54

우리가 눈에 머물게 하고 있는 것은 작품이지 아트가 아니다.
아트는 보이지 않는다. 느끼는 것이다. 왜일까? 아트는 감성적
인 것이기 때문이 아니라 대상을 넘어서 있는, 우리들까지도 싸
안고 있는 무無이기 때문이다.

55

나는 나보다 앞서 있거나 뒤처져 있거나여서 언제나 나 자신
한테서 어긋나 있다. 어긋남이 생기는 흔들림의 진폭 안에 나는
있다. 그리고 앞서거나 뒤서거나 하는 진폭운동이 시간과 공간
을 만들어내는 것이다.
　이상하게도 이러한 나의 있음새는 그대로 외계에 똑같은 작
용을 일으킨다. 나의 흔들림에 비례하여 외계의 흔들림이 있으
며, 그 맞닿음이 세계의 경험이 된다. 곧 사물과 만나는 것은 나
자신이 아니다. 내가 있는 흔들림의 폭과 사물이 있는 흔들림의
폭이 겹치면서 하나의 장소를 이루는 것이다.

56

이쪽에서 파장을 보내면 저쪽에서도 파장이 온다. 그 반대인 경우도 있다. 내 파장이 저쪽 편에 파고들면 저쪽 파장 또한 이쪽으로 파고들어와 서로 젖는다. 이쪽에서 파들어가면 저쪽이 물러서고 저쪽이 파들어오면 이쪽이 물러서는 단순한 물리적 현상은 파장이 없는 피상적인 사건에 지나지 않는다. 깊이 맞닿기 위해서 반드시 나와 상대편이 마구 부딪칠 필요는 없다. 눈에 보이지 않는 파장이 서로 침투하고 겹칠 때, 대상끼리를 넘어선 크낙한 세계를 경험하게 된다.

57

작품이 작품 자체보다도 크고 완벽한 세계를 개시開示하는 것이 되기 위해서는 도달되어진 어중간함으로 짜여질 것이 바람직하다.

58

내가 자란 시골의 개울가에는 돌이 많다. 2, 3톤짜리 큰 것, 손가락 끝 정도의 작은 것, 까만 것부터 하얀 것까지 가지각색이다. 찌그러진 형태, 뭉툭한 형태, 그 모습 또한 이루 뭐라 형용하기 어렵다. 몇억 년, 몇만 년간을 바람과 물에 씻긴 탓인지 한결같이 단단하고 무겁다. 가을의 반짝거리는 햇살 속에서 그렇게 공고한 것이 쨍한 공기에 바래며 마치 비쳐보이는 것 같다.

　일본에서는 돌이 썩는다는 말이 어울린다. 그렇지만 한국에서는 돌이 증발한다고 하는 편이 어울린다. 그렇게 단단하고 무겁고 큰 것이 왜 증발하는 느낌일까. 내 생각으로 그렇게 되는 것이 아니라, 나까지 포함하여 모든 것이 사라져버리는 이미지이다. 언저리는 한없는 투명감에 차, 무엇이든지 있는 그대로이면서 보이지 않게 된다. 공기가 맑은 탓일까. 하늘이 푸르고 높기 때문일까. 어렸을 때 헤엄치다 지쳐 강가의 돌밭에 누우면 나는 돌들과 함께 하늘이 되었다.

제2화집(도시출판사)에서

59

　작품이란 나의 저쪽 편에 존재하는 인식의 텍스트가 아니다. 그것은 비대상성을 띤, 포착하기 어려운 그 무엇이다. 내 안을 통과하여 주변으로 퍼지고, 읽히기를 거부하는 무無의 매체로서 작품은 되어 있다.

60

자연석을 작품에 끌어들일 때 여러 가지로 마음에 걸리는 것
이 있다. 자연석은 내 관념이나 논리로는 포착되지 않는 것을
엿보이고 있기 때문이다. 자연석의 모든 것을 알려고 애쓰면 애
쓸수록 자꾸만 많은 불가해한 부분이 늘어간다. 하지만 이 정체
를 알 수 없는 것을 끌어안음으로써 나는 더욱 크낙한 해방감이
있는 자연으로의 통로 티켓을 손에 넣을 수 있다.

61

어떤 생각이 있어 철공장을 찾아갔는데, 거기 있는 물건들의
전혀 언어를 다가오지 못하게 하는 숫되고 싱싱한 광경에 모든
것을 저버리고 잠시 넋을 잃은 적이 있다. 사람은 누구나 때와 장
소에 따라 이와 같은 뜻밖의 만남을 경험하는 일이 있을 것이다.
  인간에게 눈길이 있듯이 세계에도 눈길이 있고, 그것이 서로
겹치는 가운데 온전하게 보는 일이 성립된다. 그러나 만남은
오히려 저쪽에서 작용해오는 무한정한 힘에 이쪽 의식이 미처
대응하지 못해 한순간 어긋나는 데에서 생기는 무한감이다. 인
간이 세계내존재世界內存在인 한, 의식의 지향성보다는 원래 타
력본원이 한층 더 근원적이다. 그 때문인지 때에 따라서는 외
부에서 직접 들어오는 메시지의 무구성, 미지성에 흔들려 분발
하는 경우가 많다. 만남의 현상은 그러나 극히 순간적이며 연

속성이 모자란다. (역으로 말하면, 이것은 인간의 의식의 수복성, 구축성의 강함을 나타내는 것이리라.) 비연속적인 순간의 광휘는 잠시 동안이긴 하지만 인간을 자아의 일방성, 폐쇄성에서 해방시켜준다. 늘 사물을 규정하려 들고, 의미나 역사에 연결시키고 싶어하는 인간 쪽의 의지에 대해, 세계 쪽의 존재방식은 끊임없이 불확정하며 무한하다는 것을 가르치고 있다.

나는 만남을 소중히 한다. 그리고 뉴트럴한 모티프나 플래닝을 매개로 의식의 어긋남을 구조화하고 싶어하는 것도, 자아의 변증법을 뛰어넘으려는 시도, 외계와 직접 컨텍트를 취하고 싶다는 갈망의 나타남이라고 할 수 있다.

62

모노파란 있는 그대로를 **있는 그대로**로 옮겨짜기를 시도한 작가들을 가리킨다. 만들기보다는 신체를 매개삼아 유기적인 짜바꾸기나 어긋나게 하는 일 가운데 바깥 공기를 침투시키고 타를 받아들이려고 했다. 따라서 제작 방법은 수동과 능동을 만나게 하는 데에 있으며 따라서 비자기완결적이다. 사물이나 공간을 상호의존적으로 관계짓게 하는 일, 행위나 이미지를 최저한으로 그치게 하는 일, 대상으로서보다 장으로 성립하게 하는 일 등. 곧 자기의 표현을 최소한으로 하고 세계와의 최대한의 관련을 바란 것이다. 작가의 엄격한 자기 한정하에, 외부를 미지성인 채 품어안으려는 시도는 근대를 비어져나간 커다란 조화의 사상이라고 생각한다.

63

나는 존재감으로 사람을 압도하는 작품을 좋아하지 않는다.
그렇다고 이념이나 논리를 밀어안기는 작품도 싫다.
어쨌든 작가의 전 존재, 전 인생과 같은
올오버한 작품은 문화라는 옷을 입은 파시즘이다.
나는 회화든 조각이든
표현의 장에서 손대지 않은 부분을 적극적으로 인정하고
될 수 있는 대로 자기의 표현을 한정시키고 싶다.
나의 제한된 생각과 행위가 계기가 되어 장이 숨쉬고 넓혀져서
무한을 호흡하는 회화적인, 조각적인 공간성을
개시開示하는 것이었으면 한다.
필경 작품이란 현실 그 자체가 아니며
관념의 덩어리도 될 수 없다.
그것은 현실과 관념 사이에 있으면서 양쪽에서 침투당하고
또한 양쪽에 영향을 미치는 매개적인 중간항이다.
이 중간항적인 요소야말로
작가를 넘어서는 것이며, 일상을 높인 작품 영역인 바이다.

　나의 제작에 있어 구성이나 전개의 방법은 모티프도 포함하여 내 생각에 의해 다듬어진 것이며, 그것 없이는 작품이 성립되지 않는다. 이들 요소는 완만하게 변화하는 일은 있어도 갑자기 전혀 다른 것이 되는 일은 없다. 그렇기 때문에 외관상 엇비슷한 것이 만들어지는 것은 당연하다. 그러나 결코 같은 작품이 될 수는 없을 터이다.

　여러 작품이 동일성을 지니지 않는 것은 내 관념의 진폭 때문이 아니라, 내가 살아 있는 생물이라는 점, 곧 타와의 바이브레이션 때문이라고 생각된다. 표현은 번뜩임과 예감을 수반하며 행해진다. 번뜩임이나 예감은 합리적인 발상이나 관념의 정합성이 낳는 것이 아니며, 나와 타와의 엄격하고 예리한 조응관계를 갈고 연마해가는 가운데 배양된 것이다.

　번뜩임은 내부에 맺혀 있던 사념이 외부의 자극에 의해 단숨에 밖으로 뿜어 나오는 지각작용이며, 예감은 신체의 외연성이 멀리 뻗어가 저편에서 오는 것을 감지하는 능력인데, 이들 요소가 작품 구조에 생명감을 주고, 그리고 보는 사람에게 강하게 작용하는 힘이 된다.

　작품 제작이란 나의 관념의 표출만이 아닌, 그 때와 장과의 긴밀한 바이브레이션이 수반되는 것이라는 점에 풍요로움과 재미스러움이 있다.

65

화가의 색채학은 회화적 차원의 것이어야 한다고 생각한다. 그래서 나는 물질의 색으로부터도 관념의 색으로부터도 일정한 거리를 두고 싶다. 회화란 그 어느 쪽에도 가까이 다가갈 수 없는 상호 매개적이며 중간항적인 것이기 때문이다. 그렇기에 내 작품의 색채는 색 그 자체가 아니며 무엇인가의 상징물도 아니고 개념의 대용물일 수도 없다. 그러나 그것은 무엇인가를 지시, 또는 상기시키거나 함축, 또는 암시하는 기능을 지닌다. 예를 들어 내가 쓰는 블루나 오렌지는 지시와 상기에 걸쳐 있는 것이며, 흑색과 그레이는 함축성과 암시성에 찬 색이라고 할 수 있다. 나는 여러 많은 색을 섞어 쓰기를 좋아하지 않는다. 그것은 회화를 확고한 의미체계로 만드는 일이 되거나, 아니면 난잡한 현실에 가까워지게 만들 위험이 있기 때문이다.

66

명령하는 버릇이 붙은 뇌는 저쪽 편에서 오는 것을 멸시하고 감수感受하려고 하지 않는다. 그러나 외부에서 오는 것은 뇌의 명령과 관계없이 가차없이 신체에 침투해 들어온다. 외부는 무한하다. 물론 침투당하는 내부 또한 무한에 이어져 있다. 거부하려고 해도 받아들이려고 해도 마음대로 되지 않는 것을 어쩔 것인가. 관리하려고 고집을 피우거나 되는대로 내버려두려고

체념하기보다는 맞서가는 것과 다가오는 것을 겨루게 하는 방
법을 생각하는 일, 그리하여 그 겹치는 영역을 포착하는 짜임을
엮어내보고 싶다.

67

외국 음식점에서 메뉴를 건네받고 아무리 보아도 무엇이 무
엇인지 전혀 짐작도 가지 않는 때가 있다. 그럴 때는 포기하고
자리를 뜨거나 엉터리로 주문하거나 갸르송에게 설명을 구하거
나, 그 어느 쪽이다.

나는 그 판단불가능한 것을 앞에 할 때, 잠시 당혹감을 즐기
기로 하는 편이다. 그러고 나서 갸르송의 설명을 듣지만, 대개
는 그래도 잘 알 수 없다. 권하는 대로 요리를 주문하여 입으로
옮기고 몸속으로 밀어넣는다. 그래도 어떤 요리인지, 맛이 있는
것인지, 없는 것인지 헤아릴 수 없어서 최종적으로는 알쏭달쏭
한 기분으로 자리를 뜰 때도 있다.

그런데 무슨 요리인지 이해하지 못했는데도 깨끗이 소화가
되는 경우가 있는가 하면, 맛도 좋고 이해했다고 생각했는데도
기분이 나빠지거나 배탈이 나거나 하는 경우도 있다. 어느 쪽이
든 이해보다는 경험 쪽이 훨씬 더 미지성에 차 있으며 자극적이
고 재미가 있다. 그럼에도 불구하고 나는 언제나 경험을 제쳐놓
고 이해를 앞세우려 기를 쓰고 있으니, 못된 지성인에나 있을
슬픈 일이다.

캔버스는 설정 공간이다. 현실성과 관념성에 걸친 어중간한 물질이다. 그리고 그림을 그린다는 것은 이 어중간한 물질과 관계를 맺는 일이며, 그러는 한 완성된 작품 또한 중간항적인 성격을 띤다. 하지만 작가의 관념으로 캔버스를 뒤덮게 되면 그것은 관념의 표시물이 될 수밖에 없다.

캔버스의 존재 이유나 재미스러움은 그 어중간함과 중간항적인 공간성에 있을 것이다. 그런데 무언가를 그리기 전의 캔버스란 유도 무도 표명하지 않는, 소위 '캔버스'에 지나지 않는다. 작가가 어딘가에 자극적인 붓을 한 번 내리면, 갑자기 캔버스는 화면공간으로서 움직이기 시작한다. 그려진 부분과 아무것도 그려지지 않은 부분이 다투기 시작한다. 그림물감 또한 조건지어진 어중간한 물질이지만, 그것을 써서 표현으로 이끄는 것은 관념적인 요소이다.

그러나 이 어중간한 물질을 수반하는 관념적 요소도 캔버스에 내려서는 순간, 물질이라고도 관념이라고도 할 수 없는, 뭔가 더욱 다른 산 것으로 화한다. 그것은 아무것도 그려지지 않은 부분이 여백이 되고, 그 여백의 공기가 그려진 것과 경쟁관계를 자아내기 때문이다. 그 맞섬에 의해 캔버스는 어떤 넘어서진 세계가 된다. 곧 작품으로서의 생을 얻은 화면은 커다란 무엇인가로서 설정 공간을 뛰어넘는 것이다.

뛰어넘는 비밀은 여백의 역학에 있다. 끝없는 여백에의 탐구가 나로 하여금 그림을 그리게 한다. 여백은 현실이니 관념이니 하는 말을 다가서지 못하게 하는 퍼짐, 번뜩임과 예감의 화면이 불러낸 종잡을 수 없는 미지의 나라이다.

69

한국에서도 일본에서도 나의 노마드성, 보헤미안성을 지적 받는 일이 있다. 그러나 나 자신은 단지 자유를 추구하는 떠돌 이에 지나지 않는다. 그렇지만 공동체는 나를 탈주자로 몰아붙 이거나 다른 한쪽에서는 침입자로 간주하고 싶어한다. 어느 쪽 에서나 내부인으로 받아들이는 데는 저항감이 있는 모양이다.

나는 싫증내지 않고 여행에 나선다. 그러면 이상하게도 먼 앞 쪽에 고향이 보이기 시작하고, 나아가면 나아갈수록 점점 더 낯 선 곳으로 어긋나간다. 나는 양의적인 진폭으로 찢어갈리는 것 이다.

한없이 사라져가면서 한없이 나타나는 것. 한없이 가까워져 보이면서 한없이 멀어져가는 것. 장자莊子의 말처럼 가까이 가 보면 나이고 떨어져서 보면은 남이다.

한국과 일본 사이라고 하기보다, 끊임없이 그 자체일 수 없는 비동일적인 중간항-서글픈 진폭, 그것이 내가 있는 곳이며 또 한 나의 작품 영역이라고 할 수 있다.

383

내 생각으로 얼마 동안 계속 그림을 그리고 있다가 문득 정신을 차리고 보면, 언제부터인지 나 아닌 것이 나에게 그림을 그리게 하고 있다. 그래서 다시 내 쪽으로 그림을 되돌리지만 이것이 또 모르는 사이에 나 아닌 것에 내가 유도되고 있거나 한다. 그렇게 해서 짜내진 작품은 얼마 간은 내 생각대로, 얼마 간은 가지각색의 타의와의 대응에 의해, 때로는 얼마 간은 손도 대지 않은 바탕 그대로 어울려서 이루어지고 있다.

그렇기 때문에 작품은 순수한 내 제작품도, 타인이 만든 것도 아닌, 희안한 반편이다. 그렇지만 이 애매한 어중간함이 나와 타자를 끌어안은 작품의 미지성으로서 보는 사람을 보다 열린 무한정한 세계로 데리고 갈 터이다.

71

점에서 시작하여 점으로 돌아간다. 점의 이합집산이 삼라만상의 양상이고 그 반복이 우주의 무한을 가리킨다.

회화에 있어서 무한개념을 나타내는 하나의 방법은, 그림새를 반복시키는 일이다. 태어나서는 사라지고 사라져서는 태어나는 생명현상 같은 반복성은 한순간 한순간을 일회성으로서 비연속으로 이어가지 않으면 안 된다. 일필일획이 독립되어 있으면서 연결되어가는 유기적 짜임새는 화면을 긴장감에 찬 것

으로 만들어준다. 나는 1980년대 초까지는 무한개념의 전개도
로서 끊임없이 반복적 화면을 제작해왔다. 그것이 어느 틈엔지
바탕이 드러남에 따라 필드야말로 무한을 표출하는 곳이라는
것을 깨닫게 되었다. 한정된 일필일획은 점차 나로부터 해방되
어 거기 있는 공간을 깊숙이 호흡하면서 더욱 커다란 생명감을
획득한 것으로 생각된다.

곧 무한이란 나의 아이디어나 일반개념이 아니라 오히려 개
념의 밖, 장의 무한정성으로 나타나게 되는 것이리라.

72

나는 늘 가만히 있지 못하고, 일 년 내내 헤매다니지 않으면
몸에 곰팡이가 필 것처럼 생각된다. 일본과 한국을 빼놓는다면,
여행지는 돌이켜보니 대개 서구이다. 내 안에서 까마득한 기억
이 눈뜨고, 기마민족의 피가 설레는 것일까. 아마도 아득한 옛
날부터 계절풍에 휘날리면서 몽고 시베리아를 질주하여 서쪽으
로 서쪽으로 말을 달리게 했던 습성이 지금도 여전히 이어지고
있는 것이리라. 지금은 비행기로이긴 하지만 시베리아 루트가
맘에 드는 것은 이상하다고 할 수밖에 없다.

나의 여행이 말의 시대로부터 비행기의 오늘날까지, 끊임없
이 무언가를 타고 이동하는 탓인지 발이 땅에 닿지를 않는다.
지면과 평행으로 공중에서 흔들리면서 옆으로 옆으로 표류하고
있는 것이나 같다. 덕택에 대지에 대한 집착도, 위쪽으로 치달

아 오르려는 데도, 구체적인 것을 포착하려는 것에도 관심이 희박하다. 서구로의 여행이란 이름뿐, 그저 단순히 어떤 바람에 부추겨져 빈번하게 동서를 왕래하고 있을 뿐인 것일까. 동쪽에서 서쪽으로, 서쪽에서 동쪽으로 공허한 진폭만이 확대된다.

내 작품이 추상적이며 존재감이 희박하고 임장적이고 불안정하게 되기 쉬운 것은, 이처럼 정착을 싫어하는 여행 버릇과 관계가 있는 것인지도 모르겠다.

73

에너지에 찬 점을 찍는 일, 그것은 나의 부단한 필력 훈련에 의한다. 그러나 점이 보다 큰 생명력을 지니기 위해서는 나 외의 수많은 것의 존재와 그 작용을 배우고, 스스로를 열어 그들의 힘을 포함시켜야 한다.

단 하나의 점이 태어나기 위해 우선은 캔버스와 그림물감, 붓, 손의 힘, 두뇌의 힘과 공기가 필요하다. 그뿐만이 아니다. 작업장이나 식사, 병病이랑 배설, 개 짖는 소리랑 번개, 친구나 죽은 자, 돌, 나무, 술……이 필요하다. 게다가 그린다는 행위에 대한 회의와 반성이 따른다.

이만한 것들이 스며들고 이겨져서 터트려지는 최초의 한 점은, 그에 대응하는 다음 점을 부르고, 그리고 또 다른 점을 불러 피가 통하는 화면이 되어간다. 회화가 객체로서 살지 죽을지, 좋은지 나쁜지는 나를 넘어선 구조적인 관계로서 점이 생생하게 기능하는 공간이 되느냐 아니냐에 달려 있다.

그렇긴 해도 갖가지 점을 찍는 방식이나 그 위치, 방향을 둘러싸고 아무리 논리를 연마할지라도 그것이 정해지는 장이 끊임없이 변화하는 외부성을 포함한 세계임을 알게 될수록, 무언가의 예감을 기다리는 것 같은, 비는 듯한 마음으로 언제나 제작에 도전하지 않으면 안 되는 일의 이 무슨 쓰라림이랴.

74

몸이 건강하고 기력이 충만해 있으면 사념의 제국은 넓게 아득하게 뻗어간다. 앉은 채, 먼 도시랑 태양, 수많은 사람들이랑 미술관에 있는 오래된 것이 모두 내 것처럼 가깝고 소중하게 느껴지고, 그들이 언제까지고 빛나는 것으로 보인다. 그리고 지금이 영원으로 이어질 것을 꿈꾼다.

그렇지만 몸이 약해지거나 병에 걸려 기력이 떨어지면, 사념의 제국은 수비 범위를 좁힌다. 먼 곳의 도시랑, 태양, 수많은 사람이랑 미술관에 있는 오래된 것이 점점 불투명하고 수상쩍은 타자가 되어가, 그렇게 하여 세계는 멀어진다. 신체의 주위에 이 수상쩍은 제국이 퍼지기 시작하면 더 이상 꿈꾸기가 힘들어지고 뭔가를 기억해내는 일조차 괴롭다. 최종적으로는 아예 사념 대신 밀어닥치는 정체를 알 수 없는 공허에 모든 것을 내맡길 수밖에 없게 된다.

그런데 신체가 건강과 병 양쪽에 양다리를 걸치고 있어, 정복

387

하는 것도 먹히는 것도 똑같이 싫어하는 자는 어떻게 해야 할 것인가. 사념과 외계 사이에 비집고 들어갈 방법은 없을까. 나는 통풍이 잘되는 중간지대 같은 작품을 만들어는 보지만, 거기에 보이는 것이 과연 어떤 공화국이 될는지……. 건강과 병을 넘어선 또 다른 차원의 세계를 열어 안기기는 불가능하지만, 이쪽과 저쪽이 서로 보이는 양의성의 문턱에 서게는 해보고 싶다.

75

보는 것에는 몇 개인가의 단계가 있다. 대상의 언어를 본다. 대상을 본다. 대상을 무로 해서 본다.

제1단계는 언어론적이고, 제2단계는 실존론적이며, 제3단계는 장소론적이다. 미술에 어울리는 것은 장소론적인 보기이다.

76

나는 끊임없이 에고ego를 연마한다. 좀더 멋진 세계와 만나기 위해서다. 그리고 표현은 만남 가운데서 에고가 맑아져 단숨에 타자성을 띨 때 시작된다. 캔버스에 대해, 붓에 대해, 모티프에 대해, 그림물감에 대해, 공기에 대해, 역학적으로 끊임없이 이우환이라는 제작자가 태어난다. 그렇기 때문에 작품이란 이루어지다, 도 만들다, 도 아니고 되어진다, 고 해야 할 터이다. 한쪽이 다른 쪽을 결정한다기보다는 서로의 반응이나 부름 가운

388

데 제3의 무언가가 성장하고 비약해서 나타나는 것이다. 이것이 내 문맥이며 입장이다. 이우환이 붓과 그림물감과 캔버스, 기타의 것과 만나면 작품이 태어난다. 그래서 이우환이 붓과 그림물감을 사용해서 캔버스에 그림을 그렸다, 는 말은 엄밀하게는 잘못된 것이며, 서구적인 나쁜 번역이라고 해야 할 것 같다.

77

현대의 철학이나 예술에는 무모한 자기 주장만이 눈에 띄지, 타자에 대한 허용이나 주변에 대한 배려, 자기 반성은 보이지 않는다. 특히 반성심이 결여된 표현은 위압적이며 꼴사납고 친화를 거부하는 느낌이다. 보다 중요한 것은 주장의 특권적인 합리화가 아니라, 자기 반성을 수반한 외부와의 드높은 조화를 지향하는 사상일 것이다.

78

고대의 어딘가의 벽의 일부를 패널에 옮긴 것일까?
군데군데 약간 남은 벽화의 파편을 간신히 연결시키고, 그 주변의 광대한 공백은 쌩쌩한 회반죽으로 잔뜩 메워놓았다.
여기에는 언제까지고 존재를 붙들어두려는 힘과 무로 사라지게 하려는 힘이 처절하게 다투고 있다.
쌍방 사이에서 뭐라 표현할 길 없는 심연이 엿보인다.

389

벽화가 전일성으로서 거기 있었던 때에는 보이지 않았던 것, 또 그것이 전부 사라져 없어져버렸을 때에도 보이지 않을 것이, 아마도 이 맞서다툼을 드러내 보이고 있는 것이리라.

그래서 보다 엄청난 일은, 맞서다툼의 틈새 그 헤아릴 수 없는 심연을 홀연히 들여다보는 일일지도 모른다.

이 벽화 패널은 화면의 영원성이나 소멸의 무보다도 커다란 이야기, 오로지 세계의 무한성으로 거기 있다.

79

작가의 행위나 작품은 그것 자체로 독립된 것이라고는 하기 어렵다. 무릇 공간이나 시간과 분리되어 존재하는 것이 있어 좋을 리가 없다. 작품이란 일상적인 주위에 일정한 간격을 유지하면서 자극이나 조화를 불러일으키는 매체이다. 곧 작품은 중개적인 그리고 중간자적인 성격을 지닌다. 그렇다고 생활공간에 예술이라고 해서 특권적으로 또는 무분별하게 개입하는 일이란 거의 일상의 영토를 침략하는 짓이나 다를 바가 없을 것이다. 예술가 및 작품은 본래 쓸데없는 들러리 같은 점이 있다. 툭하면 세상의 사물 사이에 끼어들어 환기와 친화 양쪽에 걸쳐 촉매적인 중개자가 되고 싶어한다. 때때로 불협화음을 일으키는 경우도 있지만 그 짓거리가 시·공간을 활성화하고 보다 정화로 이끄는 것이 꿈이다. 작품은 예술에 걸림과 동시에 생활에도 걸리는 살아 있는 구조라는 점이다.

390

　남의 집을 방문하여 응접실로 안내되면 그 집안사람한테서 앉으세요, 라는 말을 듣게 된다. 테이블을 빙 둘러싸고 소파나 의자가 배치되어 있어 나는 어디에 앉아야 할지 어리둥절해지기 마련이다. 어느 것이 주인 자리인지 짐작이 가지 않고, 또 나를 어떻게 받아들이고 있는지 알 수가 없기 때문에 순간 어디에 앉아야 할지 망설이게 되는 것이다.

　사람이 많을 때에 앉을자리를 잘못 택하면 장의 역학에서 빠져버려 완전히 무시당하는 일도 있다. 장의 하모니는 대위對位의 컨트라스트에 있는 것 같다. 학생 시절, 아르바이트를 부탁하러 어느 회사를 찾아갔을 때, 사장석에서 알맞은 방향과 거리에 있는 소파를 택해 앉았던 모양으로, 사장한테서 좌석을 잘 골랐다고 칭찬 듣고 대화가 활기를 띠었던 것을 기억한다.

　인간이든 물건이든 거기 뒹굴고 있다고 해서 존재하고 있는 것이 되는 것은 아니다. 각각은 그 크기, 위치, 간격, 방향 등의 조응관계에 의해 비로소 인간이고, 사물이게 된다. 어떤 물건이 폭을 지니고 존재감 있게 보일 때에는 반드시 다른 사물이나 거기의 공간과 가장 긴밀하게 맞물리고 있을 터이다. 사물은 저절로 폭을 지니거나 구심적으로 주위를 만들어낸다고 하기 어렵다.

　타와의 구조적인 힘의 관계가 사물을, 언어를, 존재감을 낳는 것이다. 세계는 희안한 기하학으로 보인다.

81

작품은 마련된 물음이나 대답의 구현과는 다르다. 내 생각은 보잘것없고 한계가 많아서, 일부러 그것을 보이는 것으로 충실하게 재현해보고 싶다고는 생각하지 않는다. 나는 제작행위를 통해, 보다 큰 세계와 접하고 싶고 확실치 않는 외부의 공기도 불러들이고 싶다. 그러기 위해서는 자폐적인 대상물을 만들 게 아니라, 통풍이 잘되는 일정한 장소를 마련하는 방법이 바람직하다. 사물과 장을 어긋나게 하거나 조응시키면서도 만들기를 한정해서 공간에 틈새를 주는 데 그치는 일. 곧 자극적인 공백성을 품고 싶기 때문에 머리를 쓰고 손을 더럽혀가면서 작품을 만드는 것이다.

82

이가 아픈데 발 어딘가에 뜸을 뜨고, 배가 아픈데 팔 어딘가에 침을 맞는다. 이는 신체가 이러저리 기관이 연결되어 있고 여러 곳에 조직의 급소가 있음을 의미한다.

회화도 또한 시각화된 유기적인 구조체이다.

캔버스의 하부의 선은 상부의 선에 대응하고, 오른쪽을 향하고 있는 한 점은 왼쪽을 향하고 있는 한 점에 반발한다. 이처럼 생생하게 상호연동하는 그림새일 때, 화면은 에너지에 찬 것으로 비친다.

회화야말로 에콜로지의 원리에 속하는 문제이다.

저 무기적으로 보이는 망망한 캔버스 어디에 급소가 있는지 찾아내지 않으면 안 된다. 그리고 화면에 힘이 넘치고 그림이 서로 울리는 자극적인 일필을 거기 내려찍지 않으면 안 된다.

83

우주가 무한이라기보다는 무한이 우주인 것처럼 생각된다. 그렇기 때문에 우주는 종잡을 수 없는 동경憧憬인 것이다. 나의 작품은 그 무한에로의 통로를 구하는 회화적 수법이다. '점으로부터' '선으로부터' 시리즈에서는 개념적인 반복 가운데서, '바람과 함께' 시리즈에서는 장과 행위가 호응하는 장소적 전개 가운데서, 나는 끊임없이 무한을 모티프로 삼아왔다.

최근에는 자기 주장을 접어 줄임으로써 점점 더 표현이 단순화되고, 한층 더 크게 바탕이 활성화되는 여백의 역학에 무게가 놓이고 있다. 붓과 그림물감에 의한 화면은 나의 외부의 세계를 자극하여 숨쉬게 하고 열게 하는 계기를 만든다. 때로는 기호풍이기도 하고, 때로는 낙서 같기도 하고, 때로는 칠하다 만 것 같기도 하다.

그러나 바탕이 무한을 암시하는 장소가 되기 위해서는 붓의 사소한 흔적이 공간에 상호 울려 퍼지는 살아 있는 것이어야 한다. 그래서 내 제작은 바탕과의 다툼 가운데 태어나는 호흡과 억양과 리듬을 매개로, 유기적인 조응이라는 짜임새로 전개되

393

는 것이다.

84

　나는 오랜 시간 생각한 것이나 경험에 근거하여, 걸림새가 깊고 동시에 거리감이 있는 소재나 도구를 사용하는 일이 많다. 그것은 나의 표현행위가 기어이 택해낸 것임을 의미한다. 표현은 세계에 대한 나의 특정한 대화이며, 자기의 한정작용이다. 그렇기 때문에 제작행위는 이미 수단이나 소재의 제한이라는 전제조건하에 출발하는 셈으로 일상과는 간격을 지니는 의식적인 일이라고 하지 않을 수 없다. 조각의 경우, 철판과 돌에 구애되고, 회화의 경우 캔버스를 사용하는 이유도 그 때문이다.

　그리고 이루어진 작품은 어디에 두어도 괜찮지는 않고, 가능한 한 주위와의 균형이 잡히는 뉴트럴한 공간에 차려지는 것이 이상적이다. 내 작품은 내 관념만의 표시물이 아니며, 아무 데고 상관없이 현실 공간을 점거 혹은 동화할 목적으로 장식할 수는 없다. 모네가 말했듯이 중요한 것은 외계가 존재한다는 점이다.

　가끔 자기 작품을 현실 공간에 갖다 놓기만 하면, 장이 뉴트럴하게 된다고 믿는 작가도 있다. 극히 드물게 그렇게 될 수도 있을 것이다. 그러나 태반은 작가의 교만이거나 자칫 잘못하면 무자각적인 폭력이 되기가 일쑤다.

　나는 예전의 대좌臺座가 공간화된 것 같은, 가능한 한 뉴트럴한 장을 찾든가 준비하려고 애쓴다. 현실과 긴밀하게 관련되는

394

경우에는, 길거리 전체 혹은 작품 주위가 상호 의존적으로 연동하여 일종의 해방구로 짜여짐이 바람직하다. 작품의 컨셉이 세계의 상호의존성에 있다는 것과 현실 공간으로 무분별하게 침범하는 것과는 혼동해서는 안 될 사항이다. 탄력성 있는 간격이야말로 신선한 통풍과 자극적인 상호 영향을 원활하게 할 것이다.

85

나는 신체 주위에 일정한 퍼짐을 지니는, 나 자신의 공기에 싸여 있다. 이 공기는 내 에너지의 파장이며, 냄새, 음색 기타 여러 가지 버릇 그 자체이다. 손발을 쭉 펴거나 호흡을 하거나 사물을 느끼거나 하는 폭을 지니고 있으며 때로는 넓게 뻗기도 하고 좁게 줄어들기도 한다. 공기의 외연 부분은 민감한 피막이며 긴장되어 있을 때는 외부와의 접촉면에 압력을 느낄 때도 있다. 물론 이 피막은 외부와 맞부딪쳐 있으며 열렸다 닫혔다 한다. 내 공기의 탄력성이 생명력이나 존재감을 나타내는 신체의 외연성이다.

내 공기의 폭을 넓히고 탄력성을 지니게 하기 위해서는 외부 공기를 느끼고 그것과의 맞섬을 강화시키지 않으면 안 된다. 곧 타자와의 관계는 이 공기의 밀도의 농담으로 표명된다. 모든 것은 어떤 맞섬의 가운데 있다. 나의 공기의 폭과 사물의 공기의 폭이 겹치는 기적 가운데 표현의 장은 형성된다. 작품이 탄력성

을 지니는가 지니지 못하는가는 실로 서로 다른 공기가 겹친 상
태에 따른다.

나와 사물이 정면으로 충돌하거나 일체가 되는 곳에 표현은
없다. 나나 사물의 외연성의 팽팽한 맞섬이 비동일성을 낳고 작
품 공간을 중성적인 것으로 만든다.

86

나는 조각할 때 철판과 함께 자연석을 자주 쓰는데, 거의 돌
가게나 강변에서 찾아온다. 그런데 모습이나 형태, 색이나 크기
의 재미로 돌을 고르는 일은 없다. 가끔 특정한 물체와의 만남
이 있어도 모티프로 플래닝으로 승화되어가는 도중에 소재는
추상화, 일반화된다. 작품의 플래닝에 어울릴 듯한, 가능한 한
무표정하고, 모습이나 형태, 색에 그다지 특징이 없는 참한 덩
어리를 고르게 된다.

그러나 전람회장으로 옮겨온 순간, 돌은 크든 작든 간에 대체
로 빈약하고 추상적인 덩어리로 변해버린다. 돌은 이질적인 장에
내던져져 당혹스러워하고 있는 것이다. 철판과의 안배로 이렇게
저렇게 짜맞추어보기도 하고 방향을 바꾸거나 떼어놓거나 하여
장이 제격으로 짜여지면, 돌은 서서히 자기 성격이나 존재성을
드러낸다.

그렇게 해서 돌은 공간이나 기타 사물과의 관계성에 눈뜸과
동시에 나를 뛰어넘어 때로는 컨셉을 수정하라고 여지없이 다그

친다. 돌의 크기, 방위, 타와의 대응관계는 점차 나를 어리둥절
하게 하고 불명료하게 만든다. 돌은 점점 자연으로 되돌아가려
고 하며 내 속셈이나, 돌 일반에서 빠져나가 헤아려지지 않는 간
격을 지닌 채 그 자리에 군림하고 싶어한다. 이 관리할 수 없는
포착키 어려움에 나는 미칠 것 같아진다. 자연은 불투명하다.

거기서 저 관념과 물질의 얽힘으로 만들어진 뉴트럴한 철판
의 도움이 필요하게 되는 것이다. 철판은 돌과 인간을 적당한
거리에 불러들여, 은밀한 대화를 가능하게 해준다. 철판과의 짜
맞춤으로 돌은, 그리고 작품은 반투명한 세계를 열어준다.

87

균형이 지나치게 잘 잡힌 와인이란 안심하고 마실 수는 있어
도, 별로 재미가 없다. 조화에 희미하게 금이 간 듯한 미묘한 구
석이 있는 와인을 나는 좋아한다. 탄닌과 단맛이 일체가 되어
있지 않고, 바디와 부우케bouquet가 위태로운 상태에 있을 때,
나는 그들 사이에 서서 필사적으로 양쪽을 이어맞추려고 한다.
내가 기막히게 끼어들어 한순간에 번뜩임을 불러일으키는 틈새
는 위태로우면서도 에로틱하다.

88

나는 최근 이십여 년간, 유리, 돌, 흙, 전구, 로프, 철판, 판

자, 종이, 솜, 침목, 철사, 고무, 물 등 그다지 손을 가하지 않은 자연물이나 단순한 공업용재를 써서 존재감을 서로 무마시키거나 공간을 연동시키는 듯한 비완결적인 조각을 지속적으로 만들어왔다. 작품의 성립을 둘러싸고는 관계율이나 조응법을 이용한 것, 기억과 체험을 매개로 한 것, 그리고 암시적인 도형으로 짜맞춘 것 등, 몇 가지인가의 패턴과 경로가 보인다. 각각은 형상도, 받는 인상도 전부 다르다. 그러나 모든 작품에 공통되는 것은 비대상적인 퍼짐이며, 주변 공간과의 상호 침투이고, 말하자면 작가를 끌어들인 장의 성립이다. 이질적인 것을 맞부딪치게 하거나 사물과 공간을 어긋나게 하는 법, 사물의 대소에 의한 짜맞추기, 위치나 거리의 역학 가운데 제작의 방법이 있으며 전개의 논리가 있다. 그리고 사물끼리의 대응이나 통풍을 돕는 조촐한 세공, 공간의 숨결이나 리듬이나 악센트를 잡는 법 가운데 산것으로서 숨쉬게 하는 비밀이 있다. 조각이야말로 늘 거기만 무언가의 기척이 차 있는 만남의 장소라고 할 수 있다. 나는 이 불가사의한 해방구를 동경하여 끊임없이 조각을 만들고 있을 것임에 틀림없다.

89

아스파라거스에 트뤼프를 곁들인 비네갈vinrgar 소스라는 요리가 있다. 어느 재료도 향기나 냄새에 특징이 있고, 그러니만큼 불 조정이나 재료끼리의 섞는 순서에 따라서는 밸런스가 무너지기 쉬워 비네갈 냄새만 코를 찌를 경우가 많다.

그러나 아랑 샤펠의 그 요리는 소재끼리 실로 에로틱하게 얽혀 싱그럽고 황홀하리만치 서로 울리고 있다. 아스파라거스에 같은 양의 파, 새까만 트뤼프에 투명한 비네갈 소스, 기타로 절묘한 하모니를 만들어내는 것이다. 평범한 요리사 같으면 하나같이 데리케이트한 소재에다 맛도 냄새도 한층 강렬한 파를 집어넣었다가는 이것저것 다 망쳐질 터이다. 신맛과 단맛이 분리된다든가, 트뤼프 향내가 움추려버린다거나, 모두 싸움을 해서 요리가 되기 어려울 것 아닌가.

바로 거기에 샤펠이라는 사람의 천재성이 있다. 여러 가지 요소를 반발하게 하면서 또한 잘 연결시켜 훨씬 높은 지점으로 끌어올리고 있다. 아스파라거스, 파, 트뤼프, 비네갈이 위태위태한 텐션 가운데서 흔들리면서 감동적인 앙상블을 연주하는 것이다.

아랑 사펠은 소재끼리를 우아하게 적대관계로 드높이는 차원에서 요리를 짜내고 있는 것이리라.

90

나의 작품이 이해받게 되는 것은 좀더 근대도시가 성숙하고 나서일 것이다. 아직은 외부로부터의 구속력이 너무 약해서, 내 작품은 방치해두면 주위의 것과 동화작용을 일으키기 쉽다. 지금은 오히려 투명한 관념으로 만들어진 작품이 좋게 보인다. 곧 폐쇄적으로 자기 완결적으로 완성되어 있는 작품이 평가되고 있는 시기이다.

주위가 관념의 투명한 재현물로 완전히 채워질 때, 내 작품의 반투명성이 살 것이다. 내 작품은 여러 가지 틈새로 짜여져 있다. 따라서 안쪽의 공기가 바깥쪽으로 흐르고, 바깥쪽 공기가 안쪽으로 침투하여 언저리에 불확정적이며 미지적인 존zone이 퍼지는 세계이다. 드디어 안쪽만의 문명이 산소 결핍상태가 될 때, 외부와 컨텍트를 지니는 작품의 진가를 알게 되리라 생각한다.

91

살아 있는 인간과의 대화란 비밀의 교환 같은 것이다. 아니, 대화가 비밀을 낳는다고 해야 할까? 같은 내용이라도 상대에 따라 언어의 음색이 바뀌는 것은 대화의 비밀성 때문이라고 할 수 있다. 비밀성이 짙을수록 언어는 혼탁해지고 투명성이 이울게 된다. 대개 혼자일 때의 중얼거림은 거의 불가해한 것이라 하겠다.

둘이 이야기할 때와, 셋이, 열 명이, 백 명이 얘기할 때는 언어의 성격이 달라진다. 단둘이서 얘기할 때는 대체로 언어가 애매하다. 셋이 얘기할 때는 언어가 좀더 객관성을 띤다. 얘기 상대가 늘수록 언어의 정확성, 명쾌함이 요구된다. 이야기 상대가 일반이라는 추상성에 뒤덮이면 언어는 점차 민둥성이 같은 기

400

호로 화해간다.

연인이 아니라도 두 사람 사이에서는 언어의 존재보다 상호의 신체성의 공진작용에 의한 커뮤니케이션이 이기게 되며, 대화는 때때로 비밀 그 자체처럼 농후해진다. 신체성을 상실하고 비밀성이 희박해진 언어의 교환은 대화라고 할 수 없다. 말문이 막혀 커뮤니케이션이 비밀의 광휘를 발할 때, 대화는 아름답다.

시각적인 표현물인 회화나 조각에 있어서도 같은 얘기를 할 수 있다. 작품이 만인을 대상으로 하는 벌거벗은 언어로 보일 때는 싱겁다. 작품은 살아 있는 대화의 상대가 아니어서는 안 된다. 작품과 보는 자가 신체성을 띤 공진 작용을 불러일으키는 관계일 때, 거기에서는 은밀한 대화가 행해질 터이다. 불특정 다수의 일반성을 가장한 신체성이 희박한 작품, 비밀성을 지니지 않은 작품에 있어서는 대화가 아니라 시시껄렁한 정보요해만을 강요받게 된다.

언어 이전의 자기도취적인 말도 짜증나지만, 만인을 대상으로 삼은 투명한 언어도 떠맡기는 느낌이다. 독백적이거나 설교적이지 않고, 대화적으로 될 때 그로 인하여 비로소 상호 매개적으로 보는 일이 성립한다. 작품과 보는 사람 사이에 공백 같은 침묵이 퍼져 나갔으면 싶은 바이다.

92

철판은 자연의 철분을 판때기로 가공한 것이다. 그 단단함,

401

무거움, 녹슬기 쉬움은 자연의 것이지만, 인간의 용광로를 거쳐 규격화된다. 철판은 말하자면 관념과 물질 양쪽에 걸친 중간항이다. 그렇기 때문에 작가는 그것을 관념 쪽으로도 물질 쪽으로도 잡아당길 수 있다.

철판은 강한 물질성을 지니면서도 공장에 있을 때나 미술관에 있을 때나 별로 표정을 바꾸지 않는다. 그것은 관념으로부터의 규정성에 의한다. 철판의 재미는 역시 그 양면적인 어중간함에 있을 것 같다. 그 어중간함은 중간항에서 유래하는 것인 만큼 매개성이 풍부하다.

작품의 한쪽 소재인 저 종잡을 수 없는 자연석의 괴리감에 비해, 철판은 보다 추상적인 단순함으로 관념을 선호하는 인간에게 신뢰감을 갖게 한다. 돌과 인간 사이에 철판을 끼워넣으면 아주 통풍이 좋다. 철판은 돌이나 인간과 걸어잡음으로써 스스로를 변모하는 일 없이, 점점 더 중간성을 드러낸다. 그렇기 때문에 철판만으로 쓰기보다는 돌과 같은 자연스러운 것과 짜맞출 때가 보다 싱싱해지고, 스스로의 뉴트럴성을 발휘한다.

철판 자체의 존재감이나 두께, 크기를 지나치게 추구하면 물질감이나 폭력성이 강화되어 사람들이 거부반응을 일으키기 쉽다. 너무 이미지에 맞추어 지나치게 일그러뜨리면, 물질성이 훼손되어 얄팍한 관념만이 눈에 띄게 된다. 철판은 본질상, 관념적인 작품에도 물질성이 강한 작품에도 맞지 않는다. 그렇지만 그 양쪽에 걸치는 작품에는 철판만큼 어울리는 재료도 적을 것이다.

철판은 단단한 판이기는 하지만 가지각색의 공기가 내부로부터도, 외부로부터도 자유로이 빠져나가는 희안한 창인 셈이다.

93

조각은 단순히 환경의 조성물이 아니다.

조각은 물건을 사용하여 많은 사람의 손을 빌리기도 하고 주위 환경과 관계를 끊고 맺는 일이 있다고는 해도 우선은 한 작가의 비일상적인 컨셉이나 관념적인 행위를 매개로 한 것이다. 그리고 그 컨셉과 작가가 사용하는 물건이 계기가 되어 좀더 먼 곳의 공기를 불러들여 하나의 애매하고 위태위태한 해방구를 만드는 일. 곧 외부의 침투를 받아들이면서도 내부의 것을 발산하여 외부에 영향을 미치는 불확정한 간격, 거기에만 양의적인 공간이 이루어지는 곳이다. 이것은 조각이 열려 있으면서 스스로의 구속성을 지니는 모순된 장소임을 뜻한다. 환경장치나 공간 디스플레이와 조각의 차이는 이 점에 있다.

조각은 주변의 공간을 포함하여 하나의 작품 영역을 형성하는 것이다.

94

인류는 너무 나이 먹어 지쳐 늘어졌다.
만드는 일에도 부수는 일에도 넌더리가 나 있다.

403

어느 날 갑자기 만들기는 자기 운동을 멈출 것이다.
어느 날 갑자기 가지기는 자기 운동을 멈출 것이다.

만들기는 고도의 것, 에센스한 것으로 향할 것이다.
갖는 일은 영속적인 것, 희귀한 것으로 향할 것이다.

만들지 않는 세계를 향해 만들 수밖에 없다.
갖지 않는 세계를 향해 가질 수밖에 없다.

95

인간은 서서 사물을 바라보는 눈높이 위치에서 세계를 짜맞춘다. 그렇기 때문에 인간은 지면에서부터가 아니라 눈높이에서 횡축과 종축의 공간을 구성한다.

횡축은 무화無化의 이미지이며 무한의 퍼짐이다. 종축은 절대성의 이미지이며 관념적인 뻗어감이다.

인간이 사물을 세우는 능력을 키울 수 있었던 것은 이 눈높이 좌표축으로 사물을 생각하는 데에서 온 것이 아닐까? 덧붙여서 말하면 근대 서구적인 사고는 종축성이 강하며 동아시아적인 발상은 횡축성이 승하다고 생각된다.

어쨌든 간에 인간의 공간구성이 추상적이고 불안정한 것은 본질적으로 좌표축이 공중성에 의거하는 것이기 때문이다. 이 공중성이 인간의 문명의 성격을 규정하고, 세계와 꿈을 보이는 것으로의 실현으로 향하게 한다.

96

마루 면은 설정 공간이며 지면은 현실 공간이다. 이를테면 도시는 마룻바닥면부터의 발상이고, 촌락은 지면부터의 발상이다. 오늘날의 건축은 평지든 경사면이든 그 발상으로 본다면, 마룻바닥면 위에 성립되어 있다. 지면은 자연-현실로 이어지는 다양하고 가변적인 현실성을 수반하는 데 비해, 마룻바닥면은 일정한 보이지 않는 구축성을 이미 지니고 있는 관념성이 강한 공간이다.

현대 조각은 벽이 있든 없든 마루면의 조각이지 지면의 것이 아니다. 작품을 마루면에 늘어놓는 것과 지면에 늘어놓는 것하고는 그 의미도, 보임새도 다르다. 마루면은 관념이 잘 보인다. 지면은 사물이 잘 보인다. 마루면은 벽과 함께 그것이 설정 공간인 한에 있어서, 면이라 해도 기본적으로 입체성을 지닌다. 평평하게 늘어놓아도 그 컨셉이나 관념을 입체적으로 보게 된다. 현대 미술이 마룻바닥면(혹은 벽)을 선호하는 것은 강한 관념성 때문일 것이다.

마루면은 말하자면 공간화된 대좌이다. 곧 현대 조각은 이 공간화된 대좌에 의해 조각일 수가 있는 것이다. 마룻바닥면에서 지면으로 나가게 되면 조각은 현실의 일상성 가운데 해소될 위험성을 내포한다. 그리고 작가의 뜻에 반해 외계에 폭력적인 공

해성을 드러내게 되어 욕설이나 폐기의 대상이 되기 쉽다. 작가
는 마루면에서 지면으로, 곧, 현실 공간으로 비상하고 싶은 욕
구에 쫓기기 쉽지만 그것은 조각가의 죽음에의 동경과 같은 것
은 아닐까?

97

　　종종 언어론에서 출발한 시각적 표현은 눈을 피상적인 인식
의 레벨에 멈추게 하는 경우가 많다. 무기적인 기호와 같은 표
시로 지식의 재현을 기도할 때, 작품은 단순한 확인의 텍스트로
추락한다. 표현은 인식을 내포하면서도 피가 통하는 삶의 장면
을 짜내는 그것이다. 예를 들어 숫자이든 석탄이든 일상적인 의
미에서 어긋나게 할 필요가 있는 것은, 형해화形骸化된 제도에
서 그들을 보다 다른 단계의 장소로 옮겨 다시 숨쉬게 하기 위
해서라고 할 수 있다.

　　하나의 돌덩어리가 여러 가지 언어나 이미지를 낳는 물질인
것은 확실하다. 어떤 장 가운데서 무언가를 생성하는 힘을 지니
고 있다는 것. 요컨대 하나의 돌덩어리는 공중의 번개로 충전된
에너지의 덩어리임을 감지해야 하는 것이다. 그리고 그러한 것
이 어떠한 세계의 길섶에 있는가를 작가는 더욱 고도한 표현의
장의 양식으로 제시하지 않으면 안 된다.

98

공고하고 논리적이며 병적인 거리—파리. 파리는 작가에게 있어 '불가능의 성'이다. 무슨 짓을 한들 나폴레옹의 망령에 의해 지워져버린다. 퐁피두센터 정도의 기발함, 스케일 가지고는 안 되는 것이다. 파리 그 자체가 박살이 나버리지 않는 한, 만든다는 가능성은 절망적이다. 파리의 작가들이 디컨스트럭션이나 디페랑스를 즐기고, 논리학이나 정신병리학에 집착하는 것은 실로 '파리의 불가능성'을 자각한 데 기인한다. 그들은 나폴레옹의 망령을 사랑하고 증오하는 모순을 살고 있다.

그런데 도쿄에서 나폴레옹의 망령을 동경하며 그 주박呪縛을 절실히 원하는 사람이 그 얼마나 많은가. 때로는 도쿄에서 '가능성'의 중심 같은 뉴욕의 실현을 꿈꾸기도 하고 그 반발로 도쿄 유일성을 부르짖기도 한다. 도쿄에는 망령도 저주도, 파괴도 절망도 희박한 대신 저항감 없는 흐물흐물한 '가능성'이 만연해 있다. 도쿄의 불행은 어쩐지 불가능성의 결여에 있는 것같이 느껴진다.

99

산뜻한 한 장의 철판이 있다.
그 건너편에 답답한 몇 개인가의 돌이 있다.

멈추어 있던 사람이 움직이기 시작한다.
짜임새가 기능하기 시작한 것이리라.

산뜻한 한 장의 철판은 하나의 생각이라도 좋다.
답답한 몇 개인가의 돌은 공기라도 좋다.

이윽고 언어가 그치고
언저리에 여울여울 공백이 퍼져간다.

100

나는 어긋남이나 다시 옮기기, 바꿔짜기 등의 방법을 선호한
다. 아마도 몬순지대라는 풍토적 요소 이상으로 변전이 심한 시
간성, 토지의 협소함, 메커닉한 생활습관, 밀집과 물량으로 북
적거리는 도쿄라는 장소에서 살고 있기 때문인지도 모른다.
　파리처럼 공고한 역사 속에 쑤셔 박혀 있는 사람들도 어긋남
이나 바꿔짜기를 하고 있지만, 나의 그것과는 다르다. 그들은
외부에 새로운 것을 만들어내지 않는 대신 말놀이로 에고의 분
열을 의미심장한 듯이 짜바꾸고 있다.
　미국 같은 황무지에 있는 자들은 어긋남이나 탈구축의 필요
가 없어, 동물적으로 혹은 영웅적으로 되는대로 창조와 파괴를
일삼는다. 그렇기 때문에 거기에서는 괜히 강한 물질감이나 과
장된 스케일, 부동의 굳건함이 눈을 채운다. 만들기와 쳐부수기

408

의 로맨티시즘이 살아 있어서 두렵다.

도쿄에 있는 나는 창조의 가능성이나 절망감이 모자라는 것일까? 기껏해야 원효나 리큐〔利休〕처럼, 새로운 마당을 만들어 내는 것이 아니라 거기 있는 곳을 깨끗이 쓸고는 부근의 낙엽을 다시 뿌려놓고 바라보려고 한다. 엉거주춤한 짜임새로 언저리의 공기에 활력을 불어넣는 듯한 임장적인 공간을 시도해보고 싶을 뿐이다. 있는 그대로를 **'있는 그대로'**로 되새겨 옮겨 엮는다.

후기

　여기에 모은 단문을 중심으로 하는 문장들은 1967년부터 최근까지 여기저기에 써낸 것 중에서 고른 것이다.

　일본의 잡지, 신문, 카탈로그 등에 발표한 것. 한국어 또는 유럽에서 영어, 프랑스어, 독어로 번역되어 신문, 카탈로그, 그 외에 발표된 것의 원문, 그리고 미발표인 것을 추가했다. 이번에 책으로 만듦에 있어 다소 손질한 부분도 있으며 발표가 중복되었거나 발표 시기가 확실하지 않은 것도 있어서 엄밀함을 요구하는 내용도 아니라고 생각되어 집필 연도와 초출처의 명기는 그만두기로 했다. 오랜 기간에 걸치기 때문에 언어의 사용법이나 문맥에 들쑥날쑥한 부분도 있지만 구태여 고치지 않았다.

　내용은 제작하면서 틈틈이 그때그때의 나의 미술 표현에 대한 단상短想, 현대 예술 일반에 대한 견해, 유럽이나 한국, 일본의 문화감각에 대해서 등 잡다한 것의 그러모음이다. 삼십여 년간에 걸친 생각과 경험을 정리하면서 내 일을 돌이켜보는 좋은 기회가 되었다고 생각한다. 같은 내용을 축소한 판이 이미 영어로 번역되어 1996년 런던(릿슨 갤러리)에서 출간되었으며, 올 가을에는 불어 번역판이 파리(알마탕사)에서 출간될 예정이다. (사정이 바뀌어 2002년 6월 악트 쉬드사에서 나왔다.)

　외국에서 책으로 엮어보고 원문과 번역 간의 어쩔 수 없는 발상상의 거리를 느꼈다. 그러나 생각하기에 따라서는 일본어 원문을 읽는 행위 자체도 일종의 번역이라고 할 수도 있을 것이다. 내 문장이 얼마만큼의 폭을 지니는지 시험당하고 있는 것 같은 기분도 든다.

이상은 2000년 11월에 일본 미스즈서방〔みすず書房〕에서 출판된 초판본에 쓰여진 후기이다.

일부의 글은 일본에서 책이 나오기 전에 옛날에 이미 한국에 번역되어 소개된 바 있고, 근년에 내가 부분적으로 번역하여 《현대문학》에 실은 것도 있다. 그러나 기본적으로는 미스즈서방판을 김춘미 선생이 번역하여 《현대문학》에 연재하였고, 이번에 그 전역으로 단행본을 내게 되었음을 밝혀둔다. 현대문학사의 애정 어린 이해와 김춘미 선생의 신선하고 알기 쉬운 한국말로 고국에서 책을 내게 되어 무척 기쁘고 감사하다.

2002년 8월
이우환

여백의 예술

지은이 이우환
옮긴이 김춘미
펴낸이 김영정

초판 1쇄 펴낸날 2002년 8월 30일
초판 16쇄 펴낸날 2025년 6월 9일

펴낸곳 (주)현대문학
등록번호 제1-452호
주소 06532 서울시 서초구 신반포로 321(잠원동, 미래엔)
전화 02-2017-0280
팩스 02-516-5433
홈페이지 www.hdmh.co.kr

ⓒ 2002, 이우환

ISBN 978-89-7275-225-8 03830

* 책값은 뒤표지에 있습니다.